Antes de Te Ver

EMILY HOUGHTON

Antes de Te Ver

Tradução
Ana Rodrigues

1ª edição
Rio de Janeiro-RJ / São Paulo-SP 2024

VERUS
EDITORA

Título original
Before I Saw You

ISBN: 978-65-5924-305-1

Copyright © Emily Houghton, 2021
Edição publicada mediante acordo com Lennart Sane Agency AB.

Tradução © Verus Editora, 2024
Direitos reservados em língua portuguesa, no Brasil, por Verus Editora. Nenhuma parte desta obra pode ser reproduzida ou transmitida por qualquer forma e/ou quaisquer meios (eletrônico ou mecânico, incluindo fotocópia e gravação) ou arquivada em qualquer sistema ou banco de dados sem permissão escrita da editora.

Verus Editora Ltda.
Rua Argentina, 171, São Cristóvão, Rio de Janeiro/RJ, 20921-380
www.veruseditora.com.br

CIP-BRASIL. CATALOGAÇÃO NA FONTE
SINDICATO NACIONAL DOS EDITORES DE LIVROS, RJ

H834a
Houghton, Emily
    Antes de te ver / Emily Houghton ; [tradução Ana Rodrigues]. - 1. ed. - Rio de Janeiro : Verus, 2024.

    Tradução de: Before I saw you
    ISBN 978-65-5924-305-1

    1. Romance inglês. I. Rodrigues, Ana. II. Título.

24-88182   CDD: 823
             CDU: 82-31(410.1)

Gabriela Faray Ferreira Lopes - Bibliotecária - CRB-7/6643

Revisado segundo o Acordo Ortográfico da Língua Portuguesa de 1990.

Seja um leitor preferencial Record.
Cadastre-se no site www.record.com.br e receba informações sobre nossos lançamentos e nossas promoções.

Atendimento e venda direta ao leitor:
sac@record.com.br

Para Rebecca, que acreditou em mim e neste livro
antes que eu conseguisse. Carrego as suas palavras
e o seu apoio diariamente no coração.

1

Alice

Enquanto perdia e recuperava a consciência, tudo que Alice conseguia processar eram as luzes muito brancas acima da sua cabeça, o cheiro cáustico de queimado e o calor abrasador que atravessava todo o seu corpo.

Uma voz desconhecida pairou acima dela.

— Bom Deus, ela tem sorte de estar viva.

Alice queria saber onde estava, a quem pertenciam aquelas vozes e, mais do que tudo, descobrir de quem diabo estavam falando. Mas naquele momento apenas existir já doía, quanto mais pensar. Além disso, aquelas luzes eram ofuscantes.

— Sorte? Você acha que ela vai se achar sortuda na próxima vez que se olhar no espelho? A pobrezinha sofreu queimaduras sérias.

Alice tentou forçar o cérebro a funcionar, lutando contra o sono. No momento que estava prestes a desistir e deixar que a proteção fria da escuridão a envolvesse, começou a juntar as peças daquele quebra-cabeça.

A "pobrezinha".

O cheiro.

A *queimação*.

Era ela quem tinha sorte de estar viva.

Era ela quem tinha estado no incêndio.

2

Alfie

— Aqui está ele! Alfie Mack, o filho da mãe mais sortudo que eu conheço!

Alfie não precisou puxar a cortina novamente para saber quem tinha aparecido para visitá-lo — jamais conseguiria se esquecer daquela voz, mesmo se quisesse.

— Não foi *exatamente* sorte terem me cortado a perna fora, mas não se pode ganhar todas, certo?

— Não dá pra argumentar com essa. — Matty deu de ombros. — Enfim, como vai você, camarada? Aliás, não posso ficar muito tempo hoje, tenho que pegar a patroa para irmos almoçar com meus sogros.

Era normal que todos dessem alguma desculpa para ir embora antes mesmo de se sentarem, e Alfie ficou grato por Matty ao menos ter perguntado como ele estava.

— Sem problema. Também vou ter um dia bem cheio por aqui.

— É mesmo?

Alfie percebeu que não contava com a atenção plena do outro.

— Ah, sim, está muito agitado. O principal desafio é tentar adivinhar quantas vezes o sr. Peterson vai se levantar para ir ao banheiro esta manhã. Normalmente a média é sete vezes, mas se ele der um gole naquele suco de maçã podemos chegar a dez.

Uma voz irritada soou do outro lado da enfermaria:

— Quando você tiver noventa e dois anos e sua bexiga estiver na rua da amargura, você também vai mijar o tempo todo.

— Está tudo certo, sr. P., não estamos julgando. Embora eu me pergunte: tem certeza de que o senhor não foi escritor em uma outra vida? O seu vocabulário é tão poético...

O sr. P., que estava no leito catorze, abriu um sorriso, então levantou rapidamente o dedo do meio para Alfie e voltou a ler o jornal.

— Sério, camarada, como vai você? Está indo na fisioterapia? Já tem alguma ideia de quando vai sair daqui? — Os olhos de Matty estavam carregados de esperança.

Todos faziam as mesmas perguntas e tinham a mesma preocupação. Era estranho... Por um lado, Alfie sabia que as pessoas só queriam que ele estivesse logo em casa, fora do hospital, mas ao mesmo tempo não conseguia evitar sentir a leve apreensão delas. Alfie imaginou que fosse porque, enquanto ele estivesse nas mãos capazes da equipe de enfermagem do St Francis's, aquela era uma coisa a menos com que sua família e seus amigos precisariam se preocupar.

— Para ser honesto, não tenho ideia. Parece que a infecção está sob controle agora. A fisioterapia está indo bem e logo vão tirar as minhas medidas para uma prótese feita só para mim. Preciso apenas continuar a recuperar a força dos músculos. O progresso nessa parte é lento, mas, como dizem as enfermeiras... cada passo é um passo mais próximo do fim!

— Essa é a *pior* frase motivacional que alguém já disse. Parece que você está caminhando para a morte, que horror!

— Mas não é isso que todos nós estamos fazendo, Matthew, meu amigo? — Alfie deu uma palmadinha no braço dele.

— Ah, para. Você ainda é o mesmo cretino que adora uma piadinha de humor ácido, mesmo tendo só uma perna agora, não é? — Matty afastou a mão do amigo com um tapinha brincalhão.

Normalmente era naquela altura da conversa que as pessoas pegavam sua deixa e iam embora — já haviam checado como ele estava, feito algumas piadas e perguntado tudo o que achavam que deviam perguntar. Em geral há um limite para o tempo que alguém consegue ficar cercado por gente doente e vulnerável.

— Muito bem, camarada, tenho que ir. A Mel e as crianças mandaram beijos pra você. Me avise se precisar de alguma coisa, certo? Caso contrário, nos vemos na mesma hora e no mesmo lugar na semana que vem?

— Não se preocupe, não vou sair daqui! Cuide-se e mande um beijo para os pequenos.

— Deixa comigo. Amo você, camarada.

— Também te amo, Matty.

As declarações de amor ainda eram algo com que Alfie estava se acostumando. Elas só haviam começado depois que Matty achou que o melhor amigo tinha morrido. Na primeira vez, Alfie podia jurar que havia entendido errado.

— O que você acabou de dizer?

— Nada. — Matty parecera desconfortável, o olhar fixo no chão. — Eu só... — Os olhos dele tinham encontrado os de Alfie por um breve momento. — Eu só disse que amo você, só isso.

Alfie tinha caído na gargalhada.

— Ah, qual é, camarada! Não seja ridículo. Você não precisa dizer essas coisas.

Mas Matty definitivamente não estava rindo. Na verdade, ele parecia ainda mais desconfortável — a cabeça ainda mais baixa, os punhos cerrados ao lado do corpo.

— Escuta, isso não é ridículo, tá certo? — Ele estava forçando as palavras a saírem por entre os dentes cerrados. — Quando achei que tivesse perdido você, percebi que nunca tinha te dito isso. Nem uma vez, em quinze anos de amizade, e prometi a mim mesmo que se você sobrevivesse eu diria. Felizmente a gente está aqui, e é melhor você se costumar com isso, ok?

Alfie precisou se esforçar muito para não chorar.

— Eu também amo você, camarada.

Desde então, aquela se tornara sempre a última frase das despedidas dele. Obviamente era dito de um jeito muito descontraído, carregado de testosterona, mas Alfie sabia que aquelas poucas palavras agora eram importantes para os dois.

Alfie já estava internado no St Francis's Hospital havia quase seis semanas. Desde que se mudara para Hackney, três anos antes, teve o prazer de ver o St Francis's com bastante frequência. Sua fachada lúgubre de pedra pairava sobre as ruas gentrificadas e moderninhas como um lembrete de que havia uma história decadente ali que não poderia ser ignorada.

— Jesus Cristo, se eu algum dia terminar naquele lugar, mãe, promete que vai me transferir de lá? — brincava Alfie sempre que passavam pelo hospital em uma das visitas da mãe.

— Ai, não fala assim. Já ouvi falar muito bem daquele lugar.

— É mesmo? Está me dizendo que ouviu falar bem de um lugar que mais parece um estacionamento vertical do que um hospital?

— Para com isso! Acredita em mim, se você estivesse às portas da morte, imploraria para que levassem você para lá. — Ela sorriu para ele daquele jeito seguro de si e profundamente irritante. — Além do mais, o que eu sempre ensinei a você? Nunca julgue um livro pela capa.

Mas Alfie continuou a julgar. Até o exato momento em que aquele prédio feio e as pessoas ali dentro salvaram a vida dele. Assim que ele chegou, todos se deram conta de que o caso era sério. Bastava ter olhado as ferragens para saber. Porém — mais de um mês no hospital? Foi o que ninguém previu.

11

3

Alice

— Oi, meu bem... consegue me ouvir? — A voz era baixa, esperançosa e cautelosa.

O cheiro foi a primeira coisa que a atingiu.

Alvejante. Sangue. Decadência humana.

— Você nem precisa dizer nada, Alice, querida. Talvez uma piscadela, ou dar uma mexidinha nos dedos, só queremos saber se está acordada.

Em um esforço para mandar embora aquela criatura e sua gentileza nauseante, Alice se forçou a mover os dedos. O esforço em si pareceu peculiar. Como havia se esquecido de usar o próprio corpo? Quando foi a última vez que precisou dizer ao cérebro para funcionar?

— Isso mesmo, Alice, minha garota. Você se saiu muito bem!

Ela não tinha a sensação de ter se saído muito bem. Na verdade, era como se alguém tivesse puxado e esticado a pele dela, tentando colocá-la em um novo corpo que tinha a forma totalmente errada. E, para piorar, essa mesma pessoa parecia ter ficado sem material e desistido no meio do caminho. Alice se sentia incompleta e com muita dor.

— Você sofreu um acidente, Alice, mas está se recuperando agora. Vou chamar o médico para que ele venha te explicar o que está acontecendo, certo? Fique firme, meu bem, volto rapidinho.

A cabeça de Alice estava latejando. Fragmentos aleatórios de lembranças giravam em sua mente, tornando impossível pensar. Ela forçou os olhos a se abrirem e viu duas pessoas se apressarem em sua direção.

Por favor, me digam onde estou!

— Olá, srta. Gunnersley. Se incomoda se eu te chamar de Alice?

O médico se aproximou um pouco mais dela. Ele tinha um rosto que Alice presumiu que já havia sido cheio de esperança e entusiasmo pelo trabalho que fazia, mas que agora parecia um pouco saturado e de certa forma temeroso. Ali estava um homem verdadeiramente calejado pela morte.

Alice balançou ligeiramente a cabeça. Era o único movimento capaz de fazer para mostrar que concordava com o que ele disse.

— Maravilha. Muito bem, Alice, como a enfermeira provavelmente já explicou, você foi trazida ao St Francis's Hospital porque sofreu um acidente grave. Houve um incêndio no prédio do seu escritório e, infelizmente, você ficou presa nele. E sofreu algumas lesões sérias... Estimamos que quarenta por cento do seu corpo sofreu queimaduras de diferentes graus. Já fizemos uma cirurgia para tentar minimizar o dano, mas ainda há um longo caminho pela frente. Por enquanto, quero que saiba que você está recebendo o melhor tratamento possível, e que temos um plano em ação para te ajudar. — Um sorriso constrangido curvou os lábios dele por um instante. — Você tem alguma pergunta que eu possa responder? Sei que deve ser muita informação para assimilar de uma vez.

As palavras encheram Alice de um medo profundo. Aquilo não podia ser real, não é mesmo? Era alguma brincadeira? O cérebro dela buscou desesperadamente outra alternativa que não a que estava bem à sua frente. Mas a dor era real. Disso Alice tinha certeza. Ela abaixou os olhos para o braço. O estrago era inegavelmente real.

Alice fechou os olhos com força na mesma hora.

Não olhe. Não ouse olhar para o seu braço de novo.

Ela ouviu o médico se mover junto ao pé da cama.

— Você pode se sentir desconfortável por algum tempo, mas estamos te dando analgésicos para ajudar. Vou te deixar descansar um pouco mais, Alice, mas amanhã de manhã eu volto para checar como estão as coisas, certo?

Ela assentiu e, sem que precisassem lhe dizer duas vezes, se deixou levar pela ignorância abençoada do sono.

Ao longo dos dias que se seguiram, conforme se sentia mais forte, Alice viu que conseguia permanecer acordada por mais do que alguns poucos minutos. O cérebro dela se reconciliou lentamente com a ideia de funcionar, o que por sua vez fez com que ela enfim se desse conta do ambiente que a cercava.

Lúgubre.

Essa foi a primeira palavra que lhe veio à mente. "Sem alma" foi o pensamento seguinte. Para um lugar que estava constantemente vibrando com barulho, o hospital parecia vazio. Sempre havia pessoas se ocupando com uma coisa ou outra ali. Checando isso. Lendo aquilo. Falando o tempo todo. Alice sabia que estava viva, mas só graças às máquinas a que estava ligada. Havia tantos fios no seu corpo que ela começou a esquecer onde a carne terminava e as máquinas começavam. Alice se deixava ser espetada e cutucada, deixava que debatessem sobre ela, o tempo todo desviando a mente — e, mais importante, os olhos — para outro lugar. Toda vez que olhava para baixo, a evidência estava ali. Era como se o fogo tivesse ficado tão furioso por ela escapar com vida que quis deixar marcas em seu corpo para sempre... e havia feito um bom trabalho. Todo o lado esquerdo do corpo dela estava carbonizado. Fora devorado e cuspido pelas chamas. Em uma tentativa de bloquear a noção do estado em que se encontrava, Alice passava a maior parte do tempo olhando para o teto, ou para a parte interna das pálpebras. O sono se tornou o único lugar que lhe era familiar. O único lugar onde ela não sentia dor, o único refúgio que lhe restava.

Dormir também não a deixava ver o fluxo constante de pessoas que se aproximavam para checar o estado dela, com a pontualidade de um relógio. Ao longo da vida, Alice sempre se perguntou como seria ter alguém para tomar conta de você. Como seria a sensação de ser cuidada sem que ninguém lhe fizesse perguntas ou colocasse alguma condição? Agora aquilo tinha se tornado realidade e a deixava com vontade de gritar até os pulmões sangrarem. Alice sabia que as pessoas ali só estavam fazendo o trabalho delas. Tinha consciência de que as enfermeiras e os médicos eram *obrigados* a cuidar dos pacientes, mas o que não era exigido eram as lágrimas que marejavam os olhos deles toda vez que a viam. Nem o esforço para ficarem até mais tarde para conversar com ela, porque por dias a fio ninguém viera visitá-la. Um ressentimento amargo cresceu dentro de Alice, inundando-lhe o corpo e respingando em tudo ao seu redor. Por isso, passou a evitar o toque daquelas pessoas, a desprezar a piedade delas. Não era trabalho das enfermeiras sentir pena dela.

Com frequência, se não estava dormindo, Alice fechava os olhos e fingia estar, durante as rondas de médicos e enfermeiras. Ela não suportava ver os mesmos rostos tentando disfarçar o choque ao vê-la. Os mesmos rostos tentando arrancar uma palavra que fosse de sua boca. Mas ela continuava a não dizer nada. A princípio, a dor era realmente forte demais para que ela sequer conseguisse falar. Alice respirara tanta fumaça durante o incêndio que, além do rosto derretido, ganhara um par de pulmões que combinaria com o de alguém que fumava quarenta cigarros por dia. Não importava quantos metros cúbicos de oxigênio fosse forçada a inalar todo dia, a garganta dela ainda ardia de dor. Estava torrada de dentro para fora. Um verdadeiro pedaço de carne bem passada.

4

Alfie

Assim que foi admitido no hospital, tudo pareceu estranho. Não pertencia àquele lugar. Nada se encaixava. Tudo, desde o cheiro de desinfetante até a sensação áspera dos lençóis e os sons que as pessoas ao redor deixavam escapar, era errado. Não havia um espaço ali que fosse dele, e médicos e enfermeiras estavam sempre entrando de repente, interrompendo ou acordando Alfie. Ele conseguia sentir a frustração aumentando a cada hora que passava, e a falta de familiaridade com o lugar era opressiva. Toda noite ele rezava para voltar para casa. Para estar de volta em seu pequeno quarto e sala em Hackney, cercado pela segurança de sua vida. Agora, depois de tanto tempo ali, já não tinha mais certeza de como seria voltar para casa. Como dormiria sem o bipe meditativo dos monitores cardíacos? Como poderia acordar sozinho no próprio quarto? Onde estariam os rostos dos outros pacientes quando ele precisasse de companhia?

Uma das raras vantagens de ser um paciente ali por tanto tempo era que tinha acabado se acostumando com o que era certo e errado na vida do hospital. Seis semanas era o bastante para saber o que escolher e o que evitar nos cardápios diários, para se lembrar de quais funcionários tinham senso de humor e quais deles mal conseguiam piscar, quanto mais abrir um sorriso. Também era o bastante para saber que enfermeiras surrupiariam uma sobremesa extra para ele no jantar, e com quais delas era preciso se comportar da melhor forma possível. Por sorte, a enfermaria Moira Gladstone tinha mais o primeiro tipo de enfermeiras do que o último. E nenhuma era mais gentil, mais protetora e mais abundante de tudo do que Martha Angles, conhecida como Mãe Anjo. Não havia nada de pequeno nela; era uma mulher capaz de encher um cômodo apenas com seu busto e sua risada, e supervisionava a unidade de reabilitação com um olhar atento e um coração generoso.

— Bom dia, Mãe Anjo, como vai a senhora?

Pela primeira vez em muito tempo, Alfie estava realmente gostando de acordar cedo. Era impossível não querer absorver cada momento ao lado da enfermeira Angles — ela era uma dessas pessoas solares que só se encontra uma vez na vida.

— Bom dia, meu bem. Continuo a mesma de sempre. O Hank me levou ao cinema ontem à noite e, ao que parece, dormi vinte minutos depois de o filme começar! Não tenho ideia da história, mas posso te garantir que tive um sono maravilhoso.

Hank era o amor da vida da enfermeira Angles. Os dois tinham sido namorados de infância, se casaram aos dezoito anos e tinham quatro filhos encantadores. Ela adorava o marido do fundo do coração, o que significava que reclamava dele o tempo todo.

— O seu marido realmente deve amar muito a senhora, para aguentar seus roncos em um encontro romântico! E quando vai nos apresentar a ele? Preciso que ele me ensine como encontrar uma mulher igual à senhora.

A enfermeira Angles deu um tapinha carinhoso no pulso dele.

— Acredite em mim, querido, encontrá-las é a parte fácil. Continuar com elas é que é a parte difícil!

— Amém! — gritou Sharon, uma divorciada recente e feminista mais recente ainda, de uma outra cama.

A enfermeira Angles deu uma gargalhada gostosa.

— Muito bem, vamos ver como estamos indo hoje. — Ela abaixou os olhos para o toco de perna enfaixado de Alfie.

— Jura? De novo? — Alfie sabia que estava sendo petulante, mas, para ser sincero, não estava com humor para ter seu ferimento examinado naquele dia.

Ah, então você quer que o inchaço volte, é isso? Quer que a cicatriz estoure e esse negócio infeccione de novo? Não me faça chamar os ortopedistas para que transfiram você de volta. Acha que eu não faria isso, mas faria, sim!

Alfie talvez não estivesse com humor para ser examinado, mas a enfermeira Angles claramente não estava com humor para ouvir qualquer resposta engraçadinha dele. Alfie tinha sido transferido para a unidade de reabilitação Moira Gladstone depois de passar pela UTI e pela unidade de ortopedia. E já estava naquela enfermaria fazia tempo o bastante para saber que era o melhor lugar onde poderia ter esperança de terminar. Nem pensar que ele correria o risco de ser transferido de novo.

— Desculpe. Fique à vontade. Só não gosto de olhar para o curativo, só isso.

— Eu sei, meu bem, mas vai ser rápido.

Ela começou a desenrolar gentilmente a bandagem, e Alfie sentiu a pele despertar com sensações. Não doía exatamente, embora às vezes ele se perguntasse se aquilo era porque sofrera com dores tão atrozes logo depois do acidente que agora sua resistência era muito mais alta. Era uma sensação bizarra, como se agulhas e alfinetes quentes fossem espetados para cima e para baixo em seu corpo. Alfie se encolheu um pouco e a enfermeira Angles pousou a mão sobre a dele.

— Sei que é desagradável, mas é um preço baixo a pagar para afastar o risco de perdermos você. Não vou deixar isso acontecer enquanto estiver sob meus cuidados.

Alfie sabia que ela estava certa, por isso se recostou na cama e fechou os olhos. Não importava quanto tempo se passasse, ver o ferimento ainda causava arrepios de horror em seu corpo. Ele aceitaria toda a dor do mundo em troca de não ter que ver suas cicatrizes. Aquelas linhas brancas grossas que representavam tudo o que ele tinha perdido e nunca mais conseguiria recuperar.

— Pronto, tudo certo. Agora você já pode dar uma boa corrida na fisioterapia essa tarde? — A enfermeira Angles havia terminado de cuidar do ferimento. Tinha sido rápido e indolor, como ela prometera.

— Ah, pode apostar, Mãe Anjo. Hoje vai ser o dia em que vou bater meu recorde.

Ela deu outra palmadinha gentil na mão dele e continuou a rotina de exames. Sinais vitais foram checados, temperatura anotada e, o mais crucial de tudo, travesseiros afofados.

— Agora, Alfie, preciso te pedir um favor.

Houve uma ligeira mudança na voz dela.

— Claro, o que é?

A enfermeira Angles sentou na beira da cama dele.

— Logo uma pessoa vai se mudar para o leito ao lado do seu.

O coração de Alfie saltou no peito.

— Antes que você se anime demais, preciso te avisar que ela está seriamente traumatizada e não disse uma palavra desde que foi internada.

O coração de Alfie afundou no peito.

— Há quanto tempo ela está aqui? — Ele não conseguia imaginar passar nem uma tarde em silêncio.

— Algumas semanas. — A enfermeira Angles se aproximou um pouco mais dele. — Escute, Alfie. Sei que você vai querer conversar com ela, e fazer amizade, mas estou te pedindo: por favor, deixe ela quieta por um tempo. Deixe ela se acomodar. Dê um pouco de espaço à moça até ela estar pronta para começar a falar. Está certo, meu bem?

Alfie ainda estava perplexo com a ideia de alguém conseguir ficar tanto tempo em silêncio. Estava curioso para ver como aquilo sequer era possível.

— Alfie?

— Tá bom. Desculpe. Não direi uma palavra.

— Você é um bom garoto.

Ela deu uma palmadinha na cama, no espaço que a perna dele costumava ocupar, em um lembrete involuntário do que faltava a Alfie, e saiu do cubículo dele.

Alfie se perguntou como diabo aquela pessoa havia sobrevivido até ali sem falar. Com certeza devia ser exagero, não? Ninguém em juízo perfeito permaneceria em silêncio por vontade própria semanas a fio.

Durante toda a vida dele, várias pessoas já o haviam desafiado a ficar em silêncio. Certa vez, no ensino médio, Alfie chegou a angariar três mil libras para fazer um silêncio beneficente de quarenta e oito horas. Ele mal havia conseguido passar a manhã calado, mas as pessoas ficaram tão orgulhosas por vê-lo tentar que doaram o dinheiro de qualquer forma. Alfie vivia para conversar. Vicejava ao se conectar com as pessoas. Na verdade, uma das únicas coisas que o faziam atravessar os dias no momento eram as implicâncias brincalhonas com o sr. Peterson, ou as fofocas que vivia colocando em dia com Sharon. Conversas eram o tecido da existência dele na enfermaria e, sem elas, Alfie não conseguia imaginar como aquele lugar seria solitário.

Ela não vai continuar calada por muito tempo.

Como poderia? Apesar de saber da inflexibilidade da enfermeira Angles em relação àquilo, Alfie desconfiava que, no momento em que a misteriosa paciente se visse no meio do que acontecia ali, ela não iria resistir a se juntar a eles. Aquela era a beleza da enfermaria Moira Gladstone. Não era como a UTI ou a emergência. As pessoas não entravam e saíam por uma porta giratória. Elas ficavam ali. E se recuperavam. E se tornavam parte da família uma da outra. Era só uma questão de tempo até a nova vizinha se juntar ao restante deles.

5

Alice

Uma coisa que Alice conseguiu no tempo que passou na UTI foi formar uma ideia geral do que tinha acontecido com ela. Demorou um pouco até conseguir atravessar a névoa que parecia envolver sua memória, afastar os destroços de calor, fumaça e gritos do caminho, e se lembrar do que fez naquele dia.

Ela havia trabalhado até tarde na noite da véspera, por isso tinha faltado à aula de pilates de manhã bem cedo. Alice se lembrava de ter ficado chateada com aquilo — perder mesmo que apenas uma aula era o começo de uma espiral descendente direto para a acomodação. Dois espressos duplos e uma ducha rápida mais tarde, ela saiu pela porta a caminho do trabalho antes das seis da manhã.

Alice havia trabalhado duro e por muito tempo para conseguir conquistar o ótimo salário e a posição elevada que tinha na consultoria financeira. Portanto, tivera a sorte de poder escolher quando resolveu comprar um apartamento. Ela havia se forçado a ver imóveis nos subúrbios primeiro — as lindas casas onde as pessoas tinham derramado sua criatividade e seu amor. Havia passado então a procurar por propriedades com jardins bem-cuidados, inundadas pelo sol e que garantissem um refúgio verde na selva de concreto de Londres. Alice insistira em quartos extras para futuros hóspedes e a futura prole — quando se pegou usando a palavra *prole* no lugar de "filhos", ela desistiu daquela pretensão. Alice se orgulhava de ser uma pessoa muito cética, muito solteira e muito independente. Nunca fora do tipo que acreditava em algo que não conseguia ver com os próprios olhos, medir com uma régua ou pelo menos consultar em um livro técnico. Não era o tipo de pessoa que se envolvia em conversas espirituais profundas — para ser bem sincera, não dava a mínima para as esperanças e os sonhos dos outros e, com certeza, não confiava em ninguém para nada. Tudo de que Alice Gunnersley precisava era conforto e solidão. Assim, acabou comprando uma cobertura em Greenwich. Não tinha vizinhos, e a vista do rio e de um trechinho do parque era o bastante para convencê-la de que estava cercada pela natureza. Melhor de tudo, do apartamento conseguia ver o escritório onde trabalhava, o que sempre lhe dava uma sensação distorcida de calma.

O dia do acidente havia sido especialmente estressante no trabalho. Ela precisava terminar um parecer importante antes do fim da semana — um parecer que, se fosse bem-sucedido, cimentaria a imagem de Alice na mente dos integrantes do conselho executivo da empresa quando pensassem em futuramente tornar sócio algum talento. Infelizmente, entre ela e aquele parecer importante que precisava redigir estavam reuniões intermináveis, revisões de projetos e detalhes de orçamentos financeiros, além de uma reunião de acompanhamento de uma hora com o chefe. Alice com frequência se perguntava por que Henry insistia em fazer aquelas reuniões todo mês, levando em consideração que toda vez as mesmas coisas eram ditas.

— Alice, você sem dúvida é um trunfo para esta empresa. Nunca conheci ninguém com uma ética profissional e uma dedicação como a sua. Mas você sabe que isso não é tudo que valorizamos nesta firma. Se deseja atingir o topo, vai ter que começar a levar outras pessoas com você.

Levar outras pessoas com você.

Outra frase idiota de RH, pensou ela. *O que isso significa, pelo amor de Deus, Henry?*, teve vontade de retrucar. Mas apenas respirou fundo e sorriu.

— Eu levo as pessoas comigo, Henry. Olhe para as estatísticas. Só neste ano, já promovi cinco membros da minha equipe, e tenho o menor nível de perdas na equipe de todo o andar.

— Eu sei. — Ele balançou a cabeça, exasperado.

Alice sabia que não era exatamente uma pessoa fácil de lidar, mas também sabia que fatos não podiam ser questionados. Por isso, ela sempre dava fatos a ele.

— Mas esse não é o problema.

— Henry, não tenho a intenção de ser grosseira, mas tenho muita coisa para fazer hoje, por isso ficaria grata se você pudesse ir direto ao ponto...

Alice sabia que seu comentário não o surpreenderia. Àquela altura, eles já trabalhavam juntos havia dez anos, e o empenho implacável dela em relação ao trabalho continuava exatamente o mesmo.

— O *ponto* é que há vida além do escritório. Eu só me preocupo às vezes com a possibilidade de você não ver isso. Você passa todas as horas do dia e da noite aqui dentro, e não sei se isso é saudável. Além do mais, você raramente participa dos eventos sociais da empresa, e mal a vejo interagindo com alguém a não ser para falar sobre prazos.

Alice franziu o cenho. Será que ele estava tendo algum tipo de colapso nervoso? Ela começou a rir.

— Acho que agora entendi o motivo da conversa. É alguma nova política de RH sobre saúde e bem-estar dos funcionários, não é? Escute, você não precisa se preocupar comigo. Eu durmo, como, tenho amigos que vejo de vez em quando. Além disso, eu converso, *sim*, com as pessoas daqui.

Ele ergueu as sobrancelhas.

— Ah, é mesmo?

— Eu converso com a Lyla.

— Ela é sua secretária. Você tem que falar com ela.

— Muito bem. Também converso com o Arnold.

Ha! Agora ela o pegou.

— Arnold? Quem diabo é Arnold? — Henry estreitou os olhos. Ele sempre fazia aquilo quando estava pensando. Um hábito que Alice não conseguia suportar.

De repente, a ficha caiu.

— Jesus, Alice. Você não está falando daquele senhor da recepção, não é?

— Ele mesmo. — Ela deu um sorriso presunçoso.

Henry revirou os olhos e Alice percebeu que sua frustração estava atingindo novos limites.

— Certo. Bem, se você está me dizendo que tem conversas profundas e significativas com Arnold, quem sou eu para julgar.

— Exatamente. — Alice se levantou. — Terminamos aqui?

Henry deu de ombros. Ele havia desistido.

— Parece que sim.

— Obrigada, Henry. — Ela não se deu ao trabalho nem de olhar para ele enquanto saía da sala.

Que estranho, pensou Alice. Por que de repente Henry estava tão preocupado com a vida dela fora do trabalho? Com certeza, tudo o que importava para ele era conseguir fazer com que ela rendesse o máximo de dinheiro possível. E, se Arnold não era exatamente um *amigo*, a verdade era que, conforme o papel dela na empresa ia aumentando, ele era a pessoa que Alice acabava vendo mais do que qualquer outro ser humano na vida. Por cinco dias na semana, Arnold Frank Bertram cuidava da recepção durante o turno da noite no escritório. Era comum que Alice fosse a única no prédio depois das nove da noite, o que significava que ela e Arnold eram as únicas almas em todo o quadragésimo andar da torre de escritórios. Toda noite, quando Alice finalmente reunia disciplina o bastante para se arrancar do trabalho e ir para casa, lá estava ele, esperando pacientemente diante do balcão da recepção, os olhos fixos na porta que dava para a rua. Assim que via Alice, seu rosto se iluminava com um sorriso.

— Mais uma noite trabalhando até tarde, senhorita? Não vale a pena fazer se não for para fazer direito, não é mesmo?

Por um longo tempo, Alice respondia a Arnold apenas com um sorriso — um sorriso sincero e grato, mas só isso. Ela conseguia perceber que ele era do tipo conversador, daquele jeito maravilhoso de avô que gostava de contar histórias, mas às onze da noite de uma quarta-feira, quando precisava estar de volta às sete da manhã do dia seguinte, o que Alice menos queria era jogar conversa fora. Um sorriso teria que bastar.

Só que, conforme o tempo passava e as longas noites dela com frequência se transformavam no nascer do dia seguinte, Alice passou a achar cada vez mais difícil ignorar o senhor da recepção e suas contínuas tentativas de estabelecer uma conversa. Durante uma semana particularmente infernal, quando Alice tinha decidido às duas da manhã que precisava de um pouco de ar fresco, Arnold estava esperando por ela na volta com uma xícara de chocolate quente.

— Você precisa manter os níveis de açúcar no sangue, senhorita. — Ele sorriu e assentiu, cumprimentando-a.

— Obrigada. — Alice não tinha energia para protestar, e apenas aceitou o presente, se dando conta de que não comia desde a hora do almoço. — Quanto eu te devo?

— Nada. — Ele ergueu as mãos. — A senhorita pode acertar comigo amanhã à noite. — Arnold piscou para ela e voltou zelosamente para a recepção.

E assim tinha começado o estranho ritual noturno deles: se dividir entre xícaras de chocolate quente e breves momentos de conversa com Arnold se tornara um compromisso fixo na agenda de trabalho de Alice.

A noite do incêndio não fora diferente. Embora, por algum motivo, a injeção de açúcar garantida pelo chocolate não tivesse adiantado muito para aumentar a energia de Alice. Ela estava trabalhando em um parecer desde as dez da manhã, mas não estava conseguindo acertar o tom que queria dar. E se lembrava claramente de fechar um pouco os olhos na esperança de que um rápido cochilo fosse tudo de que precisava para fazer o cérebro voltar a funcionar a pleno vapor. Assim, tomara as últimas gotas do chocolate quente e deitara a cabeça na mesa de trabalho.

Mais tarde, as autoridades informariam que, enquanto ela dormia, entre duas e três da manhã, um ar-condicionado no andar de cima pegara fogo e deixara em ruínas os andares altos do prédio.

— A senhorita teve sorte — disse o policial, depois de algumas tentativas infrutíferas de arrancar o máximo de informação dela para o relatório que precisava escrever.

Embora Alice começasse a se sentir mais forte fisicamente, suas lembranças do evento ainda eram baseadas nas versões de outras pessoas. Como uma colcha de retalhos de histórias que se vira forçada a adotar como sua.

Se aquela vida era uma sorte, ela não queria nem pensar nas alternativas.

— A senhorita tem um recepcionista muito dedicado. Ele a teria arrastado de lá sozinho se as equipes de resgate de incêndio não tivessem chegado. O pobre homem estava desesperado.

Arnold.

— Ele salvou a sua vida, srta. Gunnersley. — O outro policial olhava para ela com uma expressão suplicante. Dava para ver que ele queria arrancar dela alguma emoção ou resposta. Alice não lhe deu nada além de um aceno de cabeça.

— Muito bem, então, vamos te mandar o relatório completo quando tivermos redigido. Se tiver alguma dúvida, por favor não hesite em ligar para nós.

Ao que parecia, Arnold realmente era um amigo. Na verdade, de uma hora para a outra, ele passara a ser uma das pessoas mais importantes na vida de Alice. Arnold a salvara.

Agora, Alice se perguntava se não seria melhor que ele tivesse deixado o fogo levá-la inteira.

6

Alfie

— Sr. P., o senhor sabe que horas são! — Alfie ergueu o corpo e estendeu a mão para as muletas.

O homem mais velho franziu o cenho.

— Jesus, isso é pior do que passar férias em um daqueles resorts com um monte de atividades planejadas. Não sou um dos seus alunos, você sabe disso.

Em sua vida antiga, antes do acidente, Alfie trabalhava como professor de atividades físicas e terapia do esporte em uma escola de ensino médio no sul de Londres. Na prática, ele era o velho e bom professor de educação física, mas aparentemente aquela era uma descrição imprópria — a política havia se infiltrado com força total no sistema educacional e os títulos logo se tornaram um reflexo do ego e da autoestima. Alfie não se importava. Ele não precisava de prestígio ou glória — apenas amava cada segundo do seu trabalho. Na verdade, uma das coisas mais difíceis de estar ali no hospital era a falta enorme que sentia de estar cercado por seus alunos. Obviamente ele brigava o tempo todo quando estava com eles, mas não os trocaria por nada no mundo.

— Um dia, seu mau humor será a sua morte. Agora, se apresse antes que os brownies acabem.

Apesar das reclamações, Alfie percebeu que o sr. Peterson já tinha colocado os chinelos e estava pronto para a caminhada deles.

— Me apressar! É muito engraçado ouvir isso vindo de você. Não se esqueça que é você que tem só uma perna, filho. Eu me desloco à velocidade da luz, se comparado a você.

— Em algum momento vocês são gentis um com o outro? — A voz de Sharon interrompeu a troca de implicâncias.

— Abaixe o tom, Sharon — brincou o sr. Peterson. — Ou não vou te comprar aquele chocolate quente que fez você reclamar na minha orelha pela última meia hora.

A implicância não parava nunca. Alfie às vezes se perguntava se, sem aquilo, todos se veriam forçados a lembrar que estavam presos em um hospital, lutando cada um com suas dores, sem terem por perto o conforto da família.

— Vocês são piores do que a minha Ruby, e ela acabou de fazer seis anos! Deveriam se envergonhar — falou Jackie, do outro lado da enfermaria, as palavras ainda ligeiramente arrastadas por causa do AVC que sofrera. Jackie era a única residente da enfermaria que tinha filhos, e Alfie adorava o jeito como só mencionar a filha parecia aliviar por um instante seu sofrimento. — Mas, enquanto estiver lá, Alfie... eu seria capaz de matar por um pãozinho de canela.

— Jesus, isso não é um serviço de entregas — resmungou o sr. P.

— O senhor sabe que, se não der açúcar a elas, as duas vão se comportar ainda pior. — Alfie sorriu para o amigo, que lhe dera o braço.

O sr. Peterson era um homem teimoso e turrão, mas, aos noventa e dois anos, era frágil fisicamente.

A caminhada regular deles até a cafeteria era uma desculpa para darem uma saída da enfermaria e escaparem um pouco da claustrofobia que passar tempo demais ali provocava. Alfie sabia que precisava caminhar o máximo possível, e o sr. Peterson era louco por chocolate quente, por isso aquela voltinha era perfeita para os dois.

— Tive uma conversa interessante com a Mãe Anjo hoje de manhã — Alfie tentou soar casual, pois sabia que qualquer insinuação de fofoca fisgaria o amigo na mesma hora.

— Ah, é? — Os olhos do homem se acenderam.

— Parece que vou ter uma nova vizinha. Silenciosa.

— Você o quê? — O sr. Peterson franziu o cenho, confuso.

— Uma pessoa vai se mudar para a cama ao lado da minha. Parece que ela não fala há semanas, se recusa, desde que foi internada. A enfermeira Angles diz que ela está bastante traumatizada. — Alfie deu de ombros, ainda espantado com a determinação daquela paciente de permanecer em silêncio.

— Imagino que ela deva ter ficado muito mal.

— Parece que sim.

Um silêncio pesado se instalou entre os dois, enquanto cada um se concentrava nos próprios passos lentos e vacilantes.

— Ora, dê a ela uma semana mais ou menos, essas coisas sempre passam. E, se não passarem, talvez ela possa nos ensinar uma coisinha ou outra sobre ficar em silêncio. Isso daria a todos nós um pouco de paz. — O sr. Peterson riu alto da própria brincadeira.

— Ou... o mais provável é que eu a perverta e, em pouco tempo, *nós dois* estejamos irritando o senhor o dia todo. — Alfie cutucou gentilmente o amigo nas costelas, grato ao ver que a conversa entre eles tinha retornado a um tom leve.

O sr. Peterson revirou os olhos.

— Santo Deus, nesse caso, já vou começar a rezar para ela nunca mais voltar a falar.

7

Alice

Quando avisaram a Alice que ela iria mudar de unidade de tratamento, uma parte dela ficou aliviada. Aquilo significava que algum progresso estava sendo feito. Sua condição já não era considerada crítica, e ela finalmente estava começando o caminho de volta para sua antiga vida. Embora os enxertos de pele que havia recebido tivessem começado a cicatrizar, e a pele queimada por baixo deles estivesse se recuperando lentamente, Alice ainda não tinha dito uma palavra. O que poderia dizer? Tudo o que queriam ouvir dela era que estava "indo bem". Que estava "se sentindo melhor, obrigada". Mas bastava dar uma olhada nela para saber que aquilo era mentira. Não que *ela* tivesse dado uma olhada em si mesma desde o acidente. Alice tinha se recusado terminantemente a abrir os olhos toda vez que os médicos a encorajaram a olhar para o seu reflexo no espelho. Bastava abaixar os olhos para a pele rígida dos braços para ter uma ideia do estrago no rosto. Não precisava de um espelho para saber que estava bem estragada.

Ainda assim, as enfermeiras excessivamente simpáticas, superemotivas e incessantemente otimistas continuavam com a bobagem de "você teve sorte".

— Você teve sorte de apenas um lado do seu corpo ter sido realmente afetado, Alice.

— Foi uma sorte você ter sido resgatada naquele momento, ou o seu lado direito poderia ter sofrido as consequências também.

Ah, que maravilha, ela estaria completamente fodida, então. Como se sentia sortuda por só ter tido uma metade do corpo desfigurada.

Como era sortuda a merda da Alice.

— Bom dia, Alice. Como vai? — perguntou o médico diretamente.

Alice ficava desconcertada ao ver que as pessoas continuavam a lhe fazer aquelas perguntas. E o silêncio continuava a ser a sua única resposta, por mais que continuassem tentando.

— Estava olhando os seus registros, e estou feliz com seu progresso. Os enxertos de pele estão cicatrizando bem, e todos os seus sinais vitais parecem estáveis. — O médico levantou os olhos da prancheta e sorriu. Aquela tentativa fraca de otimismo parecia mais constrangedora que encorajadora. — A próxima coisa que precisamos fazer é aumentar a sua força e a sua mobilidade. Você já está deitada há algum tempo, e precisamos evitar qualquer perda muscular a mais. Por isso queremos que se mude para a enfermaria Moira Gladstone. É uma unidade de reabilitação aqui no hospital. Uma das melhores do país. Você vai seguir um plano de fisioterapia, e vão continuar a monitorar as queimaduras. E quando soubermos melhor sobre a extensão das cicatrizes, vamos poder discutir opções.

Nada que possa me devolver o que eu tinha.

— A única coisa que está nos preocupando…

É o fato de eu não falar nada há semanas, ou de não olhar para o meu rosto no espelho?

Alice sentiu prazer ao ver o médico se debatendo para conseguir encontrar as palavras adequadas.

— Achamos que você não fez muitos progressos no que se refere a aceitar o acidente. Precisamos que comece a se comunicar, Alice. Para você sair daqui, temos que estar certos de que aceitou o que aconteceu e vai poder seguir adiante.

Seguir adiante? Por que não trocamos de lugar, doutor, e vemos quão adiante o senhor consegue seguir?

Ela ergueu o canto da boca em uma mostra débil de que entendera o que ele tinha dito.

— Alice. — O médico respirou fundo e se aproximou mais dela. — *Há* outras opções para você, mas primeiro temos que deixar a sua pele se curar mais. Esse não é o fim... Sei que pode parecer isso agora, mas não é. — Ele estendeu a mão por um instante, mas logo a deixou cair ao lado do corpo. — Para que você se sinta mais confortável, vamos transferi-la amanhã à noite. Se tiver qualquer pergunta, estamos aqui para responder.

*

Infelizmente, não tinha sido possível transportar as cortinas que a protegiam junto com a cama, mas ao menos a escuridão escondia praticamente todo o seu rosto enquanto ela era levada pelos corredores. No momento que chegou à enfermaria Moira Gladstone, Alice sentiu a mudança de energia. Era mais calmo ali. Não havia pressa. Nem medo de algum perigo imediato. As pessoas não estavam correndo de um lado para o outro, sempre com a adrenalina a mil e o corpo cheio de cafeína, vinte e quatro horas por dia. Enquanto passava pelas fileiras de camas, ela conseguia distinguir fotos emolduradas, cobertas coloridas nas camas e quinquilharias enfeitando os cubículos. Parecia que as pessoas que ocupavam aquele espaço não eram mais pacientes, e sim moradores. Havia outra diferença marcante em relação à Unidade de Terapia Intensiva — todas aquelas pessoas haviam recebido tempo de presente. Em teoria, não iriam a lugar algum tão cedo.

Alice foi acordada por uma das enfermeiras na manhã seguinte. A mulher era grande, determinada, e não tinha medo de confrontar o elefante no meio da sala.

— Bom dia, minha filha.

Alice se encolheu visivelmente. Não era filha daquela estranha. Alice Gunnersley, na verdade, não era filha de ninguém.

— Sou a enfermeira Angles e vou ser responsável por supervisionar o seu tratamento enquanto você estiver aqui. Sei que não se sente confortável falando, por isso sempre que eu te perguntar alguma coisa só preciso que você faça que sim ou que não com a cabeça... Podemos combinar assim? Caso contrário vai ser difícil para mim me certificar de que você está confortável.

Talvez Alice pudesse perdoar o termo carinhoso que a mulher tinha empregado se ela não tentasse forçá-la a falar.

Alice assentiu.

— Fantástico. Bom, seja bem-vinda à enfermaria Moira Gladstone. Vamos trocar rapidamente os seus curativos, então poderemos discutir seu plano de tratamento.

Alice olhou muito séria para a enfermeira Angles, mantendo o braço fora de alcance.

— Sei que é desconfortável, mas vou precisar trocar o curativo.

Desconfortável? Apenas ficar deitada, imóvel, já era quase impossível de suportar. A coceira na pele que tentava cicatrizar e se entrelaçar com os pedaços de pele nova que haviam costurado nela. Qualquer movimento, até respirar, retesava e puxava a pele, fazendo com que Alice se encolhesse de dor. Às vezes era uma dor aguda, como se uma centena de facas estivesse rasgando a pele dela, outras vezes era como uma dor surda que se instalava em seus ossos, abatendo-a.

— Preciso me certificar de que os seus curativos estão limpos, Alice. — A enfermeira fez menção de pegar o braço dela de novo. — Por favor.

Ainda relutante, Alice permitiu que a mulher cuidasse dela. Odiava quando faziam aquilo. Não apenas ela precisava sentir o curativo sendo puxado da pele em carne viva, como também era obrigada a ver o estrago em toda a sua glória. Não havia como esconder nem mascarar. Era uma confusão de pele e ossos lutando para cicatrizar, mas ainda deixando muito a desejar. No entanto, a irritação na voz da enfermeira mexera com alguma coisa dentro dela. Alice não pretendia causar confusão, mas já tinha passado tempo demais sem dizer nada, e parecia muito difícil quebrar o silêncio agora.

— Recebi instruções do seu médico, e tem muita coisa que devemos começar a fazer para que você possa sair daqui. — A enfermeira Angles examinou a folha de papel na prancheta. — Você já não está mais precisando da máquina de oxigênio, o que é ótimo, os cuidados com as queimaduras vão ser basicamente os mesmos. Já podemos diminuir aos poucos a dose de analgésicos e iniciar a fisioterapia. — Ela se espremeu para acomodar o corpo na cadeira ao lado da cama de Alice. — E isso, meu bem, quer dizer que você vai ter que se levantar e sair dessa cama.

Alice sentiu o medo como um balde de água gelada. Não conseguiria. Não conseguiria de jeito nenhum levantar. Alice começou a balançar a cabeça furiosamente — a adrenalina fazia seu estômago queimar e ela cerrou os punhos com força. A enfermeira Angles pousou a mão na cama.

— Está tudo bem, Alice. Desculpe, eu não tinha a intenção de apavorar você. — Alice teve a sensação de que a sua respiração se acalmava um pouco... O peso da mão da enfermeira Angles perto da dela tinha um efeito calmante. — Sei que é pedir muito, mas precisamos fazer você se movimentar. Está deitada há tempo demais, por isso é importante que a gente recupere sua força muscular bem rápido. Vou falar com o fisioterapeuta e ver o que podemos fazer, certo?

Alice fechou os olhos e respirou bem fundo.

Está tudo bem. Vai ficar tudo bem.

— Vou deixar você descansar agora, minha querida. Como eu disse, pode deixar comigo, vamos dar um jeito.

Só descubra como parar esse inferno. Por favor.

8

Alfie

Ele percebeu que sua vizinha de cama havia chegado assim que acordou. As cortinas ao redor do leito ao lado estavam totalmente fechadas e Alfie conseguia escutar, lá dentro, a voz familiar da enfermeira Angles fazendo sua apresentação de sempre. Era raro transferirem pacientes à noite, por isso todos na enfermaria estavam cientes de que o tapete vermelho havia sido de fato estendido. Alfie conseguia ver os rostos conhecidos dos outros pacientes esticando o pescoço para tentar enxergar alguma coisa de relance, enquanto a enfermeira Angles saía com habilidade de trás das cortinas sem revelar nada do que estava ali dentro.

— Você viu a paciente? — perguntou o sr. Peterson apenas mexendo os lábios, acenando do outro lado do salão.

Alfie balançou a cabeça — era cedo demais e ele estava cansado demais, depois de uma noite de sono inquieto, para responder direito. Alfie tentou se acomodar de novo na cama, ansiando por mais algumas horas de descanso que o ajudassem a atravessar o dia. Mas bastou fechar os olhos para ouvir.

Uma tosse. Uma tosse áspera, pesada e dolorosa saindo de trás das cortinas firmemente fechadas.

Ele mordeu a língua e resistiu ao impulso de perguntar se estava tudo bem. O som em si já lhe dizia que não. O resto da manhã seguiu na mesma toada. Silêncio interrompido apenas por aquela tosse excruciante, várias e várias vezes. Alfie precisou de um enorme autocontrole para permanecer em silêncio. Era da sua natureza cuidar dos outros — na verdade, tudo o que ele sempre quis fazer da vida foi ajudar. Aquele desejo, somado à sua habilidade natural para se conectar com as pessoas, era a principal razão para Alfie ser tão bom no seu trabalho. "Os que não conseguem fazer ensinam", era a piada que todos faziam. À merda com isso, era a resposta que ele sempre dava. Aqueles capazes de transformar vidas ensinam. Mas havia prometido à enfermeira Angles que ficaria quieto, por isso precisava ser cauteloso.

Pelo resto do dia, Alfie se esforçou ao máximo para se distrair. Conseguiu passar uma ou duas horas com seus livros de passatempos, mas era difícil não se deixar envolver pela agitação crescente que tomava conta do ambiente. As enfermeiras entravam e saíam, conversando entre si, mas a moça atrás da cortina continuava em silêncio. Os outros pacientes ficaram tão intrigados com a identidade da misteriosa nova hóspede que começaram a se reunir em grupinhos, cochichando a respeito de suas suspeitas e jogando palpites no ar como se fossem confetes.

— Acha que ela está mesmo ali? — perguntou Jackie.

— Isso não é uma brincadeira sofisticada que estão fazendo com a gente! É claro que ela está ali. — O sr. Peterson riu com desdém.

— Vou perguntar às enfermeiras sobre ela. As mais jovens sempre deixam escapar alguma coisa que não deveriam. — A voz de Sharon saiu alta de empolgação.

Alfie ficou deitado na cama, por um lado ouvindo os sussurros dos amigos, por outro preocupado que a moça ao seu lado os ouvisse. Talvez ela estivesse dormindo? Aquilo poderia explicar o silêncio.

— Podemos não ficar parados por aqui como sacos de batata, por favor? — disse uma das enfermeiras, atravessando a enfermaria a passos firmes. — Com certeza vocês têm coisas melhores para fazer, não têm?

Os amigos de Alfie pareceram desconfortáveis.

— Tem uma coisa que precisamos decidir — disse outra enfermeira, mais jovem, em um tom mais entusiasmado. — Que filme vocês vão assistir hoje, na noite dos filmes?

— *Uma linda mulher*!

— Ah, dá um tempo, Sharon, você sabe que é a única que quer ver esse bendito filme. Além do mais, ele não é exatamente pró-feminismo, certo? — falou o sr. Peterson.

— Pare de ser um velho chato. Em vez de reclamar da escolha de todo mundo, por que não sugere alguma coisa?

— Isso mesmo, sr. P., por que não escolhe um filme? — sugeriu Alfie, erguendo um pouco o corpo na cama.

— Ah, não, não posso ser eu a tomar todas as decisões. A Ruby vem esta noite, Jackie?

— Vem, a minha mãe e o meu pai vão trazer ela depois da escola. Ela deve chegar logo. — Jackie checou o relógio, ansiosa.

— Então a decisão já está tomada, não está? — disse o sr. Peterson, olhando ao redor para os outros pacientes.

— *Procurando Dory*! — A enfermeira mais nova riu.

— Vou conseguir recitar cada palavra desse filme quando finalmente sair daqui — resmungou o sr. Peterson, voltando devagar para a cama.

— Ah, pare com isso. O senhor adora esse filme, mesmo que seja só para ver a carinha da Rubes sempre que conta a ela que vamos vê-lo — disse Alfie.

A história de Jackie e Ruby era uma das mais trágicas com que Alfie se deparara no tempo que estava no hospital. Apesar de ela ser só uma visita, todos na Moira Gladstone pareciam se empenhar em fazer com que Ruby se sentisse em casa no hospital. Até mesmo as enfermeiras não se importavam em ter mais trabalho se aquilo estampasse um sorriso ainda maior no rosto da menina. Era preciso ser uma pessoa muito dura para conseguir dizer não a uma criança de seis anos, cujo pai morrera de câncer um ano antes e cuja mãe estava no momento em uma unidade de reabilitação, se recuperando de um AVC.

— Ei, meu velho, já que está de pé, não gostaria de dar um passeio?

— Meu velho! Vá pro inferno! — bradou o sr. Peterson. — Mas tudo bem, eu gostaria, sim, de comer um muffin. Estou faminto.

— Não sei se Agnes concordaria. O senhor não deveria estar começando uma dieta nova?

O sr. Peterson nem se deu ao trabalho de responder — o seu olhar assassino já bastava. Agnes era o amor da vida dele, mas pelo visto nem mesmo sessenta e quatro anos de casados conseguiriam manter o velho camarada longe dos seus bolos.

— Anotado. Nada de dieta nova.

Alfie riu para si mesmo, enquanto trocava as muletas pela prótese. Ele tinha achado que com o tempo se adaptaria à prótese, mas a mera visão do membro de plástico já o deixava com raiva. No começo tinha doído. Tanto que Alfie chorara a cada passo. Horas e horas de fisioterapia implacável o haviam ajudado a se acostumar um pouco mais, mas seu andar ainda guardava sinais de desconforto. Ele caminhava muito devagar, em passos irregulares, e toda hora tinha que parar um pouco. Sua força muscular havia melhorado, mas estava longe do normal. Além do mais, todo o corpo dele precisava se ajustar constantemente e reacomodar o próprio peso para se habituar ao novo acessório. Alfie tentava não pensar mais em como parecia quando andava, e escolhia se concentrar na sorte que tinha e no privilégio que era poder dar mesmo que fosse um único passo.

Quando os dois companheiros voltaram à enfermaria, com xícaras fumegantes de um chocolate quente terrivelmente doce nas mãos, além de muffins de mirtilo, viram que Sharon os esperava na entrada.

— Vocês não vão *acreditar* no que eu acabei de ouvir! — Os olhos verdes dela estavam arregalados de empolgação. A alegria que uma fofoca levava à vida daquela moça era realmente inacreditável.

O sr. Peterson revirou os olhos. Por mais que ele tentasse negar, Alfie sabia que o velho camarada adorava os fragmentos de informação que Sharon oferecia... Ele só não gostava que ela soubesse daquilo.

— O que foi dessa vez?

Sharon deu um sorrisinho afetado.

— É sobre aquela moça da cama treze. A muda.

— Ela não é muda, Sharon, só está traumatizada — corrigiu Alfie com um suspiro.

— Tá certo, você entendeu. Eu soube que, toda vez que ela se levantar e sair da cama, nós teremos que ficar escondidos nos nossos cubículos, com as cortinas fechadas. Acreditam nisso? É como um miniconfinamento!

— Onde diabo você ouviu isso? — Alfie adorava Sharon, mas tinha que admitir que nem sempre confiava nela.

— Ouvi as enfermeiras conversando sobre isso agora mesmo. A moça não só se recusa a falar, como *também* se recusa terminantemente a deixar que qualquer um a veja. Elas não pareciam satisfeitas com isso, mas não estou surpresa... Quem aquela mulher pensa que é! — Sharon arquejou tão alto, de repente, que Alfie quase quebrou o pescoço, se virando rapidamente para olhar para trás. — Talvez ela seja da *realeza*. — Os olhos dela estavam tão arregalados que ocupavam metade do rosto.

— Para com isso. Em que planeta você vive? — O sr. Peterson parecia sinceramente irritado com aquela fantasia absurda. — Não mandariam um membro da família real para este lugar.

— O senhor não tem certeza disso. — Sharon cruzou os braços, claramente irritada.

— Não, mas eu apostaria o resto dos meus anos neste planeta que ela não é da realeza. — O sr. Peterson se virou para Alfie. — Faça o favor de descobrir o que está acontecendo, ok? Não podemos ficar às voltas com toda essa confusão de informações. Venham, vamos voltar lá para dentro. O meu chocolate está esfriando.

Alfie não se sentia tão confiante em relação à própria capacidade de descobrir o que estava acontecendo, mas sabia que não faria mal algum perguntar.

— Está certo, mas não posso prometer que vou descobrir algo. Essa paciente pode acabar se revelando o segredo mais bem guardado do hospital.

Os três voltaram para a enfermaria.

— A Agnes vem me visitar mais tarde, e preciso terminar de tomar isso antes que ela me encha o saco de novo por causa da minha glicemia. — O sr. Peterson tomou um grande gole do chocolate quente. — Nesse meio-tempo, garoto, é melhor você se apressar e desvendar logo esse maldito mistério. Se alguém é capaz de arrancar alguma informação da enfermeira Angles, esse alguém é você.

— É, e no momento em que descobrir alguma coisa é melhor me contar logo! — Enquanto enfiava o dedo com força no peito de Alfie, Sharon deu um sorriso fofo e voltou para sua cama.

— Vamos esperar pelo menos um dia, então eu começo a fazer perguntas.

Os amigos não pareceram satisfeitos com a proposta dele, mas Alfie sabia que aquele seria um jogo de espera. Um teste de paciência. Uma coisa que achava muito difícil, mas em que sabia que teria de ficar bom rapidamente.

— *Cada passo é um passo mais próximo...* — murmurou para si mesmo.

9

Alice

— Quem está naquela cama, mamãe?

Alice acordou lentamente e viu a sombra de uma figura pequena parada fora do cubículo dela.

— O quê, meu amor? — perguntou uma voz arrastada vinda do outro extremo do salão.

— Perto do Alfie. As cortinas fechadas. Tem alguém ali?

Então, a menina começou a levantar a mão. Alice viu as pontinhas peroladas dos dedos dela segurarem o tecido que a mantinha escondida e em segurança. Tudo parecia se mover em câmera lenta. Santo Deus, como ela iria afastar aquela menina? Deveria gritar? Não tinha certeza se teria voz para aquilo, mas precisava fazer *alguma coisa*.

— Ruby! Não! — gritou uma das enfermeiras. A menina soltou a cortina na mesma hora. — Desculpe, meu bem, não tive a intenção de gritar. É só que tem uma pessoa aí atrás que não quer receber visitas hoje.

Alice pôde ver outra silhueta afastando Ruby. Gotas de suor surgiram em sua testa, e seu coração estava disparado.

— Mas quem não quer receber visitas? — A surpresa na voz de Ruby deixou o coração de Alice apertado. — Todo mundo quer amigos, não é?

— Sim, é claro que quer. Só que não neste momento. Venha até aqui e mostre pra sua mãe como você é boa naquele jogo das cobras e das escadas, está bem?

Alice viu a silhueta desaparecer, mas a pergunta da menininha continuou a ressoar alto em seus ouvidos.

Aquele era o terceiro dia dela na enfermaria, e Alice percebeu que o plano de "ficar deitada e deixar os dias passarem" que tinha pretendido adotar não seria tão fácil de executar quanto esperava. Na verdade, desde a primeira manhã ali, ela conseguia ver a silhueta de outros pacientes passando pela cortina dela e se demorando um pouco mais do que o normal, na esperança de conseguirem dar uma espiada. Como não conseguiram, começaram os cochichos, e ela com certeza tinha ouvido alguns "Você já conseguiu ver ela?" passando pelo ar. Obviamente ali não era um lugar onde ela conseguiria se manter isolada como gostaria. Na maior parte do tempo, Alice conseguia ignorar os outros, e recorria ao sono, seu velho amigo, para levá-la para longe da enfermaria. Mas, às vezes, se a figura de alguém se demorava um pouco mais, ou ficava parada um pouco perto demais da cortina do cubículo dela, Alice sentia o coração saltar no peito e a ansiedade começava a disparar por suas veias. Mas Ruby fora a ameaça mais próxima até ali, e a respiração de Alice mal se estabilizara quando ela ouviu outra pessoa se aproximando.

— Alice, meu bem, se não tiver problema para você eu vou entrar, certo?

O rosto da enfermeira Angles já estava aparecendo no canto da cortina antes que ela terminasse de falar. E, pelo modo como ela ficou parada ao pé da cama, hesitante — o que era o oposto da forma impetuosa como costumava entrar ali normalmente —, Alice soube que ela não trazia boas notícias.

— Sei que conversamos sobre a importância da fisioterapia outro dia, e também sei como é intimidador para você aparecer diante dos outros pacientes. Portanto, chegamos a um acordo. É temporário, só até você ganhar mais confiança, e é importante que entenda isso. Não pode ser para sempre, não é?

Alice ainda não tinha certeza do que ela estava falando, por isso não ousou fazer qualquer movimento que sugerisse concordância.

— Quando você tiver suas sessões de fisioterapia, vamos pedir a todos na enfermaria que permaneçam em seus cubículos, com as cortinas fechadas, enquanto nós te levamos para a sala de estar feminina, que conseguimos reservar por uma hora. Lá você vai ficar apenas com o fisioterapeuta e algumas enfermeiras, tudo bem?

O alívio e o medo se agitaram ao mesmo tempo no estômago de Alice.

— Você precisa começar a ficar de pé e se movimentar, Alice. Não há espaço para negociação em relação a isso. — O rosto da enfermeira era severo. — E vamos começar agora.

Os olhos de Alice ficaram marejados, e ela assentiu resignada. Por quê? Por que a estavam obrigando a fazer aquilo? Já não tinha sofrido o bastante?

A enfermeira Angles pousou a mão com gentileza no pé de Alice.

— Eu sei que é difícil, meu bem, mas não posso permitir que você apodreça nessa cama. Quanto antes começarmos, mais rápido vai terminar.

Alice nem ergueu os olhos — conseguia ouvir as enfermeiras do outro lado da cortina esperando o sinal verde da enfermeira Angles. Ela seria levada para a fisioterapia, gostasse ou não da ideia.

Em qualquer outro dia, a visão de uma cadeira de rodas sendo colocada diante dela lhe causaria revolta. Naquele momento, no entanto, Alice tinha preocupações maiores. Os gemidos de insatisfação dos outros pacientes da enfermaria mal foram percebidos por ela. As enfermeiras se aglomerando ao lado da cama, esperando e observando-a, não a deixaram irritada. Alice só conseguia pensar na mão da enfermeira Angles na cortina, pronta para abri-la.

— Todos estão na cama, com as cortinas fechadas — informou a jovem enfermeira.

Se aquilo não estivesse acontecendo com Alice naquele momento, ela sem dúvida estaria se divertindo com o absurdo da situação. Uma operação militar só para ela. E só porque era teimosa demais e estava apavorada demais com o próprio rosto para sair da cama.

— Muito bem, Alice, posso trazer suas pernas para a beira da cama, para que te ajudemos a se sentar na cadeira?

E se ela dissesse que não? E se ela se recusasse a se mover, o que de pior poderia acontecer? As enfermeiras realmente a forçariam a sair da cama? A julgar pela expressão no rosto da enfermeira Angles, Alice sabia que não queria saber a resposta para essa pergunta.

Alice se mexeu muito sutilmente para erguer o corpo na cama. E começou a deslizar bem lentamente a perna direita pelo colchão e a descê-la pela lateral. Ela não sabia por que tanta preocupação — era verdade que sentia a perna um pouco rígida, mas estava bem. Então, foi a vez da perna esquerda. A primeira tentativa de movê-la fez os nervos despertarem. As bandagens que cobriam os ferimentos se mexeram sobre a pele, provocando arrepios em sua espinha. Como tinha ficado tão fraca?

— Tente usar os braços, meu bem. — A enfermeira Angles a estava observando com tamanha intensidade que doía ver.

Alice pousou as mãos de cada lado do quadril. Seu rosto estava tenso, concentrado, e ela conseguia sentir as linhas se aprofundando em sua testa.

Vamos, é só se levantar.

Alice deu impulso com a maior força que conseguiu, mas sentiu os braços cederem na mesma hora.

Ela sentiu toda a enfermaria prender a respiração.

— Se incomoda se eu ajudar você? — A enfermeira Angles se adiantou com cautela.

O que mais poderia fazer?, pensou Alice. Ficar oscilando na beira da cama até cair no chão? Aquela situação humilhante fazia seu peito arder como se abrissem um buraco nele. O que ela tinha se tornado? Aquele acidente levara mais do que a aparência dela... ele também sugara cada gota de força e de orgulho que lhe restara. A vergonha que sentia era demais para suportar. Alice assentiu com relutância, então.

— Muito bem, querida. Vou mover a sua perna com bastante delicadeza, está bem? Basta apertar o meu braço se eu a machucar.

Bem devagar, e com toda a gentileza, a enfermeira Angles ergueu a perna esquerda dela e a virou. Parecia tão estranho ser segurada daquela forma. Tristeza e repulsa se debatiam dentro dela, deixando-a zonza e nauseada.

Faça com que isso acabe logo, por favor, meu Deus, faça com que isso acabe logo.

— Ótimo, você está se saindo muito bem. Agora, vou te pedir para apoiar o peso em mim, e vou te abaixar até a cadeira, ok?

Era como voltar a ser criança. Indefesa, impotente e totalmente dependente de outra pessoa. A provação fez Alice ter vontade de se rasgar e gritar até todo o hospital sentir a sua dor, mas em vez disso ela apenas cedeu e se deixou cair frouxamente nos braços da enfermeira Angles, se permitindo ser colocada na cadeira.

— Perfeito. Agora, vamos sair rapidinho com você daqui, e te levar para o Darren. — A voz calma e controlada da enfermeira Angles era a única âncora que fazia com que Alice não afundasse no desespero da situação. — Sally, abra as cortinas, por favor.

E, assim, Alice foi levada para o mundo enorme além do seu cubículo.

10

Alfie

Alfie tinha tentado não ouvir os sons da cena que se desenrolava no cubículo ao lado, mas era impossível. Ele se encolheu por dentro ao ouvir as frases de encorajamento da enfermeira Angles, pois se lembrava bem demais da sensação de ter que se esforçar para conseguir ficar sentado. A quantidade absurda de força necessária para se mover meros centímetros. Como era desmoralizante ser carregado feito uma criancinha. Alfie sabia como qualquer resquício de orgulho ou ego poderia ser estilhaçado da noite para o dia, quando em um piscar de olhos a sua sobrevivência era colocada nas mãos de uma equipe de estranhos.

Culpa e — por mais que ele detestasse admitir — pena começaram a surgir em seu peito. Como todos eles haviam sido injustos. Sharon estava errada. A vizinha de cama de Alfie não tinha exigido nada, aquilo tudo fora um plano da enfermeira Angles para ajudar a moça. Ele jurou esclarecer as coisas e contar a Sharon assim que pudesse.

O som da cadeira sendo levada até o leito da moça era o sinal que todos estavam esperando. Uma hora mais tarde, a sessão de fisioterapia havia terminado. Acabara. Mas ninguém ousou se mover um centímetro até a enfermeira Angles ressoar por toda a enfermaria:

— Muito bem, todo mundo, podem se levantar.

— Já estava na hora, pelo amor de Deus! — grunhiu alto o sr. Peterson.

— Até a próxima vez que você nos tratar como gado de novo — reclamou Sharon.

— Por quanto tempo vamos ter que fazer isso, enfermeira? Vou lembrar de pegar um lanchinho na próxima vez — zombou Jackie.

— A cada duas semanas, até eu dizer o contrário. Portanto é melhor se apressarem e fazerem seu estoque de comida.

Resmungos de insatisfação e movimentos inquietos foram ouvidos por toda a enfermaria, mas apesar do sinal verde da enfermeira ninguém se moveu. As cortinas permaneceram fechadas; e os pacientes, em suas camas. Se por letargia ou em protesto, Alfie não saberia dizer, só sabia que nem mesmo os seus passatempos de sempre haviam conseguido distraí-lo. Não importava quanto tentasse, seus pensamentos continuavam voltando para a moça do leito ao lado. Quando a ouvira sendo levada pela enfermaria, Alfie sentiu uma urgência quase incontrolável de dar uma olhada nela. Tudo o que precisava fazer era dar uma espiadinha através das cortina. Só queria ter um vislumbre da pessoa que estava no centro de todo aquele mistério. Quem era aquela mulher? Qual era a extensão dos danos físicos que sofrera? Mesmo se visse só a nuca dela isso já lhe daria alguma satisfação, mas não faria uma coisa daquelas. Todos os olhos estariam alertas para alguém à espreita, e Alfie não queria que lhe chamassem a atenção na frente de todo mundo. Além do mais, curiosidade não era desculpa para desrespeito.

Ele respirou fundo, ergueu o corpo e, dessa vez, estendeu a mão para as muletas, em lugar da prótese. Depois de caminhar, o toco de perna dele com frequência ficava dolorido e sensível, por isso se permitiria alguns momentos para descansar da prótese. Embora o confinamento tivesse acabado, Alfie ainda estava nervoso de sair de seu leito. Sentia-se dominado por um antigo medo infantil de ser repreendido.

— Mãe Anjo, a senhora tem um minuto? — Alfie se aproximou cautelosamente do posto das enfermeiras.

— É claro. — Ela parecia ruborizada e um pouco agitada.

— O que aconteceu?

— Como assim, o que aconteceu? — Ela começou a erguer as sobrancelhas.

— Com a moça da cama treze.

A enfermeira Angles parou de se agitar de um lado para o outro e se virou para encarar Alfie.

— Eu te disse que ela está traumatizada, Alfie. Eu te avisei disso antes mesmo de ela chegar aqui.

— Eu sei, mas acho que não tinha me dado conta da seriedade da coisa. Com certeza esse negócio horroroso de "feche todo mundo em seus cubículos até ela finalmente se aventurar para o grande mundo do lado de fora" não pode durar para sempre.

— É mesmo, Alfie? Estou surpresa! Achei que você, dentre todo mundo, fosse o que estaria mais disposto a ajudá-la a sair da casca.

— E estou. Só não consigo entender por que ela está recebendo todo esse tratamento especial. — Ele detestou o modo como soou infantil e mimado.

— Não é trabalho seu entender, Alfie. Mas se realmente quer saber, a pobrezinha não falou uma palavra desde que chegou aqui e, para tornar tudo pior, ela também não recebeu uma única visita. Parece que o contato de emergência dela está na Austrália, e ninguém se responsabiliza por ela. Não há ninguém, entendeu, Alfie? Ninguém. Por isso, se não se incomodar, tomamos a decisão de dar um apoio extra a ela.

A enfermeira Angles nunca tinha falado daquele jeito com ele. Os olhos dela estavam arregalados em uma expressão de desafio e sua respiração ficara mais pesada. Ela parecia estar se preparando para uma batalha da qual nem mesmo Alfie era tolo o bastante para participar. A vergonha começou a subir por seu peito.

— Ninguém veio vê-la? — As palavras da enfermeira ainda estavam começando a ser assimiladas.

— Eu não deveria ter te contado isso. Desculpe, eu me deixei levar. — Ela balançou a cabeça, frustrada. — É só que... ela precisa da nossa ajuda, e estou tentando fazer o melhor que posso.

A irritação na voz da enfermeira Angles atingiu Alfie com força. A indestrutível Mãe Anjo subitamente parecia impotente e perdida.

— Acredite em mim, se alguém é capaz de ajudar essa moça, é a senhora. Ela é a pessoa mais sortuda do mundo por ter aterrissado aqui, aos seus cuidados, e prometo que vou fazer tudo o que puder para ajudar. — Ele sentiu uma onda de alívio ao ver o sorriso voltar ao rosto da enfermeira.

— Obrigada, Alfie. Agora, vá. Tenho certeza de que você tem coisas melhores a fazer do que me acompanhar pela ronda na enfermaria.

— Ah, sim, a senhora me conhece, sou ocupado demais para o meu próprio bem! As atividades neste lugar são simplesmente *intermináveis*.

— Comporte-se e vá logo! Tenho trabalho a fazer — disse ela, enxotando-o.

Enquanto voltava para o leito, Alfie ficou olhando para as cortinas fechadas ao redor da cama treze. A culpa fervilhou dentro dele, densa e pesada como piche, pressionando-lhe o peito e o estômago.

— *Quem é você?* — sussurrou.

A única resposta foi o silêncio dela.

11

Alice

Em uma hora, Alice estava de volta ao confinamento seguro do seu leito. Haviam sido sessenta minutos física e emocionalmente exaustivos, e Alice se sentia tão abatida quanto no dia em que acordou do acidente. Todos os seus músculos doíam, mas nenhum mais que o coração. Como ela conseguiria fazer aquilo de novo, e ainda repetir a cada duas semanas, como os médicos haviam mandado?

— Você se saiu muito bem hoje, Alice. A primeira vez sempre é a mais difícil, mas dê tempo ao tempo. Vai ficar mais fácil, eu prometo — murmurou ternamente a enfermeira Angles enquanto a punha de volta na cama.

Alice fechou os olhos e deixou o peso da cabeça cair no travesseiro.

— Se precisar de alguma coisa, você sabe onde estou. É só apertar a campainha, tudo bem?

A única coisa que Alice precisava era ficar sozinha. Para tentar apagar da mente aquela hora vergonhosa da sua vida, e fingir que nada havia acontecido. Se ela já achara a ida até a fisioterapia humilhante, a fisioterapia em si elevou tudo a outro nível. Tentar ficar de pé sem ajuda era impossível. Se mover mais do que cinco centímetros também. Como havia regredido àquilo? Qualquer grama de ego que ainda lhe restasse havia sido oficialmente esmagado. Qualquer noção de amor-próprio e dignidade a que ainda se agarrasse havia sido arrancada violentamente. Se tornara tão fraca, tão frágil… Tudo o que restava dela era uma casca vazia, pronta para ser soprada longe pela brisa mais leve. Sempre que se mexia, todo o lado esquerdo do corpo protestava. Alice teve certeza de que se partiria em duas. Era como se alguém a estivesse esfregando com uma navalha, arrancando camada por camada, até ela se ver reduzida a nada.

Felizmente, o resto do dia passou sem nada fora do normal. Alice descobriu que aquela enfermaria seguia uma rotina muito semelhante à da UTI. Na verdade, era quase tudo igual. Enquanto era levada de cadeira de rodas para a fisioterapia, Alice conseguiu examinar o espaço pela primeira vez à luz do dia. Eram as mesmas paredes bege, a mesma mobília de plástico, as mesmas faixas de luz desagradáveis no teto. Ali também eram oito camas, quatro de cada lado da enfermaria, todas separadas pelas mesmas cortinas de tecido azul, que garantiam tanta privacidade quanto uma folha de papel. Cada cubículo por que ela passou era uma réplica perfeita do que estava ao lado, tudo projetado com a única intenção de ser estéril e inofensivo. Infelizmente, não havia nada de inofensivo no cheiro que pairava no ar. Era uma mistura intoxicante de fluidos humanos e água sanitária, como se alguém estivesse tentando desesperadamente limpar o sangue, o suor e as lágrimas que saíam dos habitantes daquele lugar. Mas a questão é que não era fácil remover sofrimento, medo e morte. Por sorte, o sono chegou rápido naquela noite, envolvendo Alice nos braços e levando-a para longe da realidade. Nos sonhos, ela conseguia retornar com facilidade à antiga vida, onde seus membros funcionavam perfeitamente e sua pele era lisa e imaculada. Durante aquelas poucas horas, Alice conseguia enfim se sentir livre.

✻

— Cereal de flocos de milho para o café da manhã, de novo. O cereal mais entediante do planeta.

Alice se mexeu na cama, despertada por uma voz que vinha da cama ao seu lado. Era baixa e gentil, alta o bastante apenas para que ela ouvisse. Havia uma leveza no tom dele, um jeito de menino travesso que remontava a liberdade e dias despreocupados. Talvez ela ainda estivesse sonhando — com certeza ninguém poderia sentir nada além de desespero naquele lugar.

— Quem no mundo realmente gosta de cereais de flocos de milho? Entendo que são um clássico para a população consumidora de cereais, mas gostaria de conhecer uma única pessoa que de fato escolha comer isso no café da manhã.

Alice, já totalmente acordada agora, se mexeu na cama. Com certeza ele não estava falando com ela, não é mesmo?

— Dentre todos os carboidratos revestidos de açúcar que se pode escolher para o café da manhã, por que alguém escolheria flocos de milho? Só não entendo. Entende o que estou falando, vizinha?

Ah, Deus, ele está falando comigo...

— Talvez tenhamos sorte e eles nos surpreendam com cereais de chocolate amanhã. Deus, como eu gostava desses cereais. Os alunos na escola ficam loucos com ele. Na verdade, ficam loucos por qualquer coisa que tenha chocolate.

Por favor, pare. Pelo bem de nós dois, pare de falar.

— Olhe só pra mim, já conversando com você, sem nem ter me apresentado. Sou o Alfie.

Oi, Alfie, sabe de uma coisa? Eu não me importo.

— Em nome de todos aqui, eu só quero te dar as boas-vindas à enfermaria Moira Gladstone! Esperamos que você tenha uma estadia agradável aqui. Só algumas informações enquanto se ambienta: à sua direita estão os banheiros femininos, e à esquerda os masculinos. Por favor, não confunda os dois, ou você provavelmente vai acabar experimentando um outro nível de trauma. O entretenimento por aqui vai variar ao longo da sua estada, mas você vai ver que, como parte do seu cubículo de luxo, terá seu próprio aparelho de televisão. Infelizmente, a TV a cabo não está incluída no pacote, mas descobri que, na TV aberta, o Channel 5 tem uma seleção de documentários bem boa à tarde.

Ele mal parou para respirar.

— Falando sério, somos um grupo bem heterogêneo por aqui, mas só estamos todos tentando voltar a ficar firmes nos pés. No meu caso, em um único pé! Não sei quanto a você, mas acho muito estranho como a gente se acostuma rápido à vida no hospital. Há quanto tempo você está aqui no total?

Jesus, homem, você não vai parar?

— De qualquer modo, provavelmente há tempo o bastante para já ter se acostumado com as pessoas cutucando e espetando seu corpo todo dia. Quando eu sair daqui, acho que até vou sentir falta! Acordar não vai ser a mesma coisa sem a enfermeira Angles me dando uma examinada geral, entende?

Ela não entendia. Na verdade, estava contando os segundos até ninguém mais ter que tocá-la de novo.

E, naquele momento, estava contando os segundos para que ele a deixasse em paz.

— Não sei como você faz isso. Essa coisa de não falar, quero dizer. Eu ficaria *louco*.

A única coisa que está me deixando louca neste exato momento é você...

— Ei, vizinha, você gosta de resolver enigmas?

Ele agora já nem fingia mais que estava esperando pela resposta dela. Alice rolou para o lado e fechou os olhos, rezando com todas as suas forças para que o sono chegasse e a arrastasse de novo com ele.

— Sempre fui obcecado por enigmas. Nunca vou a lugar nenhum sem um livro deles, só para prevenir. Sei lá, vai que eu me pego em uma enfermaria para doentes de recuperação lenta, com o dia todo cheio de nada para fazer. É bom manter o cérebro ativo.

Alice torcia para que logo, logo o cérebro dele ficasse bem inativo. Ela não sabia por quanto tempo mais conseguiria aguentar aquilo. Seu silêncio parecia só servir de encorajamento, como se ela o estivesse desafiando a se esforçar mais. Mas, apesar do fluxo constante de palavras bombardeando-a, Alice permaneceu muda e impassível.

— Alfie, que diabo você está fazendo? — A voz de uma das enfermeiras interrompeu o monólogo.

— Nada. Só falando comigo mesmo. — Ele não soou nem um pouco envergonhado por ter sido pego.

Alice revirou os olhos e agradeceu silenciosamente à enfermeira por sua chegada providencial.

— Claro… ahã… Você tem fisioterapia agora. Levante-se e saia daqui.

— Muito bem, estou indo. Me dá só um instante para eu colocar a minha perna?

— É claro. O Darren está te esperando no lugar de sempre. — Alice ouviu os passos da enfermeira se afastando.

— Volto em um instante, vizinha. Não se sinta solitária demais sem mim — falou Alfie, enquanto Alice ouvia as cortinas se fechando atrás dele.

Alice se deleitou mais uma vez com o silêncio glorioso, que permitia que seus pensamentos chegassem e partissem como desejassem, uma oportunidade que nunca tinha chegado a ter realmente em sua antiga vida. Antes, sempre havia alguma coisa para fazer, algum lugar para estar e tarefas a serem cumpridas. Deus, como ela sentia falta de estar ocupada. Agora, a única tarefa em sua lista era manter o ouvido atento para o som dos passos do seu vizinho retornando ao cubículo dele.

Meras duas horas depois, Alice foi brindada mais uma vez com a voz dele.

— Cristo, hoje foi puxado. — Ele estava tentando soar animado, mas sua voz parecia esgotada. — O Darren não pega leve, não é mesmo?

Ele está cansado. Vai calar a boca em um minuto.

Para sua sorte, daquela vez Alice estava certa. Conforme o dia avançava, as tentativas do vizinho de estabelecer uma conversa passaram a ser cada vez mais fracas e espaçadas, até que por fim, quando a noite caiu, o único som que Alice ouvia vindo dele eram os suspiros profundos e bocejos de alguém no meio de um sonho.

— Acorde!

Alice abriu rapidamente os olhos. Estava escuro como breu. Que **diabo** estava acontecendo?

— *Por favor.*

Ela estava totalmente acordada agora e se deu conta, espantada, de que os gritos vinham do homem no cubículo ao lado.

— Ross, por favor.

Os murmúrios dele ficavam cada vez mais urgentes. Até onde Alice podia dizer, ele parecia estar revivendo alguma coisa terrível. Ela prendeu a respiração, se vendo obrigada a testemunhar o sofrimento dele. Os gemidos e os gritos. Mas sempre abafados. Era um som terrível, de cortar o coração, até que...

— Ross. Ross. Por favor, acorda!

Os murmúrios agora foram ficando mais altos, o pânico aumentando. Alice torceu para que alguém se aproximasse e o sacudisse, para que ele acordasse, mas ninguém apareceu. O que ela deveria fazer? Não poderia acordá-lo. Espere, e se aquilo fosse alguma brincadeira sem graça que ele estava fazendo? E se fosse um jeito tortuoso de fazer com que ela falasse alguma coisa?

Então Alice ouviu.

— Ciarán, não! Não. Não. Não. Por favor, não.

Era um grito que carregava tanto horror e uma dor tão profunda que reduziu Alice às lágrimas. Aquilo com certeza não era uma brincadeira.

12

Alfie

Ele acordou assustado.

— Jesus Cristo, se recomponha — não conseguiu evitar dizer a si mesmo. Cansado de reviver a sua própria versão do inferno vezes sem conta, o medo de Alfie tinha se transformado em uma frustração profunda. Por que estava fazendo aquilo com ele mesmo de novo?

Idiota, fraco.

Enquanto repetia essas palavras sem parar na cabeça, Alfie começou a socar com força a coxa da perna sobrevivente. Queria arrancar aquela estupidez de dentro dele e enfiar na cuca um pouco de lógica e bom senso.

— Não faça isso, lembre-se de que essa é a única perna que lhe restou — disse uma voz calma do outro lado da cortina.

— Sr. P.? — Alfie sentiu uma vergonha profunda dominá-lo. Ainda bem que seu rosto estava escondido da vista.

— É, garoto. Agora tente descansar um pouco. Tenho algumas palavras cruzadas complicadas esperando você de manhã, e preciso que esteja em plena forma.

— Tá certo. — Uma lágrima escorreu pelo rosto de Alfie.

Ele fechou os olhos e engoliu o bolo de tristeza que havia se alojado em sua garganta. Então, ouviu os passos arrastados do amigo se afastando, voltando para o outro lado da enfermaria. Se ele havia acordado o sr. Peterson, não havia como a sua vizinha de cama ainda estar dormindo. Mesmo assim, ela não tinha dito nem uma palavra.

Deitado, encharcado de suor, e mal conseguindo respirar, Alfie se viu cada vez mais frustrado com a frequência em que se pegava voltando àquele pesadelo. Passara tanto tempo tentando bloquear os flashbacks e enterrar as lembranças do acidente que não conseguia suportar... E parecia que, no momento que achava que havia conseguido, seu cérebro lhe mandava um lembrete cruel de que a batalha ainda não estava ganha.

Assim que acordara, depois do acidente, Alfie não conseguia se lembrar de muita coisa. O impacto que sofrera na cabeça havia apagado da sua mente a maior parte dos detalhes. E ele sempre achara aquilo uma bênção. Mas então começaram os flashbacks. Memórias involuntárias intensas e rápidas. Alfie não conseguia acreditar — assim que começava a se sentir mais estável, era como se o seu cérebro decidisse apertar um interruptor, levando-o de volta ao passo um. A mente de Alfie revisitava regularmente o acidente, muitas vezes mais de uma vez por dia. Não era preciso nem dormir. Aquilo tomava conta dele, aleatoriamente e sem permissão. Nunca se sentira tão sem controle na vida. Não era um pesadelo comum. Era real. Uma viagem no tempo. O nariz dele ardia com o fedor tóxico de gasolina e borracha. Seus ouvidos se enchiam com o som ensurdecedor da batida, dos gritos e do choro. Ele conseguia ver os destroços do carro deles de onde havia sido arremessado no asfalto. Amassado como papel. Enfiado embaixo do caminhão. Então, Alfie os via e seu mundo voltava a desmoronar.

A princípio, ele achou que alguma coisa específica talvez estivesse disparando os flashbacks: um cheiro, uma palavra, uma hora do dia. Quase enlouqueceu tentando definir as coisas exatas que o arrastavam de volta àquela noite, chutando e gritando. Mas, por mais que se esforçasse, Alfie logo teve que aceitar que nenhuma análise que fizesse lhe daria uma resposta. Seu cérebro decidira jogar a lógica pela janela e estava simplesmente assumindo o controle quando tinha vontade.

E a pior parte sempre parecia ser a manhã seguinte. Alfie sentia o corpo todo dolorido, e a noite maldormida drenava toda a sua energia.

Mas ele sabia que, por mais exausto que se sentisse, precisava encontrar um jeito de arrastar o otimismo para fora do armário e vestir a máscara de volta.

— Finja até que o que você finge vire verdade, meu bem — sempre dizia a mãe dele. — Acredite em mim, isso foi a única coisa que me fez atravessar os dias mais sombrios. Eu colocava um sorriso no rosto e me forçava a dar algumas risadas. Então, um dia, não precisei mais fingir. Se você acreditar com determinação em alguma coisa, e repetir isso para si mesmo a cada momento do dia, então logo vai se tornar verdade.

Se Alfie conhecia alguém com condições de sobreviver às rasteiras que a vida dava, esse alguém era a mãe dele. Por isso, ele também fingia. Fingia todo santo dia, até aquilo se tornar normal. Alguns dias eram mais difíceis do que outros, é claro, mas, não importava como ele estivesse se sentindo por dentro, fazia questão de manter um sorriso no rosto. E aquele dia não seria diferente.

— Bom dia, Mãe Anjo! — falou, forçando a voz a soar animada e leve.

— Oi, Alfie.

A enfermeira parecia distraída e quase preocupada. Quem era aquela mulher com ela? Alfie ficou olhando enquanto as duas passavam pela cama dele e paravam logo atrás das cortinas fechadas da cama treze.

— Alice, imagine só… você tem visita hoje!

Alfie arregalou os olhos. Ah, meu Deus, aquilo estava mesmo acontecendo! Alguém tinha ido vê-la.

— Alice, meu bem, você me ouviu? A sua mãe chegou!

13

Alice

A princípio, Alice nem entendeu o que a enfermeira tinha dito, porque não havia como a mulher estar falando com ela. Sua melhor amiga, Sarah, ainda estava em segurança na Austrália, e ela não tinha dado mais ninguém como contato de emergência.

— Alice, meu bem, você me ouviu? A sua mãe chegou!

Merda, merda, merda, merda, merda.

Ela estava sonhando? Mal tinha conseguido dormir à noite. E se estivesse tendo uma alucinação?

— Alice, podemos entrar?

De jeito nenhum. Não havia a menor possibilidade de a mãe dela estar parada do outro lado daquela cortina naquele momento. As únicas pessoas no mundo que talvez soubessem onde ela estava eram os colegas do trabalho e Sarah. E Alice sabia que, se por um milagre Sarah tivesse descoberto sobre o acidente, jamais ousaria traí-la daquele jeito. Mas por que diabo a mãe entraria em contato com o trabalho de Alice? Ela não tinha certeza nem se a mãe sabia onde ela trabalhava. Eram perguntas demais disparando pelo cérebro de Alice, e não havia tempo para descobrir as respostas.

— Agora lembre-se, sra. Gunnersley, Alice passou por maus bocados, mas ainda é a sua garotinha aí dentro. Não se esqueça disso.

Aquela provavelmente era a parte que a mãe dela mais detestaria — o fato de que por baixo de todas as cicatrizes ainda estava a mesma boa e velha Alice. A mesma garotinha que ela não encontrava fazia quinze anos. A mesma filha de quem ela se ressentia por estar viva, desde o dia em que o tinham perdido.

Para Alice, infelizmente, aquela também era a mesma mãe que *ela* deixara para trás. Quando a cortina foi afastada, Alice se pegou olhando dentro dos mesmos olhos sem vida de quando era menina. Não viu nada. Nem uma reação ali. Por mais que odiasse o jeito como as pessoas estremeciam e se encolhiam quando a viam, Alice ficou surpresa ao se dar conta de que o olhar sem expressão da mulher à sua frente doía mais. A mãe não se importava o bastante com ela nem para ter alguma reação.

— Certo... — Até mesmo a enfermeira Angles estava abalada com a óbvia ausência de emoção. — Vou deixar vocês duas a sós. Alice, meu bem, você sabe como me chamar caso precise de alguma coisa.

A enfermeira Angles deu um aperto breve e carinhoso na mão de Alice. Então, encontrou os olhos dela e sussurrou de forma que apenas Alice conseguisse escutar:

— Estou aqui do lado de fora se precisar de mim, tudo bem?

Alice conseguiu dar um sorrisinho débil, grata pelo acordo silencioso entre ela e a enfermeira. Se precisasse que a mãe fosse embora, bastava apertar a campainha. Poderia ser salva se necessário.

Quando a enfermeira Angles se virou para sair, Alice deu uma rápida olhada na mãe, que estava obviamente em dúvida se ficaria tempo o bastante a ponto de valer a pena se sentar, ou se era melhor só continuar de pé. Ela resolveu ficar de pé.

— Bom, não posso dizer que estou surpresa por você não ter me avisado. Mas te vendo assim... Santo Deus, Alice, como você pôde?

Espera um pouco, como ela pôde o quê?

Que rumo a mãe estava dando àquela conversa?

— Ao menos olhe para mim, pelo amor de Deus!

Alice levantou os olhos e encarou a mãe com uma expressão desafiadora.

— Como você pôde quase *morrer* e não me avisar? Não acha que já passei pelo suficiente? Não vê problema em deixar a sua mãe perder outro filho sem se dar o trabalho de avisar ela? Quando eu teria descoberto?

Será que eu ao menos teria sido convidada para o seu enterro? Jesus, Alice. Você não responde às minhas mensagens... O que eu deveria fazer? Tive que ligar para o seu trabalho. E foi super-humilhante eu não saber onde estava minha própria filha. Por sorte, seu chefe achou que era *apropriado* contar a mim que minha filha estava quase morta.

Era realmente impressionante quanto ressentimento as palavras conseguiam carregar. A mãe não ergueu a voz em nenhum momento, a falta de expressão em seu rosto continuou a mesma, mas o ressentimento estava claro em cada palavra que escapou da sua boca.

Alice conseguia sentir um fogo começando a se espalhar por suas entranhas. E parecia tão destrutivo quanto o que tinha devorado seu corpo, só que dessa vez estava agindo de dentro para fora. Uma parte dela queria revidar. Queria atingir aquela mulher detestável parada à sua frente com milhares de palavras furiosas. Mas só o que havia em seu arsenal era o silêncio. Alice fechou os olhos e tentou acalmar a respiração.

Você não é mais uma menininha, Alice.

Ela repetiu essas palavras várias vezes na mente até conseguir recuperar parte do controle. Então, abriu os olhos e sorriu.

— Como? Me disseram que você não estava falando, mas não vai falar nem mesmo com a sua própria mãe? O fogo também levou embora a sua voz, junto com a sua aparência?

Alice cerrou os punhos, enfiando as unhas tão fundo na palma das mãos que precisou morder o lábio para se impedir de gritar. Seus olhos ainda estavam fixos nos da mãe, que, era claro, não estava disposta a desistir. Talvez fosse mais fácil apenas falar, mas o silêncio de Alice obviamente irritava mais a mãe do que qualquer ataque de insultos seria capaz. Ela não daria aquela satisfação à mãe.

O impasse durou o que pareceram horas, até Alice finalmente desviar os olhos e voltar a fechá-los.

— Bom, se você não tem mesmo nada a me dizer, acho que vou embora.

Inclinando levemente o corpo em despedida, a mãe se virou e partiu. E, pela primeira vez desde que era muito pequena, Alice Gunnersley chorou por causa da mãe.

14

Alfie

Se seguir um estranho não fosse considerado um tabu, Alfie teria se sentido tentado a ir atrás daquela irlandesa só para se certificar de que ela era real. Não conseguia acreditar nas palavras que acabara de ouvir saindo da boca da mulher que vira entrar na enfermaria apenas vinte minutos antes. Era uma mulher tão pequena e mirrada que parecia apenas um molde em papel de um ser humano. Uma cabeça minúscula e enrugada despontava da gola do casaco, revelando um rosto marcado pelo desespero e pela irritação. Alfie presumira que o motivo daquela expressão era ter acabado de saber que a filha quase tinha sido morta em um incêndio... Não poderia estar mais errado. Mesmo quando ela se virou e encontrou os olhos dele por um instante, não havia nenhuma emoção em seu rosto. Aquela mulher era fria até a alma.

Eu deveria ter dito alguma coisa?

Alfie passou o resto da manhã tenso. Parecia não conseguir arrancar da mente a conversa privada que ouvira. Sabia que era melhor não comentar sobre incidentes como aquele — dramas familiares já eram difíceis o bastante quando precisamos lidar sozinhos com eles. Ele nem conhecia a mulher, mas simplesmente ignorar o que tinha acontecido ia contra tudo o que se esforçava para ser. Talvez comentasse alguma coisa no dia seguinte. Era melhor deixar a poeira baixar, deixar que o silêncio se estendesse um pouco mais. O silêncio que já se tornara uma coisa permanente, pairando pesado entre eles como a própria cortina azul desbotada ao redor das camas.

Como forma de afastar a tentação, Alfie passou a maior parte da manhã indo de um lado para o outro, parando para conversar nos cubículos de outras pessoas, e aproveitando todas as oportunidades para implicar com o sr. Peterson.

— O que você está fazendo aqui de novo, rapaz? Não vê que estou tentando ler?

— Agnes vai jogar bridge hoje, por isso achei que o senhor quisesse companhia. Além do mais, está na mesma página há uma hora, sr. P. Não finja que está achando a história interessante.

O sr. Peterson fechou o livro com força e deixou na mesinha de cabeceira.

— Eu com certeza não consigo me concentrar no livro com você falando no meu ouvido, não é?

— Não. E esse era o meu plano! — Alfie sorriu e pegou um livro grosso de passatempos.

— Você nunca enjoa dessas coisas?

— Não.

— Justo. Mas arrume um passatempo fácil para mim hoje, meu cérebro já está doendo de tanto ouvir você.

Uma hora de sudoku e palavras cruzadas depois, a mente de Alfie ainda voltava ao mesmo pensamento.

Como aquela mulher podia ser mãe dela?

Alfie sempre fora cercado de amor, e presumira inocentemente que era da mesma forma com todos. Sim, nem tudo eram flores. Houve momentos em que tudo o que ele mais queria era esquecer os dois irmãos mais velhos, mas apesar das brigas e implicâncias sempre houve amor. Alfie não conseguia nem pensar no que teria feito se não fosse assim.

— Ei. Está prestando atenção, companheiro? Eu disse que a linha quatro vertical é ROTATIVO.

— Desculpe, desculpe. — Alfie se apressou a escrever a palavra.

— É melhor se desculpar mesmo. Você vem até aqui, perturba a minha leitura e nem se concentra no jogo! — reclamou o sr. Peterson.

— Para minha sorte, não preciso me concentrar. O meu cérebro ainda não está estragado pela idade como o seu, lembra? — Alfie abriu um sorriso travesso.

— Você é engraçadinho demais, rapaz. Um dia vai se engasgar com a própria língua e, quando isso acontecer, vai me ver esfregando as mãos de alegria. — O rosto do sr. Peterson se iluminou. — Agora me conte, o que mais você descobriu sobre vossa majestade, a sua vizinha?

Alfie ajeitou o corpo, desconfortável.

— Não muito.

— Até parece... você? Eu vi que uma senhora entrou no cubículo dela. Não ficou muito tempo, não é mesmo? O que elas estavam *dizendo*? Você deve ter escutado.

Para um homem de noventa e dois anos, o sr. Peterson era atento demais. Alfie sabia que aqueles olhos miúdos e aquelas orelhas caídas nunca perdiam nada.

— Nada passa pelo senhor, não é? — Alfie se aproximou mais, porque não queria que mais ninguém, principalmente Sharon, ouvisse. — Era a mãe dela.

— O quê?

— Era a *mãe* dela. A visita.

— Interessante... Então ela não é completamente solitária. — O sr. Peterson assumiu uma expressão pensativa.

— Considerando o que ouvi, eu diria que chega bem perto disso.

Alfie não queria sentir pena da mulher na cama ao lado. Detestaria a ideia de alguém sentindo pena dele, ou discutindo a sua vida privada tão abertamente, mas não conseguiu se conter. Desafiaria qualquer um a ouvir uma conversa como aquela e não se sentir mal a respeito.

— Conheço esse olhar, rapaz. — O sr. Peterson cutucou-o no braço. — Ela está amolecendo seu coração, não é?

— Não — disse Alfie, embora sua voz não fosse nada convincente —, mas vamos dizer apenas que, se eu tivesse uma mãe como aquela, acho que também teria alguns problemas. Acho que tem mais coisas em relação a essa moça do que imaginamos...

— Hummmm. Já que você está dizendo, garoto. Me parece que ela é problemática demais, mas, ora, quem sou eu para julgar, não é mesmo? — Ele ergueu as mãos, aceitando o fato.

— O senhor é um velho resmungão, péssimo nas palavras cruzadas, sr. P. É isso o que o senhor é! — Alfie riu e enfiou o livro de passatempos embaixo do nariz do amigo. — A linha cinco horizontal é CÔMICO e a doze vertical é DESCONCERTAR — declarou, presunçoso.

— Vou desconcertar você em um instante...

❋

Felizmente para Alfie, a tarde passou voando. Era domingo, o dia favorito dele desde sempre, porque domingos significavam basicamente uma coisa... o assado de Jane Mack no almoço. Um prato preparado com absoluta perfeição e temperado com mais amor do que qualquer pessoa era capaz de conter em si. Alfie testemunhara homens adultos chorando ao lembrar o gosto das batatas de sua mãe. Vira crianças impossíveis silenciarem ao colocarem o molho do assado dela na boca. A família seria capaz de jurar que apenas um pedaço do frango de Jane poderia curar qualquer doença. Agora, Alfie quase podia sentir o gosto do desespero da mãe por uma cura para a deficiência do filho temperando a pele do frango.

Em sua vida pré-hospitalar, Alfie chegava na casa dos pais às três da tarde sem falta. Ele conseguia sentir o cheiro de alho e cebola ainda na calçada, e seu estômago roncava antes mesmo de bater à porta. A mãe sabia que a comida precisava estar servida em no máximo quinze minutos, senão ela correria o risco de enfrentar uma onda violenta de reclamações.

Naquele primeiro domingo em que ela apareceu no hospital com uma travessa onde havia arrumado seu melhor assado, Alfie não conseguiu conter as lágrimas. Ele amava tanto a mãe que aquele sentimento às vezes o deixava sem fôlego. No turbilhão de operações, exames, termos técnicos e membros perdidos, tudo o que Alfie mais desejava era o conforto da casa dos pais. E sua maravilhosa mãe lhe entregara literalmente aquilo em uma travessa de prata (de papel laminado, na verdade), sem que Alfie sequer precisasse pedir.

A princípio, Alfie pensara que o mimo seria apenas daquela vez. Um presente para lembrar a ele como era amado, e como a vida na enfermaria também poderia passar a sensação de lar. Só depois da quarta semana seguida de assados no almoço de domingo foi que ele percebeu que aquilo estava se tornando uma rotina. Pontualmente às três da tarde, Jane Mack aparecia com pilhas de delícias. Como é típico das mães, ela sempre fazia demais, e logo, junto com a montanha de comida, surgiram também pratos e talheres extras.

— Faça-nos um favor, Alfie, e veja se mais alguém gostaria de um prato. É muita comida só para nós três.

Alfie olhava para o pai, que apenas revirava os olhos e dava de ombros. Não adiantava discutir com a mãe, ainda mais quando havia comida envolvida, por isso Alfie fazia o que ela pedia e perguntava aos outros pacientes se eles aceitavam um pouco de comida — e a resposta era sempre um sim animado. Toda semana, no momento em que o aroma do molho do assado da mãe de Alfie tomava conta da enfermaria, o humor de todos ali melhorava. Era a mesma sensação fervorosa e única do Natal. Empolgação e expectativa. E tudo graças aos pais dele. Alfie sabia que cada gota de bondade dentro dele viera dos pais.

Aquela semana não foi diferente. Escondidos atrás de embalagens de comida, os pais de Alfie entraram na enfermaria e foram recebidos com aplausos animados. Seguiu-se uma comoção, com colheradas de comida sendo servidas aqui, ali e em toda parte. Só quando todos estavam em um silêncio satisfeito, comendo, foi que a mãe de Alfie percebeu as cortinas fechadas ao redor do cubículo ao lado do dele.

— Você tem um novo vizinho, Alf? — Ela já estava estendendo a mão para pegar um prato e servir mais comida.

— Tenho, mas nos disseram para não incomodá-la. Ela não quer falar. — Alfie tentou manter a voz o mais baixa possível.

— Hummm. Talvez ela não queira falar, mas comer é outra história.

Alfie sabia que não adiantaria tentar deter a mãe. E ficou olhando enquanto ela dava batidinhas na cortina. Quando viu que aquilo não ia adiantar nada, Jane teve a coragem de falar:

— Com licença, meu bem. Não quero te atrapalhar, mas tenho um prato de assado prontinho aqui. Aceita?

Nada.

— Eu também posso deixar com as enfermeiras para elas servirem depois, o que acha?

Silêncio.

— Não? Tem certeza, meu bem? É o meu frango especial!

Não dava para ouvir nem o som da respiração do outro lado da cortina.

Triste, Alfie viu a mãe se virar para encará-lo. Ele estava prestes a abrir a boca para tranquilizá-la quando, quase que por mágica...

— Não, estou bem, mas... obrigada por oferecer.

15

Alice

Demorou um instante para Alice perceber que as palavras haviam saído de sua boca. Como era perturbador falar de novo! Tudo parecia esquisito: a vibração na garganta, o movimento do maxilar e, mais do que tudo, o som da própria voz. Qualquer suavidade se fora. O som era áspero e rouco, como se as cordas vocais estivessem se agarrando uma à outra em protesto. Alice não sabia se tinha sido a visita terrível da mãe que a deixara nostálgica, ou o cheiro delicioso de frango assado, mas não conseguiu evitar se sentir comovida com a bondade da senhora do lado de fora, lhe oferecendo comida.

Em algum lugar nas profundezas de sua mente, havia uma lembrança do que era família. Estava tão desbotada e gasta por ter sido negligenciada por tanto tempo que às vezes Alice até esquecia, mas naquele momento essa lembrança voltou à vida em todas as cores. Ela se lembrou de como era ser parte de alguma coisa. De um grupo protegido. Então se lembrou da mulher que estivera parada à sua frente poucas horas antes, e logo lembrou também por que escondia a lembrança no fundo do armário. O que os olhos não veem o coração não sente.

Depois que *aquilo* acontecera, Alice não conseguia evitar ficar ressentida de quem ainda tinha uma família "normal" e "estável". Quando saía da escola e via as crianças correndo para os braços dos pais, ela não conseguia conter a inveja ácida que borbulhava em seu estômago.

Pareciam a imagem da família perfeita. Peças de um quebra-cabeça se encaixando com tanta harmonia que a vontade de Alice era soltá-las e quebrá-las, para que não pudessem mais se juntar. Ela queria pegar uma daquelas peças para si e nunca mais devolver. Onde se encaixava agora? Todas as peças haviam sido perdidas, ou destruídas, ou esquecidas.

Conforme Alice crescia, a raiva diminuiu. Era necessário energia demais para se agarrar à raiva, por isso ela a deixou ir, lenta mas definitivamente. Desde que não tivesse que se relacionar com a própria família, as das outras pessoas já não a incomodavam mais. Na verdade, a intrigavam. Eram como uma charada que ela precisava analisar e resolver. Alice estava convicta de que não precisava de uma família para ser feliz. Por que precisaria, quando tinha Sarah?

A imagem da melhor e única amiga surgiu em sua mente.

Alice sabia que era estupidez não ter dado o número do celular de Sarah ao hospital, mas a ideia de encarar a amiga no estado em que estava, com a vida em pedaços, não mais independente como antes, era dolorosa demais. Alice tinha planejado não receber absolutamente visita nenhuma no tempo que passasse no St Francis's — em sua mente, seria muito mais fácil lidar com aquilo sozinha. Ela fora forçada a dar o nome da pessoa mais próxima, mas só informara um antigo número fixo de Sarah em Londres — e a amiga agora vivia do outro lado do mundo, na Austrália, com o marido, Raph.

Toda manhã, as enfermeiras lhe perguntavam se havia mais alguém que elas pudessem chamar. Perguntavam sobre outros membros da família, até sobre colegas de trabalho. Alice se recusava a dar qualquer outra informação. Não incomodaria mais ninguém. Mas, conforme os dias passavam, ela começou a se perguntar se Sarah não estaria ficando preocupada. Elas trocavam mensagens a cada dois dias mais ou menos, e a amiga com frequência mandava fotos de praias absurdamente bonitas, para deixar Alice com inveja. Aliás, onde estaria seu celular? Antes do acidente, o celular nunca estava longe — na verdade, Sarah sempre brincava que o iPhone de Alice era o único relacionamento de verdade que a amiga tinha em sua vida adulta.

Alice vasculhou a mente, tentando se lembrar se algum dos médicos ou bombeiros havia mencionado o paradeiro do celular. De repente, se sentia perdida sem ele — e se alguém estivesse tentando entrar em contato com ela?

Não seja boba, Alice. Empregadores não costumam fazer funcionários com queimaduras graves trabalharem enquanto ainda estão no hospital.

Sem ter algum projeto em que se concentrar, ou duzentos e-mails para checar, o descanso de Alice rapidamente estava se transformando em inquietude.

Então, uma ideia a atingiu com violência. Será que ela algum dia conseguiria voltar ao trabalho?

Naquele exato momento, mal conseguia se levantar da cama sem a ajuda de outras pessoas. Será que conseguiria recuperar plenamente os movimentos do lado esquerdo do corpo? E se nunca mais conseguisse usar as mãos direito? Alice sentiu os dedos formigarem, ansiando por um teclado de computador embaixo deles. Seria capaz de reunir a confiança de que precisava para entrar outra vez em uma sala de reuniões com trinta homens distraídos e atrair a atenção deles em menos de um minuto? Deus, como era bom se sentir no controle absoluto, no comando. Alice ousou baixar os olhos para o corpo machucado, ergueu a mão diante do rosto e sacudiu os dedos, na esperança de não sentir uma dor aguda na pele. Mas sentiu. Sempre sentia.

16

Alfie

Que reviravolta! Nas últimas vinte e quatro horas, Alfie tivera mais informações sobre a vizinha silenciosa do que jamais poderia esperar. Era verdade que o encontro com a mãe dela não havia sido uma experiência agradável de testemunhar, mas ela tinha falado! Tudo bem que tinha sido com a mãe dele, mas ainda assim era um progresso. Alfie sabia que precisava aproveitar a oportunidade e moldar enquanto o ferro ainda estava quente. Aquela era uma situação delicada, mas, se alguém era capaz de navegar por ela, Alfie tinha certeza de que seria ele.

Na manhã seguinte, assim que viu a enfermeira Angles — com seus cachos escuros e curtos e seu corpo assumidamente grande — entrar na enfermaria, ele já estava de pé, apoiado nas muletas e capengando em direção a ela. Estava acordado desde antes do amanhecer, depois que flashbacks particularmente vívidos não o deixaram voltar a dormir.

— Alfie, meu bem, o que você está fazendo de pé? Ainda não são nem seis da manhã.

— Eu sei. Pesadelos de novo. Não consegui mais dormir.

Ela o encarou com a expressão atenta que ele queria evitar.

— Você está conversando sobre isso com os médicos, Alfie?

Não havia por que entrar naquele assunto no momento. Os sonhos voltariam — ele teria bastante tempo para conversar a respeito deles no futuro.

— Estou, é claro que estou. Mas, escute, adivinhe quem falou com a gente ontem? — Alfie nem deu chance de ela pensar. — Alice! A moça da cama treze!

— Não acredito.

A enfermeira Angles não conseguiu disfarçar a surpresa.

— Juro por tudo que é mais sagrado. — Alfie estava tão orgulhoso de si que seu peito parecia prestes a estourar.

— Nossa, isso é uma boa notícia. — A voz dela saiu contida, quase sem expressão.

— Boa notícia? É uma notícia incrível! Ela não falava há semanas!

Por que ela estava olhando para ele daquele jeito? Por que não estava explodindo de animação? Com certeza era aquilo que toda a equipe de enfermeiras desejava, certo?

— Alfie, conheço esse seu olhar. É claro que é ótimo que ela tenha começado a falar e, com o tempo, aos poucos, é lógico que vai falar mais. Mas não fique obcecado com isso, tudo bem? Você não pode forçá-la. Deixe a moça quieta, querido. Por favor, nós conversamos sobre isso, lembra?

Alfie baixou os olhos e curvou os ombros para a frente, sentindo todo o entusiasmo abandoná-lo. Sua empolgação infantil agora parecia um pouco embaraçosa.

— Eu sei. Só achei que fosse um progresso.

O que ele esperava, uma estrelinha dourada?

— *É* um progresso, sem dúvida! — A enfermeira pousou a mão no ombro dele, guiando-o gentilmente de volta para a cama. — Mas, como eu disse, cabe a Alice fazer qualquer progresso. Temos apenas que estar por perto quando ela estiver pronta. Além do mais, você precisa se concentrar na *sua* recuperação. Tente dormir mais um pouco, pode ser?

E, com o fim da empolgação, a exaustão por causa da noite sem dormir atingiu Alfie em cheio. Ele voltou para a cama e permitiu que sua mente divagasse aleatoriamente.

— Psiu, Alfie. — Ele ouviu um sussurro próximo ao ouvido. — Alfie, acorde! — A voz aguda de Ruby penetrou em seus ouvidos.

— Ruby? É melhor você ter um bom motivo para me acordar, mocinha!

— Você vai caminhar. O sr. Peterson me falou para vir até aqui e te avisar — explicou ela em um tom decidido.

— Não foi isso o que eu disse, foi, Ruby? — O tom resmungão do sr. Peterson ficou mais alto conforme ele se aproximava da cama de Alfie. - Eu te pedi para dizer a ele para tirar essa bunda preguiçosa da cama.

Ruby deu uma risadinha.

— Mas a mamãe diz que eu não posso falar palavras feias, sr. P.

— Porque só quem fala essas palavras são crianças mal-educadas e velhos ranzinzas! — gritou Jackie de onde estava.

— Ah, vocês são muito moles com as crianças hoje em dia. Seja como for, você vem, rapaz? — O velho amigo de Alfie estava parado ao lado dele, e Alfie soube que não havia outra resposta a dar que não fosse um sim.

— Tá certo, mas me dê um segundo. Posso ser mais jovem do que o senhor, mas ainda estou um pouco enferrujado.

Logo eles estavam seguindo lentamente pelos corredores. Sharon, sem a menor cerimônia, se convidara mais uma vez para acompanhá-los, e Alfie teve certeza de que aquilo só podia significar uma coisa. Ela queria fofoca.

— Então, como vão as suas tentativas de fazer amizade com a silenciosa, Alfie?

Ele sabia que todo mundo achava divertido ele estar tentando falar com a vizinha de cama, especialmente Sharon.

— Ela na verdade está falando agora, então parece que está funcionando, não é? — respondeu ele em um tom presunçoso.

— Eu dificilmente chamaria aquilo de falar. Ela disse, o que... menos de dez palavras.

— Para ser sincero, Sharon, se eu tivesse escolha, provavelmente diria menos de cinco palavras para essas perguntas chatas. — O sr. Peterson cutucou Alfie com o cotovelo.

Alfie sabia que o amigo também achava chatas as perguntas incessantes de Sharon.

— Escuta, não estou tentando desanimar ninguém. Só fico me perguntando quanto tempo vai levar para ela agir como um ser humano normal, e para tudo voltar a ser como era.

— Você está querendo saber quando você vai receber toda a atenção de novo? — O sr. Peterson piscou para Alfie. Por Deus, aquele homem era um provocador profissional.

Sharon virou rapidamente a cabeça e perguntou em uma voz aguda:

— Como ousa!

— Você sabe que estou só brincando. — Os dois homens trocaram um olhar travesso. — De qualquer modo, acho que o Alfie consegue fazer a vizinha dançar nos corredores em duas semanas.

— Hummm. — Sharon cruzou os braços, nem um pouco disposta a perdoar. — Quero ver.

— Não vou entrar nesse jogo com nenhum de vocês dois. Ela é uma pessoa, não um brinquedo. Eu disse que ajudaria a enfermeira Angles a tentar deixar a moça mais confortável, só isso.

— Aaaah, olha quem está ficando todo metido. — Sharon soltou uma gargalhada aguda. — Não se preocupe, Alf, eu não estava te pedindo para se rebaixar aos nossos padrões. Agora, vai querer um chocolate quente ou não?

17

Alice

O fato de seu vizinho de cama não ter nem tentado dar um oi no dia seguinte não foi apenas um grande alívio, foi também uma surpresa. Alice estava certa de que ele iria aproveitar a chance para tentar arrancar mais algumas palavras dela de novo, mas não. Durante todo o dia, ele permaneceu longe dela, e passou a maior parte do tempo com os outros pacientes. Normalmente, Alice não se incomodava com as idas e vindas das pessoas na enfermaria — desde que fosse deixada sozinha, aquilo não lhe importava muito. Mas naquele dia ela se sentia isolada. Talvez ter pensado tanto em Sarah na véspera a tivesse deixado nostálgica, ou talvez fosse a sessão de fisioterapia que teria de novo em alguns dias que a deixava mais emotiva que de costume. Fosse o que fosse, Alice ansiava por estar em qualquer lugar no mundo que não naquela cama de hospital deprimente, sozinha.

Se ela morresse no dia seguinte, quem no mundo ficaria triste com sua partida? É claro que havia Sarah, mas dois anos antes ela tinha deixado Alice e se mudado para a Austrália. Tecnicamente tinha uma nova vida com Raph. Talvez a mãe ficasse triste, mas só porque Alice não teria morrido totalmente de acordo com as expectativas dela. Arnold? Lyla? Ela agora estava forçando a barra. Podia mesmo chamar os dois de amigos?

Aqueles pensamentos consumiram a tarde dela, corroendo o tempo com a sua crueldade. Alice sentiu um peso no peito, e desejou que o sono chegasse logo e a libertasse do dia.

À noite, ela mal fechara os olhos e os sonhos do vizinho a acordaram de novo. Alice não se acostumara aos pesadelos, e era sempre assustador ouvir um homem adulto gemendo e choramingando, mesmo que fosse no sono.

— Ross, eu preciso que você acorde. *Por favor.*

Alice se sentia muito tentada a acordá-lo. Com certeza seria melhor interromper aquele sofrimento, não? Além do mais, ela não sabia por quanto tempo aguentaria ouvir aquilo. Por outro lado, ficava preocupada, porque não sabia se acordar alguém no meio de um daqueles flashbacks poderia ter alguma consequência ruim. Por isso, continuou deitada e esperou.

— Alguém me ajude. Deus, me ajude.

Por favor, acorde, implorou Alice. Ele estava se debatendo tão violentamente que ela achou que corria o risco de cair da cama. E torceu para que isso não acontecesse, porque não tinha a menor condição de ajudá-lo a se levantar.

— SOCORRO, PELO AMOR DE DEUS. *POR FAVOR!*

Aquilo já era demais para ela suportar. Alfie tinha gritado tão alto que ela pegou o travesseiro para cobrir as orelhas. Por sorte foi também o grito que o fez acordar. Alice conseguia escutar na voz dele a mudança sutil do sonho para a realidade.

— *Pelo amor de Deus, Alfie.* Se controla.

A respiração pesada era entremeada por gemidos baixinhos.

Então, Alice ouviu o som de passos arrastados e sussurros.

— Está tudo bem, enfermeira, eu vou.

Logo, outra silhueta entrou no campo de visão dela.

— Alfie, filho. — A voz gentil do sr. Peterson atravessou o silêncio.

— Desculpe. Eu não tive a intenção de acordar o senhor.

— Não seja bobo. Você acha que eu consigo dormir com a Sharon roncando ao meu lado? Só vim ver se você precisa de alguma coisa... Vou pegar uma xícara daquele chá que parece mijo na máquina.

— Não, tá tudo bem, obrigado. Só vou tentar dormir de novo.

— Faça isso. Boa noite, filho.

Conforme os passos do sr. Peterson se afastavam, Alice se pegou lembrando de Arnold — outra alma antiga, cujo jeitão fechado não conseguia esconder sua bondade. E sentiu uma pontada de saudade. Arnold salvara a vida dela, e Alice nem sequer agradecera. Talvez ela pudesse ligar para ele da recepção um dia e ver como ele estava...

Não, disse Alice a si mesma. Tinha ficado bem sozinha até ali e continuaria bem sozinha. Nem mesmo uma experiência transformadora de quase morte iria alterar aquilo.

❋

Alice mal conseguiu abrir os olhos quando a enfermeira Angles chegou na manhã seguinte. A noite maldormida realmente cobrara seu preço. Felizmente, nenhuma das enfermeiras estava esperando que ela dissesse nada mesmo, por isso Alice só rolou para o lado e tentou dormir de novo.

— Bom dia, vizinha. Como estamos hoje?

Como diabo alguém que carregava um sofrimento tão grande conseguia ser tão animado e *feliz* todo dia? Alice achava cansativo até sorrir quando não queria, quanto mais ser a alma da festa.

— Parece errado chamar você de "vizinha" o tempo todo. Seu nome é Alice, não é?

Ela suspirou alto o bastante para que ele ouvisse, então virou de lado, ficando de costas para a cama dele.

— Vou tomar esse silêncio como um sim, então... — Ele mal parou para respirar. — A questão é, sei que você acha que conseguiu escapar da minha mãe no outro dia, mas como filho dela me sinto na obrigação de te avisar que a batalha está longe de terminar. Minha mãe é determinada que dói. Só para avisar, ela vai voltar com mais frango assado e mais empenhada em arrumar um jeito de alimentar você na próxima vez.

A ideia da mãe dele forçando pilhas de comida através das cortinas fez Alice ter vontade de rir e ao mesmo tempo de sair correndo em pânico.

— De qualquer modo, achei melhor deixar você avisada. É melhor estar preparada para enfrentar essas coisas, não é...

— Meu Deus, você nunca para de falar? — perguntou a voz resmungona do sr. Peterson, de algum lugar no outro lado da enfermaria.

Alice sorriu. Tinha que admitir que se divertia ouvindo os dois implicarem um com o outro. Talvez ela só gostasse de ouvir alguém colocando aquela figura que era Alfie em seu devido lugar.

— Estou tentando cumprir o meu dever como paciente desta enfermaria, e avisar a nossa amiga Alice no que ela se enfiou ao recusar um assado da minha mãe.

— Isso quer dizer que, no final, sobra mais comida para mim, por isso não estou reclamando.

— Desde que o senhor esteja bem, isso é tudo o que importa, não é mesmo, sr. P.?

— Está certíssimo. — O sr. Peterson deu uma risadinha.

— Seja como for, vou deixar você em paz agora e continuar com esse livro de passatempos.

Alice voltou a deitar de costas. Parecia que ele só ficava quieto quando estava distraído com comida, ou com passatempos. Talvez ela pudesse fazer uma encomenda anônima dos livros de passatempo mais difíceis do mundo e mandar entregar diretamente para ele... *Será que a Amazon faz entregas em leitos hospitalares?*

— Ah, pelo amor de Deus, por que não fazem essas coisas mais fáceis? — Um suspiro logo foi seguido por um gemido de frustração. — Você não é boa em passatempos, é?

Ele tinha mesmo perguntado aquilo? Só haviam se passado literalmente cinco minutos.

— O que estou dizendo é, PELO AMOR DE DEUS, quem em seu juízo perfeito consegue resolver essas coisas?!

As palavras ficaram pairando no ar, batendo cada vez mais alto na barreira entre eles.

Talvez, se você responder, ele cale um pouco a boca?

Não ouse...

— Acho que não estou conseguindo ter o distanciamento necessário... Se ao menos tivesse alguém para me ajudar...

É a morfina e o tédio, Alice.

Se você der uma palavra a esse homem, ele vai querer mais mil.

ALICE...

18

Alfie

— Tem alguma dica?

Se a pessoa piscasse teria perdido. Bastaria uma tossida do sr. Peterson e a pergunta teria se perdido. Mas Alfie ouvira. Era como se seus sentidos estivessem alertas, prontos para captar as palavras no ar.

Ela tinha falado. Realmente falara *com ele*!

Alfie teve vontade de gritar aquilo bem alto, para que toda a enfermaria soubesse como aquele momento era importante. Mas em vez disso ele sorriu e esperou, escolhendo o momento certo de falar. Todo o seu cérebro parecia vibrar de empolgação.

— Tem alguma dica, ou não? — A voz, ligeiramente mais alta agora, parecia um pouco frustrada.

A voz dela tinha uma cadência intrigante, a sombra de um sotaque irlandês espreitando cautelosamente do fundo. Era uma voz que fazia lembrar de espaços abertos, de cenários verdes luxuriantes e de ventos revigorantes. Havia beleza naquela voz, mas Alfie também percebeu a atitude defensiva, a raiva e as bordas exaltadas esperando para atacar.

— Desculpe, me perdi em pensamentos por um instante. Não, não tem nenhuma dica. Não é uma palavra cruzada. É mais um... desafio visual.

Alfie não conseguiu evitar que o sorriso que iluminava seu rosto se refletisse na voz. Ainda bem que a cortina estava fechada ou, ele já conseguia imaginar, em pouco tempo um urinol voaria em sua direção.

— Como eu posso ajudar se não posso ver do que se trata? — O fogo parecia lamber cada palavra, Alfie conseguia sentir o calor no ar.

De repente, uma mão apareceu por entre a cortina. Apenas uma mão pálida, com as unhas roídas até o sabugo em carne viva, e montes de sardas espalhadas pela pele. Se aquela mão não estivesse a poucos centímetros do seu rosto, Alfie teria dito a si mesmo que estava sonhando.

Ele estendeu a mão lentamente e entregou o livro a ela.

— Está na página 136.

Alfie esperou. Os ouvidos atentos.

O arranhar de uma caneta, talvez? Ou aquilo era o sr. Peterson arrumando sua cueca descartável de novo?

Quando Alfie já estava prestes a tentar dizer mais algumas palavras de estímulo, ouviu alguma coisa cair no piso, perto da cama dele.

Em circunstâncias normais, ele teria feito um comentário sarcástico sobre respeitar as pessoas com deficiência, mas sabia que precisava agir com cuidado ali, por isso, engenhoso como sempre, arrastou com uma das muletas o livro mais para perto, antes de estender a mão silenciosamente e pegá-lo.

Ele abriu o livro na página 136.

Alfie não conseguiu conter a gargalhada que escapou de seus lábios. No jogo de ligue os pontos dele, Alice havia juntado os pontos com muito cuidado e de forma muito artística para que formassem a palavra *idiota*.

— Ah, entendo. É claro, quando está bem na frente da gente desse jeito, de repente parece muito óbvio.

— Adeus, Alfie. — O fogo nas palavras dela havia recuado, deixando apenas um brilho morno.

Alfie dobrou a página com uma doce satisfação. Bem quando estava prestes a dizer a ela que não iria a lugar nenhum, e por isso ainda não havia necessidade de dizer adeus, ele se conteve. Já fora dito o bastante naquele dia.

Um passo mais próximo do fim e essa coisa toda.

19

Alice

Que diabo tinha acabado de acontecer?

A sensação que a dominou era semelhante à ressaca de vinho que a atormentava toda manhã depois de uma saída à noite, na época da faculdade. O terror. O pânico. A sensação neurótica que berrava na cabeça dela enquanto o medo e o constrangimento batiam com força à sua porta.

O que eu fiz? Ah, Deus, o que eu disse?

Dessa vez, ela não podia nem culpar Sarah por forçá-la a ser sociável, nem três garrafas de vinho de cinco libras por suas ações. Poderia, talvez, se perdoar por ter feito a pergunta, por satisfazer Alfie com um pouco de conversa. Afinal, ele teve algumas noites angustiantes, e se algumas palavras trocadas aqui e ali pudessem animá-lo isso não faria mal nenhum a ela.

Mas estender a mão! Ela estava maluca, ou o quê?

Obviamente ela tinha se certificado de esticar a mão que não fora atingida pelo fogo e fizera isso de modo que nenhuma outra parte do seu corpo fosse revelada. Mas, por um breve segundo, Alice se permitira fazer o que queria, sem restrições ou barreiras contendo-a.

Quando Alfie pôs o livro de passatempos em sua mão, ela reconheceu um pequeno tremor agitando seu peito. Por que estava se sentindo nervosa com aquilo? Alice disse a si mesma que era por causa do medo de ele lhe pregar alguma peça — talvez agarrar a mão dela e afastar as cortinas à força para olhar para ela. Analisando em retrospectiva, se via obrigada a admitir que o nervosismo na verdade era de empolgação, uma noção profunda de que uma barreira fora cruzada. O braço dela havia sido involuntariamente o ramo de oliveira estendido.

Ela folheou o livro até a página 136 e se forçou a não dizer um palavrão em voz alta.

Olhando para ela, na página, estava um jogo de ligue os pontos.

Que formava a figura de um gato.

Um passatempo para uma criança de dois anos.

Aquele merdinha!

Ela deveria saber que ele não jogaria limpo. O bobo da corte realmente entregaria um passatempo difícil de verdade para ela resolver? Não. Ele a provocaria e a levaria além dos limites. Queria que ela vacilasse.

Não dessa vez, Alfie.

Embora soubesse que dizer adeus era um jeito absurdo de terminar a conversa, Alice queria dar um fim à interação entre eles antes que aquilo saísse de controle. Se deixara envolver uma vez, e com certeza não deixaria que isso acontecesse uma segunda vez. Havia atravessado um limite e seus instintos estavam lhe dizendo para recuar imediatamente.

Não o deixe entrar, Alice.

Você não precisa de um amigo, o que precisa é sair daqui.

A independência desafiadora dela assumira o controle de novo. *Erga esses muros e não deixe ninguém entrar.*

Pega leve com você mesma, Alice, foi só uma risada. A voz da melhor amiga invadiu sua mente.

Aquele era exatamente o tipo de coisa que Sarah teria feito para arrancar Alice de um dos seus ataques de mau humor. Era muito ridículo e irritantemente infantil, mas sempre parecia funcionar.

O peito de Alice começou a latejar de saudade da amiga.

Falar com ele uma vez não significa se comprometer com ele para sempre... Não há mal nenhum em conversar...

Esses pensamentos absurdos foram interrompidos pela chegada de uma das enfermeiras.

— Oi, Alice, como estamos hoje?

A enfermeira nem se deu ao trabalho de olhar para Alice enquanto começava a checar o que precisava. A mulher estava no piloto automático, já antecipando mais do mesmo silêncio com que fora brindada desde o primeiro dia.

— Bem. E você?

A enfermeira encarou Alice, espantada.

— Nossa! Hã... sim, estou bem. — Ela se forçou a deixar o espanto de lado e continuou o que estava fazendo. — Estou bem, obrigada. Muito bem, na verdade.

O rosto dela estava ruborizado de orgulho. Ali estava uma de suas crianças falando pela primeira vez.

— Pode dizer a ela para parar de falar tanto, por favor, ela não sossega! — veio a voz de Alfie do cubículo ao lado. — Alguns de nós estão tentando descansar.

A enfermeira revirou os olhos.

— Não se preocupe, vou me certificar de trocar o curativo dele com bastante vontade hoje. — Ela piscou para Alice e se virou para sair. — Muito bem, Alfred Mack, espero que esteja pronto para receber o toque de uma mão fria e firme daqui a pouco.

— Ah, o seu marido é um homem de muita sorte. Estou surpreso por ele ter deixado você sair de casa hoje de manhã com esse jeito sexy.

— Se a enfermeira Angles ouvir isso, vai te expulsar daqui em um instante por causa dessa gracinha!

Alice deu um sorriso afetuoso.

De repente, a enfermeira se aproximou mais dela e sussurrou de modo que só Alice ouvisse.

— Olha só no que você se meteu, minha jovem...

Alice não conseguiu conter uma gargalhada. Estava se dizendo exatamente a mesma coisa.

A enfermeira mal havia saído quando a diversão começou de novo.

— Ei, sr. P., acha que devemos testar a nossa nova amiga com algumas das suas palavras cruzadas?

— Acho que você deveria saber quando ficar quieto.

— Não seja um estraga-prazeres, meu velho! Certo... estou olhando para uma palavra de nove letras que significa "animado ou entusiasmado", começa com N.

— Não-dou-a-mínima.

— Não, Sharon, por isso não convidamos você para jogar. Sarcasmo não é bem-vindo em jogos intelectuais de alto nível.

— Alice? Alguma ideia?

Ah, acredite em mim, tenho várias, mas você não vai gostar de ouvir nenhuma ...

Ela precisava colocar alguns limites logo. Riscar uma linha na areia e controlar as expectativas.

— Escuta, só porque eu *posso* falar, não quer dizer que eu vá fazer isso, ok?

20

Alfie

— Aprendeu a lição, não é, garoto?

Alfie deu de ombros, despreocupado, enquanto se encaminhava para a cama do sr. Peterson.

— Cada passo é um passo etc. Roma não foi feita em um dia, meu amigo. — Ele esperava que o desapontamento que sentia pela rejeição de Alice não transparecesse em sua voz. — De qualquer modo, agora tenho fisioterapia, portanto o senhor vai estar livre de mim ao menos por uma hora.

— Graças a Deus. Ele está indo!

Alfie lançou o seu melhor olhar severo, mas não importava quanto o amigo fosse rude ou sarcástico, era impossível não gostar dele. O sr. Peterson era um dos melhores presentes que aquela estadia no hospital havia lhe dado.

— O senhor e a Alice podem comemorar juntos a minha ausência. — Ele se certificou de falar alto o bastante para que sua voz chegasse até o leito dela.

Não podia desistir de Alice agora.

Ela tinha acabado de começar a deixar que ele fizesse contato.

Se alguns dos colegas professores dele estivessem ali, teriam rido e revirado os olhos, descartando Alice como "outro dos projetos do sr. Mack". E qual era o problema de ele se empenhar mais do que a maior parte das pessoas com crianças consideradas "difíceis" e "resistentes"?

Alfie havia tentado muitas vezes manter distância delas, mas seu coração simplesmente se recusava a fazer isso. O desejo de ajudar o dominava, e ele deixava de lado regras e protocolos.

Precisava se lembrar de que aquilo seria uma maratona, não uma corrida de velocidade.

Não que você consiga fazer qualquer uma das duas coisas no momento, com a sua única e patética perna.

✳

Alfie deixou Alice em paz pelo resto do dia — em parte porque estava exausto depois de outra intensa sessão de fisioterapia, em parte porque estava tentando empregar a sua estratégia de "ir com calma". Portanto, quando acordou na manhã seguinte, ficou muito surpreso ao ver a enfermeira Angles parada junto à cama dele, os braços cruzados, encarando-o com uma expressão que ele conhecia muito bem. Fora alvo daquele mesmo olhar na maior parte da vida. Na maioria das vezes, incluindo o momento atual, o olhar vinha acompanhado de uma dose saudável de carinho.

— Que diabo você está aprontando, Alfie? O que eu te disse?

Alfie deu de ombros, fingindo espanto. A enfermeira Angles se inclinou mais na direção da cama, uma das mãos pousada na perna restante e a outra estendida na direção do rosto dele. Alfie teve certeza de que estava prestes a ser levemente repreendido, talvez com um dedo sendo sacudido na sua cara, para dar ênfase. As outras enfermeiras provavelmente haviam contado a ela sobre os contínuos esforços dele em fazer Alice falar, apesar de ele ter sido avisado para deixá-la em paz.

— Desculpe, é só que eu...

Mas, antes que ele completasse a frase, a enfermeira Angles pousou a mão com gentileza em seu rosto.

— Obrigada, querido, você se saiu bem — sussurrou ela.

— Então a senhora não está prestes a me expulsar da enfermaria e me banir de novo para a unidade de ortopedia?

— Não, ao menos *ainda* não, meu bem. — Ela riu.

— Ufa. Porque acho que tenho um pouco mais de trabalho a fazer antes de ir.

— Também acho, como ficar bem o bastante para sair daqui, certo? — Daquela vez o dedo estava apontando para ele, junto com uma sobrancelha erguida. Logo depois, ela saiu da enfermaria.

Animado com a satisfação da enfermeira Angles, Alfie esperou menos de dez minutos antes de pegar um dos livros de passatempos perto da cama dele.

— É chegado de novo o momento, senhoras e senhores. Estou diante de uma palavra de cinco letras para irritante.

O sr. Peterson nem se deu o trabalho de levantar os olhos do livro que estava lendo.

— Tente A-L-F-I-E. — Ele continuou com os olhos fixos na página, mas agora tinha um sorriso debochado no rosto.

— Concordo — disse uma voz fraca com sotaque irlandês, no cubículo ao lado do de Alfie.

— Ah! Ela voltou a falar! Agora, quero combinar uma coisa: se esse seu negócio de falar vai se tornar um hábito, não quero que seja só uma desculpa para me insultar, tudo bem? Também tenho sentimentos.

— Não vai se tornar *nada* — retrucou ela.

Vai com calma, Alfie.

— Muito bem, vizinha, anotado.

Ele estendeu a mão para o controle remoto da TV em seu cubículo e ligou no programa *The Morning Show*.

— Alfie, quando aqueles seus amigos lindos vão aparecer pra visitar você de novo? — perguntou Sharon do lado dela da enfermaria.

Às vezes Alfie se perguntava se Sharon não gostava mais da visita dos amigos dele do que ele mesmo.

— Acho que eles vêm hoje. Você está com sorte, Shaz.

Ele estivera tão concentrado nos próprios pensamentos que simplesmente tinha esquecido que seus amigos viriam visitá-lo.

Alfie voltou a olhar para a tela da TV e viu a data na mesma hora.

É claro que os amigos iam aparecer hoje.

Era o dia em que Lucy ia deixar o país. O dia em que a mulher que ele amara por três anos iria desaparecer de vez da vida dele.

21

Alice

Um dos benefícios de nunca ver ninguém era que a audição de Alice tinha se tornado fantástica. Mesmo depois de alguns dias de isolamento, às vezes parecia quase um superpoder. Não apenas ela conseguia identificar os moradores daquela enfermaria só pelos passos deles, como era capaz até de saber o nome das visitas apenas pelo "oi" delas.

Ela precisava admitir que ter Alfie na cama ao lado lhe dera muita prática. Como era um dos pacientes mais populares dentro e fora daquela enfermaria, ele raramente era deixado sozinho. Um fluxo interminável de amigos chegava e saía do lado dele o tempo todo. Havia um Matty, que às vezes estava acompanhado por um cara chamado Alex; um Ben, um Simon, um Johnny e um Jimmy. Alice descobriu que era difícil guardar todos, principalmente porque as conversas deles pareciam ser sempre sobre os mesmos assuntos. A saber: futebol, saídas à noite, rúgbi, futebol de novo e reclamações sobre as respectivas famílias.

Mas naquele dia foi um pouco diferente.

Naquele dia ela notou a ausência de brincadeiras bobas e desnecessárias entre eles. Pensando a respeito, tudo parecia um pouco discreto demais — quase educado demais.

— Oi, Alf. Como você tá? — Cautela... sem dúvida havia um toque de cautela no tom do cara chamado Matty.

— Tô bem, tá tudo certo, sou o mesmo bom e velho eu. E você? O que tá rolando?

— Ah, nada de mais. Só o de sempre, não é, Alex?

— É, é, nada de mais aconteceu. Também continuamos os bons e velhos nós.

Alice conseguia visualizar a cena que se desenrolava logo atrás da sua cortina: os dois homens parados perto da cama, as expressões constrangidas, as mãos nos bolsos, evitando contato visual. Ombros caídos, olhares trocados entre um e outro, e o corpo oscilando levemente para trás e para a frente, se preparando para fugirem a qualquer momento.

— Ei, tá tudo bem, rapazes. Só me contem como foi na noite passada... Imagino que vocês tenham ido, certo?

Os dois amigos respiraram fundo.

Alice pôde sentir a culpa se derramando do cubículo ao lado.

— De verdade, eu tô bem. Ela era amiga de vocês primeiro, eu entendo. — A voz de Alfie soou um pouco mais forçada agora. — A despedida dela foi bacana?

Matty foi o primeiro a falar:

— Foi, foi tudo certo, acho que ela se divertiu.

— Ótimo, é isso que importa.

— A questão é que... — começou a dizer Alex.

— Você fez falta lá, foi o que todo mundo disse — interrompeu Matty.

— Matty, não seja idiota. Continua, Alex... A questão é que...? — A intensidade na voz de Alfie estava fazendo até Alice ficar nervosa com o que o amigo dele iria falar.

— Bom, a questão é que a Lucy perguntou por você. Bastante, pra dizer a verdade. — Quanto mais o tal Alex falava, mais ele parecia se sentir impelido a continuar. — Ela me pediu para te dar um recado. Pediu para eu dizer a você que ela... — uma brevíssima pausa de relutância — que ela sente muito.

O modo como ele disse essa última frase foi como se estivesse tirando um grande peso dos ombros. O constrangimento era palpável.

— Ela disse o quê? — A voz de Alfie ficou ainda mais alta.

Alice não conseguiu evitar se encolher de pena dos amigos dele por serem alvo daquela raiva súbita.

— Ela disse que... sente muito — repetiu Alex.

— Ela sente muito?

— É, você sabe, por tudo o que aconteceu.

— Ora, eu também, camarada, sinto pra cacete também.

Alice estava ao mesmo tempo intrigada e se sentindo culpada. Havia tanto ressentimento na voz de Alfie que ela ficou com vergonha de estar escutando, mas sua curiosidade havia sido despertada e ela queria saber mais.

— Enfim... o que anda acontecendo na sua vida, Alex? Conseguiu ter mais algum daqueles encontros desastrosos? — O tom de Alfie ainda era cauteloso, mas todos pareceram suspirar de alívio diante da mudança de assunto.

— Conte pra ele sobre a garota da noite passada, Al. A que fez você fazer papel de bobo. — Matty começou a rir.

— Ai, Jesus, por favor, não me faça lembrar daquilo.

Infelizmente, Alice teria que esperar para saber mais sobre a tal Lucy, mas não conseguiu parar de pensar nela pelo resto do dia. Tinha consciência de que seu tédio provavelmente alcançara níveis inéditos, e não ajudou que seu vizinho tivesse caído em um silêncio tão mortal que faria inveja à própria Alice. Alguma coisa provavelmente tinha acontecido entre a tal Lucy e Alfie. Alice nunca o ouvira reagir daquela forma. Quem era a garota? Os dois estavam juntos? Ela partira o coração dele? Ele partira o dela? Histórias e cenários não paravam de surgir na mente de Alice, a ponto de ela quase perguntar sem rodeios a ele. Felizmente, a voz familiar da razão a deteve. Mas restou uma pergunta ainda mais perturbadora...

Por que eu me importo?

91

22

Alfie

Até ali, Alfie dizia a todo mundo que estava tranquilo com o fato de sua namorada de alguns anos tê-lo abandonado. Ele entendia que ela estivesse "tendo dificuldades em lidar com as coisas depois do acidente". E compreendia que acordar ao lado de um namorado com uma perna só, que precisava de cuidados significativos, provavelmente não estava na lista de desejos dela no que se referia a um parceiro para a vida toda, mas a verdade era que Lucy não tinha lhe perguntado nem uma vez como ele estava se sentindo ou do que precisava. Era como se ela tivesse esquecido completamente que fora Alfie que sofrera o acidente; que fora ele que tivera que aguentar horas de fisioterapia e exercícios de reabilitação só para conseguir andar sozinho até o banheiro. De repente, três anos de relacionamento foram jogados no lixo, e ele se via sofrendo por outra perda que não só a de uma perna.

Alfie estava furioso com ele mesmo por ter perguntado sobre a festa. Com frequência, sentia raiva até por ter permitido que Alex o apresentasse a ela. Furioso por Lucy ser amiga dos amigos dele e por aquilo, na época, ter parecido um motivo tão bom para recebê-la de braços abertos no mundo dele, no coração dele. Furioso por ter ultrapassado barreiras para amá-la. Furioso por ter tido a perna amputada. Furioso por não ser o homem que Lucy queria que ele fosse. Furioso por provocar repulsa nela. E, mais que tudo, furioso por ter que lidar sozinho com aquela situação.

Alfie sabia que não podia ficar com raiva de Alex por passar o recado. O tonto, idiota, provavelmente achava que estava fazendo a coisa certa, que por algum motivo ouvir aquilo aplacaria toda a dor e todo o ressentimento que haviam ficado do rompimento entre os dois. É claro não demorou muito para Alex se dar conta de que o recado não tinha resolvido nada. Nada tinha sido consertado. Na verdade, só serviu para trazer tudo à tona mais uma vez.

Alfie encontrara forças para levar a conversa de volta para temas mais leves, mas também estava cansado de fingir. Matty o conhecia bem o bastante para perceber que, depois de ouvirem mais algumas histórias embaraçosas de Alex, era hora de ir embora e, assim, eles deixaram Alfie sozinho com seus pensamentos.

Pelo resto da tarde, só o que Alfie conseguiu fazer foi ficar olhando para a tela da televisão sem realmente prestar atenção ao que via. Ele não queria dormir, apesar de seu corpo estar implorando para que dormisse — sabia que os sonhos viriam e no momento não tinha forças para lutar contra eles. Não queria conversar e se ver obrigado a apagar o desespero da própria voz pelo bem dos outros ao redor. Não. Naquele dia ficaria só deitado ali, sem fazer nada. Todos na enfermaria perceberiam sua mudança de humor. Aquilo normalmente o aborreceria, e ele descobriria uma forma de sair do estado em que se encontrava. Mas daquela vez resolveu deixar os outros fazerem isso por conta própria. Uma parte dele quase gostou que soubessem que ele não iria salvá-los com brincadeiras naquele dia. Que nem sempre poderiam depender dele para se divertir. Não queria que ninguém dependesse dele nunca mais. Estava no meio de uma nuvem carregada e escura e não sairia dela tão cedo.

Conforme a enfermaria ao redor dele começou a diminuir o ritmo e todos se ajeitaram para dormir, a fúria de Alfie se alastrou. Ele a sentiu crescendo a partir da boca do estômago, aumentando de intensidade, cravando as garras em suas entranhas, louca para se libertar. Até ali, Alfie havia reunido todas as suas forças para manter aquela fúria sob controle, mas naquele momento, com todos ao seu redor dormindo tranquilamente, a besta ganhou vida. Ele a sentiu subindo pelo peito e saindo pela garganta. E se viu obrigado a deixá-la sair, antes que o rasgasse ao meio.

— AAAAAHHHHHHHHHHH! — gritou com o rosto enfiado no travesseiro.

Ele enfiou a cabeça mais fundo e deixou o som queimar o tecido. Seus punhos estavam cerrados com tanta força que sentiu vontade de reduzir o travesseiro a tiras. Queria que alguma coisa se sentisse tão arrebentada quanto ele se sentia. Surfando naquela onda de destruição, Alfie lançou o travesseiro longe o mais forte que pôde.

Então, as lágrimas chegaram. Quentes, pesadas e furiosas. E agora não tinha nada com que abafar o barulho, já que sua única defesa jazia jogada, sem vida, no chão diante dele. De repente, Alfie começou a rir cada vez mais alto, até se ver dominado por um ataque de gargalhadas incontrolável.

Você jogou os seus brinquedos fora em um ataque de birra e não consegue nem pegá-los de volta sem ajuda, seu idiota de uma perna só.

A ironia era grande demais.

Então, ele ouviu uma coisa. Uma coisa que deteve na mesma hora seu momento de histeria. É claro que iria acordar alguém com todo aquele barulho que estava fazendo, mas, de todos na enfermaria, tinha *mesmo* que ser ela?

Quando já estava prestes a abrir a boca para pedir desculpa, Alfie ouviu uma coisa aterrissar ao seu lado na cama. Quando abaixou os olhos, viu ao alcance da sua mão um travesseiro sendo passado por baixo do espaço entre a cortina e o chão.

— Só para o caso de você ainda querer gritar mais um pouco. — A voz dela era gentil, e no volume exato para que ele escutasse.

— Obrigado. Eu meio que dei um tiro no meu único pé jogando o meu longe, não foi?

— Foi. Eu ia pegar, mas então me dei conta de que não gosto tanto assim de você.

— Mas gosta de mim o bastante para me dar o seu único travesseiro? E para conversar de novo comigo!

Ha! Ele a pegara.

— Não fique muito animadinho. Na verdade, tenho três travesseiros extras. Acho que as enfermeiras sentem pena de mim e demonstram sua simpatia me dando travesseiros e cobertas extras. Além do mais, fiquei com pena de você.

— Merda. E eu achando que gostavam de mim por aqui. Não me dão nem um flã de chocolate a mais, imagine travesseiros!

— Você obviamente não está machucado o bastante. Elas não fazem isso porque gostam de uma pessoa, Alfie, mas porque sabem quem está mais ferrado.

Embora Alfie soubesse que ela estava brincando, não soube muito bem como responder àquilo. Sabia que Alice estava seriamente ferida, mas a extensão do dano era um mistério para ele. Antes que tivesse tempo de formular uma resposta adequada, Alice lançou uma pergunta:

— Você está bem, depois do que aconteceu mais cedo? Não consegui não ouvir a sua conversa.

Alfie quase podia senti-la se encolhendo em expectativa à resposta dele.

— Ah, tô sim. Quer dizer, achei que estava, mas tenho a impressão de que, se você perguntar àquele travesseiro que joguei ali, ele vai dizer que aparentemente não estou.

Ela riu. Uma risadinha envergonhada. Alfie se perguntou se Alice em algum momento se permitia rir com vontade, ou se seriam sempre risadas um pouco contidas.

— Nós interrogamos a vítima e ela agora vai prestar queixa, senhor. Deseja nos contar o seu lado da história?

Alfie sabia que ela estava só brincando, mas conforme a escuridão caía ao redor deles, densa como veludo, sentiu uma estranha urgência de fazer confidências a Alice. As sensações e os pensamentos que vinha mantendo enterrados bem fundo subitamente clamavam para serem ouvidos. Ele queria compartilhar tudo com ela. Queria deixar que Alice espiasse dentro da sua cabeça, mesmo que só por um momento.

— Bom, policial, serei breve, já que sei que o senhor é muito ocupado: a garota que eu namorava fazia três anos me deixou uma semana depois do meu acidente porque não conseguiu lidar com o que aconteceu. Aparentemente era difícil demais para ela. Assim, não só eu tive a minha perna amputada, não só o ferimento inchou e infeccionou, não só eu quase morri de septicemia, como *também* tive o coração partido. Por favor, sinta-se à vontade para chorar por mim agora, se desejar.

Ele se deu conta de que aquela era a primeira vez que realmente falava daquilo com alguém. Não estava pronto para permitir que Alice visse o verdadeiro tamanho da sua tristeza ainda, mas mesmo assim sentiu algum alívio por falar a respeito. Todos estavam tão preocupados em não aborrecê-lo que haviam optado por ignorar a situação, ou evitar o assunto, hesitantes, mencionando-o apenas de passagem. Estavam todos tão concentrados na cura do dano físico que Alfie fora deixado para lidar sozinho com o dano emocional, em segredo e fora de vista.

— Alfie, qual é o problema com você?

Uau, ele não estava esperando por aquilo. Era verdade que não havia contado os detalhes mais traumáticos emocionalmente, mas estava esperando ao menos um pouco de empatia.

— Por que você ainda quer saber dessa garota depois de ela ter agido assim? Você é um cara legal demais. Eu sei que você disse que amava a sua namorada, mas para ser franca ela me parece uma idiota egoísta.

Alfie também não estava esperando por aquilo. Ninguém jamais tinha sido tão direto com ele.

— Ora, policial, isso não é jeito de falar com um suspeito seu, por mais hediondo que tenha sido o crime dele.

— Alfie, dá pra falar sério uma vez? Só por um momento.

Aquela era a segunda vez em poucos minutos que ela o pegava desprevenido com uma pergunta. Alguma coisa estava deixando Alice mais ousada naquela noite, e Alfie percebeu que gostava daquilo.

— Ninguém quer ouvir coisas sérias, Alice. O mundo já é cheio de merda do jeito que está... Basta olhar ao redor, pelo amor de Deus! Por que tornar tudo mais difícil pra você e pra todo mundo acrescentando mais merda?

Ele ouviu a centelha de resistência no tom dela.

— Como assim? Então a gente tem que andar por aí fingindo que nada nos magoa? Que tudo é fantástico?

— Não, mas de que adianta ficar infeliz o tempo todo? As pessoas não gostam de infelicidade.

— Então você quer fingir que é feliz por causa das outras pessoas? Para conseguir amigos? Popularidade? No fim, não importa o que os outros pensam, se você está todo arrebentado e sangrando por dentro.

Ela estava pegando pesado com ele, sem medir as palavras. Com certeza não sabia que o estava atingindo em lugares extremamente sensíveis e dolorosos. Estaria tentando de propósito derrubar as defesas que ele passara tantos anos erguendo meticulosamente?

Talvez Alfie tenha dito o que disse a seguir porque estava cansado. Talvez porque tivesse esquecido de fechar a porta das próprias emoções mais cedo. Talvez porque estivesse apenas sendo vingativo.

— E obviamente ser tão séria te conseguiu um total de zero visitas quando você estava à beira da morte. — Ele cobriu instintivamente a boca com a mão, em uma tentativa patética de recolher o veneno que acabara de cuspir nela.

Silêncio.

Alfie não sabia o que poderia dizer para deixar tudo bem entre eles de novo. Por isso, ficou parado ali, abrindo e fechando a boca como um peixe fora d'água.

— Acho que você está se esquecendo da encantadora visita da minha mãe.

As risadas escaparam dos dois lados da cortina. Risadas de verdade, sem a menor vergonha, que sacudiram o corpo de Alfie e levaram lágrimas aos olhos dele. Foram tão altas que Alfie viu Sharon olhando do outro lado da enfermaria, mas não se importou. Não havia como esconder quando a pessoa se sentia viva daquele jeito.

— Ah, sim, devo ter esquecido.

— Boa noite, Alfie.

O prazer do momento havia emprestado uma certa leveza às palavras dela. Alfie fechou os olhos, segurou o travesseiro áspero contra o peito e inspirou a calma que se instalara entre os dois.

— Boa noite, Alice.

23

Alice

No momento em que Alfie deu aquela resposta abrupta, ela soube que ele estava certo. Não havia por que questionar ou brigar a respeito, mas embora tivesse conseguido reagir com humor aquilo não impediu que doesse. Com suas próprias decisões, seus modos descuidados e sua vontade forte, Alice havia conseguido organizar as coisas com tanto sucesso que ninguém ia vê-la. Alice Gunnersley estava sozinha e, pela primeira vez em muito tempo, aquilo não parecia bom.

Ela não sabia por que havia decidido falar com Alfie, mas sabia que não podia mais continuar a culpar o tédio. Sem dúvida era difícil ignorar quando se via alguém se entregar a uma dor tão crua como aquela. Não era fácil ouvi-lo chorar e gritar, mesmo a situação se repetindo noite após noite. Alice podia ser teimosa e independente, mas não era de pedra. Ali estava um homem que emprestava tanta vida a todos ao redor durante o dia, e à noite se via reduzido a uma concha vulnerável e soluçante. As feridas dela eram dolorosas e repulsivas, mas ao menos não passavam da pele.

Alice não tinha certeza se algum dos dois havia dormido naquela noite, mas, quando a manhã chegou, estavam ambos novamente fazendo o papel de pessoas descansadas.

— Oi. — A voz de Alfie estava mais tranquila, sem nenhum tom de provocação. Estava claro que ele queria que apenas Alice o ouvisse, não a enfermaria toda.

— Oi.

— Escuta, sobre o que eu disse na noite passada. Desculpe. Eu não tava legal.

— Alfie, tá tudo bem. — Alice não queria que eles começassem a pedir desculpas um ao outro. Na verdade, queria apagar a coisa toda da mente.

— Não, escuta. Sei que você vai me dizer que eu estava certo, por isso não tem necessidade de pedir desculpa, mas eu não estava certo. Estava muito, *muito* errado. E, olha, se eu sair daqui antes de você, vou voltar para te visitar, sem importar se você vai me deixar entrar por essa maldita cortina ou não!

A sinceridade na voz dele mexeu com alguma coisa no peito de Alice, e logo o rosto dela estava molhado de lágrimas. Meu Deus, devia estar mesmo muito cansada... Cansaço e ressacas eram as únicas desculpas legítimas que Alice se permitia para demonstrar emoção.

— Bom, não tem a menor possibilidade de eu deixar você me ver, mas obrigada.

Alice quase estendeu a mão pelo meio da cortina para apertar a dele, mas acabou apenas cruzando as mãos. A textura da pele dela estava muito diferente de antes. Às vezes esquecia que precisava se acostumar com aquela nova versão arruinada de si mesma.

— Você diz isso agora, mas, acredite em mim, sou muito determinado quando quero.

— Você? Determinado? Imagina!

— Estamos trocando sarcasmos agora, é?

— Vá perturbar outra pessoa, tudo bem?

Ele arquejou alto.

— Desafio aceito! Ei, sr. Peterson, o senhor ouviu a Alice. Estou chegando aí.

Alice balançou a cabeça.

— Ninguém vai a lugar nenhum ainda. — A voz da enfermeira Angles interrompeu a conversa deles. — Cada um pra sua cama, todo mundo, e cortinas fechadas, por favor.

O coração de Alice começou a bater mais rápido. Apesar de seus protestos, ela na verdade se pegara gostando de passar o dia na enfermaria.

Agora que teria que encarar outra sessão humilhante de fisioterapia, qualquer mínimo traço de animação foi destruído.

— Alice, meu bem, vamos ter que tirá-la da cama de novo. Me dê dois segundos para checar se está tudo ok, então venho te ajudar, certo?

A enfermeira Angles se foi antes que Alice tivesse ao menos a chance de abrir a boca.

— Cortinas fechadas, todo mundo... Quanto mais rápido fizerem isso, mais rápido tudo estará terminado — bradou ela.

— Quanto tempo mais vai durar essa operação militar? Achei que tivesse deixado o Exército há quarenta anos.

— Sr. P., pare de resmungar e tire uma soneca, tudo bem? — brincou Alfie.

Ouvir a voz dele saindo em sua defesa fez Alice experimentar uma inexplicável sensação de alívio.

— Muito bem, estamos prontos.

Outra enfermeira acompanhou a enfermeira Angles até o leito de Alice, junto com a formidável cadeira de rodas.

— *No pain no gain*, vizinha. Você consegue.

Ela não sabia se ria ou se chorava ao ouvi-lo.

Por sorte, não havia tempo para nenhuma das duas coisas. A enfermeira Angles passou os braços por baixo dos de Alice e começou a levantá-la gentilmente.

Lá vamos nós de novo.

✳

Mais uma vez, a enfermeira Angles havia feito tudo que era possível para deixar Alice confortável. Todos os pacientes estavam confinados às camas, e a salinha de estar feminina, à direita da enfermaria, tinha sido esvaziada para permitir total privacidade a Alice. Darren já estava esperando quando elas chegaram, tão animado e bem-humorado quanto da última vez que ela o vira.

— Alice! Que bom ver você. Como está indo?

— Bem — murmurou ela, morrendo de medo de descobrir que exercícios insuportáveis ele reservara para ela.

— Ótimo, vamos levantar e sair dessa cadeira. Acredite em mim, não vai demorar muito para você não precisar mais dela. — Ele deu uma piscadinha encorajadora, enquanto a ajudava a ficar de pé. — Nós vamos continuar com os exercícios simples de mobilidade que começamos na semana passada. Vá devagar, e podemos parar para descansar sempre que você precisar...

Foi mais uma hora humilhante na vida dela, mas, em vez da vontade de se enfiar em um buraco e desaparecer que teve na última vez, Alice descobriu uma centelha de determinação se acendendo dentro dela. A mulher absurdamente determinada e a competidora implacável que era antes do incêndio começava a erguer novamente a cabeça. Ao que parecia, a antiga Alice ainda estava ali. Enquanto forçava o corpo cansado e rígido a fazer os movimentos mínimos que Darren a orientava, ela se deu conta de que aquela era a única forma de sair dali, por isso era melhor dar um jeito de fazer tudo o mais rápido possível.

*

De volta na cama, com o corpo inteiro parecendo arder com o esforço, Alice ouviu uma vozinha invadir sua consciência.

Será que alguém vai se dar o trabalho de entrar em contato com você?
Alguém já checou para saber se você está viva?
Só precisam de você para o trabalho?

O celular dela! Alice ainda não sabia onde diabo ele estava. Movida por uma combinação de pânico e nervosismo, ela apertou a campainha para chamar as enfermeiras. Que engraçado... Mesmo quando estava sentindo as piores dores que já experimentara na vida, em nenhum momento tinha apertado aquela campainha pedindo ajuda, mas naquele momento, em que precisava descobrir onde estava seu bem mais precioso, agia como se fosse uma emergência.

Alice sentiu uma pontada de culpa quando ouviu uma enfermeira chegar correndo ao seu leito.

— Alice, está tudo bem? Alice, o que houve? — A jovem enfermeira apareceu entre as cortinas, afogueada.

— Desculpa. Acho que deveria ter esperado até vocês fazerem a ronda, mas acabei de me dar conta de que não estou com o meu celular. Não o vejo desde que cheguei. Você sabe onde está?

— Ah. Entendo. — A expressão da enfermeira, uma mistura de alívio e irritação, foi engraçada de ver. — Deixa eu checar... só um instante.

É bom saber que a antiga Alice não desapareceu completamente. Apertar o botão que chama as enfermeiras para saber do celular... sinceramente...

Em pouco tempo, a enfermeira estava de volta segurando um saquinho hermético com alguns itens: uma bolsa, chaves, o celular. Alice reconheceu no mesmo instante, era tudo dela.

— Desculpe não termos entregado isso a você antes. Tivemos que cortar as suas roupas quando você chegou ao hospital... e, no processo, alguém deve ter guardado tudo isso. Aqui está.

Passou pela mente de Alice a imagem de alguém tentando soltar às pressas a calça do terninho que ela usava da pele derretida por baixo. Ela sentiu náusea ao pensar naquilo e instintivamente tocou os curativos que cobriam a sua perna esquerda, grata por aquela primeira fase ter passado.

— Obrigada — murmurou.

Ali estava outra parte dela que havia sobrevivido ao incêndio. Parecia estranho segurar o peso do metal frio do celular na mão. Alice respirou fundo e ligou o aparelho, hesitante.

Nada.

Ótimo. Nem uma única...

Uma mensagem. Da mãe.

Duas mensagens. De Lyla.

Cacete. Três... quatro... cinco mensagens. O toque agudo avisando da chegada de mensagens ecoou pela enfermaria. Alice tentou desligar o som, mas seus dedos estavam rígidos e doloridos da fisioterapia.

— Que diabo está acontecendo aí? — perguntou o sr. Peterson.

— Ruby, você está brincando com o meu celular de novo? — perguntou Jackie, o tom severo.

— Não! Eu juro! — choramingou Ruby.

— Alfie, é você? — perguntou Sharon.

— Obviamente não sou eu. Se eu tivesse tantos amigos, já teria me gabado disso a essa altura, pode acreditar. Espera... Alice, é *você*? — Havia uma clara surpresa na voz dele. — Está tudo bem?

Alice estava chocada demais para se importar com o que acontecia ao redor dela. Não conseguia acreditar nas mensagens que estava vendo na sua caixa de entrada.

MENSAGEM DE LYLA — 24 DE ABRIL — 09:02

Que merda, o Arnold acabou de me contar o que aconteceu. Você tá bem? Precisa de alguma coisa? NÃO SE PREOCUPE NEM POR UM SEGUNDO COM O TRABALHO. Sei que é inútil te dizer isso, porque você nunca para de se preocupar, mas posso tentar, não é? Tenho tudo sob controle. Por favor, me avise se você está bem. Bjs, Lyla

MENSAGEM DE LYLA — 25 DE ABRIL — 15:35

Muito bem, parece que você está estável, mas sei que, quando voltar totalmente a si, vai correr o risco de ter um ataque cardíaco caso eu não mande alguma atualização do projeto Hunterland. O Tim assumiu. Estou de olho nele, e vou cobrar o tempo todo. Espero sinceramente que você esteja bem, Alice. Bjs, Lyla

MENSAGEM DE MÃE — 27 DE ABRIL — 08:55

Espero que você esteja bem. M

MENSAGEM DE LYLA — 2 DE MAIO — 12:15

Alice, querida, é o Arnold. Espero que estejam te dando montes de chocolate quente, e cuidando bem de você. Todos sentimos a sua falta. O meu dia não é mais o mesmo sem você! Espero que melhore logo. Atenciosamente, Arnold

Alice piscou para afastar as lágrimas e teve que rir da última frase. É claro que Arnold assinaria a mensagem como se fosse uma carta. Ela sentia o coração tão pleno que parecia prestes a explodir. Aquelas pessoas, a quem não costumava dar muito valor e que tinham pouca prioridade em sua vida, na verdade se importavam com ela. Se importavam o bastante para mandar mensagem, e aquilo deixou Alice muito impressionada.

Havia mais mensagens de Lyla e Arnold, querendo saber como ela estava e a atualizando da vida no escritório. Então Alice viu a mensagem que fez seu coração saltar no peito.

MENSAGEM DE SARAH MELHOR AMIGA — 28 DE MAIO — 07:50
Ei, Ali. VOCÊ TÁ BEM? Liguei para o seu trabalho porque você sumiu e eu estava começando a ficar preocupada, e eles me contaram sobre o acidente. Por que diabo você não deu o número do meu celular pra eles? Merda, você tá bem? Estou tentando conseguir um voo o mais rápido possível. Amo tanto você que chega a doer. Bjs, Sarah

MENSAGEM DE SARAH MELHOR AMIGA — 28 DE MAIO — 09:30
Bom, o Raph está dizendo para eu me acalmar, disse que você provavelmente não pode ficar com o celular, mas por favor, Ali, só me avisa se você tá bem. Eu liguei pro hospital, mas não me disseram muita coisa. Amo você. Bjs

MENSAGEM DE RAPH MARIDO DA MELHOR AMIGA — 28 DE MAIO — 13:35
Oi, Alice, aqui é o Raph. A Sarah está quase enlouquecendo aqui, e me pediu pra mandar uma mensagem pra você, pedindo a você que mande uma mensagem pra ela. Ligamos algumas vezes para o hospital, e eles garantiram que você está viva, mas você sabe como é a Sarah. Nós dois estamos pensando em você e rezando pra você melhorar logo. Te amamos. Bjs, Raph

MENSAGEM DE SARAH MELHOR AMIGA — 29 DE MAIO — 04:00
Ali, odeio muito você neste momento por me ignorar, mas liguei para o hospital e eles me disseram que você está melhorando. E, depois de muita discussão, também me garantiram que você ainda não pegou o seu celular. Ainda vamos voar para aí o mais rápido possível, mando detalhes assim que souber melhor quando. Amo você. Bjs

Alice não conseguia acreditar no que estava lendo.

Sarah ia atravessar metade do mundo só para ficar com ela.

Não conseguiu mais aguentar. A realidade a estava atingindo com força, e as emoções que vieram junto eram incontroláveis.

Não. Você não pode deixar que ela te veja assim.

Lentamente, Alice digitou uma resposta para a amiga, mas cada toque no teclado do celular parecia exigir um esforço gigantesco. Como era possível que já tivesse sido capaz de disparar centenas de e-mails por dia sem nem parar para respirar? Era por isso que não podia permitir que Sarah viesse visitá-la. Aquela não era a Alice Gunnersley que a amiga conhecia e amava.

MENSAGEM PARA SARAH MELHOR AMIGA — 25 DE JUNHO — 13:27
Oi, Sarah. Mil desculpas. Eu acabei de pegar o meu celular de volta. Não precisa se preocupar em me visitar. O voo vai sair absurdamente caro e você está longe demais! Está tudo bem por aqui. Eu aviso quando sair do hospital. Amo você. Bjs

De repente, Alice percebeu um movimento à sua esquerda. Surpresa, viu uma mão se esticar para dentro da cortina.

Ela soltou o celular, agarrou a mão de Alfie e apertou com força. E nem se deu o trabalho de usar a mão boa.

24

Alfie

E eles ficaram daquele jeito, de mãos dadas por entre as cortinas. Alice nem sequer falava com ele até poucos dias antes! Era engraçado como já parecia que aquilo fazia tanto tempo, como eles haviam passado a se entender, e como era normal — não, mais do que normal —, como era *bom* segurar a mão dela. Alfie se deu conta na mesma hora de que estava segurando a mão que havia sido queimada — podia sentir a gaze envolvendo-a, criando uma segunda pele, áspera. De repente, ele teve medo... Será que a machucaria? Será que estava segurando a mão dela com força demais? Então, Alice apertou a mão dele com força, e o pânico de Alfie cedeu.

— Obrigada. Desculpa, eu preciso secar o rosto — sussurrou ela, e o soltou. — Deus, chorar é um negócio nojento.

— É uma sorte ter essa enorme cortina entre nós, assim eu não preciso ver.

Alfie deixou a mão pairando por mais um instante do lado dela da cortina, antes de recolhê-la.

— Um dos muitos benefícios — retrucou Alice, com uma meia risada.

Eles permaneceram em um silêncio camarada por alguns minutos. O cérebro de Alfie vibrava de empolgação, sua pele formigava com a lembrança do toque da mão dela.

— Para alguém que não recebe muitas visitas, você sem dúvida recebe um monte de mensagens. Não está escondendo amigos secretos aí, está? — Ele torceu para não estar ultrapassando o limite.

— Não. — Alice riu. E Alfie deixou escapar um suspiro de alívio. — Eram só mensagens de algumas pessoas do trabalho e da Sarah.

— E quem é Sarah?

Uma breve pausa.

— Acho que posso dizer que é a pessoa mais incrível que eu já conheci na vida.

Por que ele sentiu uma coisa estranha no estômago quando ela disse aquilo? Com certeza não estava com ciúme, não é mesmo?

— Uau! Lamento, mas você vai ter que contar mais depois de uma declaração como essa! Quem *é* essa pessoa?

— Olha, não importa o que eu disser, não vou conseguir fazer justiça à Sarah. Ela é uma dessas pessoas que é preciso encontrar em carne e osso para realmente ter noção do que se trata. E é a minha melhor amiga.

— Você acha que ela vai vir te visitar? — Alfie presumiu que aquele devia ser o contato de emergência misterioso que a enfermeira Angles havia mencionado, que no momento estava inacessível, do outro lado do mundo.

— A Sarah está morando na Austrália agora, então não é exatamente uma viagem fácil de fazer. Ela disse que ia pegar um voo para vir me ver, mas eu disse para ela não fazer isso. — A voz de Alice soou determinada.

— Bom, ela parece mesmo incrível.

— É a melhor pessoa. — Alfie reparou que a voz dela tinha ficado chorosa de novo. — Juro que nunca chorei tanto na minha vida toda.

— Você tem travesseiros extras, mas nenhum lenço de papel? Eu, se fosse você, reclamaria.

Ele conseguiu ouvir a risada dela, abafada pelo som do rosto sendo esfregado.

— Quer reclamar, meu bem? Posso ir até aí e te dar motivo para reclamar! — A voz da enfermeira Angles soou do outro lado da enfermaria.

— Finalmente! Acerte um nele por mim também. — O sr. Peterson aplaudiu, entusiasmado.

— O Alfie tá encrencaaaado. O Alfie tá encrencaaaado — cantarolou Ruby, enquanto dançava para cima e para baixo na enfermaria. Sharon soltou urras e aplaudiu, encantada.

Alfie se ergueu na cama.

— Espera um instante, desde quando esse virou o dia de malhar o Alfie? Deveriam ter me dado ao menos um alerta, turma!

— Vamos malhar o Alfie! Vamos malhar o Alfie! — Ruby passou a cantarolar cada vez mais alto, enquanto dançava cada vez com mais animação.

— Chega, Ruby! — Jackie fez uma tentativa vaga de controlar a criança frenética que não parava de dançar pela enfermaria.

— Entendi. Acho, então, que vou só ficar em silêncio pelo resto do meu tempo aqui, não é melhor? — Alfie cruzou os braços em uma postura desafiadora.

— Finalmente a ficha caiu! — O sr. Peterson bateu com a mão na testa fingindo irritação, enquanto Alice deixava escapar uma risadinha abafada no leito ao lado.

— Perfeito. Vou só pegar a minha prótese e parar de perturbar vocês. Isso mesmo, a minha *prótese*... porque só tenho uma perna e vocês todos estão atacando um rapaz com deficiência. Espero de coração que consigam encontrar uma forma de viver sem peso na consciência.

— Vocês são dois idiotas. Agora, Alfie, se arrume. O médico quer ver você antes da fisioterapia hoje, meu bem. — A enfermeira Angles já estava tentando erguê-lo da cama antes que ele tivesse chance de protestar.

— Espera, por que o médico quer me ver?

— Talvez ele atenda às nossas preces e você receba alta. — O sr. Peterson deu uma risadinha.

Aquilo não podia ser verdade, não é?

Ainda não. Por favor, ainda não.

*

— Vamos, Alfie, se concentre. Sei que está cansado, mas você está indo muito bem. Estamos muito perto de chegar aonde queremos. Acho que você só precisa de mais umas duas sessões.

Alfie foi arrancado sem cerimônia de suas divagações pelo conhecido tom motivacional de Darren, o fisioterapeuta. Darren era um cara legal, que realmente se importava com os pacientes. Dava para ver isso no jeito como ele levantava as pessoas do chão, sacudia a poeira delas e as estimulava a tentar de novo e de novo e de novo. Darren era a luz quando não havia ninguém em casa, e o combustível quando a reserva de energia começava a esvaziar. Era o tipo de pessoa a quem você quer satisfazer como paciente. O tipo por quem você se esforça em dobro, só porque não consegue suportar a ideia de decepcioná-lo. Mas a gentileza dele era uma faca de dois gumes, pois Darren era ao mesmo tempo torcida e saco de pancadas. Alfie se encolhia só de pensar em como já se comportara com Darren.

Quando começou o tratamento, Alfie, sendo Alfie, presumiu que tudo estaria terminado em poucas semanas. Mas, ao que parecia, ser arremessado de um veículo a mais de cem quilômetros por hora, deslizar pelo asfalto e ter uma das pernas amputada realmente cobrava um preço alto. O esforço físico era uma coisa, mas ninguém o havia preparado para o fardo emocional. O constrangimento de ter que reaprender as coisas mais básicas já era o bastante para reduzi-lo às lágrimas. Um homem de vinte e oito anos chorando por causa da absoluta dificuldade de levantar um peso que antes teria levantado em um piscar de olhos era extremamente humilhante. A princípio, Alfie conseguia muito bem conter as emoções, abafando o pessimismo com as palavras de encorajamento dos que estavam ao seu redor. Todos lhe diziam que aos poucos ficaria mais fácil, que levaria algum tempo, mas as coisas iriam melhorar.

Só que não melhoraram.

Ficaram mais difíceis.

Houve vezes que ele não conseguia nem se levantar da cadeira de rodas, nem a perna, e não tinha energia nem para chorar. Foi então que Alfie desmoronou e deixou escapar a torrente de emoções que vinha mantendo tão cuidadosamente reprimida. A princípio, as explosões eram dirigidas a ele mesmo.

Seu idiota, imbecil, fraco.

Olha o que você se tornou.

Você é uma piada.

Se esforça mais, seu fracassado.

A raiva se insinuava e se contorcia em seu estômago como uma serpente maligna, a língua ardente dela lambendo a carne de Alfie até ele estar dominado pela dor. Depois de se fartar de tudo o que podia dele, a criatura precisou procurar alimento em outro lugar, dirigindo seu veneno a qualquer um que estivesse por perto. Doía lembrar das vezes que havia se deixado cair nos braços de Darren, cansado demais para se mexer dois centímetros que fosse. Era ainda mais doloroso lembrar de como ele atacava Darren, socando e gritando, morto de vergonha por fracassar mais uma vez.

Alfie teria gostado de dizer que havia conseguido superar aquilo sozinho, que havia percebido como aquele comportamento não ajudava a sua recuperação, e como aqueles ataques prejudicavam sua cura. Mas foi preciso o grande discernimento da mãe dele para que a ficha finalmente caísse.

— Os médicos e o pessoal da fisioterapia me disseram que você não está se comportando bem. O que está acontecendo, Alf?

— Nada. Só estou cansado. É difícil, e não aguento mais.

— Você não aguenta mais? — A mãe arregalou os olhos, incrédula.

— Por favor, não comece, mãe. Você tem ideia de como é viver desse jeito? Como uma porra de uma aberração? — Ele nunca tinha falado com ela daquele jeito, mas estava tão cheio de ódio que não conseguiu se controlar.

— Alfred Mack, eu nunca me desapontei com você na vida. Nunca. — Ela se abaixou para olhar dentro dos olhos dele. — Até este momento.

Ele tentou desviar o rosto, mas a mãe o impediu.

— Está me dizendo que é do tipo que desiste fácil? Que um filho meu é do tipo que desiste das coisas? Não criei você para "não aguentar mais",

Alfie, não importa quanto as coisas sejam difíceis. Sabe por quê? A vida é difícil. Não consigo nem imaginar o inferno por que você está passando, e não vou fingir, mas Deus sabe que sei o que é sofrimento. Sei o que é sentir que não há mais esperança. Você acha que foi fácil para mim? Acha que o meu coração não se partiu todos os dias durante esse tempo?

Alfie se encolheu e já ia começar a falar, mas ela o interrompeu na mesma hora.

— Não estou querendo que sinta pena de mim, só estou dizendo que sempre existe um caminho. Mesmo quando estamos tão atolados na dor que só conseguimos ver escuridão. Alfie, tem uma vida inteira esperando por você. Talvez não seja a vida que você tinha, ou a que sonhou ter, mas ela está aí. Tem uma oportunidade te esperando que, neste momento, você está jogando fora. Estarei aqui a cada minuto de cada dia, e vou apoiar você de todas as formas que eu puder, mas não vou ficar assistindo a você jogar o seu futuro fora. Juro que não vou. — Os olhos eram determinados. — Então, o que você vai fazer?

E, depois daquilo, ele havia parado de brigar com todo mundo ao redor e passado a lutar pela própria vida.

— Alfie, camarada, você tá bem? Você parecia estar em outro mundo durante toda a sessão. Quer conversar sobre alguma coisa? — Darren estava parado bem em frente a ele agora, com uma mão pousada em seu ombro.

— Desculpa, é só que eu tive uma consulta com o médico mais cedo, e ele disse que, se tudo correr bem com as nossas sessões, devo ter alta daqui a duas semanas, mais ou menos.

Alfie sabia que aquilo soava absurdo. Por que estava triste com a perspectiva de deixar aquele lugar? Estava conseguindo o que todos que entravam no St Francis's queriam: a chance de sair dali ainda com uma vida para viver.

— Ah. — Darren fez sinal para que Alfie se sentasse no banco. — Entendo, isso pode ser assustador, né? Já está aqui há o que... oito semanas mais ou menos?

Alfie assentiu.

— Vai ser uma adaptação complicada, meu amigo. Não estou surpreso por você ficar um pouco mexido. Venha, vamos terminar essa sessão por aqui e tomar um café, o que acha?

Alfie sorriu. É claro que Darren compreenderia. Quantos pacientes ele já vira entrar e sair por aquelas portas, todos com a própria bagagem emocional com que lidar?

— Darren, em algum momento você *não é* uma pessoa gentil? Por favor, me diga que você não é cem por cento incrível o tempo todo. Tipo, com certeza você fica com raiva às vezes!

— É claro que não sou gentil o tempo todo. Por exemplo, vou fazer você pagar nosso café por causa do tanto que já me encheu o saco, e vou querer também duas fatias de bolo. E, sim, você também vai pagar por elas.

Apesar de ter feito só metade da sessão de fisioterapia, Alfie estava exausto naquela noite. Conversar com Darren tinha sido de grande ajuda, mas não acabara com a ansiedade dele. Darren tinha lhe garantido que era normal ficar preocupado com a iminência de sair do hospital — voltar à realidade era um desafio, e uma coisa que deixava muitos pacientes aflitos —, mas Alfie ainda tinha dificuldade de visualizar como seria a vida dele fora daquela enfermaria. No fim, seus pensamentos ficaram tão depressivos que a ideia de uma noite maldormida, cheia de flashbacks, se tornou uma opção bem-vinda. Ele fechou os olhos e rezou para que os sonhos daquela noite fossem mais gentis.

Como acabou ficando claro, Alfie *nem sempre* era tão sortudo.

— ROSS, NÃO!

Ele se sentou na cama, a camiseta encharcada de suor, o coração batendo tão rápido que ele mal conseguia distinguir uma batida da outra.

O local parecia vazio. Nenhuma das enfermeiras viria checar o que estava havendo com ele naquela noite e, ao que tudo indicava, nem o sr. Peterson — Alfie conseguia ouvir os roncos do amigo acima do zumbido das máquinas. Talvez todos já tivessem se tornado imunes aos gritos dele àquela altura — ele se transformara em apenas mais um ruído de fundo da enfermaria Moira Gladstone. Como tudo ao redor podia continuar tão normal quando o mundo dele parecia ter virado de cabeça para baixo?

Sozinho na escuridão, Alfie sentiu o coração se acalmar e a respiração se tornar mais profunda. Foi então que ouviu.

— Quem são eles?

25

Alice

— Desculpe. Eu não te acordei, acordei? — Ele parecia grogue, como se estivesse se recuperando de uma ressaca pesada, ou de um soco na cara.

Não entrava na cabeça de Alice como alguém conseguia dormir fazendo todo aquele barulho. Daquela vez, os gritos haviam soado mais desesperados e pungentes do que em qualquer outra vez.

— Não, não se preocupe, eu já estava acordada — mentiu ela.

O que tinha lhe passado pela cabeça para perguntar uma coisa daquelas a ele?

Por sorte, Alfie ignorou a pergunta e mudou de assunto. Alice não tinha certeza se ele fez isso de propósito, mas não queria pressioná-lo.

— Tá certo. Fico mais tranquilo.

Cada palavra soava como se fosse um enorme esforço para ele. Alice fechou os olhos e tentou voltar a dormir, mas tudo ao redor dela pareceu dez vezes mais barulhento que antes.

O som da respiração dela.

O som da respiração dele.

O farfalhar inquieto dos lençóis.

O coração disparado do lado dela.

— Eles estavam no acidente comigo. — Alfie fez uma pausa, como se não tivesse certeza se deveria continuar. — Ciarán e Ross. Dois dos meus melhores amigos. Eles morreram. Eu sobrevivi.

Alice sentiu o rosto quente de constrangimento.

— Desculpe, Alfie, eu jamais deveria ter perguntado. É só que...

— Ei, para com isso. Você tem todo o direito de saber de quem é o nome que você acorda toda noite me ouvindo gritar.

— Ah... não é toda noite!

Ele tentou rir. Por alguma razão, Alice sentiu uma urgência de saber mais, no entanto permaneceu calada. Não lhe cabia perguntar, e ela já tinha deixado a curiosidade levar a melhor naquela noite. Se Alfie quisesse contar mais alguma coisa, ele contaria.

— Acho que venho me enganando, achando que esses flashbacks vão melhorar com o tempo. Teve uma época que eles ficaram mais fracos e menos frequentes, mas acabam sempre voltando. E são tão reais. Reais como se eu estivesse lá de novo, Alice.

O jeito como ele disse o nome dela fez Alice sentir um aperto no peito, e ela se viu dominada por uma onda de afeto por Alfie.

— Você já falou com... alguém sobre isso?

Ela estava tentando ser o mais cuidadosa possível.

— Quando diz alguém, você está se referindo a um psiquiatra, não é?

Alice se encolheu diante da própria falta de sutileza.

— Para uma pessoa que fala tão pouco, você tem muito tato quando quer.

— Ai... desculpe.

— Está tudo bem. E, respondendo sua pergunta muito genérica e ao mesmo tempo tão específica, sim e não. Quer dizer, as pessoas aqui obviamente sabem... As enfermeiras sempre soltam o "você está bem" obrigatório, toda vez que os flashbacks vêm. E a Sharon tem a audição de um morcego, por isso não tenho como enganá-la. Conversei brevemente com os médicos quando eles me receitaram antidepressivos, e mencionei de passagem para a minha mãe. Mas, não, não conversei com nenhum *especialista* a respeito. As pessoas tentaram me encorajar a fazer isso, mas, se já é difícil passar por essas memórias involuntárias quando estou dormindo, imagine contar a um estranho.

Outra pontada de culpa. Se Alice tivesse conseguido se lembrar do incêndio, se ficasse o tempo todo voltando ao momento em que quase fora queimada viva, com certeza também não iria querer ficar contando a respeito para todo mundo.

É por isso que você não tem mais do que uma amiga na vida: porque tem a capacidade emocional de uma tábua.

— Desculpe, não é da minha conta. Eu nem pensei antes de falar.

— Não, tudo bem. A menos que você peça desculpa de novo, então não vai estar tudo bem, entendeu? Eu meio que queria mesmo conversar com você a respeito desde a primeira noite em que você fingiu não ter sido acordada por mim. Você pode ser muitas coisas, Alice, mas não é uma boa atriz...

— Ah, vá à merda. Eu por acaso era uma atriz em ascensão antes de o meu rosto derreter.

— Não acho que o problema é o seu rosto ter derretido, como você coloca tão lindamente, isso seria apenas um obstáculo no caminho... Tem mais a ver com a sua teimosia insana. Não tem ninguém no mundo capaz de dirigir você.

Alice não tinha como questionar aquilo. Realmente era do tipo que cravava os calcanhares no chão e sacava os revólveres.

— Não vou negar que você tem razão desta vez, mas só porque te contrariar só confirmaria a acusação.

— Você é mesmo especial, Alice. Não sei exatamente em que sentido, mas sem dúvida especial. Me dê só um pouco mais de tempo que mais cedo ou mais tarde vou descobrir em que sentido.

O afeto que enchera o peito de Alice surgiu de novo, mas daquela vez era como se os olhos de Alfie estivessem pousados nela. A situação subitamente ficou íntima demais, pessoal demais, e ela precisou recuar.

— Então... você quer conversar sobre eles? Sobre os sonhos, quero dizer.

Alice ouviu enquanto ele se ajeitava na cama, e imaginou Alfie se sentando com o corpo mais aprumado.

— Na maior parte das vezes é exatamente a mesma cena: eu revivo o acidente. Passo literalmente por tudo o que aconteceu naquela noite de novo e de novo. Às vezes, tem umas diferençazinhas, umas nuances, mas de modo geral é um replay bem detalhado.

Alice sentiu um medo enorme de dizer a coisa errada, ou de pressioná-lo demais. Cada palavra parecia um passo hesitante sobre uma corda bamba muito fina.

— Você se incomoda se eu perguntar o que aconteceu?

Havia permitido que a curiosidade levasse a melhor mais uma vez. Silêncio.

Deus, isso é excruciante.

Precisava preencher rápido aquele silêncio.

— Você não precisa contar se não quiser.

Não era de espantar que Alfie falasse com ela o tempo todo. Preencher o silêncio parecia muito melhor do que simplesmente encarar o vácuo que a ausência de comunicação deixava.

— Eu quero contar. Realmente quero. Mas acho que é mais difícil do que eu pensava.

Alfie respirou fundo e começou a contar a sua história.

118

26

Alfie

Ele passara muito tempo querendo encontrar alguém com quem pudesse se abrir. Alguém com quem pudesse conversar sem se sentir desconfortável ou constrangido. Agora que finalmente alguém estava perguntando, Alfie não conseguia encontrar uma única palavra. Os médicos sempre o deixavam tenso. Ele não conseguia descobrir se achavam constrangedor o fato de testemunharem o sofrimento dele, ou se eram imunes àquilo, depois de ouvirem milhares de histórias semelhantes — mas, fosse como fosse, Alfie achava impossível conversar com eles. Não havia contato visual, apenas anotações intermináveis e um ocasional: "Como isso faz você se sentir?"

Então, assim como eles, Alfie simplesmente se fechara. As sessões regulares de terapia continuavam, mas com o tempo ele passou a se abrir cada vez menos. Para os médicos, os flashbacks haviam cessado e, assim, não havia mais perguntas a serem feitas. Na verdade, os flashbacks estavam apenas sendo enterrados cada vez mais fundo nos recessos da mente dele.

Deitado ali, procurando na escuridão uma forma de começar a contar, Alfie se deu conta de como se sentia vulnerável, mesmo que Alice não conseguisse vê-lo.

— Tínhamos ido ao casamento de um amigo nos arredores de Londres. Achamos que seria mais inteligente e mais barato voltar para casa naquela noite mesmo... Fazia sentido, já que estávamos a poucas horas de distância. Ciarán ia dirigir, por isso não bebeu.

Ele sentiu a garganta apertada.

— Ele nunca faria uma coisa dessas com a gente. Jamais.

As palavras saíram com mais intensidade do que Alfie pretendia, porém Alice precisava saber que tipo de cara era Ciarán. Alfie respirou fundo e procurou acalmar a raiva.

— Eu estava tão cansado que dormi praticamente no momento em que sentei no banco de trás do carro. E me lembro de acordar com os dois idiotas discutindo sobre que música ouvir. Ross estava insistindo em Ariana Grande pela décima quinta vez... Parece que aquela era a música preferida da nova namorada dele, e Ciarán trocava de música toda hora. E ficava repetindo: "O celular é meu". E Ross choramingava de volta: "Mas é a minha vez de escolher". Eles continuavam naquilo, se provocando sem parar. Eu nem tentei me meter porque sabia que a disputa continuaria pelo resto do caminho. Eles são... eram... dois idiotas teimosos.

Passado, Alfie.

— Estendi a mão e peguei o celular. Os dois se viraram e tentaram pegar de volta. A culpa foi minha... Como eu peguei o celular, ninguém estava olhando para a estrada... Foi muito rápido, o Ciarán não viu o que aconteceu. Não viu porque eu o distraí.

As palavras saíam tão velozes de sua boca que Alfie não conseguia respirar. A culpa que vinha crescendo dentro dele estava abrindo caminho à força.

— Um babaca bêbado qualquer que estava um pouco à frente tinha entrado na faixa errada, o que obrigou um caminhão a desviar dele. O caminhão veio direto pra cima da gente, e ninguém viu. Só lembro da sensação de tudo me atingindo de uma vez. Foi como se estivessem me rasgando de dentro para fora. Era tanta dor que eu não conseguia me dar conta de onde estava, ou de quem eu era.

Ele parou. Estava agarrando os lençóis com tanta força que conseguia ver os nós dos dedos, muito brancos, cintilando na escuridão.

— Disseram que fui jogado a cinco metros do carro. É aí que os meus sonhos sempre começam. Eu acordando de bruços na estrada, com uma faca no estômago me alertando de que alguma coisa está muito errada. Então levanto os olhos e vejo. O carro. Amassado como uma folha de papel. Fumaça por toda parte. Consigo ouvir os gritos. Estou tentando encontrar os outros, então vejo o rosto de Ross. Ele ainda está dentro do carro. É como se eu estivesse tão perto... mas, toda vez que tento me arrastar na direção dele, Ross vai ficando cada vez mais distante. Começo a gritar para ele, implorando que saia do carro. Mas é como se alguém tivesse me emudecido, ou aumentado tanto o volume dos outros que as minhas palavras simplesmente desaparecem no nada. Então. Merda. Então o carro pega fogo. O calor está atingindo o meu rosto, mas não me importo porque só quero ir até lá e tirar o Ross do carro. Mas alguém está me segurando, tentando me afastar, e sinto as mãos dessa pessoa me prendendo com muita força, e quanto mais forte me seguram, mais eu tento me desvencilhar. Tento me levantar e andar, mas não consigo. A minha perna é um peso morto embaixo de mim, inútil. Toda vez que ergo o corpo e me levanto, a dor é forte demais e quase apago de novo. Estou preso. Preso, sem conseguir salvar o meu amigo, que está tão perto de mim. Não penso nem sinto nada além de raiva, como se eu também estivesse queimando. Então, pelo canto do olho, vejo Ciarán. Eu o vejo deitado ali. Ele está tão machucado. Parece uma massa humana largada na estrada. Mas é o Ciarán. Eu sei que é ele. Começo a gritar, a implorar que acorde. Ele continua imóvel. Preciso que ele acorde. Por que não está acordando? Preciso ir pegar o Ross. Estou com tanta raiva dele por ficar só deitado ali, e com tanto medo que quero abraçá-lo, porém há mais pessoas me mantendo afastado, e não consigo mais lutar com elas. Quero ficar ali. Não posso deixar meus amigos. Não posso deixar eles ali, merda.

Quando as lágrimas chegam, atingem Alfie com tanta força que ele mal consegue manter o corpo erguido.

De repente, ele vê uma mão buscar a dele. Mas está com medo demais para segurá-la, certo de que, se soltar os lençóis que agarra com tanta força, vai desmoronar e nunca mais conseguir se erguer.

— Alfie, eu tô aqui. Pega a minha mão.

Alfie não precisava ver o rosto de Alice para saber que não havia piedade na voz dela, nem constrangimento ou repulsas. Ela o apoiaria. Ela o ancoraria. Ele segurou a mão dela e apertou com força.

— Eu acordei no hospital, com a certeza de que Ciarán e Ross estavam a poucas camas de mim. Não acreditei quando me contaram. Só quando vi a expressão no rosto da minha mãe foi que soube que eles realmente tinham morrido. Quando amputaram minha perna, nem me incomodei. Podiam ter levado todo o resto. Eu só precisava não ser o único que sobreviveu. Ver o ressentimento no rosto dos pais deles se tornou insuportável. Eles me amavam como um filho, mas queriam estar chorando a minha morte, não a dos filhos de verdade que haviam perdido. Acho que, no fim, a única forma que encontrei de suportar tudo foi enterrar o que aconteceu. Toda a dor. Mas a verdade é que às vezes desejo que *eu* tivesse sido enterrado.

Eles ficaram de mãos dadas, como se precisassem daquele contato para continuar respirando — Alfie não saberia dizer quem apertava a mão do outro com mais força. As lágrimas dos dois corriam pelos braços deles e se encontravam no meio do caminho.

O silêncio se estendeu ao redor deles, trazendo uma sensação de paz. Alfie conseguia sentir a tensão no peito se aliviando, conforme sua respiração ficava mais calma e compassada. Ele havia sobrevivido à tempestade e alguém ao seu lado o resgatara dos escombros.

— Sei como é ser a pessoa que os outros queriam que estivesse morta no lugar de alguém — sussurrou Alice.

Assim que ele sentiu que estava de volta a um terreno sólido, a terra tremeu novamente sob os seus pés.

27

Alice

Era uma sensação tão boa, dar colo a alguém. Apoiar alguém. Ser *necessária* a alguém. Será que se deixara envolver tanto pela magia do momento que uma parte sua escapara na esperança de também receber colo? Alice sentiu uma onda de vergonha se espalhar por todo o seu corpo e, embora soubesse que Alfie não podia vê-la, ela soltou a mão dele e enterrou a cabeça nas mãos.

Por que diabo ela havia dito aquilo?

Estava prestes a começar a se desculpar por ter desviado o assunto para si mesma, quando a voz de Alfie rompeu o silêncio.

— Quer conversar a respeito? — Alfie ainda estava com a mão esticada do lado dela da cortina.

— Nem sei por que eu disse isso. É o seu momento de falar. Eu só... só queria que você soubesse que não é o único com esse sentimento.

— Não, eu já terminei. Não consigo reviver tanta coisa assim daquela noite. Sou todo ouvidos, se você quiser me contar a sua história.

— Não tenho muita coisa pra contar.

— É mesmo? Está me dizendo que uma história que começa com "Sei como é ser a pessoa que os outros queriam que estivesse morta no lugar de alguém" não vale a pena ser contada? Ah, dá um tempo! — Ele estava rindo. E Alice o imaginou balançando a cabeça e revirando os olhos para ela.

— Fui bem dramática, né? — Ela deu uma risadinha. O riso de Alfie era mesmo contagiante. — Nunca falei a fundo com ninguém sobre isso, então nem sei direito por onde começar.

— Você pode começar por algum lugar, ou por lugar nenhum. A decisão é toda sua.

Ele estava certo. A decisão *era* dela. Podia contar o máximo ou o mínimo que quisesse. A verdade era que não estaria contando aquela história para Alfie. Estaria contando para si mesma.

Vinte anos era tempo demais para carregar uma coisa tão pesada quanto aquela... Talvez já estivesse mesmo na hora de se livrar de parte da dor.

Alice fechou os olhos e pegou a mão dele de novo.

— Eu tinha um irmão gêmeo. Euan era quatro minutos mais velho que eu. Era tão cheio de vida que eu não ficaria surpresa se descobrisse que eu já estava com metade da cabeça para fora do útero quando ele me puxou de volta só para sair primeiro. Era impossível impedi-lo de fazer o que quisesse, e uma tolice tentar. Euan tinha um fogo tão grande de viver que dava para sentir o calor que emanava dele apenas olhando para o seu rosto. Ele era um furacão que chacoalhava tudo em seu caminho, a não ser por mim. Era como se ele encarasse aqueles quatro minutos como um presente. Euan era o meu irmão mais velho, e tomou para si a responsabilidade de me proteger como se a sua vida dependesse disso.

Ela fez uma pausa, enquanto tentava engolir o nó na garganta. Era por isso que sempre se impedia de pensar no irmão.

— Parece que ele era ainda mais teimoso que você... o que é um feito inacreditável!

Alfie apertou a mão dela, tranquilizando-a.

— Ele era. E era brilhante. O melhor. — Alice fez outra pausa, se permitindo um espaço para organizar os próprios pensamentos. — Mas, na verdade, era ele que precisava ser protegido. Euan nasceu com um defeito congênito no coração... Acontece bastante com gêmeos. Quando se divide a mesma placenta, há sempre o risco de que um dos bebês não receba tanto oxigênio quanto o outro. Infelizmente, eu fiquei com a maior parte e o deixei sem.

A culpa atravessou o coração dela, e seus olhos arderam com mais lágrimas.

Alfie apertou mais uma vez a sua mão. *Continue, não pare agora*, ele parecia dizer.

— Tivemos uma infância relativamente normal. Euan estava decidido a não deixar que sua condição interferisse em nada. Parecia não ter uma única preocupação no mundo. Talvez nós carregássemos o medo por ele. Meus pais eram rígidos com Euan e ainda mais comigo. Eu tinha que tomar conta dele o tempo todo. Me certificar de que ele estivesse bem. Toda vez que saíamos de casa e ficávamos longe deles, Euan era responsabilidade minha. Eu teria feito qualquer coisa por ele. Amava o meu irmão com todas as células do meu ser. Ele era parte de mim.

Alice respirou fundo. Sabia que estava hesitando, comprando qualquer tempo que pudesse antes de contar o que realmente acontecera.

— Tínhamos onze anos quando aconteceu. Era um sábado, fim de outubro, e o tempo estava mudando. Havíamos implorado aos nossos pais que nos deixassem brincar lá fora à tarde... Nosso lugar preferido era perto dos penhascos. Eu sabia que Euan estava se sentindo inquieto naquele dia. Ele vinha testando limites, tentando descobrir até onde conseguiria esticar as regras dos nossos pais e os limites dele. Quando estávamos na beira do penhasco, o Euan começou a correr. Eu gritei para que parasse, mas ele continuou. Ainda consigo vê-lo, como um animal selvagem enjaulado que finalmente tinha conseguido se libertar. Ele ria como louco, jogando a cabeça para trás na mais pura alegria. E correu, e correu até chegar na praia. Eu o segui o mais rápido que pude, mas ele era muito veloz.

Ela percebeu que falava cada vez mais rápido, quase como se não pudesse esperar para cuspir a história toda e terminar com aquilo. Alice não queria mais sentir aquele gosto amargo na boca.

— Quando finalmente o alcancei, ele já estava na água. Tinha tirado as roupas e corrido para o mar. Eu gritava tão alto que a minha garganta ardia. No fim, precisei correr atrás dele e arrastá-lo para fora. Ele chutou e gritou e enfiou as unhas em mim, gritando sem parar como a vida era injusta. Eu o abracei com força, nós dois chorando por causa de tudo aquilo. O Euan me implorou para não contar aos nossos pais o que ele tinha feito, porque sabia que nós dois estaríamos encrencados. E, por alguma estúpida, *estúpida* razão, eu não contei. — Alice balançou a cabeça, frustrada. — Quando voltamos, eu me esgueirei para dentro de casa, preparei um banho quente para o Euan e o mandei para a cama. Disse aos meus pais que ele estava cansado porque tinha corrido muito, e tudo parecia bem na manhã seguinte. À noite, a coisa ficou feia. O Euan começou a suar muito. Encharcou os lençóis e o pijama, mas, quando coloquei a mão em sua testa, ele parecia feito de gelo. Fiquei repetindo pra ele que ia ficar tudo bem, mas sabia que todo mundo estava assustado. Os meus pais ficaram confusos, sem saber como era possível ele ter ficado tão doente do nada. O Euan continuou a implorar para que eu não contasse a eles o que tinha acontecido, mas tive que contar. Eu precisava fazer alguma coisa.

A lembrança parecia um zumbido na mente de Alice. Bordas irregulares de cores e sons esbarrando em sua consciência. Fechar os olhos não ajudava — apenas deixava tudo mais claro. Ela não queria ver o rosto do irmão de novo. Não conseguiria suportar reviver mais uma vez aquela lembrança. Seu estômago começou a arder quando uma onda de náusea a atingiu. Havia deixado Euan morrer. Devia ter salvado o irmão. Aquelas palavras venenosas ecoavam sem parar até ela sentir vontade de gritar para arrancá-las da cabeça.

— Os meus pais ficaram furiosos quando contei. Tão furiosos que não conseguiram nem gritar comigo. Queria que tivessem conseguido. Queria que tivessem brigado comigo, me repreendido, mas ficaram em silêncio. A minha mãe nem me olhava. Eles chamaram a ambulância, mas... mas quando chegaram já era tarde demais. O Euan tinha ficado tão frio. O corpo dele sofreu um choque tão grande que o coração simplesmente desistiu.

As unhas de Alice estavam cravadas com tanta força na mão de Alfie que ela ficou surpresa por ele ainda não tê-la soltado.

— Eu devia ter feito mais. Não devia ter deixado o Euan sair correndo. E devia ter contado logo aos meus pais o que tinha acontecido. Mas não fiz isso. Não fiz nada.

As lágrimas se acumulavam na garganta dela, deixando pouco espaço para o ar passar. Por que começara a contar aquela história? Estava perdendo o controle, e detestava aquilo. Precisava se concentrar.

— Você fez. Fez tudo o que podia.

— Mas devia ter feito mais. Os meus pais me culparam. Os dois me culparam. Tenho certeza disso. Eles mal conseguiam me encarar depois. Toda vez que eu tentava explicar, ou chegar perto deles, os dois se afastavam, chorando. Eu só queria proteger o Euan. Juro que eu só queria isso.

Os soluços começaram a fazer o peito dela doer. A estrutura que a mantivera inteira de forma tão rígida, por tantos anos, estava rapidamente se desfazendo.

— Alice, não foi culpa sua. Está me ouvindo? Não foi culpa sua. Você era só uma menina.

Ela se esforçou muito para manter o controle, mas estava ficando cada vez mais difícil.

— Alice, tudo bem não estar tudo bem. Você pode chorar e ficar com raiva, e gritar e berrar se quiser.

— Se eu começar, tenho medo de nunca mais conseguir parar. — A voz dela soava baixa e infantil, mas o medo se destacava, alto e claro.

— Você vai conseguir parar. Estou bem aqui e não vou a lugar nenhum.

E, com aquelas palavras, o último fio da armadura dela foi cortado. A armadura toda caiu no chão enquanto uma imensa onda de tristeza a dominava. Ela se entregou aos soluços, que pareciam sair de um lugar muito profundo do peito. Alice não tentou mais aplacar o sofrimento. Não adiantaria. Estava tudo sendo liberado, exigindo ser ouvido. O ar estava tão denso de tristeza que ela quase esperou vê-la pairando em uma névoa diante de seus olhos. Mas não viu nada além da mão de Alfie segurando a dela. Alice não conseguiu se lembrar de quando adormeceu, ou mesmo se parou de chorar enquanto sonhava, mas sabia que Alfie estava tomando conta dela.

28

Alfie

Em muitos momentos durante a noite Alfie sentiu vontade de afastar a cortina e tomar Alice nos braços. Teve medo de dormir caso ela precisasse dele. Mesmo depois de ouvir os soluços dela dando lugar aos ruídos do sono, Alfie se esforçou para manter os olhos abertos. Na maior parte do tempo, ficou olhando para a cortina do cubículo dela, dizendo a si mesmo que uma espiadinha em Alice não faria mal a ninguém. Ela não saberia. A voz interior que lhe dizia para fazer isso ficava cada vez mais alta e mais convincente, até o ponto em que estava prestes a afastar só um pouquinho o tecido, quando então...

Não.

Essa é uma escolha dela.

Você não pode afastar a cortina sem pedir a Alice.

Eles tinham chegado tão longe... Ele realmente estava disposto a arriscar a confiança que conquistara? Não. Iria esperar. Iria esperar para perguntar a ela na hora certa.

Ao se lembrar de tudo o que Alice havia contado, não era surpresa que ela fosse tão fechada. Era difícil se tornar íntima de outras pessoas depois de ter sido tão magoada e, por mais que Alfie quisesse acreditar que a conversa da noite anterior mudaria tudo entre eles, sabia que não deveria criar expectativas. As barreiras que Alice construíra pela maior parte da vida não seriam derrubadas tão rápido. A conversa que tiveram não seria a chave mágica que destrancaria tudo, e Alfie sabia que precisava se preparar para ser afastado de novo.

Ficou observando o sol nascer e esperando em silêncio. Queria dar liberdade a Alice para escolher que reação desejava ter. Como ela iria agir naquele dia.

— Oi. — A voz de Alice soou rouca e áspera de tanto chorar, mas parecia receptiva. Era como se dissesse: *Estou cansada, com medo e me sentindo vulnerável pra cacete hoje*; mas com certeza não dizia: *Fica longe de mim* ou *Me deixa em paz*.

Alfie deixou escapar um suspiro de alívio.

— Não vou perguntar como você está, porque acho que posso imaginar.

— Não estou me sentindo no meu melhor dia, não vou mentir. — Alice riu. E foi aquela risada tímida e hesitante que aqueceu um pouco o coração dele. — Obrigada pela noite passada. Não sei muito bem o que dizer, a não ser obrigada.

— Você não precisa dizer nada. Como eu falei, não vou a lugar nenhum.

Silêncio.

Um silêncio bom.

Um silêncio que falava de aceitação e compreensão.

— Está tudo bem por aqui esta manhã? Continua encantador e irritante como sempre, Alfie? — A enfermeira Angles estava atravessando a enfermaria, vindo na direção dele.

— A senhora me conhece. Acho que não consigo evitar algo que acontece tão naturalmente. — Ele piscou para ela, que abriu um sorriso ofuscante.

— Vamos sentir a sua falta por aqui quando nos deixar, sr. Mack. Você é o sol que ilumina este lugar.

Ele riu para disfarçar o pânico que apertou o seu estômago.

— Não é verdade, sr. Peterson? — perguntou Angles, falando com o outro lado da enfermaria.

Silêncio.

Não um silêncio bom.

Um silêncio preocupante, incomum, alarmante.

— Sr. P.? Não ouviu isso? A enfermeira Angles aqui está sendo especialmente gentil comigo, estou surpreso que o senhor tenha perdido a oportunidade de me derrubar desse pedestal. — Alfie tentou imprimir um tom leve à voz, mas o toque de preocupação nela era inegável.

Nada.

— Vou checar como ele está, meu bem. Tenho certeza que está só dormindo. Sr. Peterson, está tudo bem por aí? — Alfie ouviu a enfermeira Angles fechando as cortinas atrás dela.

Diga alguma coisa, por favor.

— Está certo, meu bem. Sim, claro. Vou trazer o seu café da manhã e pedir ao médico para vir dar uma olhada no senhor.

Um grunhido de agradecimento se seguiu ao som da cortina sendo puxada.

— Ele só não está se sentindo muito bem, Alfie. Diz que está um pouco cansado. Vou chamar o médico para dar uma olhada, só para garantir.

Ele sorriu e assentiu, ciente de como ela estava sendo discreta.

Está tudo bem. O sr. P é um homem de noventa e dois anos. Tem o direito de se sentir cansado.

As palavras tranquilizadoras ficaram martelando na cabeça de Alfie até o médico enfim aparecer. Alfie analisou brevemente o jeito como ele vinha. Internado havia tanto tempo ali, ele logo aprendera a avaliar a gravidade de uma situação pelo modo como os médicos andavam. O que acabara de entrar não estava com pressa. Ele caminhou com tranquilidade pela enfermaria, distraído com as anotações que carregava e cumprimentando as enfermeiras pelo caminho. Não havia pressa nem urgência. Tudo ia ficar bem.

— Quanta preocupação para nada. Estou só um pouco desidratado. Provavelmente porque colocam quase um quilo de sal em cada refeição neste lugar — resmungou o sr. Peterson depois que as enfermeiras o checaram pela quinta vez.

— Ah, por favor, sr. P., não finja que não está gostando de toda essa atenção.

— Ah, me dá um descanso, garoto. E pode me fazer um favor? Vá perturbar outro hoje, está bem? Meu humor está péssimo.

Alfie olhou para o amigo. Seria mesmo só mau humor? Ou havia mais alguma coisa?

— Vá arrumar o que fazer, garoto. Pare de me olhar desse jeito. Estou bem!

Alfie fez o que o sr. Peterson pediu e o deixou em paz. Ele parecia o mesmo velho resmungão de sempre, que Alfie passara a conhecer e amar, mas alguma coisa lhe dizia para não ter tanta certeza.

Talvez ele não fosse o único que usava uma máscara naquele lugar.

*

O resto do dia transcorreu sem nada de novo ou de extraordinário, o que para Alfie pareceu uma bênção, depois da agitação indesejada da manhã. Ele nem se importou com o silêncio de Alice — presumiu que ela ainda estivesse processando a conversa da noite anterior, o que o fez lembrar que ele provavelmente deveria estar fazendo a mesma coisa.

Afinal, fora por causa de Alfie que o intenso desabafo emocional de Alice acontecera. Ele tinha falado sobre a noite mais angustiante de sua vida e, para sua surpresa, não se sentia constrangido ou envergonhado por isso. Na verdade, a única coisa que sentia era um imenso alívio. Guardar todo aquele barulho na cabeça era um fardo maior do que havia se dado conta. E torcia para que, em algum momento, Alice pudesse se sentir da mesma forma.

Alice. Alice. Estava sempre pensando em Alice.

Não importava quanto tentasse se concentrar em si mesmo, Alfie descobriu que seus pensamentos voltavam constantemente para ela. Havia muitas perguntas que gostaria de fazer, mas nenhuma delas era apropriada, já que a amizade entre os dois ainda estava tão no início. Alfie queria saber o que acontecera depois da morte do irmão dela.

O que teria causado tanta tensão entre Alice e a mãe? Onde ficava o pai dela em tudo aquilo? E, mais que tudo, ele se pegou imaginando se Alice se sentia solitária. Essa última ideia ele achou perturbadora demais para que se concentrasse nela por mais tempo. Ou talvez fosse porque já sabia a resposta.

— Você está preocupado com ele, não está? — A voz baixa, quase um sussurro, se insinuou por entre as cortinas.

— Hein? — A pergunta de Alice pegou Alfie desprevenido.

— O sr. Peterson... Você está preocupado com ele.

Como ela sabia?

— É, acho que sim. Sei que todos estão dizendo que ele está bem, mas tem alguma coisa esquisita, e não consigo me livrar dessa sensação.

— Se ele não estiver bem, pelo menos está no melhor lugar para ser cuidado.

— É, eu sei.

Logicamente a enfermaria de um hospital era o lugar mais seguro para se estar, mas mesmo assim Alfie não conseguia se convencer de que não precisava ficar preocupado.

— Posso te perguntar uma coisa? — A voz dela ainda parecia um pouco hesitante.

Era uma sensação estranha ser o alvo de perguntas... Legal, mas estranha.

— É claro.

— Você está com medo de ir embora daqui?

Por acaso Alice tinha entrado na cabeça dele?

— Falando sério?

— Sim.

— Estou apavorado.

— Você... sabe quando vai? — Se Alfie não soubesse que aquilo era improvável, diria que ela parecia quase nervosa com a perspectiva.

— Não. Bom... logo, logo, ao que parece. Tudo depende de eu receber alta da equipe de fisioterapia, e eles estão satisfeitos com o meu progresso. Então, essa é a minha avaliação final. Talvez, daqui em diante, eu deva começar a ser um pouco menos incrível nas minhas sessões de fisioterapia.

— Acho que todos na enfermaria iriam gostar.

Até você?

— Não tenho certeza se o sr. Peterson concordaria com isso, mas talvez eu fique só para ter o prazer de encher um pouco mais o saco dele.

— Você acha que vai voltar a fazer o que fazia antes?

— Como assim, se vou voltar a ser o homem leve, encantador, embora incrivelmente irritante que eu era? Tenho certeza que ainda consigo continuar a ser assim com uma perna só.

— *Alfie.*

Ele esqueceu por um momento que Alice vira o que havia por baixo daquele bom humor. Não podia mais levar as conversas só na brincadeira com ela.

— Desculpe. — Ele parou para pensar. O que iria fazer quando saísse dali? — Acho que pensei que iria me encaixar na vida que tinha antes. O meu apartamento está pronto e esperando pelo meu grande retorno, e não consigo me imaginar fazendo outra coisa da vida a não ser lecionar. Eu não *quero* fazer outra coisa da vida. Aquelas crianças são a melhor e a pior coisa do meu dia a dia. Mas será que dá para ser um professor de educação física com uma perna só? Realmente não sei. Espero que sim.

— Aaaah. — Ela deu uma risadinha. — Você é professor. Faz muito sentido.

— Vou entender como um elogio. — Alfie sorriu e se virou para a cortina que os separava.

— Já conversou com a escola? Com certeza eles não podem te discriminar por ter uma deficiência. Isso seria ilegal, sem contar que também seria um péssimo exemplo para as crianças.

Alfie sentiu uma Alice prática e organizada se juntando à conversa. Talvez aquela fosse uma amostrinha de quem ela era antes do acidente, a mulher que ele imaginava atravessando com determinação os corredores da empresa onde trabalhava, sem permitir que nada a detivesse.

— Está certo, *mãe*. — Alfie já pensara naquilo vezes sem conta, mas ainda não fizera nada concreto a respeito. Estava sendo preguiçoso. Ou será que, na verdade, estava preocupado com a possibilidade de ouvir alguma coisa que não queria ouvir? Puts, e como.

— Desculpe, eu só...

— Tudo bem. Vou falar com eles. Sei que estou procrastinando, mas no momento me agarrar à esperança de que eu ainda possa voltar está me ajudando a lidar com a ideia de deixar este lugar. Em um mundo ideal, eu voltaria para casa, me adaptaria um pouco e, quando estivesse acostumado a não ser alimentado e paparicado o tempo todo, então encararia a situação. Se eu penso em fazer tudo ao mesmo tempo, parece impossível.

— Dá pra entender. — Ela parecia imersa em pensamentos.

— Você já pensou no que vai fazer depois daqui?

Alfie tentou manter o tom leve e casual. Tinha consciência de que, sem vê-la, não poderia ter ideia da extensão dos danos que Alice sofrera, tanto físicos quanto emocionais. Tinha visto os curativos na mão dela, ouvido pedaços de conversa com os médicos. A fisioterapia. Os cuidados com os ferimentos. Mas Alfie sabia que aquele ainda era um assunto muito sensível, e que precisava abordá-lo com cuidado.

— Levando em consideração que, no momento, não consigo nem olhar para o meu próprio reflexo, você já pode imaginar como me sinto em relação a voltar ao trabalho.

Ela nem viu o próprio rosto ainda?

Jesus, será que está tão ruim assim?

— Qual era o seu emprego? Imagino que fosse algo absurdamente ambicioso e importante, estou certo?

Alfie se orgulhava de ser um bom juiz de caráter, mas, para ele, qualquer um que passasse mais de dois minutos com Alice poderia imaginar que ela era uma mulher com um emprego muito bem pago e prestigioso.

— Eu era diretora em uma grande empresa de consultoria financeira. Liderava equipes de cinquenta pessoas, e agora tenho medo até de ir ao banheiro, caso alguém me veja e saia correndo.

— Para a sua sorte, eles fecham a enfermaria *inteira* quando você quer ir a algum lugar. É como se a Beyoncé fosse minha vizinha.

Alice soltou uma risadinha. Meu Deus, como ele amava quando ela fazia aquilo.

— Ah, por favor, sou muito mais exigente que ela, você sabe!

Alfie se sentiu muito tentado a afastar as cortinas e ver por si mesmo quem era aquela estranha maravilhosa e complicada.

Dar só uma olhadinha.

— Enquanto eu não vir você forçando a enfermeira Angles a lhe dar apenas os M&M's vermelhos, diria que o júri ainda está deliberando.

— Vermelhos? Sou o tipo de garota que só come os azuis! São muito mais nutritivos. — A leveza subitamente deixou seu tom. — Mas falando sério. Às vezes me sinto uma pessoa tão diferente que nem sei se conseguiria me encaixar na minha antiga vida. Tem dias que fico deitada aqui, sonhando em desistir de tudo e deixar Londres para trás. Uma parte de mim só quer fugir para a Austrália, fazer a Sarah construir um puxadinho na casa dela para me abrigar e passar o resto dos meus dias ali.

— Muito bem, então por que não faz isso? Depois que a sua temporada aqui terminar, compre uma passagem e vá!

— Quem sabe. — A voz dela estava baixa agora.

— Como vocês duas se conheceram? — Alfie torceu para que fosse uma história longa e cheia de detalhes. Queria que Alice falasse pelo máximo de tempo possível.

— Na faculdade, no primeiro dia.

— Ah, aposto que estavam em alguma festa louca e fizeram amizade entre vários copos de bebida barata e passos de dança duvidosos. Estou certo?

Alice caiu na gargalhada. Isso fez Alfie abrir instantaneamente um sorriso largo.

— Não exatamente.

— Continue...

Ele ansiava por ver a expressão dela naquele momento. Mas tudo o que tinha era a cortina azul lisa encarando-o de volta.

— Nos conhecemos no corredor do alojamento, diante da máquina de salgadinhos. Como nós duas estávamos tentando escapar da primeira noite da semana dos calouros, a ideia era pegar qualquer coisa para comer na máquina e nos esconder no nosso quarto. A Sarah fez um comentário sobre a minha péssima escolha de batatas chips, que por sinal até hoje defendo e amo, e foi assim. Passamos a noite vendo filmes e bebendo vinho, escondidas das nossas colegas de quarto superbêbadas.

— Uau. Não sei se pergunto primeiro por que vocês estavam escondidas, ou que batata chips você escolheu.

A risada de Alice chegou de novo até Alfie, e dessa vez provocou um calor gostoso no estômago dele.

— Eram batatas da McCoy's, de páprica.

— E por que estavam se escondendo? — Ele se inclinou um pouco mais para perto da cortina.

— Não sei muito bem. Fui para a faculdade para sair de casa. Para mim, era um novo começo. Que me permitiria escapar da vida que eu queria esquecer. Não estava lá para fazer amigos, ou para me entregar ao álcool e a caras cheios de hormônios. Acho que o mesmo valia para a Sarah. Ela tinha a cabeça no lugar. E estava tão determinada quanto eu a conseguir um diploma e sair dali para o mundo adulto. Depois daquela noite, nos tornamos unha e carne.

— E quando ela foi para a Austrália?

— Já deve fazer uns dois anos agora. A Sarah sempre sonhou morar no exterior e, depois que se casou com o Raph, os dois decidiram ir em frente. Desde que se mudou, ela me convida para fazer uma visita. É engraçado como eu nunca parecia ter tempo... Todo o resto era mais urgente e importante.

— Você tem que ir! — Alfie não conseguia acreditar que ela ainda estava relutante.

— Estou pensando.

— Sem ofensa, Alice, mas não consigo entender o que ainda tem para pensar.

— Você ainda não me viu, não é?

A resposta dela foi rápida e cortante. Alfie havia esquecido como as palavras podiam doer.

— Não, você está certa, não vi. Mas adoraria. E, se eu visse, tenho certeza que isso não me impediria de querer te ver de novo.

Silêncio.

Por favor, Deus, o silêncio de novo, não.

— Boa noite, Alfie.

29

Alice

— Alice. — A voz invadiu seu sono, trazendo-a de volta à consciência.

— Não, não diga nada a ela ainda. Ela vai se recusar a me ver. Preciso estar bem perto para que ela não tenha chance de dizer não.

— Não sei se essa é a melhor abordagem com uma paciente como a Alice.

— *Acredite em mim*. Se alguém sabe lidar com a Alice, esse alguém sou eu.

— Se você está dizendo... Vamos ver se ela está acordada e pronta para receber visitas.

Alice estava vagamente consciente de uma conversa sobre ela. E de que estava acontecendo em algum lugar ao alcance de sua consciência. As vozes pareciam familiares, mas não fazia sentido que estivessem ali. Não encaixavam naquele lugar. Talvez ela ainda estivesse sonhando.

— Alice, meu bem.

A voz sem dúvida estava mais alta.

— Alice, querida. Está acordada?

Ela passara tanto tempo naquela enfermaria que a enfermeira Angles já aparecia em seus sonhos.

— Alice Gunnersley! Atravessei metade do mundo para ver você, e não se dá nem o trabalho de acordar!

Alice abriu rapidamente os olhos. *Cacete*.

— Sarah?

— Fico feliz por você não ter esquecido o som da minha voz. Posso entrar?

Ela estava mesmo ali.

— Não! Por favor. Não. Sarah, o que você está fazendo aqui, pelo amor de Deus? Eu te disse para não vir!

Alice se sentia muito confusa. O que estava acontecendo? Ainda na noite anterior ela falou sobre a amiga, ansiando que Sarah estivesse ali, e agora a mesma Sarah estava parada fora do cubículo dela. Ou seja, conseguira exatamente o que queria, só que naquele momento tudo o que queria era que Sarah desaparecesse.

— Alice, sou eu.

— Se não estiver disposta a ver ninguém hoje, tudo bem — alertou a enfermeira Angles.

Alice ficou grata pela tentativa da enfermeira de protegê-la, mas sabia que não seria possível mandar Sarah embora. Além do mais, bem no fundo, ela não queria que a amiga fosse — só precisava de um minuto para se recompor. Já fazia tanto tempo que não via Sarah em carne e osso, e não conseguiria suportar se o rosto da amiga se franzisse de pena quando olhasse para ela.

Alice respirou fundo e fechou os olhos.

— Está tudo bem, ela pode entrar.

De repente, o peso de Sarah estava junto dela. Ela nem pensou duas vezes enquanto as duas passavam os braços uma ao redor da outra, e Alice abraçava apertado a melhor amiga.

— Alice. Nossa, como senti saudade de você!

Alice abriu os olhos e, através das lágrimas, o rosto da amiga começou a entrar em foco. Reparou nos cabelos loiros de Sarah, ainda finos e curtos, emoldurando aquele rosto de elfo e aqueles olhos. Olhos que eram do azul mais vivo, mais profundo e mais gentil que Alice já vira. Olhando para elas, era difícil imaginar duas pessoas mais opostas. Enquanto Sarah era toda leveza e animação, Alice era intensa e retraída. Um dos caras no trabalho de Alice certa vez a descrevera como "uma força da natureza. Sabe como é, uma beleza do tipo Stonehenge". Apesar de ter ficado com o orgulho um pouco ferido, Alice teve que admitir que sabia a que ele se referia. Mas o fato de compreender não impedia que Dan, da contabilidade, fosse um completo babaca.

A questão era que Alice tinha presença. Seu corpo era forte e resistente e, com quase um metro e oitenta de altura, não havia como não ser vista. Sarah, por outro lado, era toda pequenininha. Sua cabeça mal chegava ao ombro de Alice, e ela era leve e delicada.

— Sarah. Por que diabo...

— Nem comece. A minha melhor amiga nessa porra de mundo se feriu gravemente, na verdade quase morreu, e além de tudo isso não respondia uma única mensagem das muitas que eu mandei. Obviamente eu iria pegar um avião pra estar ao lado dela. E não me venha com besteiras porque sei que você faria exatamente a mesma coisa por mim.

Como Alice havia dito, era impossível encarar Sarah em uma briga.

— Agora, chega pra lá, abre espaço pra mim nessa caminha minúscula e me conte o que aconteceu.

— Jesus Cristo. Você está aqui literalmente há menos de um minuto e já está me dizendo o que fazer.

— Exato — retrucou Sarah, o tom desafiador, enquanto colocava as pernas em cima da cama, sem aguardar que Alice se afastasse. — O que você esperava?

Alice olhou bem no rosto da amiga e se viu dominada por um afeto tão grande que seu coração parecia prestes a explodir.

— Nada menos que isso.

— Foi o que pensei. Agora, por favor, chega pra lá, a minha bunda tá pendurada pro lado de fora aqui.

Estranhamente, levando em consideração que Alice não deixava ninguém chegar tão perto dela desde o acidente, não era desconfortável ter Sarah deitada ao seu lado. Era como voltar para casa.

— Muito bem, agora que estamos sentadas confortavelmente, você vai me contar o que aconteceu?

Alice fechou os olhos e começou a reproduzir todas as informações sobre o acidente que conseguira reunir até ali. O único jeito de conseguir passar por aquilo era retransmitindo os eventos como se tivessem acontecido com outra pessoa. Não havia nenhuma emoção na voz de Alice. Sarah ouviu pacientemente — ela não se encolheu, nem arquejou, nem teve qualquer reação, apenas deixou Alice contar a história toda. O único sinal de que estava presente era a mão que apertava com força a sua.

— ... e assim que fiquei estável, fui transferida para esta enfermaria, acho que para que me reabilitem antes de me darem alta em algum momento.

Houve uma longa pausa. Contar a história em voz alta havia dado vida à enormidade do que acontecera, e Alice conseguia ver Sarah tentando digerir tudo de uma vez.

— Não acredito que você passou por tudo isso sozinha! — Sarah enfiou o rosto no pescoço de Alice. — Se você não estivesse internada, eu estaria furiosíssima por não ter mandado me chamar logo. Na verdade, estou furiosa por você não ter dado o meu celular ao hospital, mas não estou surpresa. Você foi muito esperta, mas não funcionou, não é, Alice? Quando vai perceber que não pode fazer tudo sozinha? Mas deixa pra lá. Estou aqui agora, não é mesmo? Eles disseram alguma coisa sobre quando você deve receber alta? Qual é o plano de tratamento? Estão realmente te ajudando? Você quer que eu fale com algum médico? Alguém me disse que você mal estava falando até pouco tempo, é verdade? Este lugar não é bom para você se não estiverem te dando todo o apoio, Ali.

O furacão Sarah estava oficialmente ali, e Alice não sabia se a enfermaria Moira Gladstone estava pronta para ela. Lembranças da conversa da noite anterior voltaram à sua mente. Ao que parecia, Alfie teria o privilégio de conhecer Sarah pessoalmente.

— Só para um pouquinho pra respirar, tá? — Era o que Alice sempre dizia quando Sarah se deixava levar por toda aquela energia. — Eles têm sido incríveis aqui. De verdade.

— Muito bem. — Sarah relaxou na mesma hora. — Só estou tentando compensar o tempo que perdi. Então, me diga, o que já fizeram até agora?

Alice pôde sentir a amiga voltando ao ritmo normal. Era importante fazer com que ela desacelerasse quando disparava daquele jeito, caso contrário Sarah tinha todo o potencial de revirar tudo em seu caminho.

— Fiz uma cirurgia e, dependendo de como as queimaduras cicatrizarem e de como ficar a aparência das cicatrizes, pode ser que precise de outras. No momento, estou fazendo fisioterapia para voltar a me movimentar, e estão tratando das queimaduras dia sim, dia não. É um jogo de paciência.

— Entendi. Bom, você sabe que vou ajudar no que for preciso.

Sarah pareceu satisfeita com a resposta, mas Alice sabia que aquilo era apenas temporário. A amiga gostava de atividade — praticamente vivia baseada em listas de tarefas — e Alice poderia apostar que logo, logo chegariam mais perguntas.

— E como... você está se sentindo?

Pronto. A única pergunta que Alice realmente não queria responder.

— Eu estava conversando com o Alfie sobre isso ontem à noite. Ainda é tudo muito perturbador. A ideia de sair do hospital parece impensável no momento. Ainda não consegui nem me olhar no espelho... Como vou poder andar pela rua, ou sair do apartamento?!

Ela sentiu Sarah apertar sua mão com mais força.

— Tenho muito a dizer sobre o que você acabou de falar, mas antes de mais nada quero saber quem é Alfie.

Alice deu uma gargalhada. *É claro* que Sarah falaria daquilo primeiro.

— Alfie é o filho da mãe sortudo que passa o dia todo e a noite toda deitado ao lado da sua amiga! Oi... imagino que você seja *a* Sarah?

Uma mão conhecida entrou pelo meio das cortinas. E um sorriso de puro prazer iluminou o rosto de Sarah. Alice gemeu. Ela sabia que aquele sorriso só podia significar uma coisa. Problema.

— É um prazer conhecer você, Alfie — disse Sarah, com um sorrisinho afetado, apertando a mão dele.

— Passe por aqui quando quiser, Sarah, o meu cubículo é uma cortina aberta.

— Farei isso, não se preocupe.

Alice praticamente desapareceu sob as cobertas enquanto Sarah lhe dava uma piscada maliciosa.

30

Alfie

Por mais que Alice tivesse tentado se convencer de que Sarah não viria da Austrália até Londres para vê-la, Alfie tinha achado que era só uma questão de tempo. Uma parte dele achou que talvez ficasse com ciúme por Sarah ter tido permissão de entrar no cubículo de Alice, mas só o que sentiu foi alívio por alguém estar ao lado dela. Alfie se esforçou muito para não ouvir a conversa. Parecia intrusivo e inapropriado. Em um determinado momento, ele se sentiu tentado a ligar a TV o mais alto possível, mas então se deu conta de que *aquilo* seria intrusivo, por isso tentou se concentrar em seu livro de passatempos. Ele até se saiu bem por um tempo, envolvido em um sudoku particularmente difícil, mas, quando ouviu seu nome, não pôde deixar de lado. Como poderia? Estavam falando dele!

Depois da breve apresentação a Sarah, Alfie se forçou a permanecer em silêncio. Sabia que as duas amigas precisavam de espaço e, por sorte, tinha outra sessão de fisioterapia à tarde, o que o afastaria da tentação de conversar com elas. Mas, quando já estava saindo da enfermaria, ouviu alguém correndo atrás dele.

— Ei, pode esperar um instante? Você é o Alfie, né?

— O próprio.

Sarah o mirou de cima a baixo, inclinou a cabeça para um lado e deu um sorriso de aprovação. Alfie gostou do jeito como ela mal piscou quando viu que lhe faltava uma perna. Não houve nenhum olhar mais demorado, nem uma rápida expressão de aversão nos olhos enquanto Sarah fingia que não tinha visto a perna ausente. Sarah apenas o examinou por inteiro, de forma firme. E, aparentemente, ele passara no teste.

— Quer alguma coisa da Pizza Express?

— Como?

— Pizza Express. Vou comprar alguma coisa para a Ali comer... Quer uma pizza? Estou torcendo pra que você seja o tipo de cara que sabe exatamente o que quer, ou que seja capaz de tomar uma decisão em trinta segundos.

Uau, aquela mulher elevava o conceito de assertividade a um outro nível. Alfie sem dúvida aprovava.

— Vou querer uma American Hot, com adicional de pepperoni e porção extra de pãezinhos de alho. — Ele não pôde conter um sorrisinho ligeiramente presunçoso. — Por favor.

— Muito bom. — Sarah assentiu, se virou e se afastou sem dizer mais nem uma palavra.

✳

A sessão de fisioterapia com Darren acabou sendo extremamente bem-sucedida, o que não deixou Alfie de bom humor. Ele sabia que deveria comemorar as próprias conquistas, mas cada mínimo progresso que fazia o deixava mais perto de ir embora da enfermaria e voltar à realidade do mundo do lado de fora. Darren queria conversar a respeito disso. Que planos Alfie fizera? Como os pais dele estavam se preparando para seu retorno? Alfie sabia que teria que encarar aquilo dentro de pouco tempo, mas, toda vez que começava a pensar a respeito, logo encontrava, para sua conveniência, outra coisa mais importante e mais interessante em que se concentrar. Embora, precisava admitir, ver a caixa de pizza ao lado da cama dele quando voltou para a enfermaria o tenha ajudado muito a ficar mais animado.

— Desculpe, comemos os pães de alho... A gente estava com fome e você demorou séculos! — avisou Sarah.

— Está brincando?!

— Obviamente ela está brincando. Os pães de alho estão na caixa.
— Havia um toque de irritação na voz de Alice, como se ela estivesse lidando com duas crianças rebeldes.

— Que susto. Não me subestime, Sarah. Posso ter só uma perna, mas se colocar entre mim e a comida vai te trazer problemas.

— Não venha com essa história de só ter uma perna para cima de mim. Isso não vai levar você a lugar nenhum.

— Para ser franco, também não está me levando muito longe no momento...

— Ha! *Touché.*

— Eu sinceramente não sei como vou conseguir lidar com vocês dois. Ter que aturar as piadas incessantes do Alfie já era cansativo o bastante.

— Jesus, Alice, quando foi que você ficou tão séria?

— Talvez depois que tive quarenta por cento do corpo queimado em um incêndio?

— Ih, lá vai ela!

Era engraçado ter que interagir com duas vozes atrás da cortina. Alfie teve a sensação de estar de volta ao colégio, tentando se dar bem com as garotas populares. Ele se sentou na cama com um pedaço de pizza em uma mão e um pãozinho de alho na outra.

Esses próximos dias vão ser bem divertidos.

31

Alice

No momento em que Sarah se postou ao lado da cama de Alice, foi como se ela nunca tivesse ido embora. Tudo parecia tão familiar que Alice rapidamente esqueceu as queimaduras, a amargura e o ambiente lúgubre do hospital. Voltou a se sentir como seu antigo eu, a irrefreável e imperturbável Alice Gunnersley. Mas bastava um olhar para o próprio braço para trazê-la de volta à realidade bruta ao seu redor.

— Alice. Você sabe que o horário de visita terminou… A sua visita poderia, por favor, ir embora? — A enfermeira estava parada ao pé da cama, com uma expressão impassível no rosto. — Rápido. — Todas as outras enfermeiras daquele turno tinham feito vista grossa para a presença de Sarah ainda ali, mas não a enfermeira Bellingham.

— Desculpe, enfermeira. Estou indo agora, prometo. — Sarah recolheu rapidamente seus pertences, já espalhados por todas as superfícies possíveis. — Volto amanhã, ok, Ali? — Ela se inclinou e deu um beijo carinhoso na cabeça da amiga.

— Onde você vai passar a noite? Vai ficar quanto tempo? — A mente de Alice foi subitamente bombardeada por perguntas. O dia passara como um sonho, e até ali não sobrara espaço para logística e coisas práticas.

— Vou ficar na casa da minha mãe hoje, que Deus me ajude, e amanhã procuro um Airbnb ou um hotel. — Sarah olhou para Alice com uma expressão contrita. — E... infelizmente só consegui tirar dez dias do trabalho. Eles disseram que, como ainda sou nova lá, não poderiam me dar muito mais do que isso. Sinto muito, Ali.

Dez dias.

Alice sentiu a garganta apertada, as lágrimas ardendo em seus olhos.

Só aproveita. Cada dia.

Quando havia se tornado tão carente? Será que subestimou a extensão do dano emocional que sofreu, afinal? Talvez o fato de quase ter morrido também tivesse deixado cicatrizes emocionais. Alice engoliu o desapontamento e colocou um sorriso no rosto.

— Não seja boba. Já é incrível você ter vindo. — Ela torceu para que a sinceridade disfarçasse a decepção. — De verdade.

— Srta. Gunnersley, se eu entrar aí e descobrir que a sua amiga ainda não saiu, vou ficar extremamente aborrecida.

Sarah arregalou os olhos, se esforçando para não rir. Ela abaixou a voz e sussurrou:

— É como estar na escola de novo! Tá certo, tô indo. Amo você, e volto amanhã. A menos, é claro, que essa mulher me mate enquanto eu estiver saindo, por eu ter quebrado as regras.

— Só corra... *muito* rápido.

E Sarah se foi, em um borrão de cabelos loiros, bolsa e xingamentos. Alice não conseguiu conter uma gargalhada quando ouviu o grito de despedida da amiga.

— Alfie, vou trazer croissant de chocolate para o café da manhã... Espero que goste!

— Aí sim! — gritou o vizinho de Alice em resposta.

No fim, Alice não seria a única a se beneficiar da chegada de Sarah. Mas ela não se importava. Pouco antes, Alfie começara a se tornar a coisa mais próxima que ela tinha de um amigo. E talvez tivesse mudado de opinião se Sarah não tivesse gostado dele. Por mais brutais que pudessem soar, as opiniões de Sarah eram importantes para Alice. Se ela não gostava de alguém, seria difícil Alice gostar.

— Entendo por que ela é a sua melhor amiga. Meu Deus, ela é um furacão.

Alice sorriu. Alfie soava como um garotinho apavorado.

— É. Acho que ela talvez tenha até mais energia do que você.

— De jeito nenhum! Não vou aceitar isso em hipótese alguma. Você não pode julgá-la pela performance de um único dia... O teste de verdade é como ela vai se sair depois de passar dez dias neste lugar.

— Verdade, mesmo assim eu ainda aposto nela.

— Que previsível. Sempre me subestimando, não é mesmo?

— Eu não ousaria, Alfie...

— Humm. Não tenho certeza se acredito em você, srta. Gunnersley.

— Boa noite, Alfie.

Havia um sorriso no rosto dela.

— Boa noite, Alice.

*

— Moças, preciso da ajuda de vocês.

— Tenho certeza de que você precisa da ajuda de muita gente. O que aconteceu?

No dia seguinte, o entrosamento entre Sarah e Alfie foi tão natural que Alice teve que se forçar a lembrar que os dois haviam acabado de se conhecer.

— Melhor nem perguntar, Sarah. Vai ser uma dúvida boba sobre palavras cruzadas.

— Ora, ora, então não vou mais pedir a sua ajuda no futuro, ok? Sem mais desafios divertidos para você.

A ideia de Alfie empinando o nariz em uma expressão desafiadora fez Alice sorrir.

Como é a sua aparência, Alfie?

Sarah riria se ela perguntasse? Claro que riria!

Por que eu me importo com isso?

Era só curiosidade.

A voz de Sarah interrompeu sua divagação.

— Vamos lá, então, qual é a pergunta? E, se for simples, vou ficar injuriada.

— Para ser justo, provavelmente é simples para o intelecto da Alice.

— Bajulação não vai levar você a lugar nenhum, Alfie. Não vou facilitar a sua vida nesse jogo. — Ela não estava com humor para se deixar levar pelos encantos dele.

— Muito bem, como quiser. Então, Sarah... estamos procurando uma palavra de onze letras. A dica é "indivíduo que vive encarcerado numa prisão".

— A-L-I-C-E. — Sarah riu da própria piada.

— Essa foi boa! Mas infelizmente tem menos de onze letras e não é *exatamente* a resposta que estamos procurando.

Alice olhou irritada para a amiga.

— Que foi? Não olha assim pra mim. É você que pelo jeito se recusa a deixar este maldito cubículo.

— Oi?

Quem diabo tinha contado isso a ela?

— As enfermeiras me contaram quando cheguei.

Alice arregalou os olhos.

— Não me olha assim... Eu queria saber como você estava pra valer. — Sarah cutucou a amiga com carinho. — Não há nada que te impeça de se levantar e andar por aí! Você sabe que eu vou estar bem ao seu lado se você quiser.

Ali estavam: os primeiros sinais de que Sarah não iria deixá-la em paz.

Alice olhou para a amiga com toda a energia de "não comece com isso agora" que conseguiu reunir.

Sarah ergueu as mãos.

— Está certo, vamos deixar isso de lado por enquanto — sussurrou ela, e deu um beijo na testa de Alice. — Alfie, eu não dou a mínima para a sua palavra cruzada, mas você já deve saber que a resposta é "prisioneiro", porque é muito óbvio, MAS o que estou *realmente* interessada em saber é como você vai fazer para cuidar da Alice do jeito que ela está acostumada agora, depois que eu for embora?

Meu Deus, Sarah era incansável. E rápida. Sem parar nem para respirar, ela havia mudado de tática e estava avançando a toda velocidade, sem dar tempo a Alice para freá-la.

— Você acabou de chegar! — exclamou Alice.

— Eu sei, mas quero dar ao nosso Alfie aqui tempo para fazer os preparativos. — Havia um brilho diabólico nos olhos de Sarah, que fez o coração de Alice afundar no peito.

— E a que ela está acostumada? — Havia um tom brincalhão na voz dele, que Alice não estava gostando nada, nada.

— A ser bem alimentada, entretida e adorada.

— Certo. Devidamente anotado. E, sim, "prisioneiro" está certo. Muito bem. — As duas amigas reviraram os olhos uma para a outra. — Vou ter que voltar à resposta da sua pergunta. Mesmo se eu tivesse duas pernas, não teria como sair e comprar comida fora do hospital para o café da manhã, o almoço, o café da tarde e o jantar. Mas deixe comigo. Tenho outros talentos que podem ser úteis. Não se preocupe.

— Na verdade, sou eu que estou meio preocupada agora — se intrometeu Alice, dando um soquinho no braço da amiga. — Que diabo você está fazendo? Ele agora vai fazer alguma maluquice! — sussurrou.

— Claro que vai. É essa a ideia, fofinha.

— Alice? — A voz da enfermeira, do lado de fora da cortina, soou cautelosa.

Embora Alice já estivesse falando e, que Deus a perdoasse, rindo, a equipe da enfermaria ainda parecia tratá-la com cautela especial. O que fazia com que ela se perguntasse se era uma paciente difícil...

— Sim?

— O médico está aqui. Podemos entrar?

— Claro. — Alice sentiu o corpo todo enrijecer enquanto se sentava mais reta na cama. Nunca gostava das visitas do médico.

— Oi, Alice, como vai indo hoje? — O dr. Warring tinha os olhos fixos nas anotações à sua frente, e não reparou na visita sentada na cama de Alice.

— Estou bem, obrigada. A minha amiga, Sarah, pode ficar enquanto o senhor me examina?

Ele levantou rapidamente a cabeça e sua expressão mostrou uma mistura de choque, confusão e prazer.

— Pode, sim, com certeza.

Ele apertou a mão de Sarah com entusiasmo, e Alice não pôde deixar de notar uma sincera sensação de alívio nos modos dele.

Sarah nem parou para respirar antes de começar o interrogatório.

— Então, quais são as últimas? Como está a cicatrização dela? Acho que mencionaram uma outra cirurgia, não foi?

— Ah, certo. É... bem... — Os olhos dele foram de uma para a outra, e ficou claro que não sabia bem a quem dirigir as respostas, se à paciente, ou à protetora dela. — Em termos de cicatrização, o parecer da fisioterapia mostra uma boa melhora da força física, o que é encorajador. Embora seja realmente importante que você comece a se movimentar com mais frequência, para manter a força que vem adquirindo... Até mesmo uma simples ida ao banheiro já ajuda.

— Não consigo. — A voz de Alice saiu carregada de pânico. Ela precisava encontrar uma forma de ficar escondida naquela bolha pelo máximo de tempo que pudesse.

— Está bem, entendi. Então, até você se sentir confiante para sair daqui, caminhar ao redor do seu cubículo já vai ajudar. Precisamos fazer de tudo para te manter ativa. É importante, Alice.

Ela assentiu com relutância.

— Enfim, vou checar os ferimentos agora e, se estiver tudo bem, podemos conversar sobre... outras opções.

Sarah estava praticamente arrancando ela mesma o curativo, quando o dr. Warring começou a arrastar os pés, parecendo desconfortável.

Tem alguma coisa errada.

— O que foi? Qual é o problema? — A voz de Alice era firme. Aquele não era um dos passatempos bobos de Alfie, ela não tinha mais tempo para joguinhos de adivinhação.

— Não tem nada errado, *errado*... — Ele abaixou a voz e se aproximou mais da cama. — Estou só um pouco preocupado com o aspecto emocional da sua recuperação. As enfermeiras me contaram que você ainda não se viu no espelho, e que suas interações com as outras pessoas continuam limitadas.

— Então fazer amizade com os outros pacientes agora é uma medida da minha estabilidade emocional?

A raiva chegou surpreendentemente rápido — Alice conseguia sentir a palma das mãos suando e os dentes cerrados com força. Como ele ousava? Como ousava decidir o que ela estava pronta ou não para fazer? Afinal, o corpo era dela.

— Não, Alice, mas não posso recomendar uma cirurgia se você nem chegou a ver a extensão dos danos. Qualquer cirurgia a partir de agora é opcional, e tenho que estar certo de que você tomou uma decisão bem embasada. No momento, acho que você não poderia dizer isso com confiança. Temos bastante apoio aqui, se você precisar, incluindo uma equipe fantástica de psicoterapeutas. Quer que eu indique alguém com quem você possa conversar?

Já fiz isso e não adiantou porra nenhuma.

— Obrigada, doutor. — Sarah, sentindo a tensão de Alice, assumiu o controle. — Acho que a Alice talvez precise de um pouco mais de tempo para pensar sobre tudo isso, mas são informações importantes.

— É claro, faça tudo no seu tempo. Você sabe onde estou, caso precise tirar alguma dúvida. Vou te examinar bem rapidinho e sair do seu caminho, mas quero que se lembre de que estamos todos aqui para ajudar você.

Alice não precisava da ajuda deles. Tinha tudo de que precisava bem ali. Não era que ela não pudesse — ela simplesmente não *queria* encarar os ferimentos ainda. Os braços e as pernas ela poderia cobrir, encontrar um jeito de disfarçar, de desviar a atenção das cicatrizes desfigurantes. Mas o rosto... Aquela era uma história completamente diferente. Saber o que teria que suportar pelo resto da vida era uma tarefa grande demais, mas parecia inevitável. Não que fosse obcecada com a própria aparência antes do acidente. Para ser sincera, nunca foi algo em que se concentrou muito. Olhando para trás, Alice se perguntou se teria sido porque não precisava. Sabia que tinha alguns atrativos, e fora elogiada o bastante ao longo da vida para saber que tinha sido abençoada com um rosto bonito. Um rosto que tomava como garantido. Um rosto que, sem se dar conta, não apreciara devidamente, até o momento em que lhe foi tirado. Agora que não tinha ideia do que restava daquele rosto, a realidade batia à sua porta e se recusava a ir embora.

32

Alfie

Assim que Sarah disse as palavras, a mente de Alfie começou a trabalhar a todo vapor.

"Bem alimentada, entretida e adorada."

Talvez fosse o professor nele, talvez se sentisse grato por ter outra tarefa que não aprender a andar de novo, ou *apenas talvez* estivesse empolgado com a possibilidade de criar alguma coisa especialmente para Alice. De qualquer modo, fogos de artifício estouravam em sua mente e ideias se espalhavam por toda parte.

Antes que se empolgasse demais, Alfie se lembrou de que havia alguns limites claros que precisaria respeitar. As coisas teriam que ser feitas em pequena escala, e possivelmente executadas sem que Alice tivesse que sair da cama: aquela era a regra número um.

A regra número dois era óbvia. Fosse o que fosse que ele planejasse, teria que ser divertido. Alfie sabia, por conta da pesquisa extensiva da mãe dele, que felicidade e risadas eram capazes de acelerar significativamente a recuperação de um paciente. Estava confiante de que era capaz de conseguir isso.

Pensar como Alice: regra número três.

Apesar de toda a sua empolgação criativa, a conversa que acontecia na baia ao lado não lhe escapou.

Outra cirurgia?

A ideia o encheu de uma certa inquietude. Com certeza aquele era um passo sério, não? Alfie sabia pelos próprios danos físicos que havia cremes que poderiam ajudar a reduzir as cicatrizes. Mas a verdade era que só pela mão dela já dava para saber que aquelas não eram as cicatrizes comuns de uma cirurgia. Os ferimentos de Alice eram de uma natureza diferente, mas ainda assim... outra cirurgia?

Então ele se deteve.

Mal conhecia Alice. Olhando de fora, aquela era uma situação absurda. Dois estranhos que passavam o dia todo conversando, todo dia, mas que nunca tinham se visto cara a cara? Aquilo poderia ser chamado de amizade?

A cabeça de Alfie começou a latejar com tantos pensamentos, seus sentimentos se misturando uns aos outros até se transformarem em uma grande confusão.

— Alfie, você ficou tão quieto que estou com medo. — A voz de Sarah soou preocupada. Alfie imaginou que não fosse tanto uma preocupação com o bem-estar dele e mais com o que ele estaria planejando.

— Gênios precisam de tempo para pensar. Estou levando o meu novo papel muito a sério.

— Novo papel?

— É, chefe de entretenimento e recuperação.

— Deixa eu adivinhar... você é filho único, certo?

— Errado! Mas sou o mais novo de três meninos. Para evitar apanhar e ser zoado o dia todo, tive que encontrar formas de me entreter. A minha imaginação é uma dádiva.

Ele sentiu uma pontada funda de saudade. Os três irmãos Mack, tão parecidos fisicamente, e de natureza tão diferente. Ele amava ainda mais os irmãos por isso, mas nenhum deles conseguira visitar Alfie desde o acidente. As empresas em que trabalhavam haviam estabelecido ambos no exterior, o que tornou ainda mais difícil para eles escapar dos empregos sempre muito exigentes para verem o irmão acidentado.

— Bom, agora é a nossa dádiva.

Sarah apareceu subitamente diante da cama dele. E disse "Obrigada", apenas com o movimento dos lábios, antes de lhe soprar um beijo. Era bom ter alguém contando com ele de novo. Alfie havia esquecido como era grande a responsabilidade de tomar conta de alguém muito amado por outras pessoas. Aquela era uma das partes do trabalho dele como professor de que mais gostava. O professor estava de posse do maior tesouro de alguém, e era dever dele tomar conta daquela preciosidade.

— Fico feliz vendo que os meus talentos são apreciados por alguém nesta enfermaria. Tem certeza que não pode ficar aqui para sempre? Precisa mesmo nos deixar para voltar para as areias douradas e os dias ensolarados da Austrália?

— A menos que eu queira um divórcio e/ou ser demitida como presente de Natal antecipado, sim, preciso.

— Não tenho como questionar isso.

— Certo, estou indo então, para o almoço de família obrigatório com o meu pai e a minha madrasta. É bom que eles não saibam que você não está mais em estado crítico, Ali. Estou te usando como desculpa para sair de lá em menos de duas horas. Uma vergonha, eu sei.

— Que encanto. — A voz de Alice estava sem expressão. Ela havia se recolhido quase ao silêncio completo de novo desde a visita do médico naquela manhã.

— Para que servem os amigos, não é mesmo?

Uma lembrança surgiu na mente de Alfie. Ciarán dizia exatamente aquela mesma frase sempre que Ross o irritava. Eles estavam o tempo todo implicando um com o outro, fazendo pegadinhas, mas por mais que exagerassem sempre terminavam rindo um momento depois.

Merda.

Até as boas lembranças vinham carregadas de dor e culpa. Será que ele algum dia conseguiria pensar nos dois sem querer arrancar o próprio coração e gritar?

Distraia-se, Alfie.

Por sorte, a atenção dele foi capturada por uma conversa do outro lado da enfermaria.

— Arthur, você pode ter mais de noventa anos, mas, se não começar a fazer o que te dizem e a se cuidar, eu juro por Deus que vou deixar você — repreendeu Agnes.

Normalmente, as reclamações dela em relação ao sr. Peterson eram espirituosas, mas Alfie viu na mesma hora que daquela vez ela não estava brincando.

— Ah, deixa isso pra lá, por favor — resmungou o sr. P. — Estou bem. Os médicos dizem que estou bem. As enfermeiras passam aqui a cada cinco minutos para me checar, agora que você falou com elas. O que mais você quer?

Alfie não queria ficar ouvindo a conversa dos outros, mas era difícil evitar, principalmente quando dizia respeito à saúde do sr. Peterson.

— Você está comendo direito? Tomando todos os remédios? — Agnes era implacável em seu interrogatório.

— Estou, mulher! Agora, podemos por favor aproveitar o nosso tempo juntos? Estou muito bem...

O sr. Peterson estava com as cortinas abertas apenas o bastante para que Alfie visse o velho camarada pegar a mão da esposa. Alfie vasculhou o cérebro para ver se conseguia identificar qualquer sinal maior de declínio na saúde do sr. P. desde a manhã em que ele dormira demais. Só quando tentou pensar a respeito foi que se deu conta de que mal havia falado com ele nos últimos dias. Cheio de culpa, Alfie prometeu a si mesmo que conversaria com mais regularidade com o sr. Peterson. Não era legal ficar tão envolvido com Alice e Sarah e esquecer de todos os outros ao seu redor.

— Então, tem mais alguma dica de palavra cruzada para mim? — A voz de Alice era magnética, fazendo a atenção de Alfie voltar para ela.

Ele sorriu.

— Eu sabia que você ia pedir mais.

A mão de Alice saiu do meio das cortinas, com o dedo do meio orgulhosamente levantado para ele.

Alfie sentiu vontade de segurar aquela mão. De afastar as cortinas e revelar mais do que apenas a mão pálida e marcada por cicatrizes. A mesma pergunta que o atormentava desde que ela tinha chegado voltou à mente dele.

Quem era a garota escondida atrás da cortina?

33

Alice

Era engraçado... A não ser pelo encontro com o médico naquela manhã, e apesar de estar em um hospital, cheia de cicatrizes pelo corpo, fazia muito tempo que Alice não se sentia tão feliz. Sarah ao seu lado era o maior presente que ela poderia ter pedido. E também estava muito ciente de que o tempo delas juntas era curto, e que depois do que tinha ouvido do médico naquele dia era preciso tomar decisões importantes.

Uma vozinha interna começou a perturbá-la.

Aproveite ao máximo ela aqui.

Alice não duvidava que, mesmo antes da visita do dr. Warring, Sarah já estivesse planejando maneiras de fazer com que ela se olhasse no espelho. Se era inevitável, então por que não resolver logo aquilo? Ela teria mesmo energia para resistir à amiga? Como já havia dito, não tinha como encarar Sarah em uma briga.

Além do mais, você vai ter que enfrentar o espelho em algum momento.

Parecia que aquele momento estava cada vez mais próximo.

Nos primeiros dias logo depois do acidente, Alice passara a maior parte do tempo pensando em formas de acabar com tudo. Não conseguia suportar pensar na vida. Como poderia ser aceita com aquelas deformações? Doía até pensar, quanto mais se mover. E não precisava se olhar no espelho para saber que não era mais a mesma mulher. Sua vida havia virado de cabeça para baixo, e as queimaduras estavam também dentro dela. A ideia de se restabelecer em um mundo que ela sabia que poderia ser cruel, para dizer o mínimo, também era exaustiva. Alice tinha plena consciência de como as pessoas eram capazes de ser críticas, e não gostava da ideia de ser alvo do julgamento constante delas. Só nos últimos dias aqueles pensamentos haviam se aquietado, e o medo e a ansiedade generalizados, diminuído. Ela realmente iria viver como uma reclusa, aos trinta e um anos, escondida no apartamento em que morava? Com medo de tudo, até do próprio reflexo? Era aquilo que queria para a própria vida?

Você consegue chamar uma coisa dessas de vida?

Sarah era um lembrete gritante do que havia de melhor em Alice. Talvez pudesse realmente se mudar para a Austrália! Tinha dito aquilo para Alfie meio de brincadeira, mas agora a ideia não lhe parecia tão implausível. Talvez pudesse imigrar e viver com Sarah. Com a experiência que tinha, poderia conseguir o emprego que quisesse, talvez em uma empresa menor, com menos pressão e mais tempo livre. Ela poderia ser a babá oficial de Sarah e Raph quando eles decidissem ter filhos. Sentiria o sol na pele e o sal no cabelo todos os dias.

Mudar para o outro lado do mundo realmente vai te fazer feliz? Ou você está só fugindo?

Todos aqueles pensamentos estavam deixando Alice mais confusa. Seu cérebro parecia pesado. A única coisa que estava se tornando mais clara era que, se não estava disposta a morrer, então tinha que encontrar um jeito de viver. E, se ia viver, poderia muito bem descobrir com o que estava lidando.

*

Na manhã seguinte, Alice acordou possuída por uma determinação feroz. Tinha que ser naquele dia. Se esperasse demais, aquele fogo de determinação enfraqueceria e a confiança evaporaria. Assim que Sarah chegou, ela contou sobre a decisão que tomara. Na verdade, praticamente gritou.

— Eu preciso me olhar no espelho. Hoje. Com você.

Sarah ficou paralisada, com os copos de café em uma mão e doces na outra. Era raro pegar Sarah de surpresa, mas a intensidade com que Alice falou pareceu arrancar o ar de seus pulmões.

— *Por favor* — acrescentou Alice, mais baixo agora.

E, em um instante, Sarah voltou à vida.

— É claro, Ali. Tipo, um milhão por cento, sim. Quer fazer isso agora? Ou quer comer primeiro? Eu poderia sair e pegar um pouco de vodca, o que acha?

Sarah estava ao lado de Alice, segurando a mão dela.

— Por mais que eu goste da ideia de fazer isso bêbada, sinto que é uma coisa que preciso fazer sóbria. Se não conseguir me encarar agora, com você ao meu lado, acho que não vou conseguir fazer isso nunca. Eu preciso *me* ver, Sarah. Preciso saber quem eu sou agora.

— Alice Louise Gunnersley. — Sarah assumiu uma postura determinada na mesma hora. Seus olhos estavam fixos nos de Alice e ela segurava a mão da amiga com toda a força. — Antes de fazermos qualquer coisa, quero que você me escute. Em primeiro lugar, e o mais importante de tudo, sua aparência não te define. Está me ouvindo? Seja o que for que você veja no espelho, essa imagem *nunca* vai refletir a pessoa incrível e especial que você é. Você é ouro puro, Alice, e qualquer um com dois neurônios consegue ver isso. E, em segundo lugar, acho que você vai se surpreender... Não está tão ruim quanto imagina.

— Café da manhã primeiro. — Foi tudo o que Alice conseguiu dizer.

— Como quiser, meu bem.

Nenhuma delas falou durante todo o tempo em que comeram os doces. Alice sentia a boca seca e não tinha lá muito apetite. Era como se houvesse um nó em seu estômago que parecia ficar mais apertado a cada segundo.

Sarah se virou para ela.

— Vou ter que pedir um espelho às enfermeiras, se não tiver problema para você. O único que tenho na bolsa é minúsculo e precisamos fazer justiça ao momento.

— Tudo bem. — O nó do estômago resolveu migrar para a garganta dela, tornando mais difícil falar.

— Você é a pessoa mais corajosa que eu conheço — disse Sarah, enquanto deixava Alice sozinha para chegar a um acordo com a decisão que tinha acabado de tomar.

Aquilo realmente ia acontecer.

Está na hora de ver quem você realmente é, Alice.

*

Sarah demorou muito mais do que Alice imaginava. Quanto tempo era preciso para conseguir um espelho?

Foi só quando viu a garrafinha de champanhe na mão esquerda da amiga que Alice entendeu aonde ela tinha ido.

— Antes que você diga alguma coisa, perguntei para as enfermeiras e elas praticamente me obrigaram a pegar isso. E o champanhe é para depois, não antes. Este é um momento especial, Alice, não poderíamos deixar passar em branco.

Antes que Alice pudesse começar a agradecer, a enfermeira Angles enfiou a cabeça por entre a cortina.

— Eu que disse a ela para fazer isso! Aproveite, meu amor.

Lágrimas começaram a escorrer pelo rosto de Alice. Tudo aquilo era demais — com a expectativa acumulada, a bondade daquelas quase estranhas e o amor da melhor amiga, o coração de Alice parecia prestes a explodir.

— Ah, Ali. — Sarah passou os braços ao redor dela e beijou o topo da sua cabeça. — Vai ficar tudo bem. Já disse que vou estar aqui ao seu lado o tempo todo. Basta me dizer quando estiver pronta. Sem pressa. E sabe de uma coisa? Nem precisamos fazer isso hoje. Podemos deixar o espelho em um canto e beber champanhe. Você é que sabe.

— Quero fazer agora. Por favor. Vamos fazer isso agora.

Sarah assentiu, sentindo a urgência na voz da amiga.

Alice fechou os olhos e respirou fundo algumas vezes. Seu coração batia com tanta força que todo o seu corpo parecia tremer. Sua boca estava terrivelmente seca e sua respiração, tão acelerada que era como se houvesse um passarinho preso em sua garganta, batendo violentamente as asas. De repente, Alice sentiu o calor da presença de Sarah ao seu lado. As mãos delas se encontraram sem que nem precisassem pensar.

— Quando estiver pronta, me avisa que eu levanto o espelho pra você, ok?

Alice apertou a mão de Sarah tão forte que quase conseguiu sentir o sangue parar de circular.

— Pode levantar.

Alice ficou apertando a mão de Sarah daquele jeito por uns bons três minutos, com o espelho posicionado e os olhos fechados.

— Vou abrir os olhos agora. — Falar aquilo em voz alta era a única maneira de se manter sob controle. Sarah permaneceu em silêncio, pois sabia que não era necessário responder. — Estou abrindo.

Uma mínima fresta de luz atravessou a escuridão dos olhos cerrados. O fundo borrado do cubículo com as cortinas fechadas começou a aparecer. Lentamente, Alice permitiu que mais luz entrasse. Conseguia ver Sarah parada do seu lado direito e a cortina que a separava de Alfie do esquerdo. Ela piscou e de repente seus olhos focalizaram. O contorno do espelho. Um reflexo. O formato de um rosto. Metade de uma pessoa ela reconheceu. Os cabelos longos e ruivos, cheios e ondulados, emoldurando o rosto sardento. Os mesmos lábios cheios. Os mesmos olhos castanho-escuros. A mesma estrutura óssea elegante. A mesma Alice que ela vira milhares de vezes. Mas espere. Alguém tinha alterado a outra metade. Como se uma vela tivesse derretido o outro lado. Sem cabelo. A pele marcada por cicatrizes grossas e vermelhas que se estendiam por cima dos lábios, do nariz e do olho. Desfigurada. Estragada. Como uma colcha de retalhos de pele que tivesse sido toscamente costurada, usando o material de outras pessoas.

Bile subiu pela garganta de Alice. Ela sentiu vontade de gritar. De chorar. De vomitar. Queria aquele espelho longe do rosto dela, e nunca mais ver aquele reflexo de novo. Mas estava paralisada. Paralisada encarando aquele versão destruída de si mesma. Lágrimas começaram a escorrer, mas ela nem percebeu. Estava petrificada de horror.

— Ali? — Sarah estava tentando arrancá-la daquele estupor. Não havia nada que Alice pudesse fazer exceto continuar a olhar para aquele reflexo. — Alice... quer que eu faça alguma coisa? Você tá bem?

Alice balançou a cabeça. Os travesseiros estavam encharcados de lágrimas, mas ainda assim ela não se moveu um centímetro. Alice ficou encarando seu reflexo no espelho por cerca de vinte minutos, tentando desesperadamente absorver e processar a imagem que agora pertencia a ela. Era um presente indesejado que ela seria obrigada a aceitar. Sem possibilidade de devolução ou de troca.

Estava olhando para o novo rosto de Alice Gunnersley. E encarar aquela imagem partiu seu coração em mil pedaços.

34

Alfie

— Alfie, onde *diabo* você se meteu? — Sarah estava parada logo na entrada da enfermaria.

— Fui dar uma volta, por quê?

— Podemos conversar?

Por mais que adorasse Sarah, só o que Alfie conseguia pensar era em afundar na cama na companhia de um bom livro de passatempos.

— Estou meio cansado, pode ser mais tarde?

— Não tenho muito tempo. — Ela olhou para trás, parecendo nervosa. — Ela acha que eu estou no celular com a minha mãe.

Alfie sentiu um frio no estômago.

— O que tá acontecendo?

— Explico lá fora.

— Tá certo, vamos.

Juntos, eles percorreram em silêncio os corredores de um bege morno e saíram para o ar fresco. O pátio servia de refúgio tanto para os pacientes como para os visitantes e os funcionários do hospital. Alfie com frequência se perguntava que conversas as plantas escutavam naquele cantinho minúsculo do mundo. Que dores já teriam absorvido em suas folhas, e que milagres teriam cintilado em suas flores? O lugar felizmente estava quase vazio naquele dia — o céu coberto de nuvens cinzentas mantinha as pessoas abrigadas em segurança na cafeteria.

— Quer sentar? — Alfie apontou na direção de um balanço no canto.

— Quero.

Assim que Sarah se sentou, começou a chorar convulsivamente, o corpo se sacudindo com tanta força que fez todo o balanço tremer. Alfie pousou a mão nas costas dela, se forçando a ser paciente.

— Estou com tanto medo de deixar a Alice, Alfie. Fico apavorada em pensar no que ela vai fazer.

— Calma, Sarah, ela vai ficar bem. Você sabe melhor do que eu como a Alice é durona. Ela é uma guerreira. Vai ficar tudo bem. — Ele estava se esforçando para encontrar um equilíbrio entre o otimismo e a solidariedade. Era uma linha bastante tênue no caso de alguém que não se conhecia bem.

— Você não está entendendo. — Sarah desviou os olhos dele e os fixou no chão. — A Alice se olhou no espelho pela primeira vez hoje.

Ah, Deus.

Alfie sentiu gotas de suor brotando na testa.

— Foi horrível. Eu quase pude sentir o coração dela se partindo no momento em que viu o reflexo no espelho. A Alice não disse nada. Nada. Só ficou ali sentada, olhando. — A respiração de Sarah estava mais acelerada e o corpo dela tremia mais por causa das lágrimas.

Aquilo não era bom. Nada bom.

— Imagino que ela esteja apenas em choque. Deve ser normal. — Ele buscou palavras para tentar confortá-la. — Mas vai passar, dê tempo ao tempo.

No momento em que as palavras saíram de sua boca, Alfie percebeu como eram vazias.

— Não! — A voz de Sarah o atingiu com dureza. — Você não viu a Alice, Alfie. Foi como se ela tivesse se tornado outra pessoa, só a casca de um ser humano. Não sobrou nada dentro dela. — Sarah balançou a cabeça com força. — E pela primeira vez na vida não tenho ideia do que fazer para ajudá-la.

Alfie puxou Sarah mais para perto. Como não vira os sinais? Sua atenção estivera tão concentrada em Alice que ele deixara escapar.

O humor sempre para cima, as muitas distrações, a atitude sempre otimista: eram exatamente as mesmas táticas que Alfie empregava em situações difíceis, para se desviar do sofrimento. Alice tinha quase morrido. A melhor amiga de Sarah passara pela experiência mais traumática e aterrorizante da vida dela, e Sarah estava do outro lado do mundo quando aquilo tinha acontecido.

Alfie nunca perguntou a Sarah se ela estava bem.

Depois de algum tempo, a respiração dela começou a se acalmar. Seu corpo ficou imóvel e uma sensação de calma pareceu envolver os dois.

— Antes de mais nada, seque o rosto com isso. É o meu presente para compensar eu ter sido um idiota insensível e egoísta. — Ele estendeu o pulôver para ela.

— Obrigada. — Sarah enfiou o rosto no tecido.

— Em segundo lugar, você precisa acreditar que vai ficar tudo bem. Que a Alice *vai* ficar bem. Perder uma parte da gente é difícil. Levei semanas até conseguir olhar para o corte na minha perna sem sentir vontade de vomitar, gritar ou chorar. Às vezes eu fazia essas três coisas ao mesmo tempo. Mas melhora. O processo é lento e quase sempre doloroso, mas melhora.

Sarah deu um sorrisinho débil.

— E em terceiro lugar, você pode ficar com isso se quiser. — Ele indicou o pulôver com um aceno de cabeça. — Não sei se gosto tanto de você a ponto de vestir o seu ranho.

— Obrigada, você é um doce. — Ela deu um sorriso sarcástico, a máscara novamente no lugar. — Mas, falando sério, achei que eu ia explodir. Obrigada por me ouvir. A última coisa que a Alice precisa é me ver chorando.

— Na verdade, talvez seja exatamente o que ela precisa ver. Talvez a Alice precise ver o medo para entender como é importante que ela esteja viva. Seja honesta com ela. Você provavelmente é a única pessoa que ela vai escutar.

Alfie não havia se dado conta de como dizer essa última frase o deixaria triste.

— Era. — Ela o cutucou com carinho. — Eu *era* a única pessoa que a Alice escutava. Não esqueça que agora ela também tem você. — Sarah sorriu para ele com tanta gratidão que o pegou desprevenido. — Quero que me prometa que vai tomar conta dela depois que eu for embora. Não importa quanto ela tente afastar você, ou te convencer de que não se importa. A Alice precisa de você. E quer que você esteja com ela nesse momento. Só não é muito boa em reconhecer isso.

Uma corrente elétrica percorreu o estômago de Alfie.

— Você nem precisava pedir. Não vou a lugar nenhum.

Sarah o abraçou.

— Obrigada. Agora, vamos voltar antes que ela pense que nós fugimos e estamos tendo um caso. Falando nisso, como você demora para se deslocar de um lugar para o outro!

Sarah estava de volta. Com a máscara no lugar, a guerreira pronta para a batalha. Alfie tinha que admitir que ela era ainda melhor naquilo do que ele.

— Claro... embora talvez seja melhor devolver o meu pulôver, a menos que queira que as pessoas pensem que passamos os últimos vinte minutos transando de forma apaixonada e selvagem. — Ele piscou para ela, se levantou e saiu andando o mais rápido que conseguiu.

*

Alfie estava torcendo para que, quando eles voltassem à enfermaria, o choque tivesse sido milagrosamente superado e Alice puxasse a orelha deles por terem sumido, mas ela não disse uma palavra pelo resto do dia.

Sem ela, o tempo pareceu passar em um ritmo que era lento até para Alfie. Sem nada além dos próprios pensamentos como companhia, ele começou a se sentir claustrofóbico e ansioso. Por mais que tentasse se distrair, Alfie não conseguia tirar Alice da cabeça. Ele se pegou se esforçando para imaginar o reflexo de Alice, e diferentes rostos, com diferentes níveis de danos, passavam rapidamente por sua mente, um após o outro. Uma parte dele desejava ter perguntado a Sarah como

Alice era fisicamente, quando os dois estavam no pátio, mas uma parte maior sabia que aquele não era o ponto.

Estava ficando demais. Pensar. Especular. Ele precisava fazer *alguma coisa*.

Alfie esticou o pescoço para ver se o sr. Peterson estava dormindo, e para sua surpresa o velho camarada estava sentado, assistindo à TV.

— Oi, sr. P., se importa se eu me sentar com o senhor um pouquinho?

— Ah, então você ainda se lembra de quem eu sou? — O sr. Peterson fingiu surpresa.

— Acredite em mim, eu demoraria algumas vidas para me esquecer do senhor.

— Aaah, faça-me o favor. Você não consegue me dar nem um pingo de atenção agora que está fisgado.

— De que diabo está falando? — Alfie se fingiu de sonso, mas sentiu o pânico apertar seu estômago, enquanto se apressava a chegar à beira da cama do amigo.

— Não banque o bobo comigo, garoto. — O sr. P. indicou o cubículo de Alice com a cabeça. — Olhe só pra você, vermelho como uma lagosta! Está tudo certo, rapaz. Não dá mesmo pra se divertir muito com um velho como eu. Agora, quer se sentar, ou vai continuar parado aí que nem mosca na bosta?

Alfie sentia o rosto ardendo.

— Mas tenho que dizer que você fez um bom trabalho com ela.

— Como assim? — Alfie estava preso em sua própria névoa de pensamentos.

— Quero dizer que você fez um bom trabalho em fazê-la falar. A moça realmente se abriu com você. Todo mundo pode ver. Bom... ouvir.

Os dois riram. Alfie não podia ignorar o calor de satisfação que sentiu no peito.

— Achei melhor parar de perturbar o senhor por um tempo e concentrar a minha energia em outra pessoa. Agora que está feito, acho que posso voltar a tirar algum tempo para te encher de novo. Sei que o senhor sentiu falta.

— Acredite em mim, sem as suas bobagens inúteis bombardeando os meus ouvidos, consegui assistir à minha série de reformas todo dia, em paz. Foi um prazer.

De repente, e muito sutilmente, a expressão do sr. P. mudou. Ele pegou a mão de Alfie e a segurou com gentileza. Alfie teve a sensação de estar sendo tocado por um pássaro muito pequeno, de ossos tão frágeis que ele teve medo de quebrar.

— Alice tem sorte por ter você, rapaz. Na verdade, todos nós temos. — O sr. Peterson deixou os olhos se demorarem nos de Alfie por um tempo, antes de voltá-los novamente para a TV.

Havia tantas coisas que Alfie gostaria de dizer, mas não conseguiu encontrar palavras. Só o que pôde fazer foi apertar muito delicadamente a mão fina como papel que permanecia na dele, e se juntar ao amigo, fingindo estar interessado no programa que ele via. Conseguiu manter o sr. Peterson acordado por mais uma hora antes que o velho camarada cochilasse. Alfie ficou sentado mais um pouco ali, antes de voltar para a cama dele e para o tédio que o aguardava.

O silêncio atrás da cortina permaneceu ao longo da noite. Alfie só conseguiu ouvir alguns grunhidos e murmúrios, mas foram poucos e espaçados. Sarah permaneceu fielmente ali, até a enfermeira Bellingham decidir que já era o bastante.

— Sarah, quantas vezes tenho que te dizer que *não são* permitidas visitas além das quatro da tarde? Não me importa quanto você se considere especial, ou quantas outras enfermeiras permitam que você quebre as regras, se eu te pegar aqui de novo além do horário, vou ter que comunicar a direção.

— Desculpe, é só que foi um dia difícil e eu estava...

— Pegando as suas coisas e saindo? Sim, por favor, faça isso.

Antes de ir, Sarah enfiou a cabeça pela cortina da cama de Alfie para se despedir.

— Como ela está? — perguntou Alfie apenas com o movimento dos lábios.

A expressão nos olhos dela dizia tudo o que ele precisava saber.

Alfie assentiu.

Sarah tentou sorrir, mas a tristeza não permitiu.

E lá estava. De volta ao começo, se afogando no silêncio mais uma vez.

35

Alice

Me tira desse corpo.
  Me tira desse corpo inútil e repulsivo.
  Você é uma aberração, Alice.
  Uma aberração com uma aparência destruída.
  Você não está bem.
  Pode estar qualquer coisa, menos bem.
  Eles nentiram pra você.
  Todos eles mentiram pra você.

36

Alfie

— Ei, posso entrar?

A voz de Sarah era pouco mais do que um sussurro, mas de alguma forma penetrou no sono dele.

— Pode. Você tá bem?

Ele tomou cuidado para não falar alto demais — imaginava que não seria bom se Alice os ouvisse falando sobre ela. Sarah optou por se comunicar com uma mistura meio bizarra de sussurros e mímica.

— Ela disse alguma coisa ontem à noite? — A minúscula centelha de esperança nos olhos de Sarah fez o coração de Alfie apertar.

Ele balançou a cabeça. Tinha percebido que a noite anterior não era o momento certo para puxar conversa. Tivera que aguentar as tentativas constrangedoras de Sarah de fazer Alice falar durante toda a tarde, e sabia que, se ela não tinha conseguido, com certeza não havia nenhuma esperança de que ele conseguisse. Podia ser otimista, mas não era estúpido.

Talvez aquela fosse uma oportunidade para que se desligasse um pouco de Alice.

Você está ficando apegado demais, Alfie.

Não. Não era verdade. Apesar do que o sr. Peterson tinha dito, e de como se sentia ouvindo a voz dela todo dia, Alfie sabia que tudo o que queria era ajudar. Alice era amiga dele. Além do mais, ele também sabia o que era acordar e se sentir uma pessoa completamente diferente daquela de um dia antes. Alfie se lembrou na mesma hora da primeira vez que vira de verdade o lugar onde a perna dele tinha sido amputada. Não foram tanto o sangue ou a aparência do ferimento que o chocaram, mas a consciência de que alguma coisa fora tirada dele. E que nunca seria devolvida. Tinha sido a dor da perda que o dilacerara por dentro. Saber que seria incompleto para sempre. Aquilo foi mais avassalador do que alguém poderia tê-lo preparado para enfrentar. Por isso, Alfie havia ficado em silêncio na noite anterior. Precisava dar espaço a Alice, tempo para ela respirar, para aceitar.

— Certo. Bom, me deseje sorte. Vou entrar.

Ele tentou dar o seu melhor sorriso de consolo e ficou olhando enquanto ela entrava no cubículo ao lado. Era quase como se todo o seu corpo estivesse em alerta vermelho. Seus ouvidos estavam atentos a cada som que ela fazia, enquanto ele torcia para que a voz de Alice se juntasse ao som ambiente.

— Oi, Ali, sou eu. Estou entrando.

Silêncio.

— Você tá bem?

Nada.

O coração de Alfie batia com tanta força agora que ele teve medo de que esse som abafasse qualquer provável sinal de vida de Alice.

Para sua consternação, tudo o que ouviu foi uma cadeira sendo arrastada e Sarah se sentando.

— Vou deixar você dormir se quiser. E vou ficar só sentada aqui, lendo um pouquinho.

Alice realmente não ia dizer nem uma palavra, nem para a melhor amiga?

Conforme o dia avançava, o silêncio foi se tornando sufocante. Alfie se pegou dividido entre se levantar para se distrair e ficar onde estava, caso Alice decidisse falar. A cada hora em silêncio que passava, ele sentia uma pressão que não conseguia nomear crescendo no peito.

Faça alguma coisa.

Você tem que fazer ALGUMA COISA.

Não.

Ele repetiu aquilo para si mesmo vezes sem conta.

Só espere.

Mas se tinha uma coisa em que não era bom era esperar.

Então, teve uma ideia.

— Muito bem, moças. Estou com uma palavra cruzada muito difícil na minha frente e vejo o nome de vocês escrito nela.

— Alfie, que diabo você está fazendo? — Sarah não se deu nem o trabalho de abaixar a voz.

— Estou fazendo os meus passatempos... O que mais poderia ser?

— Parece que você está fazendo uma coisa que ninguém te pediu para fazer.

Alfie ouviu quando Sarah se levantou e saiu intempestivamente de trás da cortina do cubículo de Alice para parar ao lado dele. Por que Sarah não confiava nele? Será que havia esquecido que fora ele que tinha feito Alice falar?

O rosto dela estava furiosíssimo.

— Eu te disse. Estou fazendo os meus passatempos. — Alfie olhou para ela, torcendo para que Sarah entendesse a intenção dele. O que obviamente não aconteceu. Ele abaixou a voz e sussurrou: — Isso ajudou da última vez, lembra?

— Aquilo foi diferente. *Ela* estava diferente.

— Não podemos ficar só sentados aqui sem fazer nada. — Alfie cruzou os braços como uma criança petulante. Quem era ela para desestimulá-lo daquele jeito?

— Podemos, sim. E é o que vamos fazer. Não é?

Aquilo, ele sabia, era uma pergunta retórica.

— Tudo bem. Vou resolver essa sozinho então, tá bem? — Ele não estava mais sussurrando. Queria que Alice ouvisse que estava tentando, que não desistiria dela. Queria que ela soubesse que era Sarah que o estava impedindo.

— Ah, não seja um idiota egoísta a vida toda, tudo bem?

— Egoísta? — A voz de Alfie estava mais alta agora. — Como estou sendo egoísta? Só estou tentando ajudar.

— *Ajudar?* Você acha que isso é ajudar?

— Parem. Vocês dois, parem com isso já! — A voz de Alice o atingiu direto no peito. — Não sou surda, e também não sou uma criancinha doente que precisa que tomem conta dela. Não quero a piedade de vocês, e não quero ajuda. Então, me façam um favor e me deixem em paz. Os dois.

Cada palavra saiu carregada de veneno.

— Desculpa, Alice. A gente não queria te chatear. — Sarah correu imediatamente para ela.

— Eu estava sendo idiota. A culpa foi minha, não pensei direito. — As palavras saíram da boca de Alfie com tanta rapidez que ele mal percebeu o que estava falando.

— Eu disse para me deixaram *em paz*.

— Desculpa, Ali, por favor... — A voz de Sarah estava embargada.

— Você não me ouviu? Eu disse para IR EMBORA.

De repente, o silêncio não parecia uma opção tão ruim.

37

Alice

Nunca, em todo o tempo em que as duas eram amigas, Alice tinha falado com Sarah daquele jeito. Na verdade, não conseguia nem lembrar se algum dia elas já tinham discutido.

A pior parte não foi a expressão no rosto de Sarah depois.

A pior parte foi Alice ter gostado de ver aquilo.

— Alice, *por favor*. Você sabe que não é assim. A gente só quer ajudar. Eu faço qualquer coisa pra te ajudar. Vou adiar o meu voo e dizer ao Raph que, se for necessário, eu nunca mais volto, mas me recuso a deixar você assim.

— A menos que você esteja disposta a me ajudar a morrer, é melhor ir.

— O quê? — Os olhos de Sarah estavam tão arregalados que pareciam prestes a saltar do rosto. A expressão de choque dela era repulsiva.

— Eu disse que, se não está disposta a me ajudar a morrer, então pode ir embora.

Sarah se virou e saiu correndo. Parecia que ver a melhor amiga sair aos prantos do lado dela só serviu para acrescentar mais combustível ao fogo que ardia em seu peito.

Talvez agora ela fosse um monstro por dentro *e* por fora.

38

Alfie

Assim que ouviu Sarah sair correndo, Alfie pegou as muletas e levantou da cama. Não havia tempo para colocar a prótese, ele precisava alcançá-la, e rápido. Apesar da adrenalina que disparara por seu corpo, só mantê-la em seu campo de visão já era um enorme desafio, porque Sarah ia muito rápido. Ele precisava se concentrar. Com tantas pessoas indo e voltando pelos corredores, Alfie sabia que o mínimo lapso de concentração o faria perdê-la.

Ele sabia que havia um lado de Alice capaz de cortar as pessoas da vida dela e empurrá-las para longe. Fora alvo dos silêncios dela antes. Mas aquilo? Tinha sido pura e simplesmente crueldade.

— Sarah! — Alfie teve que gritar. Estava começando a cansar, e a aglomeração de pessoas na recepção tornava difícil manter o ritmo. — Sarah, pare!

Ela virou rapidamente a cabeça, mas continuou a andar.

Embora Sarah fosse baixa, os cabelos muito loiros faziam com que se destacasse como uma lâmpada na multidão. Alfie acabou encontrando Sarah no fim da área de fumantes, o corpo inclinado, a cabeça entre as mãos.

— Nossa, você é rápida.

Ele apoiou as costas no muro e parou por um instante para se recuperar. Agora que estava ali fora, não sabia muito bem o que dizer.

— Você tá bem?

De repente, Sarah levantou o rosto para o céu e gritou tão alto que todos em um raio de dois metros deram um passo para trás. Como um ser humano tão pequeno era capaz de fazer um barulho tão alto? Alfie teve que admitir que estava um pouco impressionado.

— Sarah, tá tudo bem...

— Ela quer morrer, Alfie. Você ouviu o que a Alice disse? Ela quer *morrer*.

E Sarah se deixou cair nos braços dele. O corpo pequeno se sacudia com soluços. Alfie a puxou mais para perto, abraçando-a o mais apertado que conseguiu. Só o que ouvia eram os gritos abafados contra o peito dele, repetindo as mesmas palavras sem parar.

Não havia nada que Alfie pudesse dizer. Também ouvira o que Alice dissera, seria impossível negar.

Logo, a voz de Sarah ficou mais baixa e os soluços cessaram. Alfie sentiu a tensão deixando o corpo dela, que ficou frouxo em seus braços. Com todo o cuidado, tentou se sentar no chão com ela, acalentando-a como se ela fosse uma criança adormecida.

Você consegue fazer isso, Alfie. Basta ir se abaixando aos poucos.

Suor começou a escorrer da sua testa. Estava no meio do caminho agora, a perna curvada desajeitadamente e trêmula sob o peso de Sarah.

Não deixe ela cair. Faça o que fizer, não deixe ela cair.

Depois de ter corrido para chegar até ali, e de sustentar o corpo de Sarah, Alfie estava começando a sentir câimbras na perna. Ele se inclinou um pouco mais para a frente e estava quase conseguindo abaixar o corpo quando, no último segundo, sua perna cedeu e os dois caíram juntos no chão.

— Merda, desculpa, Sarah. Você tá bem? — O rosto de Alfie ardia de vergonha, enquanto ele estendia a mão para pegar as muletas, que haviam caído para o lado. — Sou um idiota. Eu nunca deveria ter...

— Escuta, sei que você quer que eu fique, Alfie, mas não precisa tentar fazer com que eu seja internada naquela enfermaria também, seu sacana traiçoeiro.

Nossa, que alívio era rir de novo! Sarah se ergueu e sentou ao lado dele.

— Cigarro? — Ela estendeu um maço de Marlboro pela metade.

Alfie deu uma risadinha presunçosa.

— Aaah! Então é por isso que você insiste em sair para pegar comida pra gente toda hora. Está nos usando para esconder esse seu hábito bem condenável.

— Pode apostar! O seu apetite insaciável é a melhor desculpa que eu poderia ter.

Por algum tempo, eles ficaram só sentados ali, um do lado do outro, em um silêncio confortável. Sarah fumou o resto do maço, enquanto Alfie lhe garantia o apoio perfeito para a cabeça.

— O que eu faço, Alfie? — Ela apagou o último cigarro no chão e olhou para ele.

— Acho que você deve dar tempo a ela, apenas isso. Lembra que tudo aconteceu ontem. Faz muito pouco tempo. Ela provavelmente ainda está em choque.

— Mas eu não tenho tempo. Vou ter que ir embora em menos de uma semana. Não posso deixar a Alice desse jeito.

Alfie apoiou a cabeça na parede e deixou o sol aquecer seu rosto por um momento. Estava buscando uma forma de ajudar, e sua mente voltava sempre à própria experiência dele.

— Eu sei, e deve ser muito assustador pra você. Mas, acredite em mim, vai passar. Talvez não toda, mas parte da raiva uma hora vai embora. — Ele pegou a mão dela, hesitante. — Além disso, sabe que quando você for ela não vai ficar sozinha, não sabe?

Sarah olhou para ele e conseguiu dar um sorrisinho débil.

— Eu sei.

— Certo, vamos então. Antes de mais nada, eu preciso me levantar ou vou ficar preso aqui para sempre, e você vai ter que chamar um guincho para me colocar de pé. Além disso, hoje vamos ter a noite do filme, e eu *preciso* garantir que a gente não veja *Procurando Dory* de novo.

— Noite do filme? — Sarah se levantou e estendeu a mão para ajudar Alfie.

— Ah, você vai ter que ficar para ver... É a sua cara. Diversão compulsória, você vai adorar! — Ele jogou a cabeça para trás e riu ao ver o misto de medo e repulsa no rosto dela.

— Acho que estou subitamente ocupada esta noite. — Sarah deu o braço a ele e suspirou. — Alfie, o que vamos fazer?

— Alguma coisa. Tenho certeza que vamos pensar em alguma coisa.

Infelizmente, até mesmo a parte sempre otimista de Alfie não conseguiu fazer com que suas palavras soassem convincentes.

39

Alice

A raiva não a abandonara. Permanecia enrodilhada dentro de Alice, pronta para atacar a próxima vítima indefesa que atravessasse o seu caminho. Só que agora havia mais uma coisa. Uma sensação de culpa que chegara sorrateiramente e também se instalara dentro dela, cravando as garras em seu peito, em um lembrete constante de que estava ali.

O que você fez?

De repente, Alice se sentiu dominada pela claustrofobia. Aquele pequeno cubículo parecia limitado demais, restrito demais. Ela estava presa em sua própria versão do inferno. Um inferno que criara para si mesma. Era uma tortura, mas Alice não tinha energia para fazer nada a respeito, nem mesmo para chorar. Simplesmente se trancou dentro da própria cabeça, deixando o vaivém das enfermeiras e os sons da enfermaria ao redor a envolverem. Só quando ouviu os passos dele retornando foi que apurou os ouvidos.

Ela se sentou um pouco mais reta na cama.

É ele. Com certeza é ele.

Mas onde está Sarah?

Ela sentiu um frio no estômago.

E se perguntasse a Alfie? Talvez ele lhe contasse o que havia acontecido. Talvez, se perguntasse com gentileza, ele pudesse dar um jeito de encontrar Sarah e lhe dizer que Alice sentia muito.

Mas, no momento em que o ouviu se deixar cair na cama, as palavras desapareceram de sua boca. A vergonha pelo comportamento que tivera arrancou dela qualquer chance de conversa, e se viu forçada a permanecer em silêncio. Um silêncio que nem mesmo Alfie parecia mais disposto a quebrar.

O tempo se arrastou mais do que o normal. Alice sentia a inquietude pulsar dentro dela, mas seus ossos estavam muito cansados para que ela se movesse. Estava presa, esperando e ansiando que a amiga voltasse.

Você pode se levantar e ir atrás dela.

Não. Depois do que vira no espelho, não havia a menor possibilidade de Alice ir a lugar algum. A vergonha ardia no fundo de sua garganta, e, por mais que fechasse os olhos com força, tudo o que conseguia ver era o próprio reflexo. Não conseguia arrancar dos pensamentos a versão destroçada de si mesma a que estava condenada.

E se ela não voltar?

Aquelas poucas palavras fizeram o coração de Alice afundar no peito. Por que era tão boa naquilo? Parecia tão fácil para ela afastar as pessoas — um talento que poderia vir destacado no seu currículo ao lado do planejamento e da estratégia financeiros. As incríveis habilidades de Alice Gunnersley, que podiam levá-la a qualquer lugar, mas sem ninguém ao lado. Precisava mais do que nunca de Sarah. A amiga maravilhosa que nunca sequer piscara diante das queimaduras de Alice. A mulher que, desde que chegara, não tinha vacilado, chorado ou feito qualquer comentário sobre as queimaduras tinha desaparecido. Alice deixou as lágrimas escorrerem, enquanto caía em um sono profundo em que não pensou em mais nada.

*

O som da voz de Sarah a acordou na mesma hora.

Alice abriu os olhos só um pouquinho.

Sarah sorriu quando viu Alice espiando por baixo das cobertas.

— Oi. — O tom dela era cauteloso, e Alice não poderia culpá-la.

— Oi — conseguiu sussurrar Alice.

Sarah se sentou na cadeira ao lado dela, e se inclinou perto o bastante para que mais ninguém pudesse ouvi-la.

— Sinto muito pelo que aconteceu, Ali. Eu... só queria te ajudar. Só isso.

Alice se virou, de modo que seu rosto ficou bem pertinho do de Sarah.

— Eu sei. Só estou muito assustada.

As lágrimas marcavam o rosto queimado como rios de sal. Alice resistiu à vontade de se encolher quando gentilmente Sarah as secou.

— Também sinto muito, eu não...

— Para — interrompeu Sarah, também chorando. — Se já houve um momento na sua vida em que eu te perdoaria por ser uma grande de uma cretina, esse momento é agora.

Alice fungou. Meu Deus, como detestava chorar.

— Posso entrar? — Sarah indicou a cama com a cabeça.

Alice se mexeu para o lado, abrindo espaço para a amiga. Como era gostoso sentir o calor de Sarah junto dela de novo.

— Você me assustou mais cedo. — A voz de Sarah agora era tão baixa que mal chegava aos ouvidos de Alice. — Quando falou sobre morrer. Alice, eu não posso... não posso perder você. — As palavras foram engolidas por soluços que se tornaram cada vez mais sentidos. Alice puxou Sarah mais para perto e a abraçou enquanto ela chorava.

— Desculpa. — Alice soltou o ar junto aos cabelos de Sarah. — Eu estava com a sensação de ter me perdido, e não fazia a menor ideia de como me recuperar. — Dizer aquilo pela primeira vez tirou parte do peso que apertava o peito dela. — Não sei o que fazer, Sarah.

As duas ficaram abraçadas na cama, encasuladas em suas dores.

— Eu entendo, mas esse é o primeiro passo, e o mais difícil. — O otimismo voltava a se insinuar lentamente na voz de Sarah. Ela se virou e ficou olhando para o teto, ainda segurando a mão de Alice com força. — Vamos falar com o cirurgião assim que pudermos e ver quais são as opções, certo?

— Certo.

Ao contrário de Sarah, o otimismo de Alice ainda não estava de volta. Será que alguma coisa faria diferença de verdade? Ninguém conseguiria devolver seu rosto antigo. Ninguém poderia fazer o tempo voltar, e Alice tinha certeza de que ninguém, por mais que se esforçasse, seria capaz de fazer nada de bom com o que restara dela.

— Vou falar com as enfermeiras quando eu estiver saindo. — Sarah se sentou e cruzou os braços. Pronto. Havia um plano a ser seguido e aquilo significava que Sarah estava feliz. — Aliás, tenho que ir embora um pouco mais cedo hoje... Compromissos familiares, *de novo*.

— Isso é que dá voar para o outro lado do mundo e nunca voltar para uma visitinha!

— Obrigada pela solidariedade de sempre, Alice. Aliás, falando de família, teve mais alguma notícia da Patricia?

Patricia, a mãe de Alice. Sarah nunca conseguira usar a palavra *mãe* para se referir a ela. Alice a amava ainda mais por isso.

— Não. Nem mesmo um "Oi, espero que você esteja bem". Pensar na última vez que nos vimos deve ter sido um pouco demais para ela.

— Oi? Espera. Como assim? Ela veio *aqui*? — O rosto de Sarah era um retrato do mais puro espanto. Estava boquiaberta, sem acreditar.

— É, veio. Vamos dizer que não foi agradável para nenhum dos envolvidos.

— Alfie, você teve o prazer de conhecer a Patricia?

Sarah precisava mesmo incluir Alfie em *toda* conversa que as duas tinham? Alice se sentia constrangida pela forma como agira mais cedo, e ainda não havia tido oportunidade de se desculpar com ele. Ainda não sabia por que se importava tanto, mas parecia que Sarah estava realmente treinando Alfie para ser o melhor amigo substituto quando ela fosse embora.

— Hum... — Alfie hesitou por um instante. — Não fui apresentado a ela no sentido tradicional da palavra, embora tenha tido o prazer de ouvir um pouco da conversa, o que acho que já foi o bastante para mim.

Alice riu. O jeito como ele estava tentando ser sutil era muito bonitinho, mas estava bem claro que tudo o que Alfie queria dizer era: "Uau, que megera sem coração é essa sua mãe".

— Não fica espantado que a filha dela seja um dos melhores seres humanos já conhecidos, quando tem uma mãe daquela?

Sarah beijou a testa de Alice.

— Nesse caso, talvez a gente devesse agradecer a Patricia — disse Alfie.

Sarah literalmente se encolheu ao ouvir aquilo.

— Como? Ela é uma doida completa. Desculpe, Ali, mas é verdade.

Alice sorriu — não havia necessidade de se desculpar quando se tratava de insultar a mãe dela.

— Bom — continuou Alfie —, se pararmos um pouco para pensar, sem Patricia não haveria Alice, e é triste demais pensar em uma vida sem Alice.

Ninguém disse nada por um minuto. Embora eles já tivessem tido conversas profundas e emotivas antes, ainda assim Alice precisava de um tempo para se acostumar quando Alfie estava sendo sincero. Sarah apertou a mão dela com força, e Alice se recusou a olhar nos olhos da amiga. Não queria que Sarah visse como as palavras de Alfie haviam aquecido seu coração, ou o afeto profundo que sentia por ele naquele momento. Aquilo certamente estaria visível em seu rosto, e Alice queria guardar a sensação para si mesma por mais algum tempo.

— Por mais fofos que vocês sejam, por favor parem de falar de mim como se eu não estivesse aqui! — Ela torceu para não estar parecendo indiferente demais à gentileza dele, mas não sabia o que mais poderia dizer. — E chega de falar da minha mãe. Tem assuntos mais importantes.

— Tipo? — Sarah olhou para ela, confusa.

— Tipo... quando você vai resolver pegar alguma coisa para a gente comer? Estou morrendo de fome.

— Talvez quando você decidir sair da cama e vir comigo?

— Você sabe que não posso deixar o hospital.

— Mas a cama, sim.

— Agora não, Sarah. Acabamos de fazer as pazes, não force a barra.
— Ela deu um sorriso zombeteiro.

— Você é um encanto. Alfie, se eu fosse você, iria embora enquanto pode, caso contrário essa mulher vai fazer você ir de um lado para o outro todo dia, o dia todo!

— Acredite em mim, com uma perna só, isso é impossível. Acho que posso ficar por aqui em segurança.

Ela sentiu mais uma vez aquele calor, aquela vibração no peito.

Cristo, se controle.

— Levando em consideração que não tem nada melhor para fazer aqui, e que você é a minha melhor amiga no mundo, acho que vou pegar comida para nós. O que você quer?

Alice foi rapidamente arrancada de sua autocomiseração.

— Qualquer coisa cheia de alho e carboidratos.

— É mesmo? Você quer Pizza Express de novo? — Ela olhou para Alice e balançou a cabeça. — Eu tinha esquecido como você é uma criatura de hábitos. Afinal, comeu o mesmo prato no almoço e no jantar por cerca de quatro meses na faculdade, não é mesmo?

— Sim, e era uma delícia.

— Você que manda! — Sarah bateu continência e fechou a cortina ao sair. — Alfie, quer alguma coisa, já que vou sair?

— Estou bem, obrigado. Uma das enfermeiras me passou sorrateiramente um brownie mais cedo, então já chega de guloseimas pra mim por hoje.

— Fico feliz por você ter decidido não compartilhar nem um pedacinho de brownie com a gente!

Alice amava ouvir Sarah e Alfie. Uma pequena parte dela gostaria que eles pudessem continuar naquele microcosmo da vida para sempre, em segurança e cheios das suas estranhas rotinas.

— Então, posso perguntar em que consistia essa refeição que você consumiu por quatro meses? — A voz de Alfie tinha um tom travesso.

Caramba, por que Sarah sempre a colocava embaixo dos holofotes?

— Como eu sabia que você iria me perguntar isso? — resmungou Alice.

— Porque sou a pessoa mais insuportavelmente curiosa que você já conheceu?

— Deve ser. E que fica ainda mais insuportável por reconhecer que é insuportável.

— Temos que ter orgulho das nossas conquistas, certo? Mas para de me distrair. Que refeição sofisticada foi essa que você consumiu com tanta paixão duas vezes por dia, por quatro meses?

Alice fechou os olhos e sorriu na expectativa da reação dele. Havia várias justificativas que ela queria dar, mas sabia que não faria nenhuma diferença para a opinião dele.

— Macarrão com feijão, queijo e ketchup, e, se você nunca experimentou essa combinação, não vou aceitar julgamento ou constrangimento em relação à minha escolha.

— O ketchup é interessante. Sempre preferi molho barbecue — retrucou ele, o tom casual.

— NÃO ACREDITO que você já comeu isso também! — Alice não conseguiu conter a empolgação, e bateu com a mão na cama, incrédula.

— Mas é claro que eu comia. Como não amar a mistura cremosa e quente naquela tigela abençoada de carboidrato? Na verdade, era um alimento de primeira necessidade para mim na infância.

— Eu não esperava por isso.

— Não me subestime. Não sou tão diferente de você quanto talvez queira acreditar.

— Acredite em mim, Alfie, eu *sei* que somos diferentes. Mas não o subestimaria nem em um milhão de anos.

Ela sorriu quando o silêncio se instalou entre eles.

40

Alfie

Alfie não se importava que Alice tivesse ficado tão furiosa. Que o fato de ter falado sobre a vontade de morrer tivesse deixado ele e Sarah tão deprimidos e desesperados. Só importava que Alice estivesse conversando de novo e parecesse bem. As palavras dela se demoraram na mente dele, enchendo-o com uma energia que parecia irradiar de algum lugar no fundo de sua barriga.

Era estranho pensar que ainda não vira o rosto dela. Aquilo o incomodava mais em alguns dias do que em outros. Mas será que realmente importava? Ele nunca julgou os amigos pela aparência... Na verdade, a maior parte do tempo nem sequer reparava na aparência deles. Mas em outros dias sentia uma vontade desesperada de vê-la. Queria olhar nos olhos de Alice quando ela falava e ver o rosto dela assumir uma centena de expressões diferentes. Ansiava por saber quem era ela, e achava que de algum modo o rosto de Alice guardava todos aqueles segredos. Quando pensava assim, Alfie se repreendia.

Aparência não é tudo. Pare de ser tão superficial.

De uma coisa ele estava certo: como passava a maior parte do tempo concentrado em Alice, tinha começado a deixar a própria recuperação de lado. Tudo parecia ter menos importância do que fazê-la rir. Alfie estava muito envolvido em sua cruzada mais recente, e se perguntava com frequência se seus esforços eram porque gostava muito dela, ou apenas porque precisava salvar alguém.

Ah, por favor, Alfie, você está em um hospital, cheio de pessoas doentes, todas esperando para serem salvas... Com certeza é porque você gosta muito dela.

Alfie estava mais ciente do que nunca de que os planos que vinha formulando para mantê-la entretida eram importantes. Se ele conseguisse encontrar maneiras sutis de fazê-la se abrir, então talvez a vida de Alice Gunnersley não fosse mais um mistério tão grande assim. Na amizade deles, até ali, ele soubera de breves relances da vida dela antes do acidente, mas aquilo não era mais o bastante. Quanto mais profunda ficava a ligação entre eles, mais Alfie queria saber sobre Alice. Precisava começar a pôr a mão na massa imediatamente.

— Enfermeira Angles. Ei, enfermeira Angles! — Ele tentou não gritar alto demais, mas precisava chamar a atenção dela. E tentar fazer isso com a mulher mais ocupada do mundo enquanto dava um jeito de andar com a prótese não era tarefa fácil.

— Venha, meu bem, caminhe comigo se precisa falar alguma coisa... Tenho um monte de tarefas a fazer. — A enfermeira Angles nem levantou os olhos da prancheta que tinha na mão, mas Alfie sabia que ela estava prestando atenção nele.

— Beleza! Pra resumir, preciso te pedir um favor. Na verdade, dois. Primeiro, preciso de uma folha de papel A3 e uma caneta preta de ponta grossa. Depois, preciso que a senhora cole o que vou escrever no tal papel, com a tal caneta, na parte de dentro da cortina de Alice Gunnersley.

Ela começou a balançar a cabeça na mesma hora.

— Nem pensar! O que você está aprontando? Não posso ficar enfiando coisas no rosto dos pacientes sem permissão deles! Além do mais, acabamos de conseguir que ela fale e coopere com o tratamento. Não vou fazer nada que possa comprometer isso. Você é melhor do que isso, Alfie.

— Foi ela que me pediu para fazer isso... mais ou menos. — Aquilo era tecnicamente mentira, mas Alfie sabia que valia a pena se arriscar por algumas coisas. — E a senhora sabe que ela nunca vai me deixar entrar naquele cubículo! Por favor, Mãe Anjo. Sei quanto isso vai animar a Alice.

Ela ficou parada por um momento, claramente avaliando com cuidado a resposta que daria. Alfie torcia para que a enfermeira Angles conseguisse ver como aquilo era importante para ele. Como seria importante para Alice. De repente, alguma coisa fez barulho no bolso da calça dela — o bipe.

— Tenho que ir. Escute, se eu concordar em fazer o que você está me pedindo e acabar sendo um grande erro, vou tornar a sua vida na enfermaria um inferno, Alfie Mack. Você sabe disso, não sabe?

Ah, e como sabia. Sabia que a enfermeira Angles estava falando muito sério.

— Sei disso, e também sei que não vai ser um erro. Eu te prometo.

— Tudo bem! Vou pegar o papel e a caneta, e você deixe o que quer que eu prenda na cortina em cima da mesa. — Ela deu uma palmadinha carinhosa no rosto dele e saiu apressada para lidar com sua sempre crescente lista de tarefas.

— Lembre-se de que precisa ser colocado de madrugada, para que ela veja de manhã! — Alfie não queria abusar da sorte, mas aquela era uma parte importante do plano.

— Cristo, Alfie, as coisas que eu faço por você — disse a enfermeira Angles por cima do ombro, já se afastando.

A empolgação que o dominou foi rapidamente seguida por uma pontada de nervosismo.

Por favor, Deus, permita que isso não seja um grande erro.

41

Alice

— Muito bem, Alicezona, são dez da manhã. Você sabe o que isso significa?

— Que você nunca mais vai me chamar de Alicezona?

— Errado. É hora do jogo de perguntas e respostas rápidas. Uma hora de perguntas incessantes, sem tempo para pensar na resposta... Basta responder a primeira coisa que surgir na sua mente. Essas são as regras, lembre-se!

Para absoluta surpresa de Alice, ela havia acordado naquela manhã com um cartaz escrito à mão preso na cortina diante dela, onde se lia "Agenda de diversão do dia". No momento em que viu aquilo, Alice se sentiu nauseada.

Como isso foi parar aí?

Alfie entrou no meu cubículo?

Não, ele não teria feito uma coisa dessas.

Mas quem mais teria colocado aquilo ali?

— Alfie, pelo amor de Deus...

— Antes de continuarmos, Alice, quero te garantir que não coloquei um dedo dentro do seu cubículo. Eu juro. Usei alguns contatos e consegui que uma das enfermeiras me ajudasse.

Por alguma razão desconhecida, Alice acreditava naquilo.

— Tá... mas ainda assim, que diabo é isso?

— É o nosso plano diário de diversão. Uma agenda regular que vai te manter entretida, cortesia de *moi*. É fantástica, não vou mentir.

Alice examinou a folha de papel.

O início da manhã era dedicado às rondas das enfermeiras, então havia tempo para o café da manhã e para a higiene matinal — um tempo generoso de uma hora e quinze minutos — antes que a suposta diversão e os jogos começassem. Alice imaginou que os quinze minutos a mais tinham sido acrescentados em um breve momento de pânico. Alfie provavelmente não sabia bem de quanto tempo uma mulher com queimaduras graves precisava para se aprontar para o dia. Banhos na cama no estado em que Alice estava não eram uma experiência rápida ou agradável.

O resto do dia estava minuciosamente esquematizado e planejado.

10h-11h: Jogo de perguntas e respostas rápidas.

11h-12h: Leitura. (*Isso significava ler em voz alta, um para o outro, ou silenciosamente? Tomara que seja a última opção.*)

12h-13h: Almoço.

13h-15h: Fisioterapia para Alice e Alfie (dependendo do dia).

15h-16h: Livros de passatempos.

16h-17h: Ronda vespertina das enfermeiras.

17h-18h: Ronda de música. (*Que Deus me dê força.*)

18h-19h: Jantar.

19h-20h: Caminhada em grupo. (*Nos sonhos dele.*)

20h-21h: Histórias para dormir.

21h em diante: Sono ou CIPs.

— Será que eu quero saber o que é CIP? — Alice não conseguia imaginar o que era aquilo que Alfie tinha inventado.

— É a sigla para conversa importante e profunda. Você sabe, compartilhar é uma forma de cuidado e tudo isso.

Alice não conseguiu conter uma risadinha debochada.

— Só você pra planejar uma conversa emocionada.

Eles ainda nem haviam começado o cronograma e Alice já estava nervosa. Não queria jogar um balde de água fria em uma coisa em que

Alfie claramente gastara muito tempo, mas achava que mais ninguém além do próprio Alfie teria energia para seguir aquele cronograma... Ela com certeza não teria.

— Então, como esse é o primeiro dia, eu escolho o tema das perguntas. Vamos falar de comida.

Alice deixou escapar um gemido.

— Espere, por favor, não me diga que você não é uma gourmet. Tive tanta esperança depois do macarrão com feijão! Por favor, não parta o meu coração dizendo que só come comidas beges, tipo biscoitos de água e sal e waffles de batata.

— Experimente viver só de café e sushi comprado pronto. — Ela fez uma careta, já imaginando o que estava por vir.

— Ah, pelo amor de Deus. Todo dia?

— Todo santo dia. Tomei a decisão de ir um nível além do meu prato de macarrão quando consegui meu primeiro emprego de verdade.

— Uau. Você realmente subiu na vida, não é mesmo?

— Isso não trabalhou exatamente a meu favor. Por que você acha que estou levando tanto tempo para me recuperar? Meu corpo era feito de cafeína e atum cru.

Alfie riu.

— Esse não é um pensamento atraente...

Ela estendeu a mão sem cicatrizes e deu um tapa com força no braço dele. Com o tempo, as camas dos dois pareciam ter ficado cada vez mais próximas. De manhã, às vezes, se a luz estivesse no ângulo certo, Alice quase conseguia ver a silhueta de Alfie deitado ao lado dela.

— Muito bem. Esse vai ser um jogo bem curto e tedioso, então! VAMOS!

Alice deixou escapar mais um gemido.

— Ah, sim, minha amiga, ainda vamos jogar, não se preocupe com isso. Lembre que essa é só a primeira atividade... Você vai precisar de um pouco mais de entusiasmo se quiser durar até o fim do dia.

Alice não tinha certeza se era de entusiasmo que precisava, estava mais para uma dose de Valium.

— Muito bem. Pizza ou massa?

— Hum... o meu coração diz massa porque, bem... foi o que me manteve viva por uns bons quatro anos, mas a verdade é que pizza é bom demais... Mas sabe de uma coisa? Pelos velhos tempos, vou escolher massa.

— Em primeiro lugar, boa resposta. Em segundo, isso não é uma deixa para você começar um monólogo, Alice. Não pode parar para pensar. A resposta tem que ser instantânea!

— Pega leve, foi só a primeira pergunta. Aposto que você é mais competitivo do que seus alunos, não é?

— Não comece a se desviar ou a me distrair fazendo perguntas *para mim*, Alice, conheço o seu jogo. Mas, sim, é claro que eu sou. Os meus alunos não têm a menor chance comigo. Agora, pergunta número dois...

E eles continuaram, de um para o outro, por uma boa meia hora, até Alfie finalmente concordar em deixar Alice fazer algumas perguntas.

— Não vou fazer sobre comida, porque claramente sou uma ignorante no assunto. Aaaah, já sei. Vamos falar sobre pessoas.

— Pessoas?

— É, pessoas.

— Tipo...

— Não comece a se desviar do assunto ou a me distrair, Alfie. Vou dizer o nome de duas pessoas e você escolhe uma.

— Alguém está petulante hoje, gosto disso! Ótimo.

— Muito bem, então. — Ela fez uma pausa. — Já sei. Aquela moça, apresentadora do programa *This Morning*... como é o nome dela... Holly Willoughby, ou...

— HOLLY.

Alice se assustou quando ele gritou o nome da mulher.

— Jesus Cristo, eu nem disse o nome da outra pessoa.

— Ninguém jamais vai ser tão importante para mim quanto a Holly. Nunca.

Alice revirou os olhos. Uma parte petulante dela queria dizer "Nem eu?!", mas não estava preparada para ouvir ele dizer que não.

— Muito bem. Certo. Talvez essa tenha sido fácil demais... A enfermeira Angles ou a sua mãe?

Alfie caiu na gargalhada.

— Que tipo de pergunta é essa?

— Não sei como jogar esse seu joguinho idiota! Faça você uma pergunta, então.

— Tudo bem. Eu ou a Sarah?

— Você.

Ah.

Merda.

Gargalhadas estouraram atrás da cortina.

Merda. Merda. Merda.

Alice enfiou o rosto no travesseiro, louca para apagar aquele último minuto da vida dela.

— Ora, ora, ora! Eu? Ai. Meu. Deus. Você me escolheu? Sério, não posso acreditar. Que sorte a Sarah não estar aqui ainda... Mas espere até eu contar a ela. — Alfie fez uma pausa, e Alice sabia que ele ainda não havia terminado. — EU! Quero subir no telhado e gritar isso. Você ME escolheu!

— Hããã — foi só o que ela conseguiu dizer em voz alta.

Obviamente ela não pretendia escolher ele.

Tinha sido pega desprevenida e ele era a primeira opção.

Com certeza havia alguma prova científica que dizia que sempre se escolhe a primeira opção, não?

— Não precisa ficar com vergonha, Alice, foi você que disse isso. É sempre importante sermos honestos a respeito de como nos sentimos.

Ele ia ficar absolutamente insuportável.

Por que aquela cama não a engolia de uma vez?

— Pode *deixar isso pra lá*, Alfie? Meu Deus, cresce! — Alice cuspiu as palavras, surpresa com a própria raiva.

De onde viera aquilo? Ela se sentia como uma criança que teve o diário surrupiado e lido em voz alta com todos os detalhes embaraçosos. Mas aquilo não era embaraçoso, certo? Era só uma brincadeira boba, com uma resposta boba e equivocada.

— Tudo bem, não vou falar mais nada a respeito.

— Obrigada. — Alice esperava que Alfie pudesse ouvir o pedido de desculpas em seu tom.

— Então, está disposta a mais uma rodada?

— NÃO!

— Tá certo... Você que manda. — A voz dele ainda estava carregada de euforia.

Alice, Alice, Alice. O que está acontecendo com você?

Felizmente, Alfie teve a gentileza de se conter um pouco e recuperar a compostura, antes de passar para o próximo item da lista. Para a infelicidade de Alice, a ideia realmente era que lessem em voz alta.

— Veja bem, você tem sorte de a minha mãe ter trazido a série toda do Harry Potter pra mim na semana passada. Caso contrário, só teríamos o *Daily Mail* do sr. Peterson para ler.

— É mesmo? — Eles mal haviam lido trinta segundos da primeira página do primeiro capítulo do primeiro livro, antes que ela o interrompesse.

— Desculpe, algum problema?

— Em primeiro lugar, você está realmente esperando que nós leiamos em voz alta, um para o outro?

— Isso mesmo. E em segundo lugar?

— Você vai ler *Harry Potter* pra mim?

— Exatamente. Você já leu?

— Não, porque não tenho sete anos. — Ela sorriu: sentia um certo orgulho daquela resposta.

— Pois bem, você está prestes a conhecer uma das maiores obras de ficção já escritas. E pode me agradecer mais tarde. A imaginação não precisa parar aos sete anos, sabe. Adultos também podem ser divertidos.

Touché.

— Muito bem. — Alice suspirou. — Continue.

E foi o que ele fez, com grande entusiasmo. Cada personagem ganhou sua própria voz, houve pausas dramáticas toda hora, e Alfie ainda adotou uma voz de narrador muito boa, parecida com a do ator Stephen Fry. Alice logo percebeu que não havia como detê-lo, por isso se recostou, fechou os olhos e deixou que as palavras dele penetrassem em sua mente. *Que sorte dos alunos que têm alguém que nem Alfie como professor,* pensou ela. E que sorte a dela ter conhecido Alfie.

— Então, o que está achando, senhorita? O seu cérebro de mulher idosa consegue gostar disso?

— Lamento, mas o júri ainda está deliberando. Vou ter que ouvir mais.

Por mais que detestasse admitir, depois dos três capítulos que ele já lera, ela estava fisgada.

— Que desculpinha esfarrapada para me fazer ler para você de novo. Não se preocupe, sei o que está fazendo.

Alice teve que rir.

— Devo continuar?

— Se é o que você quer...

— Ah, olha só, o almoço está chegando. Que pena... Você vai ter que esperar até amanhã.

Ela conseguia imaginar o sorrisinho presunçoso iluminando o rosto dele.

— Você gosta é de alfinetar, Alfie Mack. Sabe disso, não sabe?

— Mas você não iria querer que eu fosse diferente.

— Ahhh, como vocês dois são fofos!

— Sarah! — Alice achou que devia estar em outro planeta, porque nem ouviu a amiga se aproximando. Ela quase morreu de susto quando viu a cabeça de Sarah aparecer pela cortina. — De onde você saiu, pelo amor de Deus?

— Ué, passei pela entrada, virei à esquerda, segui pelo corredor e *voilà*: aqui estou eu.

— Você é muito IRRITANTE! — Ela jogou um travesseiro na amiga, mas errou, o que só a deixou mais frustrada.

— Desculpe, meu bem. Talvez o comportamento infantil do Alfie seja contagioso.

— Ei, por que estão me enfiando na conversa? Sou apenas um espec tador inocente — falou Alfie, do outro lado da cortina.

Alice e Sarah se olharam, reviraram os olhos e riram. Sarah assumiu o lugar de sempre, deitada ao lado de Alice.

— Você não pode ficar brava comigo por muito tempo, principalmente porque eu trouxe... croissant de chocolate!

Sarah estendeu um saco de papel ainda quente, cheirando a croissant de chocolate. Um jeito infalível de aplacar qualquer emoção negativa de Alice era arranjar para ela alguma comida amanteigada e cheia de açúcar.

— Nossa, você me conhece bem demais. Amo você. Passe para cá.

Sarah se inclinou e beijou a cabeça de Alice.

— Também amo você.

Alice pegou o saco e, em menos de um segundo, já tinha enfiado metade do doce na boca.

— Você na verdade tem sorte de não poder ver isso, Alfie. Vamos dizer apenas que Alice tem um comportamento ligeiramente animal no que se refere a comida.

Alice, distraída demais com o sabor divino do croissant crocante e do recheio de chocolate derretido para se importar, deu um cutucão fraco nas costelas da amiga.

— Ela deve estar gostando muito, para estar tão quieta — comentou Alfie.

— Então, o que vocês andaram aprontando hoje, crianças? — perguntou Sarah.

— Nossa, fico *muito* feliz por você ter perguntado, viu...

Ele não ousaria contar a ela.

— Alice e eu estávamos testando o meu novo cronograma!

— Aaah, então esse negócio na cortina é isso? — Sarah estendeu a mão e puxou o papel. — Ótimo trabalho, chefe de entretenimento... Parece um cronograma completo e incrivelmente detalhado! E como foi? Vocês descobriram alguma coisa nova um sobre o outro?

Alice se deu conta de que havia parado de mastigar o croissant.

— Eu com certeza aprendi muito sobre a Alice...

NÃO.

Por favor, Alfie, não seja um babaca.

— O mais importante é que ela tem um conhecimento extremamente limitado de comida, e que também não tem muita experiência em se divertir.

Alice nem se importou com os insultos, estava grata demais por Alfie não ter revelado a resposta absurda que ela dera à pergunta também absurda dele.

— O fato de eu nunca ter jogado um joguinho idiota desse não me torna uma pessoa menos divertida. — Alice engoliu o que estava na boca, ansiando por terminar bem rápido aquela conversa.

— Na verdade eu estava me referindo mais ao fato de você nunca ter lido *Harry Potter*. Consegue acreditar nisso, Sarah? Não sabe o que é Hogwarts. Nem quem é "o menino que sobreviveu". Nada. — Ele parecia sinceramente chocado, e até um pouco ofendido.

— É, *Sarah*, dá pra acreditar nisso? — Ela se virou para a amiga com um olhar expressivo.

— Ah, não, não me diga que você também não leu, Sarah.

— Escuta, Alfie, vou ser franca com você. Eu não li. — Sarah estava com as mãos erguidas em confissão. — Não tenho orgulho disso. Também não tenho nada contra o livro, só nunca peguei pra ler.

— Você ao menos viu os filmes?

— Hum... não — respondeu Sarah, estremecendo levemente.

— Com quem estou convivendo aqui, pelo amor de Deus?! Nunca conheci ninguém na vida que não tivesse ao menos assistido a *um* filme do Harry. E aqui estão duas mulheres incríveis que não têm ideia do que se trata nada disso! Quer dizer que vou ter que fazer a sua cabeça também, Sarah, e te apresentar um mundo de pura alegria, mas também de magia perigosa?

— Acho que sim. — Sarah deu de ombros, derrotada.

— Se ajeitem então, mocinhas. Vamos alterar um pouco o cronograma e mergulhar de volta na história. Preparem-se para o que estão prestes a ouvir.

— Eu preciso de um resumo do que já leram? — perguntou Sarah.

— Não se preocupe, não lemos muito, e tenho certeza de que a Alice não vai se incomodar se começarmos tudo de novo.

Alice gemeu, mas não conseguiu impedir que um sorriso surgisse em seu rosto.

— Está bem, mas seja rápido! — gritou.

E, assim, Alfie recomeçou a leitura, pintando as paredes da enfermaria com as cores, os sons e os cheiros daquele outro mundo mágico. Sarah se aconchegou junto de Alice, o corpo quente acomodado no da amiga. Como era maravilhoso ser abraçada pelos dois amigos, cada um de um jeito diferente, pensou Alice.

— Moças. Lamento interromper. — A voz de uma das enfermeiras arrancou as duas do mundo dos duelos entre bruxos e trouxas. — O dr. Warring acabou de chegar. E disse que vai descer para falar com vocês em menos de uma hora.

— Obrigada! — Sarah praticamente saltou da cama. — Desculpa, Alfie, mas pode ser que precisemos encurtar um pouco essa hora da leitura.

— Tudo bem. Não tem problema. — Ele ainda não havia aprendido a esconder direito seu desapontamento.

Alice sentiu um aperto no estômago.

— Vai ficar tudo bem — garantiu Sarah.

Claramente Alice ainda não havia aprendido a esconder direito sua ansiedade.

— Eu sei. — Ela sorriu.

Mas você ainda é uma boa mentirosa.

42

Alfie

Alfie torceu para que a programação que inventara funcionasse. Rezou para que ajudasse Alice a se abrir em vez de afastá-la, e daquela vez a sorte o tinha ajudado. Apesar daquele momento ligeiramente delicado, quando ela o escolheu em vez de Sarah (para profunda surpresa de ambos!), de modo geral o dia tinha sido maravilhoso. Adorou ler para Alice e Sarah. Por algum tempo, Alfie se vira transportado de volta para a escola em que trabalhava, cercado por crianças interessadas, de olhos arregalados, sorvendo cada palavra dele. Alfie amava se perder nos livros, e a arte de criar mundos e personagens a partir de folhas de papel nunca deixava de empolgá-lo. Mas, por mais que desejasse continuar, fechou o livro e se voltou para outra fonte confiável de diversão, os livros de passatempos.

Quando já estava prestes a terminar um jogo de palavras cruzadas particularmente bom, Alfie viu o médico entrando na enfermaria. Ele o reconheceu das visitas anteriores ao cubículo de Alice: alto, magro, o corpo anguloso. Não havia nada suave naquele homem. Até os seus olhos era duros e penetrantes. Todos os médicos acabavam desenvolvendo uma certa dureza com o tempo? Talvez aquilo fosse a única coisa que os impedisse de absorver todo o sofrimento que pairava no ar. Alfie não os invejava nem um pouco.

— Olá, Alice, é o dr. Warring. Posso entrar?

Por algum motivo, ver o médico entrar no cubículo de Alice deixou Alfie muito nervoso. O que iria dizer a ela? Será que seria capaz de ajudá-la? Ele se ajeitou na cama para ficar mais perto do lado onde ficava a cama de Alice. E daí se alguém o pegasse? Alguma coisa o estava incomodando... Precisava ouvir o que estava acontecendo.

— Soube que você se viu no espelho pela primeira vez outro dia. — A voz do dr. Warren ainda era calma e firme. — E sei que deve ter sido difícil, Alice. Como está se sentindo a respeito disso agora?

— Quero saber quais são as minhas opções.

O coração de Alfie se apertou ao ouvir a dor na voz dela.

— É claro. Em primeiro lugar, nunca se pode subestimar o valor do tempo. Em seis ou doze meses, as suas cicatrizes terão uma aparência bem diferente, dependendo de como você se cuidar, de como cicatrizar. No curto prazo, também temos uma variedade de soluções tópicas que podem ajudar a reduzir as cicatrizes. Mas, se você estiver procurando melhoras significativas e rápidas, devo dizer que vai precisar fazer outra cirurgia.

— Não quero esperar. Quero resultados agora. Quero fazer essa cirurgia.

— Muito bem. Se deseja seguir por esse caminho, então preciso esclarecer o que a cirurgia envolve, e também garantir que você compreenda os riscos. Basicamente, vamos fazer outro transplante, tirando um grande pedaço de pele da área do seu ombro. Também vamos tentar, se pudermos, reconstruir parte da estrutura. — O dr. Warring estava claramente tentando explicar da melhor maneira possível, em termos leigos. — Os riscos são os mesmos de qualquer cirurgia de grande porte. Em primeiro lugar, não podemos garantir os resultados que você deseja... Isso vai depender de como se dará o transplante, de como você vai cicatrizar e se vamos conseguir retirar o bastante de pele saudável. Em segundo lugar, sempre há o risco de... complicações. O seu corpo passou por muita coisa, Alice, e não podemos perder isso de vista.

Quanto mais ele falava, mais rápido o coração de Alfie batia. Com certeza Alice não iria querer correr um risco daquele, passar por aquilo, certo?

— Não importa o que me diga, doutor, vou em frente com a cirurgia. Só me fale o que preciso fazer e qual a data mais próxima que podemos marcar.

Alfie sabia que Alice podia ser teimosa. Qualquer pessoa capaz de permanecer em silêncio semanas a fio tinha sem sombra de dúvida muita força de vontade, mas ele ficou chocado ao ver como ela soava direta, e como estava determinada a fazer aquela cirurgia, apesar dos riscos.

— Ali, talvez seja melhor tirar um dia ou dois para pensar. Podemos conversar e nos planejarmos a partir daí, que tal?

Obrigado, Sarah.

— Acho que a sua amiga está certa. Não se trata de um evento banal, e vou pedir que você pense melhor a respeito. Voltarei em uns dois dias para ver o que decidiu, e podemos montar um plano a partir daí, pode ser?

— Tudo bem.

— Ótimo. Até logo, então. Tenham uma boa tarde.

De repente, Alfie se sentiu muito desconfortável.

— Sei que você quer fazer essa cirurgia, Alice, mas por favor ao menos se dê um dia para pensar — ele ouviu Sarah dizer. — Na verdade, por que não faz o que a gente costumava fazer... escrever? Uma lista de prós e contras. Podemos conversar sobre ela amanhã de manhã, que tal? Você nunca foi de tomar decisões apressadas. Não deixe que essa seja a primeira vez.

— Você está certa. Sei que está. — A voz de Alice estava embargada, o tom de fracasso.

— Agora, por que não pedimos ao Alfie para nos levar de volta a Hogwarts, hein? — Sarah falou alto, para que Alfie ouvisse.

Alfie rapidamente voltou para o meio da cama. A última coisa que queria era que alguém o pegasse ouvindo escondido.

— Isso é um pedido ou uma ordem? — A estranha sensação de ansiedade ainda revirava seu estômago, mas ele conseguiu colocar um tom leve na voz.

— Uma ordem — confirmaram Alice e Sarah em uníssono.

— Como as damas desejarem... — E, assim, voltou a se perder no encanto das palavras.

43

Alice

Ela sabia que não ia conseguir pregar o olho naquela noite. Havia tanta coisa acontecendo na cabeça dela que assimilar tudo estava se tornando insuportável. Alice pegou o papel que estava ao lado da cama, acendeu a luz de leitura e procurou freneticamente uma caneta.

Quando tiver dúvidas, escreva.

Sarah estava certa. Aquilo sempre fora bom quando Alice se via diante de um problema que não poderia resolver com facilidade. Será que aceito esse emprego? Compro esses sapatos? Gasto três mil libras em uma cozinha onde nunca vou cozinhar?

— Prós e contras… escreva.

Era sempre o mesmo conselho, e nove entre dez vezes funcionava.

Quando Alice pegou a prancheta no pé da cama para usá-la como apoio, não pôde deixar de sorrir ao ver o papel que pegara. A programação que Alfie tinha feito para ela. A maravilhosa tentativa dele de ajudá-la a atravessar os dias.

Não pense nisso agora.

Concentre-se.

Então, durante a próxima hora, Alice se dedicou a escrever uma lista de prós e contras: fazer ou não a cirurgia.

PRÓS:

– Parecer menos uma aberração

Por favor, Alice, leve a sério o que está fazendo.

– "Reduzir as cicatrizes e dar um tom mais homogêneo
à pele", segundo o dr. Warring
– Possibilidade de parecer mais "normal"
– Ter mais autoconfiança
– Ter menos medo de ser vista

CONTRAS:

– Talvez não funcione como eu espero
– Complicações da cirurgia: eu poderia morrer se desse
errado?
– Ter que passar mais uma vez por todo o processo de
recuperação
– Mais tempo no hospital

*Mas mais tempo no hospital também poderia significar mais tempo
com Alfie.*

No entanto, quem era ele? Quem era aquele homem atrás da cortina?
O completo estranho que se tornara uma parte tão importante da vida
dela? Tinha tanta coisa que Alice queria saber e tanta coisa que, agora
percebia, tinha medo de descobrir.

— Alfie, está acordado?

— Tô, e você?

Ela riu.

— Pra minha surpresa, sim.

— Ótimo. Tá tudo bem?

— Tá...

Ela respirou fundo. Tantos pensamentos estavam girando na sua cabeça, e ficava cada vez mais difícil se concentrar em um único assunto.

207

— É só que... quer dizer... eu não sei...

Alfie permaneceu em um silêncio leal.

— Acho que estava me perguntando... como é a sensação de estar apaixonado?

— Nossa. Não vou mentir, eu não estava esperando por isso...

— Desculpa. — Ela estava balbuciando, tentando fazer as palavras voltarem para dentro da boca. — Eu só pensei que... por causa da sua ex-namorada, que talvez...

— Tá tudo bem. Só fui pego um pouco desprevenido.

Alice desejou nunca ter perguntado nada. O silêncio pareceu se estender por horas.

— Quer uma resposta sincera?

— Quero.

Quer mesmo, Alice?

— Eu não sei. Achei que estava apaixonado pela Lucy. Ela me fazia rir, eu fazia ela rir. Gostava muito dela. Às vezes chegava a doer olhar para ela, de tanto que eu a desejava. Passamos três anos juntos, e achei que ela devia ser a mulher certa. A mulher com quem eu iria me casar, ter filhos, com quem eu iria envelhecer. Mas agora, quando penso nisso, parece que faltava alguma coisa. Acho que fiquei tão encantado com a ideia de alguém também me querer que deixei que isso mascarasse meus verdadeiros sentimentos. Era como se eu achasse que *devia* estar apaixonado por ela, porque na superfície era tudo tão perfeito.

— Me parece mesmo perfeito. — Alice fechou os olhos e deixou o anseio imergi-la em tristeza.

— Era, sim, mas como eu disse, era só na superfície. Eu amava a Lucy, mas não estava *apaixonado* por ela. Não havia uma ligação profunda entre nós. Quer dizer, olhe onde estamos agora. Eu perdi a perna e ela me deixou. Ela nem sequer tentou. E, olhando para trás, eu também não tentei. Poderia ter lutado por ela, mas não lutei. Não acordava toda manhã ansioso para saber se a Lucy estava bem, como estava se sentindo, ou se eu poderia fazer alguma coisa para ajudar. Não perdi horas e horas só pensando nela, ou em formas de tornar o mundo dela mais brilhante, ou em coisas que eu poderia fazer só para ouvi-la rir mais uma vez. Ouvir o nome dela não deixava todos os pelos do meu corpo arrepiados. Faltava alguma coisa. Não havia nada que nos prendesse um ao outro. Sabe do que estou falando?

— Não, Alfie, e é esse o ponto. E morro de medo de nunca saber. — Ela balançou a cabeça. Como tinha sido estúpida de levantar aquele assunto...

Nunca descobrir o amor — agora, onde isso se encaixa na sua lista de prós e contras, hein?

— Desculpe fazer uma pergunta assim. Não tinha intenção de começar uma conversa tão profunda no meio da noite.

— Mas essas conversas eram um item-chave da nossa programação, e estou muito feliz por você estar levando a sério!

Ela forçou uma risada, que pareceu desaparecer tão rápido quanto chegou.

— Acho que só estou começando a me dar conta de como fui solitária toda a minha vida. Antes eu não me importava tanto, mas agora acho que sim.

— Você tem a Sarah.

— É, mas a verdade é que ela se mudou para longe. A vida da Sarah é do outro lado do mundo agora, com o Raph.

— Você acha que algum dia poderia tentar se reconciliar com a sua mãe?

— Ha! — Se ele soubesse metade da história... — Eu tentei, de verdade. Quando saí de casa, jurei que nunca mais entraria em contato com ela. Sentia uma raiva tão grande que não conseguia ver nada além desse sentimento. Mas, com o passar dos anos, descobri que havia um vazio dentro de mim que eu não conseguia preencher. Nem com trabalho, nem com comida, nem com homens. Escrevi várias cartas para a minha mãe, contando como ela me fazia sentir, como tinha sido crescer em uma casa que nem a nossa, e como eu queria ouvir ela dizer "eu te amo". Mas não adiantou. Eu queimei as cartas e me conformei. A minha família está em outro lugar, e não preciso da validação da minha mãe para ser feliz.

As palavras fluíam agora, e Alice sabia que não conseguiria parar nem se quisesse.

— A Sarah é a minha família. Tenho conhecidos e pessoas que se preocupam comigo, mas não deixo ninguém chegar muito perto. Sempre achei que fosse uma escolha. Ser independente era sinal de força, e uma medalha que eu usava com orgulho bem no meio do peito. "Você não pode me magoar, porque não vou deixar você se aproximar o bastante para tentar." "As outras pessoas te decepcionam, mesmo que tenham a intenção de cuidar de você, de amar você incondicionalmente." "O relacionamento mais importante que vai ter na vida é o que tem com você mesma." Eu me alimentava de toda essa bobagem, para não ter que encarar o fato de que tinha medo de mostrar minha vulnerabilidade, minha intimidade e, Deus me livre, de me apaixonar por alguém. No fim, eu afastava as pessoas, ou deixava elas se afastarem. E, agora, com esse corpo e esse rosto horríveis, ninguém vai querer nem chegar perto de mim.

— Eu ainda estou aqui. — A voz dele era baixa e tímida, como a de um menino.

— Só porque está preso na cama ao lado da minha.

— É, me obrigaram a passar o dia todo falando com você porque estou preso na cama ao lado da sua. — Dava para notar o ressentimento por trás de todo aquele sarcasmo.

— Tá certo, desculpa, não quis dizer isso. Qual é o problema?

— Nenhum, foi mal. Estou cansado, a minha mãe vem amanhã e vai ser um dia puxado. Acho que acabei descontando em você.

— Tá tudo bem. Por que vai ser puxado? Aconteceu alguma coisa?

— Não, não, tá tudo certo. Me ignore. Só estou cansado.

— Entendi... — Alice não estava convencida, mas não insistiu. Talvez estivesse começando a descobrir que Alfie também tinha limites. — Boa noite, Alfie, desculpe por manter você acordado.

— Boa noite. — Ela o ouviu suspirar e imaginou aquele homem sem rosto fechando os olhos. — E só para você saber... adoro estar preso na cama ao lado da sua.

Alice sentiu a respiração presa na garganta e, por um momento glorioso, seu coração pareceu tentar levantar voo no peito.

— Também adoro que você esteja preso na cama ao lado da minha, Alfie.

44

Alfie

Quando acordou na manhã seguinte, Alfie se arrependeu imediatamente da noite anterior. Por que dissera aquelas coisas para Alice? Havia algo na escuridão da noite que parecia tornar mais seguro falar abertamente — ninguém para olhar ou julgar, e você pode deixar fragmentos do seu coração passarem através das cortinas. Aquela tinha sido a primeira vez que Alfie admitira o que pensava do seu relacionamento com Lucy. Na verdade, ele mesmo nunca se dera conta daquilo até poucos dias antes, quando pensou a respeito. Tinha gostado de Lucy, profunda e sinceramente, mas nunca tivera com ela conversas como as que tinha com Alice. Enquanto descrevia todas as coisas que faltavam em seu relacionamento com Lucy, Alfie se deu conta de onde procurava por elas no momento. Às vezes, a afinidade dele com Alice parecia mais real e preciosa do que os três anos que passara com a ex-namorada. Será que tinha revelado demais os próprios sentimentos na noite anterior? Será que tinha deixado escapar o rumo de seus pensamentos? Torcia para que não. Não queria dar nenhum motivo para Alice afastá-lo de novo, não quando já haviam chegado tão longe.

A conversa pareceu pairar ao redor dele como uma neblina pesada. Alfie sentia a cabeça anuviada pela falta de sono e o corpo doído de frustração. Concluiu que provavelmente não era nada além de uma ressaca emocional. E qual é a última coisa que se quer fazer quando se está de ressaca? Lidar com os seus pais.

Alfie não tinha mentido na noite anterior quando disse que o dia seguinte seria puxado, embora soubesse que a mãe se esforçaria ao máximo para não deixar transparecer a tristeza. Na verdade, ele presumia que ela fosse optar pelo caminho contrário, e se mostrar alegre e cheia de energia. E a mãe definitivamente chegaria com guloseimas. O lado bom do sofrimento da mãe era a imensa quantidade de comidas gostosas que ela fazia quando estava assim. Isso era egoísmo e bem inconveniente, mas Alfie se pegou torcendo para que fossem brownies.

❧

— Uau, sra. Mack, você trouxe o bastante para alimentar todo o hospital. Tem certeza que não quer ajuda para carregar tudo isso?

Alfie revirou os olhos ao ouvir as enfermeiras cumprimentando a mãe dele naquela tarde.

— Não, não, de jeito nenhum! Você já tem muito o que fazer. Consigo dar conta, e se não conseguir foi pra isso que eu trouxe o Robert comigo. — Ela riu da própria piada.

É, ela definitivamente está triste hoje.

— Mas vou me certificar de guardar um pouco pra você. Tem bolo de limão, barra de cereal caseira e brownie. E, conhecendo o meu Alfie, não vai restar uma migalha sequer de brownie. Mas vou tentar arrancar um dele.

— Obrigada, Jane. Você é ótima, e também muito corajosa para enfrentar aquele menino insolente.

— Ei! Senhoras, parem de falar sobre mim e venham compartilhar um pouco dessas delícias que estão escondendo aí — gritou Alfie do outro lado da enfermaria, com a esperança de despertar o interesse do sr. Peterson, que continuava muito quieto e um tanto letárgico naqueles dias.

— Os mais velhos primeiro, não se esqueça — falou o velho camarada. A voz dele parecia cansada, quase trêmula. — Temos que aproveitar o máximo esses prazeres antes de batermos as botas.

— Não me venha com essa conversa, sr. P. Se alguém é capaz de viver pra sempre, esse alguém é o senhor... Nem que seja para continuar sendo a pessoa que mais gosto de perturbar! — Alfie ergueu o corpo na cama e viu a mãe passar um prato para dentro do cubículo do sr. Peterson. — Mãe! Você precisa saber que ele está em uma dieta rigorosa. Não pode ficar dando esse tipo de comida a um homem velho e frágil. — Alfie sacudiu o dedo para os dois.

— Frágil? Vou te mostrar quem é frágil em um minuto, filho, se tentar se colocar entre mim e esse bolo!

Alfie ficou feliz em ouvir um pouco de energia na voz do amigo. Ele foi até a mãe, beijou-a no rosto e estendeu o braço para ela.

— Posso te acompanhar até o meu cubículo, madame?

A mãe apertou o braço de Alfie com carinho e entrelaçou o dela ao dele, depois de estender o bolo embalado para Robert, que já estava equilibrando outras cinco coisas.

— É claro. Me mostre o caminho.

Alfie sabia que mostrar a ela os progressos que fizera, como estava andando melhor, a animaria, por isso afastou com determinação da mente a dor que sentia quando usava a prótese. Ele queria manter a mente da mãe distraída e a conversa leve. Era importante não deixar que os silêncios se estendessem demais, ou ela encontraria uma forma de preenchê-los com lembranças. E lembranças eram sempre o começo de uma ladeira escorregadia em direção ao desespero.

Só quando já haviam atravessado a enfermaria e Alfie estava acomodado novamente na cama, foi que ele se deu conta de quantas embalagens o pai estava carregando.

— Mãe, quantas pessoas você pretende alimentar? Quanto tempo demorou para preparar tudo isso?

— Nem pergunte, Alf. Ela precisou usar o forno da vizinha porque não tinha mais espaço no nosso. Juro que eu nunca tinha visto o estoque de manteiga de um supermercado acabar por causa de uma única pessoa.

Alfie adorava o jeito como o pai reclamava das excentricidades da mãe, ao mesmo tempo que olhava para ela com tanta adoração, tanto amor.

— Ora, se não quiser os doces, ficarei feliz em levá-los de volta e dar tudo para as moças do salão de cabeleireiro.

— Ah, muita calma, mãe, não vamos tomar uma decisão precipitada aqui. — Alfie estendeu a mão para uma das embalagens. — Estou muito grato pelos doces, principalmente os brownies. Obrigado.

— Não seja bobo, sei que você adora esses brownies. Além disso, você sabe que sempre gosto de preparar umas coisinhas para comemorar o dia de hoje. — Ela pareceu abatida, e na mesma hora o pai de Alfie pegou a mão da esposa e a apertou carinhosamente.

— Venha, meu bem, por que não vamos ver se mais alguém quer um desses?

Antes que ela conseguisse responder, Robert já estava colocando a esposa de pé, as embalagens de doces na mão, e a levando pelo andar da enfermaria. Quando os dois estavam terminando o passeio, Sarah entrou.

— Ai, meu Deus! O está acontecendo aqui, Alfie? Você contratou pessoas para trazerem comidas melhores do que as que trago?

Lá estava. Uma pequena esfera de energia, cintilante e loira, vindo na direção dele.

— Oi, meu bem. Acho que ainda não fomos apresentadas. Somos os pais do Alfie. Jane e Robert.

Sarah ignorou a mão estendida da mãe de Alfie e partiu direto para um abraço.

— Sou a Sarah, amiga da Alice. Imagino que ainda não tenha entregado nenhum doce à mulher misteriosa, não é? É difícil mesmo, quando ela está encerrada atrás dessas malditas cortinas.

— Ah, a gente estava prestes a...

— Não se preocupe, vou pegar uns docinhos para ela, se não tiver problema.

— Imagina! Pegue quantos quiser.

Sarah pegou uma fatia bem grande de bolo de limão e desapareceu atrás da cortina.

— Obrigada! — exclamou Alice.

— SEM PROBLEMA, QUERIDA. SE QUISER, TEM MAIS AQUI.

Alfie não tinha ideia de por que a mãe estava gritando.

— Mãe, é só uma cortina, não um muro de pedra. Não precisa gritar.

— Ah, claro. — Ela enrubesceu. — Fique quieto e coma seus brownies.

A tarde passou surpreendentemente bem. Provavelmente por causa dos níveis muito altos de açúcar no sangue e das várias xícaras de chá que eram trazidas, porque "não é certo comer uma fatia de bolo sem uma xícara de chá ao lado", de acordo com as enfermeiras.

— Então, diga. Alguma novidade sobre quando você vai sair?

A mãe dele estava desesperada para tê-lo em casa — na opinião dela, cada dia que passava já era um dia a mais do que ela gostaria.

— Não. Continuam dizendo que vai ser logo. Depende de quando a equipe da fisioterapia estiver disposta a me dar alta.

— Quer que eu fale com eles? Talvez para pedir que deem uma data mais precisa? Posso falar com eles se quiser.

Era óbvio que a mãe queria falar com a equipe de fisioterapia. Quando se precisava de uma resposta de alguém, era altamente recomendado entregar a tarefa a Jane Mack. Nenhum homem, mulher ou criança conseguiria sobreviver a um interrogatório dela.

— Não, está tudo bem. Mas obrigado. Vou passar por uma avaliação semana que vem e, se ainda não tiver nenhuma resposta depois disso, ligo para você pedindo reforços.

— Você é tranquilo demais. Se fosse com qualquer um de seus irmãos, eles já estariam perguntando a cada minuto qual é que era. Mas, conhecendo você, vai acabar passando mais dez anos aqui se outra pessoa não se envolver! Puxou ao seu pai.

— *Por favor*, não me compare com os idiotas dos meus irmãos. E, se bem me lembro, já vi o nosso Robert ali bastante estressado e irritado em várias ocasiões. Também não dá para me comparar com ele!

— Não, Alfie. — Ela pareceu irritada. — Não estou me referindo ao Robert. Estou falando do seu *pai*. — A voz da mãe soava cansada. Ela parecia exausta da vida naquele dia. — Eu me lembro de muitas vezes, quando todo mundo estava arrancando os cabelos, gritando, o seu pai ficar apenas sentado ali, sem se abalar. Calmo como sempre. Às vezes a gente perguntava se ele tinha alguma preocupação no mundo. A vida para ele era como um lago tranquilo.

A expressão de Robert era uma mistura de alegria e tristeza. De algum modo, eles haviam aterrissado bem no centro de onde Alfie não queria estar naquele dia.

— Hum... Eu me lembro de você dizer isso. — Alfie não queria ser rude, mas estava buscando desesperadamente um jeito de mudar o rumo daquela conversa. Às vezes, bastava ele ficar quieto para o assunto perder fôlego e morrer sozinho.

— Eu me lembro de uma vez, quando íamos sair só os homens e...

— Podemos não fazer isso? Por favor? Não tenho condições de ouvir isso hoje — disse Alfie, irritado, interrompendo Robert.

Ele não conseguiu se conter. Não queria encarar Robert, porque sabia o que veria: uma tristeza profunda, uma saudade e uma enorme vontade de contar a um rapaz que ele amava tanto sobre um amigo que tinha amado com a mesma intensidade.

— É claro, filho, é claro. Acho que, porque hoje é hoje, acabei me deixando levar pelas lembranças. Mas você está certo, podemos fazer isso em casa.

Naquele momento, Alfie se viu dominado pela já conhecida onda de culpa. Não tivera a intenção de ser ríspido com Robert e a mãe. Mas era uma coisa que acabava acontecendo naturalmente sempre que os dois começavam a fazer aquilo.

— Desculpe, eu sei que é difícil. Só que...

— Não precisa pedir desculpa, meu bem. Vamos mudar de assunto? — A mãe deu uma palmadinha tranquilizadora na mão dele. — Pegue outro brownie, isso sempre deixa tudo melhor.

— Não, mãe. É *você* que sempre deixa tudo melhor.

Ele se inclinou e a beijou no rosto. E nenhum dos dois conseguiu conter as lágrimas.

*

Se havia uma disputa pelo recorde mundial de doces comidos em um dia, Alfie tinha certeza de que chegaria perto de reclamar o título, depois da sua performance naquela tarde. Os pais dele tinham ido embora mais cedo do que o normal — Alfie presumiu que iriam visitar o restante da família —, mas, convenientemente, haviam esquecido de levar o que sobrara dos doces. Com certeza aquilo devia ser fome emocional, mas era tão bom cair de cara nos deliciosos brownies que ele não conseguia nem fingir que se sentia mal por fazer aquilo. Sarah e Alice estavam tagarelas como sempre, e, apesar das várias tentativas que fizeram de envolvê-lo na conversa, Alfie não estava com vontade de falar. Só queria ficar sentado ali, comendo, e depois ir dormir.

— Até amanhã — falou Sarah, enfiando a cabeça pela cortina para se despedir dele. — Foi muito bom conhecer os seus pais. A sua mãe tem mão para doce.

— É, ela é muito especial. Os dois são. — Alfie abaixou os olhos para as mãos. Por que ainda se sentia tão culpado por seu comportamento mais cedo? E por que Sarah estava olhando para ele daquele jeito?

— Faz sentido eles terem criado alguém tão especial quanto você. Boa noite, Alfie.

E sem dizer mais nada ela partiu.

E sem dizer mais nada Alfie começou a chorar.

45

Alice

Por mais que se esforçasse, ela não conseguia ignorar o som do choro de Alfie na cama ao lado. Soluços abafados e arquejos cortavam o relativo silêncio da enfermaria. Por mais que Alice quisesse chamá-lo e perguntar se estava tudo bem, os dois já haviam passado por muita coisa àquela altura, e ela sabia que precisava dar um pouco de espaço a ele.

Tinha sido uma tarde estranha — Alice sentira que havia alguma coisa errada no momento em que os pais de Alfie entraram na enfermaria. Uma tensão na conversa deles, o tom ligeiramente ríspido de Alfie, mais duro do que o normal. Mas ela esperaria... Tinham a noite toda para conversar, então sua curiosidade poderia ser saciada mais tarde.

Surpreendentemente, foi Alfie que começou a conversa. Dizer que Alice ficou aliviada seria um eufemismo — navegar com talento pelas águas de conversas sensíveis ainda não era o seu ponto forte.

— Ei, Alice, quer um pouco mais de brownie? Acho que, pela primeira vez na vida, cheguei ao meu limite.

— Alfie, são dez da noite.

— E daí? Brownies nunca param de ser bons. É um fato científico.

— Então, nesse caso, me passe alguns. Além disso, a Sarah comeu a maior parte do bolo de limão que a sua mãe trouxe... Não senti nem o cheiro dele.

Uma embalagem inteira de brownies apareceu subitamente por entre a cortina dela.

Alice estendeu a mão para pegar, e descobriu que a embalagem ainda estava cheia de brownies.

— Meu Deus, quantos desses a sua mãe fez? Ainda tem muitos!

— Por favor, Alice, só pegue a embalagem toda. Acredite ou não, ainda tenho outras duas aqui.

— Se você insiste.

Sem hesitar, ela começou a comer os brownies. Talvez conseguisse comer até esquecer e, assim, evitar a realidade do mundo lá fora. Supunha que não seria um jeito muito ruim de morrer. Vítima de queimaduras sobrevive a incêndio, mas morre de excesso de chocolate.

— Teve alguma razão particular para a sua mãe decidir deixar todos nós diabéticos hoje?

— Sempre se pode dizer que alguma coisa ruim aconteceu, ou que alguém está triste, quando a minha mãe começa a fazer doces que nem uma louca.

— Está... tudo bem?

— É uma história meio esquisita. Não sei bem por onde começar.

— Você pode começar por algum lugar, ou por lugar nenhum. A decisão é toda sua. — Alice prendeu a respiração. Alfie se lembraria de que havia dito exatamente aquelas palavras a ela não fazia muito tempo?

— Ah, alguém muito sábio deve ter dito isso a você.

— É, ele era mesmo muito sábio. Terrivelmente inconveniente, e ria muito das próprias piadas, mas um dos mais inteligentes... e o mais gentil.

— Muito bem então, em homenagem a esse homem acho justo que eu te conte a história.

— Estou bem aqui... abastecida com uma quantidade absurda de brownies e pronta para ouvir.

— Hoje foi o aniversário de morte do meu pai.

Ela tinha ouvido direito?

— Mas eu pensei...

— Que o Robert fosse o meu pai? É claro que é, eu chamo ele de pai. Para mim, ele é o meu pai. Nunca conheci outro. Mas biologicamente não.

— Ah, sim, entendo.

Ela ficou curiosíssima para saber mais, mas não ousou pressioná-lo.

— O meu pai de verdade, Stephen, teve câncer quando a minha mãe estava grávida de poucas semanas de mim. Foi um câncer nos rins. Ele foi operado e passou pela quimioterapia, e o prognóstico era de que ainda pudesse ter anos de vida. Anos para me conhecer, me ver crescer e viver uma vida relativamente normal. Infelizmente, o prognóstico estava errado. Ou talvez tenha sido apenas o câncer que decidiu mostrar quem mandava ali. Assim, não só a minha mãe teve que cuidar do meu pai em uma época bem difícil, como também precisava cuidar de dois meninos pequenos, tudo isso grávida de mim. Então, para culminar, o amor da vida dela morreu poucas semanas antes de eu nascer. Foi bem triste... quer dizer, parece que foi, já que só sei das coisas pelos meus irmãos, e pelo Robert, é claro.

— Espera, então o Robert já estava em cena na época?

— Na verdade, o Robert era o melhor amigo do meu pai. Os dois se conheciam desde a época da escola. Parece que eram quase um só... Raramente se via um sem o outro. O Robert era como um tio para os meus irmãos. Eles também cresceram com ele. E com a minha mãe em estado adiantado de gravidez e tendo que lidar com tudo praticamente sozinha, ele estava sempre por perto para nos ajudar. Além do mais, o Robert manteve o astral do meu pai alto e ajudou a tomar conta dele. Acho que a minha família não teria sobrevivido sem ele. Nada romântico aconteceu entre ele e a minha mãe por algum tempo depois que o meu pai morreu. O Robert só queria estar por perto para tomar conta de nós. Acho que o meu pai fez ele prometer que cuidaria da gente depois que ele se fosse. Com o tempo, as coisas começaram a mudar entre ele e a minha mãe, e os dois acabaram se apaixonando. É incrível, para ser sincero, e amo o Robert como a um pai. Como eu disse, pra mim ele é o meu pai. Nunca foi diferente.

Ele fez uma pausa, mas Alice sabia que havia mais a ser dito.

— Isso torna difícil pra mim enfrentar datas como o aniversário de morte do Stephen, porque todo mundo está triste, com saudade dele, até os meus irmãos, e eu fico só ali, que nem besta. Sei que deveria me sentir triste, mas não consigo sentir saudade de uma pessoa que não conheci. O Robert insiste em me contar histórias sobre o meu pai... Acho que ele quer que eu ame o cara como ele ama. Todos dizem que eu sou muito parecido com ele, que tenho o jeito tranquilão do Stephen, o humor dele, e é claro que fui o único a ter os olhos dele.

— Os olhos dele?

Alfie riu.

— Esqueci que você nunca me viu! Tenho olhos de cores diferentes. Um é castanho-esverdeado e o outro é bem verde. É bem legal, embora quando eu era menino as pessoas costumassem implicar comigo por causa disso. Toda vez que eu voltava chorando da escola, a minha mãe dizia: "Seus olhos são um pedaço do seu pai, Alfie. Como não amar?" Isso me fazia detestá-lo ainda mais. Era difícil para a minha mãe ver o filho mais novo tentando esquecer que o pai verdadeiro sequer existira. Quando cresci, percebi como o Stephen era importante tanto para a minha mãe quanto para o Robert, e passei a fazer um esforço a mais para ouvir as histórias que eles me contavam. A fazer perguntas. A examinar as fotografias de todos eles como uma família. Só é difícil porque não é a família que eu conheço.

— É coisa demais para lidar quando criança.

Alfie ficou em silêncio.

— Desculpe, não tive a intenção de insinuar nada de ruim sobre a sua família. Só me parece que é muita pressão para alguém tão novo encarar.

— Não, tudo bem. Na verdade, nunca pensei na situação dessa forma. Tendo crescido em uma família que carregava tanta tristeza e tinha passado por tanto sofrimento, tudo o que eu queria era fazê-los sorrir. Acho que nunca deixei de pensar assim. Detesto a ideia de aborrecer qualquer um.

Alice estendeu a mão instintivamente por entre a cortina. E sentiu a mão de Alfie quente e firme na dela.

— Foi mal, meus dedos provavelmente estão cheios de brownie.

Ele apertou a mão dela com mais força.

— Exatamente como eu gosto.

Alice sentiu mais uma vez a ânsia de compartilhar alguma coisa com ele em troca. Não por obrigação, ou porque achasse que era seu dever, mas porque realmente queria.

— O meu pai nos deixou depois que o Euan morreu.

Pronto, aí estava. Simples assim.

— É mesmo? Como assim?

— Não queria mais ficar cercado de tristeza. Foi exatamente essa frase que ele escreveu na carta que deixou pra mim. Ele não teve coragem nem de se despedir de mim cara a cara. Eu tinha doze anos na época, e o meu pai me deixou sozinha naquela casa, com uma mãe mentalmente instável, que mal conseguia tomar conta de si mesma, quanto mais de uma filha. Ele foi um covarde. — Havia tanta amargura em sua voz que Alice podia sentir a língua queimando com ácido enquanto falava. O pai era um assunto que ela raramente abordava, até mesmo com Sarah.

— Ele entrou em contato depois disso?

— Escreveu algumas vezes. Sempre se desculpando e tentando explicar por que teve que ir embora. E o pior é que eu entendo. Eu não conseguiria ter continuado casada com a minha mãe depois do que ela se tornou. Ainda assim, me deixar lá com ela... Isso eu acho muito difícil perdoar.

— Posso imaginar.

— O engraçado é que eu me convenci de que o meu pai voltaria. Toda noite eu deixava a luminária da entrada acesa, com um copo de conhaque do lado e um prato do jantar, que eu guardava no forno para ele. Toda noite, por quase um ano, eu fiz isso, até uma vez que a minha mãe... que tinha bebido mais que a garrafa de uísque de sempre... acordou no sofá e me viu deixando o conhaque. Ela riu e disse que eu era patética por achar que o meu pai voltaria. Que ele não me amava. Que ele mal podia esperar para se ver livre de mim. Que ele só gostava do Euan, e que tinha dito a ela que desejava que *eu* tivesse nascido doente e não o Euan. Fiquei tão furiosa que joguei o copo na cabeça dela. Ainda bem, ou não, eu errei, mas depois disso desisti do meu pai. E dela. Disse a mim mesma que ele nunca voltaria e me afastei daquela vida.

Silêncio.

As mãos se apertaram com mais força do que antes.

— Alice, sinto tanto por isso ter acontecido com você. — A voz dele era tão baixa que foi quase como um beijo na orelha dela.

— Eu não pensava nisso há anos. Na verdade, meio que esqueci que tinha acontecido.

— Dizem que eu sou como um terapeuta, só que melhor e de graça.

Alfie obviamente estava brincando, mas ele estava certo. Não que Alice tivesse feito terapia depois de adulta. O pai havia tentado levá-la a uma terapeuta depois da morte de Euan — Alice tinha ido três vezes antes de a mãe tirá-la, dizendo que era um desperdício de dinheiro.

— Obrigada. — Ela apertou a mão dele mais uma vez e a soltou. De repente parecia demais para ela, e teve que se desvencilhar dele.

— Você sabe que nem todo mundo vai te magoar, não sabe?

As palavras de Alfie a atingiram com força. Um soluço escapou de seus lábios e ela enterrou a cabeça nas mãos. De repente, a dor parecia escapar sem controle, e Alice não sabia como freá-la.

— Não quis te chatear. Só precisava que você soubesse disso. Nem todos nós vamos abandonar você. Então não precisa nos afastar.

Alice abaixou os olhos para a mão que Alfie mantinha estendida pela cortina. Então, voltou a segurá-la brevemente. Uma onda de calor percorreu seu corpo.

Talvez Alfie estivesse certo. Talvez ela não precisasse afastar todo mundo para conseguir sobreviver. Talvez não precisasse temer o amor. E se lembrou das palavras que haviam surgido em sua mente antes.

Se não está disposta a morrer, então vai ter que encontrar um jeito de viver.

46

Alfie

Ele não sabia o que era mais exaustivo: acordar depois de uma noite de sonhos vívidos, ou acordar depois de ficar conversando até tarde com Alice. As duas coisas pareciam exigir bastante do seu coração, e o deixavam bem cansado. Mas naquela manhã, junto com o peso do cansaço havia uma exultação. Uma empolgação que vibrava na barriga dele. Alice tinha compartilhado tantas coisas com ele! Alfie estava impressionado com a vontade dela de se abrir, e também com como devia ter sido dolorosa a infância e os primeiros anos da juventude dela. Só aquela história já bastaria para explicar os muros que Alice erguera e sua independência fortemente arraigada. O mistério de Alice Gunnersley lentamente começava a ser revelado.

— Bom dia, Alice. O dr. Warring disse que virá vê-la logo, logo. Quis avisar a você caso precise de mais tempo para pensar.

A enfermeira Angles nem pedia mais permissão para entrar no cubículo de Alice naqueles dias. Alfie a viu entrar direto, sem pensar duas vezes e sem se desculpar.

— Obrigada. — A voz de Alice ainda estava arrastada de sono.

Aquilo significava que ela sabia o que ia fazer?

Por favor, Alice. Não se apresse em relação a isso.

Felizmente, Alfie não precisou esperar muito pela resposta, pois logo viu o dr. Warring atravessar a enfermaria. Alice realmente ia fazer aquilo sem Sarah ali?

Ela não é criança, Alfie.

Ele estava entrando em pânico e sabia disso.

— Olá, Alice. É o dr. Warring. Posso entrar?

— Claro.

Ela parecia quieta... Talvez parte da incerteza tivesse retornado. Talvez ela fosse pedir mais um tempinho.

Alfie se aproximou mais da beira da cama para ouvir melhor.

— Então, já faz alguns dias que nos falamos, e queria ter uma noção de onde você está em relação à nossa conversa.

Seja direto, doutor. Quer passar por uma cirurgia de grande porte mais uma vez, para tentar dar um jeito em algumas poucas cicatrizes?

Alfie sabia que estava sendo injusto, mas aquela raiva surgira do nada.

— Eu quero fazer a cirurgia, e o mais rápido possível.

A segurança dela era firme e clara. Não havia o menor traço de dúvida.

— Muito bem, então. Vamos marcar. Eu vou te avisar a data e depois podemos acertar os detalhes.

E estava feito.

Alfie sabia que não poderia ficar ali naquele momento. Se Alice ousasse tentar falar com ele, tinha medo de deixar que sua resposta fosse ditada pela emoção. Precisava de espaço para respirar, para pensar.

Alfie se levantou, pegou a prótese e a prendeu o mais rápida e silenciosamente possível à perna. Aquela não era hora de atrair atenção para ele. Alfie saiu devagar da cama e da enfermaria sem dizer nem uma palavra a Alice.

Um tanto inconscientemente, ele se pegou parado do lado de fora, no pátio, de novo. Aquele espacinho ao ar livre estava se tornando rapidamente um lugar de refúgio para ele. Alfie foi até o balanço no canto e se permitiu afundar nele e mergulhar nos próprios pensamentos.

Um deles em particular parecia se impor.

Por que sou tão contra a cirurgia?

Se ele realmente gostava de Alice, com certeza só iria querer a felicidade dela.

Alfie fechou os olhos e deixou as respostas borbulharem dentro dele.

Lá estavam, claros como o dia, os corpos de Ciarán e de Ross, olhando para ele.

Não tinha conseguido salvá-los. Quase toda noite, seus sonhos lhe mostravam como havia fracassado em salvar as duas pessoas no mundo que mais haviam precisado dele. Apesar de ter tentado tanto, de ter arrastado o corpo pela estrada para alcançá-los, estava fraco demais, machucado demais e aterrorizado demais para conseguir chegar lá a tempo. Poderia ter feito mais. Deveria ter feito mais. Pelo resto da vida, teria que viver com a certeza de que os decepcionara. Proteger Alice de alguma forma compensaria os fracassos anteriores dele? Sua inclinação para ajudar havia se transformado em uma coisa mais intensa? Ele sabia que os riscos da cirurgia eram pequenos, mas, depois do que sofrera com os amigos, não queria enfrentar qualquer outra possibilidade de perda na vida, por mais improvável que fosse. Não podia perder Alice. Não enquanto estava tomando conta dela. Simplesmente não podia.

— Está tudo bem com você, camarada?

Alfie levantou a cabeça tão rápido que ficou tonto — estava tão perdido nos próprios pensamentos que não tinha ouvido ninguém se aproximar. Deu um suspiro de alívio quando percebeu que era Darren à sua frente.

— Ah, oi, estou bem, sim. — A voz o traiu com um ligeiro tremor.

— Se importa se eu me sentar?

Tudo dentro de Alfie queria dizer sim, que se incomodava — não era óbvio que estava precisando de espaço? Mas aquele era Darren, o homem mais gentil do planeta. Assim, Alfie chegou para o lado, abrindo espaço para ele.

— Vi você passando — voltou a falar Darren. — Como achei que parecia meio pra baixo, resolvi checar.

O olhar de Alfie estava fixo em uma fila de formigas diante dele.

— Quer me contar o que está acontecendo?

Alfie mordeu a língua e abaixou a cabeça.

Darren estava esperando, e Alfie percebeu que a única forma de se livrar dele era lhe dando o que ele queria.

— Uma amiga está pensando em fazer uma cirurgia grande para corrigir o rosto. Ela foi gravemente queimada em um incêndio. Não sei quão machucada ela está. Não a vi... ela não me deixa vê-la... mas sei que seria puramente estética.

— Ah. — De repente, Alfie se deu conta de que Darren conhecia Alice. Ele cuidava dela. Ele a *via*. — E você acha que ela não deveria fazer a cirurgia?

Sempre muito profissional, Darren não mencionou que sabia que Alice era o tema da conversa. Alfie não pôde ignorar a pontada de culpa que o atingiu com força. Sentiu que se colocava subitamente na defensiva.

— Só acho que ela não deveria correr um risco desses, com tanta incerteza, tanto *estresse*, sem motivo. — Os punhos dele agora estavam cerrados com força.

— Mas a escolha é dela. Não sua.

Ele deveria ter sabido que Darren não era a pessoa certa para conversar sobre aquilo. É claro que ele não entenderia, era legal demais para o seu próprio bem.

— Você acha que eu não sei disso? — A voz de Alfie saiu mais alta do que ele pretendia, mas foi bom gritar. Não se importou com o olhar das pessoas. Que olhassem. — Não paro de pensar, e se ela *morrer*? E se ela morrer e eu não tiver tentado impedir que ela fizesse uma coisa dessas?

Alfie sentiu a mão de Darren em suas costas. Uma mão sólida, cálida e reconfortante. Alfie balançou a cabeça enquanto as lágrimas começavam a escorrer.

— Não é responsabilidade sua salvá-la, Alfie.

Alfie estava com as mãos tão crispadas que podia sentir as unhas cortando a pele.

— Sinto muito se não é isso que você quer ouvir, camarada, mas sempre vou ser honesto com você.

Alfie sabia que ele estava certo, mas uma parte dele ainda queria gritar com Darren. Em vez disso, permaneceu calado.

— Tenho que correr para o meu próximo atendimento, parceiro. Você sabe onde me encontrar se precisar de mim.

Darren deu uma palmadinha carinhosa nas costas de Alfie e se levantou. Mas fez uma pausa.

— Obrigado, Darren.

As palavras saíram muito baixas, mas Alfie sabia que o homem ouvira. Depois de outra palmadinha carinhosa nas costas, Darren se foi.

47

Alice

Observando o médico se afastar, Alice sentiu urgência de falar com alguém. De contar que tomara a decisão e que reassumira o controle da própria vida. A sensação de querer compartilhar voluntariamente a novidade era estranha para ela. Durante muito tempo tinha achado que a única pessoa a quem sua vida dizia respeito era ela mesma. O impulso de compartilhar alguma coisa parecia novo e empolgante. Quando estava prestes a se virar para chamar Alfie, Alice ouviu os sons familiares dele se levantando. O farfalhar dos lençóis da cama, o gemido baixo que soltava para ficar de pé, e o barulho sólido dos passos dele com a prótese.

Onde diabo ele foi tão cedo?

Não importava. Alfie voltaria e, até lá, ela continuaria sentada onde estava, absorvendo os sons ao redor. Sons que agora tinha esperança de que não teria que aguentar por muito mais tempo.

Vou ter a minha vida de volta.

Esse é o primeiro passo para ter a minha vida de volta.

— Então, um croissant de chocolate para a dama... é claro. — A voz da melhor amiga atravessou a enfermaria. — E fui ousada e trouxe um croissant de amêndoas para o cavalheiro. Espera. Ali, onde está o Alfie? — Sarah enfiou a cabeça pela cortina de Alice.

— Não tenho ideia, ele saiu bem cedo. — Alice deu de ombros. — Tenho certeza que não foi longe. — Tinha coisas mais importantes para conversar do que o paradeiro de Alfie.

— É, verdade. Como estou faminta, vou comer o croissant dele, e vai servir como castigo por ele ter desaparecido. Mas não conte nada, não vou conseguir lidar com a reclamação dele hoje.

— O dr. Warring veio aqui agora de manhã para conversar sobre a cirurgia.

— É mesmo? — Sarah fez uma pausa, e havia migalhas de croissant em seus lábios.

— Eu vou operar. Já devem estar marcando uma data agora mesmo. Vai acontecer de verdade, Sarah! — A combinação de alívio e empolgação fez Alice ter a sensação de que seu estômago estava dando cambalhotas.

— Estou tão feliz por você, Ali. — Sarah a abraçou com força. — Vou ficar apavorada pra cacete e muito preocupada, mas, se isso vai ajudar você, então estou preparada para te apoiar. — Ela aproximou mais o rosto da amiga.

— Obrigada.

Sarah se afastou e encarou Alice com uma expressão severa no rosto.

— Agora, tem mais uma coisa que precisamos discutir...

Jesus Cristo, o que mais?

— Amanhã é o meu último dia aqui, e precisamos celebrar em grande estilo. Não quero lágrimas. Precisamos de uma despedida inesquecível, ok?

Merda. Como ela podia ter esquecido aquilo?

Alice andara tão envolvida com todo o resto que havia esquecido que a melhor amiga logo iria embora.

— Não. Nada disso. — Sarah a puxou mais para perto. — O que eu acabei de dizer, Ali? Vamos celebrar amanhã. Acabou a tristeza, *por favor.* Acho que nós duas já tivemos a nossa cota disso.

Alice conseguiu dar um sorrisinho fraco.

— É.

Por que as coisas sempre pareciam acontecer daquele jeito, tudo ao mesmo tempo? Ali abraçada com a amiga, Alice pensou subitamente: será que conseguiria seguir adiante com a cirurgia sem Sarah? A decisão pareceu tão simples um instante antes, mas aquilo foi quando ainda pensava que teria Sarah ao seu lado. Conseguiria passar por todo aquele estresse sozinha?

Você não está sozinha.

Você tem o Alfie.

Aliás, onde ele estava?

— Para alguém tão meticuloso em relação àquela programação, ele não está levando seus deveres muito a sério hoje, não é mesmo? Precisamos do nosso chefe de entretenimento de volta... Com certeza deve estar na hora de um livro de passatempos ou coisa parecida, não? — Sarah estava espiando pela fresta da cortina para o leito vazio ao lado.

Alice conseguiu dar uma espiada no lugar de onde vinha a voz dele todo dia. E aquilo pareceu pessoal e íntimo demais. Ver onde Alfie dormia, ria e chorava perto dela era o mais perto que ela provavelmente jamais chegaria de ver Alfie.

Talvez não, se a cirurgia correr bem.

Não. Ela não iria pensar naquilo naquele momento. Não queria colocar todas as esperanças de voltar à vida naquela única cirurgia, mas tinha que admitir que era isso o que uma parte dela queria fazer.

— Aleluia, lá vem ele!

— Sarah! Fecha a cortina!

Alice arrancou o tecido da mão da amiga e fechou a frestinha. Não havia a menor possibilidade de revelar um centímetro que fosse de si mesma.

— Desculpe, eu não lembrei.

— Tá tudo bem, só entrei em pânico.

Alice sabia que havia exagerado, mas a ferocidade com que reagiu pareceu explodir dela. Suas emoções pareciam estar descontroladas naqueles dias, se intensificando e se apaziguando ao seu bel-prazer, e ela não conseguia mais assumir a dianteira.

— Eu sei. — Sarah beijou a mão dela. — Alfie! Onde você estava? Estava quase mandando a polícia atrás de você, mas a Alice me lembrou que você provavelmente não conseguiria chegar muito longe.

Ele riu. O som pareceu forçado e desanimado.

— Não, infelizmente ainda não estou em forma para uma cena de fuga da prisão.

Ele tinha se desviado da pergunta. Alice sabia que não devia insistir, por isso adotou uma das técnicas do próprio Alfie: distração.

— Não quero ser do tipo que se agarra às regras, *mas* alguém me prometeu uma programação muito intensa, e hoje, até agora, não cumprimos nem um item dela!

— Isso mesmo! — concordou Sarah, animada. — E, como esse é o meu penúltimo dia aqui, acho que devo escolher o que vamos fazer.

— Espera... o quê? — O choque era claro na voz dele.

— Amanhã é o meu último dia aqui.

Deitada com Sarah ali, Alice se perguntou se seria possível encontrar um jeito de imprimir na pele cada toque da amiga. Como poderia guardar aquele momento para sempre?

— Não é possível! Passou rápido demais!

— Eu sei, e por isso amanhã nós vamos festejar. Já disse para a Alice que não vai ser um dia de choro e lamentações. Não é um adeus definitivo... só um até logo. Então, quer saber? Vamos fazer uma festa e tanto, tá bem? — A voz de Sarah foi aumentando cada vez mais de volume conforme ela continuava a falar, até estar praticamente berrando.

— Uma festa? — Sharon perguntou animada do outro lado da enfermaria. — Alguém falou em festa?

Alice revirou os olhos para Sarah.

— Olha o que você fez — sussurrou.

— Não se preocupe, Sharon, ninguém em seu juízo perfeito pensaria em dar uma festa sem convidar você. Nada poderia ficar entre você e um bom vinho, e qualquer pessoa que pense o contrário é uma idiota! Todos sabemos disso — gritou Alfie.

— Está certíssimo! — confirmou ela, claramente satisfeita com a bajulação de Alfie.

— Podem me agradecer amanhã, moças, com um convite para essa festa exclusiva que estão planejando — sussurrou ele.

Na sequência, aquela mão maravilhosamente familiar dele entrou pelas cortinas, fez um joinha e voltou a se recolher.

— Você se acha, né, Alfie? — Sarah riu.

— Você não iria querer que eu fosse diferente, iria?

Alice sorriu.

Nem em um milhão de anos.

*

Sarah não estava brincando quando disse que eles iam celebrar. Ela chegou na manhã seguinte, carregada de sacolas de comida e bebida.

— O que havia de melhor na loja de departamentos! Depois não diga que eu não mimo você. — Alice revirou os olhos para a amiga. — E não ouse me olhar assim, mocinha. Eu te disse que íamos celebrar.

Alice sabia que não adiantava discutir. Sarah fazia o que queria fazer.

— Blini com salmão? — Ela enfiou o prato bem embaixo do nariz de Alice.

— De jeito nenhum.

— Não me diga que não está com apetite para um canapé.

— Sarah, são dez e meia da manhã.

— E...?

Alice se sentiu dominada por uma onda de amor vendo a amiga enfiar três canapés de salmão na boca de uma só vez.

— Vai fundo, mais tarde eu me junto a você.

— Bom... — a boca de Sarah ainda estava cheia de salmão e cream cheese — que tal uma mimosa, então?

Alice ficou olhando sem acreditar enquanto Sarah tirava cinco minigarrafas da bolsa de mão.

— Você não pode estar falando sério... Agora?

— Estou falando muito sério. E sabe do que mais? Essas são só para começar! Dá uma olhada naquela sacola ali.

Alice balançou a cabeça. Não queria nem ver com que outros contrabandos ela entrara na enfermaria.

— Continue, mas não abra a boca. Se a Sharon desconfiar, vai cair em cima de nós como um abutre.

— Alguém acabou de dizer meu nome? — A voz confusa de Sharon soou do outro lado da enfermaria.

Sarah arregalou tanto os olhos que pareciam prestes a saltar do rosto.

As duas amigas então caíram na gargalhada, como duas colegiais animadas.

— Que *diabo* está acontecendo aqui?

— A festa começou oficialmente, Alfie. — Sarah se sentou bem aprumada, pegou uma garrafinha de mimosa e piscou para Alice com uma expressão de desafio no rosto.

— Não. Ouse — falou Alice apenas com o movimento dos lábios.

Já era ruim o bastante que Sarah tivesse entrado com aquilo tudo, mas oferecer para todos ao redor como se fosse chiclete... Aquilo era ir longe demais.

— Me mostra as guloseimas que você tem aí! — Ele soou tanto como um menino que Alice não conseguiu resistir.

— Não — gritou, desafiando-o.

— Aaah, já vi tudo. Vai ser assim, né? Que tal eu contar às enfermeiras que a Sarah contrabandeou garrafas de prosecco para a enfermaria?

— Você não ousaria! — gritou Sarah.

— Ah, pode crer que sim. Agora, me dê alguns doces ou vou abrir a boca.

Relutante, Sarah enfiou a mão em uma das sacolas e pegou algumas balas.

— Tudo bem. Mas isso é tudo o que você vai conseguir.

Alfie estendeu a mão pela cortina para pegar o suborno.

— Isso é o que vamos ver.

O resto do dia correu em uma mistura deliciosa de comida, risadas e de Sarah tentando forçar Alice a tomar bebidas alcóolicas proibidas naquela enfermaria. As enfermeiras iam e vinham, e cada uma delas ignorou convenientemente a sacola de garrafas que estava no chão, bem em frente a elas. Alice estava supergrata pela forma como todos haviam permitido que Sarah basicamente se mudasse para lá enquanto esteve na cidade.

Mas a noite chegou e a mente de Alice começou a entrar no modo pânico.

Quanto tempo mais elas teriam?

Quando Sarah teria que ir?

Com certeza ela não poderia ficar a noite toda, certo?

Seus medos foram confirmados quando a presença da enfermeira Bellingham estourou a bolha segura das duas.

— O que eu te disse sobre ficar nesta enfermaria depois do horário de visita? Não fui clara o suficiente?

— Desculpe, enfermeira Bellingham, mas é a minha última noite com a Alice, e queria passar o máximo de tempo possível com ela.

— Mas você não respeitou o protocolo mais uma vez e, se não for embora neste minuto, serei forçada a chamar a segurança.

— Por mais que eu ache difícil de acreditar que a senhora desperdiçaria os preciosos recursos do hospital comigo, estou indo... Só me dê mais cinco minutos, e nunca mais vai precisar me ver. Combinado?

A enfermeira Bellingham lançou um último olhar desafiador para Sarah, deu as costas e saiu.

— Aff! Como alguém pode ser tão *má* o tempo todo? — Sarah balançou a cabeça, incrédula.

Alice podia sentir a raiva borbulhando na amiga. Não era exatamente o melhor clima para despedidas.

— Tá tudo bem. Talvez seja melhor assim... Se dependesse de mim, você ficaria aqui a noite toda, então acabaria perdendo o voo amanhã de manhã. E isso não seria bom pra ninguém.

Alice pegou a mão de Sarah. Era a última chance de sentir a corda de salvação que tinha sido sua âncora naqueles últimos dez dias.

— Desde quando você se tornou tão otimista?

— Desde que passei a não gostar da ideia de ter como lembrança da nossa despedida a imagem de você sendo escoltada pela segurança para fora daqui.

Sarah beijou a mão dela.

— Amo você, Alice Gunnersley. E não é da boca pra fora. Nos veremos de novo muito em breve. Prometo, ok?

Alice sorriu. E olhou para Sarah. Para a sua amiga linda, incrível e maravilhosa. Como era abençoada por tê-la ao seu lado.

— Eu também amo você, Sarah Mansfield.

Alice finalmente respirou fundo e soltou a amiga.

— Não esqueça... ele é realmente um dos melhores.

E, com uma ligeira inclinação de cabeça na direção da cortina, Sarah soprou um último beijo e foi embora.

Alice ficou arrasada e, na mesma hora, a mão de Alfie estava segurando a dela.

48

Alfie

Alfie não soltou a mão de Alice, mesmo depois de ela já ter adormecido. Tinha sido um dia exaustivo para todo mundo, e ele não ficou surpreso ao ver que, menos de uma hora depois de Sarah ter ido embora, Alice já tinha apagado. Havia tanto que queria dizer a ela, tantas coisas para perguntar, que ainda sentia a mente girando quando finalmente fechou os olhos.

Alfie acordou com um sobressalto. Som de passos apressados, bipes e ordens ditas em tom de pânico atravessavam a enfermaria. Foi desorientador ser acordado subitamente daquele jeito, e levou alguns segundos para se dar conta de que havia alguma coisa muito errada acontecendo.

— Sr. Peterson, preciso que tente manter os olhos abertos para mim.

Era a enfermeira Bellingham?

— Preciso de ajuda aqui, por favor, ele não está respirando.

O quê?

Alfie abriu os olhos na mesma hora. Então ouviu: tosse, gritos por socorro quase perdidos em meio aos arquejos.

— Sr. Peterson! — gritou Alfie, procurando desesperadamente a prótese. — Sr. Peterson, está tudo bem? — O medo atravessava todo o corpo dele.

— Alfie, o que está acontecendo?

A princípio, ele não reparou na voz saindo de trás da cortina ao lado. Estava ocupado demais procurando a perna sobressalente.

Onde está esse negócio, pelo amor de Deus?

— Alfie? — A voz de Alice saiu arrastada, ainda com resquícios de sono, mas mais firme agora.

Ele parou por um instante a busca errática.

— Alice, por favor, você tem que me ajudar. É o sr. Peterson. Ele não está conseguindo respirar. — As palavras saíam tão atropeladas da boca dele que o próprio Alfie mal conseguiu compreender o que estava dizendo. Precisava da ajuda dela.

— Como assim?

— Alice, preciso que você pegue as minhas muletas e me passe. Não consigo achar a minha prótese e preciso chegar até o sr. Peterson *agora*!

— Mas... eu não posso.

Por que ela não estava ali ainda?

— Como assim?

Alfie tentou aproximar mais o corpo da beira da cama, mas não adiantou. O medo parecia estar deixando seu corpo mais pesado, e cada movimento era dolorosamente lento.

— Eu... não consigo ir até lá.

Alfie parou de se debater... Não conseguia acreditar no que estava ouvindo.

— Você consegue, sim, Alice. Por favor!

Ele ouviu o som já conhecido dos movimentos dela perto da abertura do cubículo. O som de Alice se sentando, se colocando na beira da cama e se preparando para levantar. Então, silêncio.

— Eu *não consigo*, Alfie.

— Não, Alice. Você só não *quer*.

Não havia tempo para discutir. Alfie sabia que precisava agir rápido. Conseguia ver a aglomeração cada vez maior de enfermeiras ao redor da cama catorze.

— Sharon! — gritou ele. Não se importava de acordar todo mundo... Ninguém merecia continuar dormindo se o sr. Peterson estava em perigo.

Talvez ela não estivesse conseguindo ouvi-lo por causa daquele caos.

— SHARON! — Alfie estava praticamente berrando.

— Estou indo, meu bem, só um segundo.

Alfie não podia esperar nem mais um segundo. Conseguiu se arrastar até a beira da cama, e estava a ponto de se colocar de pé quando Sharon de repente apareceu ao seu lado.

— Que diabo você está fazendo, Alfie? Acha que vai fazer algum bem para alguém se estiver estirado no chão com uma concussão?

Sem dizer mais nem uma palavra, ela pegou as muletas dele e o ajudou a ir o mais rápido possível em direção ao sr. Peterson. Quanto mais perto chegavam, mais forte era o aperto de Sharon na cintura de Alfie, e mais irregular parecia a respiração do sr. Peterson.

— O que está acontecendo? — Ele segurou o ombro da enfermeira Bellingham.

— Alfie, você não pode ficar aqui agora. Precisamos de espaço para cuidar dele. — O lampejo de pânico que viu nos olhos dela fez Alfie sentir um frio no estômago.

— Cuidar dele?

O coração de Alfie estava disparado. Ele suava e estava sem ar. Tinha a sensação de ter corrido um milhão de quilômetros, embora estivesse paralisado no lugar.

— SE AFASTA, ALFIE. Precisamos ter acesso a ele. — A enfermeira Bellingham o empurrou para o lado.

— Meu bem, venha cá, você não precisa ver isso. — Sharon estava tentando puxá-lo pela mão.

— Não. Não, Sharon! Não posso deixar ele. Não posso.

— Pelo menos chegue um pouco mais pra cá. Para que os médicos tenham espaço para ajudá-lo, tá certo?

Alfie não se importou por ser tratado como criança. Na verdade, tudo o que ele queria naquele momento era que alguém o abraçasse, o acalmasse e dissesse que ia ficar tudo bem. Em vez disso, só o que tinha eram as palavras que ele mesmo repetia sem parar, como um mantra:

— Por favor, fique bem. Por favor, fique bem. *Por favor*, fique bem.

Então, o som atravessou a enfermaria.

O som eterno e permanente de um coração que havia parado de bater.

Alfie nem se deu o trabalho de olhar enquanto tentavam ressuscitar o sr. P. O amigo não era o tipo de homem que fazia as coisas pela metade. Se ele decidira ir, não havia como voltar atrás, por mais eletricidade que alguém fizesse passar pelo seu corpo. Alfie foi voltando lentamente para a cama, e só quando começou a se mexer foi que se deu conta de como estava entorpecido. Viu mãos se movendo na frente dele, mas não saberia dizer de quem. Para se proteger, seu corpo e sua mente haviam se fechado, e ele se sentia sinceramente grato pelo vácuo.

Ele não chorou. Mas tentou. Realmente tentou. Não chorou quando ouviu anunciarem a hora da morte. Não chorou nem quando alguém mencionou que era preciso dar a notícia a Agnes. A ideia de contar àquela mulher que a alma gêmea dela, seu parceiro de vida, o homem que significava o mundo para ela, acabara de morrer sem que ela tivesse a chance de se despedir era absurdamente triste, mas ainda assim as lágrimas não chegaram. Só o que Alfie conseguiu fazer foi ficar deitado ali, olhando para o teto, e deixar que a comoção da noite se acalmasse ao seu redor.

— Alfie? Está me ouvindo? — O desespero na voz de Alice era inquestionável. Ele finalmente compreendeu como o silêncio era um jeito satisfatório de manter as pessoas a distância. — Alfie?

Ele sentia um prazer perverso ao ouvir a voz preocupada de Alice. Queria que ela se sentisse mal. Ela *precisava* se sentir mal.

— Alfie, desculpe. Eu só...

Alguma coisa subitamente se partiu dentro dele. A fúria o dominou no mesmo instante, se espalhando ardente por todas as partes do seu corpo, até ele sentir vontade de arrancar a própria pele para escapar do calor. Naquela noite, pela primeira vez desde que haviam se conhecido, Alfie sentiu vontade de estar em qualquer outro lugar que não na cama ao lado dela.

— Você só o quê, Alice? Só não conseguiu se levantar para me ajudar? Só não conseguiu se levantar da cama por um minuto para me ajudar a chegar até o meu amigo? O meu amigo que estava morrendo? Depois de tudo o que aconteceu, você não conseguiu nem se levantar, cacete! Não estou com a menor vontade de ouvir o que você tem a dizer, então me faça um favor e me deixe em paz.

Enquanto se virava de costas para o cubículo dela, Alfie poderia jurar que viu um movimento na cortina. Era engraçado como uma coisa em que havia pensado obsessivamente por dias podia de repente se tornar tão insignificante. Não se importava se Alice estava olhando para ele. Não se importava se ela tivesse afastado toda a cortina. Era tarde demais para algumas coisas.

*

Alfie achou que, na manhã seguinte, ao menos parte do choque teria passado. Não poderia estar mais errado. Ele acordou, ainda se sentindo muito entorpecido e vazio, sem nem saber se estava acordado ou ainda dormindo. Por sorte, Alice não tentou conversar. Não havia a menor possibilidade de ele ter energia para isso naquele dia. Já foi difícil o bastante sorrir quando a enfermeira Angles apareceu para vê-lo.

— Alfie, querido. — Ela pousou a mão gentilmente na dele. — Sinto muito pela sua perda. — Ele não suportou encará-la. Não queria ver nenhuma gentileza naquela manhã, não quando a vida continuava provando vezes sem conta como podia ser cruel. — Sei que pareceu horrível, mas os médicos me garantiram que ele não sentiu nenhuma dor. Era um homem idoso, meu bem, simplesmente chegou a hora dele.

Não havia nada que Alfie pudesse dizer. Nada que quisesse dizer. Só conseguiu curvar os cantos da boca no que torcia para parecer um sorriso de agradecimento.

— Vou embora agora, mas estou aqui… estamos todos aqui… se você precisar de algo.

Quando ela se virou para sair, Alfie de repente se lembrou de uma coisa devastadora.

— A Agnes já sabe?

— Nós contamos para ela agora há pouco. Ela vem hoje à tarde para vê-lo.

O resto do dia passou como um borrão. Alfie estava vagamente consciente das pessoas se movendo ao redor, da equipe do hospital limpando tudo e conversando entre si, mas não se importou com os detalhes. No fim do dia, quando olhou na direção do cubículo do sr. Peterson, ficou impressionado. Não havia nenhuma evidência de que o sr. Peterson um dia existira. Tudo tinha retornado ao estado estéril original. Era admirável a rapidez com que se podia apagar todos os traços de uma pessoa, limpar tudo e pôr lençóis limpos e um novo paciente no lugar.

Antes do acidente, nunca tinha entrado na cabeça de Alfie por que as pessoas ficavam tão preocupadas com a possibilidade de esquecer seus entes queridos quando eles morriam. Não dava para apagar aquelas lembranças e momentos da mente, não é? Como seria possível esquecer uma pessoa que havia significado tanto para você? Mas dava, sim. E acontecia. Uma das lições mais difíceis que Alfie aprendera era que o tempo não para. Pra ninguém. Se você não se deixar levar, corre o risco de as pessoas seguirem em frente sem você também. Mas dar aquele primeiro passo parecia uma traição tão grande que ele ficava paralisado. Ver a enfermaria sendo preparada para que outra pessoa ocupasse o leito do sr. Peterson foi mais um lembrete doloroso de como o mundo continua, independentemente de você.

— Alfie. Está acordado? — A voz de uma das enfermeiras interrompeu seus pensamentos. O tom dela era hesitante e baixo, e ele mal conseguiu ouvi-la, por causa do zumbido em sua cabeça. Parecia que todos estavam pisando em ovos.

— Ahã.

Ela afastou a cortina.

— A Agnes está aqui. E gostaria de falar com você, se não tiver problema.

Alfie sentiu uma onda de pânico roubando seu ar.

— Não vou demorar, querido. Sei que você deve estar querendo ficar sozinho hoje. — A voz de Agnes parecia muito firme e calma. Ela devia estar em choque ainda. Será que já assimilara o fato de que o marido estava morto?

— Claro, pode entrar.

Alfie se sentou e tentou se recompor, mascarar as marcas de tristeza que pareciam estar impressas nele.

Agnes parecia menor que da última vez que ele a tinha visto, embora talvez fosse apenas impressão. O rosto dela era marcado por linhas profundas de riso, lágrimas, dias de sol e noites geladas. Aquela era uma mulher vivida. Alfie tinha a impressão de que havia muito pouco na vida que ainda pudesse chocá-la. Ali, diante dele, Agnes parecia estar gastando todos os recursos que possuía para se manter forte e de cabeça erguida.

Ela foi lentamente até ele e se sentou na cadeira ao lado da cama. Suas mãos seguravam com tanta força a bolsa que a pele muito fina dos nós dos dedos estava pálida.

— Agnes, eu...

— Alfie. — Ela não deixou que ele continuasse. — Era a hora dele, e precisamos respeitar isso.

Alfie ficou sentado, com os olhos arregalados e a boca aberta, fitando a mulher incrivelmente calma diante dele.

— É claro que isso não impede que doa muito. — Ela tossiu e baixou brevemente os olhos para as mãos. — Quero agradecer a você por estar com ele. Não apenas na noite passada, mas desde que você veio para cá. Não sei se ele te disse, porque meu marido era um velho teimoso às vezes, mas ele amava você. É engraçado... Muitas pessoas me perguntavam se não era difícil para mim ficar tanto tempo longe dele. Se não era difícil saber que ele estava neste lugar sem mim. Mas, sempre que eu pensava nisso, chegava à mesma resposta. Nunca fiquei preocupada nem me senti culpada porque sabia que ele estava cercado de amor aqui. Ele tinha você. E era muito, muito grato por isso.

Alfie balançou a cabeça. Fora ele que parara de procurar tanto o amigo porque estava envolvido até os cabelos em outra história paralela e boba. Não conseguia suportar os elogios de Agnes. Não queria o afeto dela. Gentilezas só tornavam mais agudas as pontadas de culpa que sentia.

— Mas eu deixei ele na mão. — As palavras saíram muito baixas.

— Você não fez nada disso. — Alfie ficou surpreso ao sentir o tapinha que ela deu em seu pulso. — Pare com essa bobagem. Conheço o meu marido há mais de sessenta anos, e via como ele olhava para você. Você foi um bom amigo para ele, Alfie, e estou muito grata por tudo o que fez. Na verdade...

Ela enfiou a mão na bolsa e pegou dois livros já muito manuseados.

— Sei que ele iria querer que você ficasse com isso. Não suporto essas coisas, mas sei que vocês dois amavam livros de passatempos. Esses dois são os mais difíceis, ao que parece. Ele tentou por anos terminar, mas nunca conseguiu. Agora é a sua vez de tentar.

Só então Alfie conseguiu chorar.

— Ah, não, não fique triste agora. — Agnes tirou um lenço de papel da bolsa. — Ele iria querer te ver feliz.

— Obrigado. Eu vou sentir muita, muita saudade dele, sabe?

Ela deu uma última palmadinha carinhosa na mão dele e se levantou.

— Nós dois vamos.

49

Alice

Ela tinha errado. Tinha errado muito, muito feio.

Logo depois do ocorrido, Alice tentou se convencer de que ficara confusa demais para fazer alguma coisa. Fora desorientador ser acordada por gritos, e ela tinha custado a entender se ainda estava sonhando ou não. Atordoamento. Aquele fora o motivo para ter demorado tanto a reagir, e quando se dera conta do que estava acontecendo já era tarde demais.

Era difícil admitir que aquilo tudo era mentira.

No fim das contas, tinha sido covarde. Uma covarde egoísta e imperdoável.

Era verdade que havia acordado desorientada — mas, no momento em que ouviu a voz de Alfie, soube que o que estava acontecendo era muito real e que alguma coisa estava muito errada. Porém, apesar dos gritos de Alfie por ajuda, ela não conseguiu se mexer. O medo a impedira, mesmo contra a sua vontade. A parte mais absurda de tudo era que ninguém estaria olhando para ela. A única coisa com que as pessoas ao redor estavam se importando era em salvar a vida de um homem que morria a olhos vistos. Era tudo coisa da cabeça dela. Ela era a única que se importava. A única que estava atrapalhando o próprio caminho e, agora, sofrendo as consequências.

A princípio, Alice não conseguiu decidir o que era pior, se a raiva ou o silêncio de Alfie. Ouvir o desapontamento na voz dele tinha sido devastador, mas era o tom de repulsa que ela parecia não conseguir esquecer. Alfie sentia aversão pelas ações dela. Bem, pela *falta* de ação. E, não importava quantas desculpas tentasse encontrar, Alice sabia que ele tinha razão. E saber isso parecia doer ainda mais.

Embora ainda estivesse escondida em seu cubículo, Alice decidiu esperar até a noite para tentar conversar com ele de novo. Ser rejeitada em plena luz do dia nunca era uma sensação agradável, mesmo quando a pessoa tentava se fazer invisível.

— Alfie? — A voz dela saiu hesitante, mas definitivamente audível.

Silêncio.

— Alfie, por favor.

Nada.

— Se não quer falar comigo, eu entendo, mas, por favor, pelo menos me escute.

Ela encarou o silêncio dele como um sinal verde.

— O que eu fiz... bem, o que eu não fiz... foi imperdoável. Eu não me levantei. E não me levantei porque estou empacada nesse campo minado absurdo do medo. Eu queria, queria mesmo apoiar você, ajudar, fazer alguma coisa, mas... não consegui. Tem ideia de como isso me deixa enojada? De como estou com vergonha? Não quero mais viver como uma covarde, Alfie, eu me *recuso* a viver assim. E foi por isso que concordei em fazer outra cirurgia. Uma segunda cirurgia para consertar o meu rosto. Sei que isso não é desculpa para o que eu fiz, e que não traz o sr. Peterson de volta, mas... quero que saiba que vou mudar.

Ela esperou, apurando os ouvidos para qualquer som de reconhecimento do que havia dito.

— Alfie, eu vou melhorar, prometo.

Ela o ouviu respirar fundo.

E seu coração se animou ligeiramente.

Alice sabia que ele ainda estava ali, como sempre prometeu que estaria.

— Bom pra você. — O sarcasmo envolvia cada palavra.

Alice sentiu o coração despencar até o chão.

Desculpe, Alfie. Sinto tanto, tanto.

*

Alice descobriu que viver em silêncio não era mais divertido. Alfie ainda nem respirara na direção dela desde a morte do sr. Peterson e, na verdade, toda a enfermaria parecia ter se recolhido a uma quietude sombria. Os únicos sinais de que havia vida além das cortinas dela eram o leve arrastar de pés e alguns barulhos não identificáveis da existência humana. O luto se instalara ali e não parecia disposto a ir embora. Até mesmo a enfermeira Angles precisava se esforçar para conseguir dar um sorriso.

— Bom dia, Alice. Tenho boas notícias. — Não havia nem uma gota de alegria na voz dela. — O dr. Warring confirmou a data da sua cirurgia. Está marcada para daqui a oito dias.

Uau. Tão cedo?

— Que incrível, muito obrigada. — Alice sentia o rosto doendo do esforço que precisava fazer para sorrir. — Sinto muito pela sua perda. O sr. Peterson era um bom homem e sei quanto ele significava para a senhora.

Nossa, você realmente está tentando, não é mesmo, Alice?

Só o que ela recebeu por seu esforço foi um brevíssimo aceno de cabeça em agradecimento, e logo a enfermeira Angles se foi.

Todo dia Alice pensava em tentar conversar com Alfie, mas cada vez que abria a boca o medo da rejeição a fazia fechá-la de novo. Houve muitos momentos em que ela sentiu vontade de chorar alto ou gritar, só para arrancar alguma reação dele. A vida definitivamente era menos vibrante sem Alfie. Alice sentia falta das maluquices dele, das brincadeiras, da risada e da determinação incansável. Sem Alfie, os dias eram dolorosamente silenciosos, e aquele era um silêncio que, por ironia, já não agradava mais a Alice.

Tinha que haver um jeito de fazê-lo ver quanto ela estava arrependida. Tinha que haver um jeito de chegar nele.

Então, de repente, ela teve um lampejo de inspiração.

Estava na hora de enfrentar Alfie Mack em seu próprio jogo.

50

Alfie

Ele sabia que Alice estivera em dúvida o dia todo sobre falar ou não com ele. O interessante de não conseguir ver ninguém era que a pessoa ficava incrivelmente sintonizada com os sons que os outros ao redor faziam. Toda vez que Alice abria a boca para tentar falar, Alfie parava o que estava fazendo para ouvir. Apesar do ligeiro e perverso prazer que sentia com a angústia dela, havia uma parte muito maior dele que desejava que os dois voltassem a ser como eram um com o outro, a como eram apenas alguns dias antes. No espaço de poucas horas, ele perdera duas das pessoas mais importantes da sua vida na enfermaria. Solidão não era um sentimento familiar a Alfie, e ele estava começando a entender como alguém podia morrer da dor que ela provocava.

Em dias normais, Alfie acharia o silêncio insuportável. Imaginava que antes teria sido a pessoa que elevaria os ânimos, que tentaria encontrar uma forma de animar as pessoas, de fazê-las rir, mas não mais. Em vez disso, acabava passando o dia olhando para as páginas em branco do livro de passatempos, enquanto tentava afastar da mente lembranças do sr. Peterson. A única pessoa com quem tinha vontade de falar sobre o que tinha acontecido era a mesma que o decepcionara tão profundamente. Esse conflito era demais para ele suportar.

Alfie quase não conseguiu acreditar no alívio que sentiu quando chegou a hora da fisioterapia. Finalmente! Alguma coisa para tirá-lo dali, para distraí-lo. Quando chegou no pequeno saguão lateral, estava tão atordoado que levou algum tempo para registrar a cena à sua frente.

Havia perdido alguma coisa? O que estava acontecendo?

Darren estava parado no centro da sala, segurando um balão enorme em que se lia "Parabéns", com um sorriso largo no rosto. Alfie olhou para trás.

— Alfie! Camarada! — Darren veio na direção dele, obviamente vendo que o rapaz estava perdido. — Adivinha?

Alfie continuou olhando ao redor, tentando juntar as peças.

— O que está acontecendo? — murmurou ele.

— Estamos te dando alta, camarada! É um prazer mandar você de volta para o mundo exterior! — Darren o abraçou com força. Alfie ficou só parado ali, sem conseguir se mexer.

Darren sentiu o embaraço dele e recuou.

— Tá certo, talvez o balão tenha sido um pouco demais.

— Ei, não, de jeito nenhum! É incrível, incrível mesmo… Obrigado! — Ele forçou um sorriso e deu outro abraço em Darren, um pouco mais entusiasmado.

Aquela atitude claramente serviu para confortar um pouco Darren, que encolheu os ombros, tímido.

— Bom, era o mínimo que podíamos fazer. Sei que não foi fácil, e com tudo mais que aconteceu nos últimos tempos… — Alfie evitou o olhar dele. — Só queria te dar uma boa notícia.

— Espera, isso quer dizer nada mais de fisioterapia? — brincou Alfie, torcendo para não ser forçado a voltar tão cedo para a enfermaria.

— Nada disso, meu amigo. Vamos ter mais uma sessão do jeito que tem que ser, então você vai ver o médico para uma última avaliação. E, enquanto estiver com você, vou fazer cada minuto valer a pena, por isso vá logo para lá antes que a gente mude de ideia.

Alfie logo descobriu que Darren não estava brincando. Naquela tarde, foi submetido a uma das sessões de fisioterapia mais duras que já tivera, e os incessantes "As coisas não vão ser tão fáceis do lado de fora" com certeza não ajudaram. Embora a vida na enfermaria estivesse uma porcaria no momento, a ideia de ir embora pra valer e ter que lidar com a vida real era de longe mais aterrorizante. De repente, tudo parecia estar acontecendo ao mesmo tempo. Uma sequência de eventos se chocando com outra com tanta rapidez que parecia que, quando ele tentava evitar que um prato caísse, outros dois já começavam a desabar.

Tinha recebido alta.

Tinha chegado à última etapa para sair dali.

Não conseguia acreditar.

Logo iria para casa.

Você realmente vai deixar as coisas do jeito que estão com ela?

Alfie não estava em condições de pensar naquilo no momento. Havia fatores demais envolvidos. Em primeiro lugar, ainda estava *muito bravo* com Alice e, em segundo, era difícil se concentrar em qualquer coisa quando Darren estava fazendo ele passar quase que por um treinamento militar. Mas não importava quanto Darren gritasse com ele, ou quanto Alfie tentasse ignorar, a pergunta se recusava a deixar sua mente.

Quando voltou para a enfermaria, estava exausto. No instante em que pousou os olhos na cama, sentiu uma enorme onda de alívio. Descanso! Finalmente! Mas, quando estava prestes a se deitar, um papel na mesinha de cabeceira chamou a sua atenção. Aquilo definitivamente não estava ali quando ele saiu para a fisioterapia mais cedo naquela tarde. Intrigado, Alfie pegou o papel para ver do que se tratava.

Era um papel A4 que tinha sido dobrado ao meio. Na parte de fora, alguém escrevera apenas o nome dele e mais nada. Quando Alfie o abriu, viu um jogo de palavras cruzadas feito à mão.

Ele permitiu que o coração saltasse rapidamente no peito antes de ler as perguntas.

VERTICAIS

1. Perdão (8)
2. Pessoa, ente, criatura (3)
3. Feminino de *um* (3)

HORIZONTAIS

1. Péssimo (8)
2. Pronome pessoal (2)
3. Através de (3)
4. Desumana (*contrário*) (6)

Quanto mais entradas Alfie resolvia, mais rápido seu coração batia. Quando terminou, olhou para as palavras e não conseguiu conter uma gargalhada. Rearranjando um pouco, a frase revelada foi:

Desculpa por eu ser uma humana terrível.

51

Alice

Ela soube que tinha dado certo quando a gargalhada dele cortou o silêncio. E não conteve um enorme sorriso de alívio.

— Desculpa de verdade.

— Tá tudo bem.

Ela respirou fundo. Aquela era a hora de contar a ele... Tinha que ser agora.

— Eu estava falando sério quando disse que queria ser uma pessoa melhor. Marcaram a minha cirurgia para o fim da semana que vem. Vai mesmo acontecer, Alfie.

Silêncio.

Não era exatamente a reação que ela esperava.

— Alfie? Achei que você ia ficar feliz por mim.

— Desculpa, eu estou feliz por você, é que foi um dia longo. Na verdade, *dias longos*, no plural. Acho que só estou cansado.

— Você não parece muito entusiasmado com a ideia.

— Bom, acho que você tomou uma decisão séria. Não estou tentando ser pessimista. Só quero que saiba bem no que está se metendo.

— É claro que sei no que estou me metendo — respondeu ela, irritada.

— Sabe mesmo? Porque parece ter tomado a decisão bem rápido. Acho que... não entendo por que você se submeteria a um risco desses de novo.

— Não, Alfie, é você que não parece entender, e quer saber de uma coisa? Acho que não entenderia mesmo, a menos que soubesse o que eu estou passando. — A voz dela era cortante. Por que ele não *entendia*?

— Ok.

— *Ok?* É só isso que você vai dizer? — A voz dela estava ficando mais alta, mas Alice não se importava. Alfie estava sendo um cretino, e ela precisava que ele se desse conta de como estava sendo injusto.

— Não sei o que você quer que eu diga, Alice. Não vou mentir pra você.

— É? Depois de *todos os conselhos* que andou me dando, você está dizendo que prefere que eu passe o resto da vida me escondendo? Me escondendo das pessoas, de novos lugares, de novas experiências? Me escondendo atrás dessas malditas cortinas? Eu quero mais, Alfie. Nunca imaginei que diria isso, mas quero.

Como eles haviam ido de não estarem se falando para então fazerem as pazes e logo começarem a discutir? Só o que Alice sabia era que estava tão furiosa que mais nada importava.

Alfie voltou a falar, agora em um tom tão baixo que Alice mal conseguiu ouvir:

— Acho que eu só queria que você pudesse ver o que eu vejo.

— Mas você não me viu, não é? — explodiu ela. — Fica deitado aí, o dia todo, criando uma fantasia de como sou atrás dessa porra de cortina, mas não tem ideia de como eu sou de verdade. Você *não tem ideia* de como estou desfigurada, Alfie. Então para de fingir que me conhece!

52

Alfie

Ele mal dormiu naquela noite, de tanto pensar. Em algum momento, pouco antes de amanhecer, deve ter cochilado, porque quando acordou demorou alguns instantes para se lembrar de que não tinha sido tudo um sonho. A dinâmica mudara e Alfie não tinha ideia de quem iria falar primeiro.

— Bom dia! Como estamos hoje?

A enfermeira Angles estava entrando no cubículo dele. Alfie ficou grato por ela soar um pouco mais animada naquele dia — a perda do sr. Peterson tinha sido mais difícil para todos do que esperavam, mas Alfie teve a sensação de que precisava de cada grama da luz e do otimismo da enfermeira Angles para conseguir atravessar as próximas horas.

— Bem. Cansado, eu acho.

— Hum. — Ela o encarou com uma expressão cautelosa. — Vocês dois fizeram as pazes, ou ainda estão fingindo que não gostam um do outro? — Ela indicou a cama de Alice com a cabeça.

O jeito como a enfermeira Angles falou fez Alfie se lembrar de como algumas professoras tratavam as crianças na escola: *Vamos, vamos, não sejam bobos, perdoem-se e façam as pazes.*

— Longa história, mas acho que não somos mais amigos.

Alfie realmente não queria entrar em mais detalhes. Também se certificou de falar o mais baixo possível, para que Alice não pudesse ouvir.

— Não sei o que fazer com vocês. — Ela balançou a cabeça, como que lamentando. — Pelo menos você vai poder contar a boa notícia aos seus pais hoje! Vai ser maravilhoso para eles.

— Hein?

— Alfie, qual é o problema com você hoje? Está mais confuso do que a Sharon sem uma taça de vinho na mão. — Ela riu da própria piada. Sem dúvida estava se sentindo melhor. — A fisioterapia concordou em te dar alta!

Alfie fingiu um sorriso.

— É claro! Foi mal, parece que estou cansado demais até para pensar. É, tenho certeza que a minha mãe vai ficar empolgada. Ou em pânico. Ou as duas coisas.

— Ela só vai ficar aliviada por ter o filhote dela de volta. A gente perde, ela ganha.

A enfermeira Angles fitou Alfie com mais um sorriso amoroso, e o deixou com seus pensamentos. Para sua surpresa, não eram pensamentos sobre poder dar à mãe a notícia que ela estava louca para receber havia meses. Nem sobre as deliciosas batatas assadas, crocantes, que logo estariam ao lado da cama dele. Não, seus pensamentos estavam na mulher deitada na cama ao lado, e em quem ainda não havia colocado os olhos.

Alice Gunnersley, o que você fez comigo?

✽

— Nossa, desculpe o atraso, Alf. O trânsito estava terrível, então precisei ir ao banheiro, e tivemos que parar em um café para isso, então o Robert comprou um café. Eu disse a ele para esperar até chegarmos aqui, mas você sabe como ele gosta de café. — A mãe de Alfie estava falando sem parar enquanto beijava o rosto dele, o examinava para ver se havia mais algum membro perdido e finalmente se sentava na cadeira ao lado da cama.

— Você sabe que o café aqui parece ter saído direto de um urinol, de tão ruim. Não podem me censurar por querer um latte decente, não é mesmo, filho?

— Ah, não meta o Alfie nessa história. O pobrezinho tem que aguentar a comida daqui! Enfim, meu amor, como você está?

— Não vou ter que aguentar a comida daqui por muito tempo, para dizer a verdade. — Ele sorriu, dando uma pista da novidade, para ver quanto tempo a ficha levava para cair.

— Não, não, é claro que não. Esse é o jeito certo de pensar. Não vai ser para sempre, você está certo. — A mãe dele continuava a se agitar. Estava ocupada em desempacotar a comida, e tentando servi-la nos pratos de papel que tinha levado.

Robert olhou para Alfie.

— Espere um instante. Está tentando nos dizer alguma coisa?

— Hein? — A mãe de Alfie parou com um yorkshire pudding a meio caminho do prato. — Como assim? Alfie, me diga! Eles te deram uma data?

— Calma, mãe, só descobri dois dias atrás. — Ele tinha esquecido como era quando Jane Mack estava determinada a descobrir alguma coisa. — E queria contar pessoalmente a vocês... A fisioterapia me deu alta. Eles só precisam que o médico faça a avaliação final, então... é, se tudo correr bem, já posso voltar para casa.

Antes que Alfie pudesse voltar a respirar, a mãe estava agarrada a ele. O peso do corpo dela, seu cheiro, seu calor pareceram tornar finalmente a notícia real para ele.

Ia voltar para casa.

Para *casa*.

Alfie sentiu o ombro úmido das lágrimas de alívio da mãe.

— Vamos, mãe. Você está me deixando encharcado! — Ele a afastou gentilmente e lhe deu um beijo no rosto. Havia tanto amor em seus olhos que Alfie se sentiu fisicamente banhado por aquele sentimento.

— Uma mãe não pode ficar feliz porque o filho vai voltar para casa?

— Não quando você deixa um yorkshire pudding perfeito cair no chão no processo. — Robert piscou para Alfie enquanto estendia a mão para pegar o pão que acabara sendo derrubado no meio de toda a comoção.

— O seu alcance emocional é menor do que um dos meus yorkshires, isso eu posso te dizer com certeza. Ah, Robert, me dê isso... Não coloque de volta no prato de ninguém, pelo amor de Deus.

Alfie e Robert trocaram um sorriso. Tinham conseguido distrair Jane, como pretendiam.

— Quer passar esse para a sua amiga Alice? — Ela estava estendendo um prato para Alfie.

— Não, não se preocupe, eu fico com esse. Ela não estava bem ontem, por isso acho que está dormindo. Melhor não incomodá-la. — Ele torceu para que os dois não percebessem que estava sussurrando.

— Ah, que pena. Mas ela está bem?

Encerre esse assunto, Alfie, encerre logo esse assunto.

— Está, só teve uma noite difícil. Me dê o prato que eu vou oferecer para ela mais tarde, quando estiver se sentindo melhor.

— Claro. Pegue esse. Diga que desejamos melhoras para ela, ok?

A mãe dele parecia tão preocupada que Alfie não conseguiria mentir de novo para ela. Ele simplesmente assentiu e torceu para que Alice não tivesse ouvido.

— Então, como vamos comemorar a sua volta para casa? Estou pensando em chamar toda a família para nossa casa. Obviamente você pode convidar os rapazes também, então podemos te levar de carro para o seu apartamento no dia seguinte, e fazer os ajustes que você precisar que sejam feitos...

Alfie ficou sentado, saboreando a comida, e deixou a mãe falar. Era mais fácil daquele jeito. *Não nade contra a maré, só escolha o caminho com menos resistência e deixe fluir.* Mas ele não conseguiu não pensar se alguma coisa realmente pareceria fácil sem Alice para conversar.

53

Alice

Em um momento ela estava sendo ignorada. Então, voltaram a conversar. E agora ninguém abria a boca. Alice já não conseguia mais saber quem estava ignorando quem, e tudo tinha acontecido tão rápido que ela mal tivera chance de entender.

A única coisa que sabia era que Alfie estava *muito* bravo com a ideia da cirurgia dela, e por mais que Alice tentasse não conseguia entender por que ele não superava aquilo. Por que a cirurgia o incomodava tanto?

A razão para ele tê-la ignorado não foi porque ela tinha ficado paralisada demais de medo para fazer alguma coisa?

Agora que ela estava agindo, aparentemente isso também era errado.

Alice não conseguia mais lidar com aquilo. Ter outras pessoas envolvidas na sua vida só complicava as coisas. Esse era exatamente o motivo para ela ter aprendido a depender apenas de si mesma.

Ninguém mais precisa ter opinião ou poder de decisão sobre o que você faz. Você é a única que decide.

Ao longo da noite, Alice ouvira Alfie tossindo e se virando na cama. A princípio, cada farfalhar do lençol dele na cama a deixava mais irritada — por que Alfie tinha que ser tão barulhento *o tempo todo*? Então, uma vozinha diabólica na cabeça dela lembrou que, quanto mais ele se remexia, mais estava se debatendo com ele mesmo. Alice se permitiu imaginar que Alfie se sentia tão dominado pela própria culpa que, quanto mais virava de um lado para o outro, mais os lençóis o estrangulavam. Ótimo. Ele merecia.

Mas aquilo também significava que ela não estava dormindo. Estava sendo consumida por um redemoinho de pensamentos que não parava de girar. Conforme as horas se arrastavam, ela começou a dominar a técnica de ignorá-los, até que um praticamente se atirou em cima dela.

Sarah.

Alice estava tão envolvida em toda a situação com Alfie que só naquele momento se deu conta de que nem checara se Sarah tinha chegado bem em casa. Ela pegou o celular e o ligou.

> **MENSAGEM DE SARAH MELHOR AMIGA — 3 DE JULHO — 16:58**
> Oi, meu bem. Pousei sã e salva. Bebi champanhe até dormir, então não foi um voo ruim. Já estou com saudade. Muita. Vá me atualizando de TUDO, por favor. Mande um beijo meu para o Alfie. Amo você. Bjs

> **MENSAGEM DE SARAH MELHOR AMIGA — 5 DE JULHO — 12:04**
> Eu de novo. Só para checar e continuar sendo a melhor amiga chata. Sei que a enfermaria é superdivertida, e o Alfie provavelmente já conseguiu que você escalasse uma rocha ou alguma coisa absurda assim, mas por favor me diga, você está bem? Te amo. Bjs

> **MENSAGEM DE SARAH MELHOR AMIGA — 7 DE JULHO — 15:42**
> Jura? Quer que me transforme na enfermeira Bellingham? ME RESPONDE. Amo você. Embora cada vez menos se você continuar a me ignorar. Bjs

Alice digitou uma resposta o mais rápido que suas queimaduras permitiram, torcendo para conseguir explicar o motivo de ter demorado para responder e a amiga a desculpasse, mas ainda empregando um tom leve e animado para não preocupar Sarah.

MENSAGEM PARA SARAH MELHOR AMIGA — 10 DE JULHO — 01:50

Oi, Sarah. Desculpa! A vida na enfermaria anda tão ocupada nos últimos dias que perdi a noção do tempo. Agora, falando sério, desculpa mesmo. Sei que eu disse que me esforçaria mais para manter contato. O sr. Peterson faleceu há poucos dias, e agendaram a minha cirurgia para a semana que vem. Vou te atualizando. Amo você, estou com saudade. Bjs

Ver aquilo escrito em preto e branco pareceu mexer com alguma coisa dentro dela. Estava se dispondo a passar por uma cirurgia supercomplexa. E estaria completamente sozinha. De novo.

Para com isso e acaba logo com essa história.

✳

Pela primeira vez em meses, Alice foi rudemente despertada por um zumbido perto do ouvido. Ela tinha mesmo vivido à mercê daquele celular idiota?

MENSAGEM DE SARAH MELHOR AMIGA — 11 DE JULHO — 09:15

Jesus, realmente aconteceu muita coisa! O Alfie tá bem, depois da morte do sr. P.? Manda um beijo grande pra ele, não deve estar sendo nada fácil pro Alfie. Você pode por favor, POR FAVOR, pedir para alguém me dar notícias da cirurgia? Eu te amo, mas não confio em você para me avisar! Está tudo bem por aqui, a não ser pelo fato de que tenho um buraco com o seu formato no coração. Amo você. Bjs

Alice releu a mensagem várias vezes.

Não deve estar sendo nada fácil pro Alfie.

Será que fora dura demais com ele?

Alice não conseguia afastar a sensação de que estar brava com ele não parecia mais tão bom.

Sem Alfie para conversar e já um pouco menos confiante em relação à cirurgia, Alice estava tendo dificuldade para arrumar formas de passar o tempo entre as sessões de fisioterapia. Ela andava ao redor do cubículo, seguindo obedientemente as orientações do médico e o plano de exercício de Darren até os ossos doerem e a pele parecer em carne viva. Então, só lhe sobrava fingir ler, fingir assistir à TV ou fingir dormir. Era uma existência tão tediosa que deixava a mente entorpecida. Não que a vida dela antes do incêndio tivesse sido cheia de eventos e socialização, mas Alice nunca passara tanto tempo fazendo nada. O trabalho enchia os seus dias na época. O trabalho era a desculpa dela para não sair com amigos nem fazer planos de encontrá-los. Ela costumava reclamar da jornada tripla, da agenda implacável de reuniões e da lista de tarefas muito exigente, mas daria tudo para ter aquilo de volta. A sensação de entrar em uma sala de reuniões com tanta segurança, tanta autoconfiança, que nada que ninguém dissesse a afetaria. A adrenalina de um prazo a cumprir e a doce exaustão depois de uma reunião bem-sucedida. No momento, sem o trabalho, só lhe restava se perder nos dramas de outras pessoas nos péssimos programas matinais da televisão. Pelo menos nenhum deles falaria sobre a vidinha de merda dela.

Por sorte, ela provavelmente adormeceu em algum momento durante a tarde, porque quando se deu conta estava ouvindo as vozes de Alfie e dos pais dele, loucos de alegria porque o filho logo voltaria para casa.

Alice se sentiu dilacerada. Nunca na vida experimentara tantos sentimentos conflitantes. Na verdade, nunca na vida experimentara tantos sentimentos, e ponto.

Ela odiou Alfie pelo que tinha acontecido na outra noite. Odiou-o por fazer com que ela permitisse que alguém entrasse em sua vida depois de todos aqueles anos. Estava furiosa com Alfie por deixá-la.

Sem parar para pensar, Alice pegou novamente o celular e, em um raro momento de desespero, mandou outra mensagem para Sarah.

MENSAGEM PARA SARAH MELHOR AMIGA — 11 DE JULHO — 15:15
Na verdade, o Alfie e eu não estamos nos falando no momento, e acabei de descobrir que ele vai deixar o hospital logo, logo. Não sei o que fazer. Eu estava TÃO furiosa com ele, mas agora também estou

assustada. Sei que não tem nada que você possa fazer, e não sei bem por que estou te contando isso, agora que está tão longe. Amo você e estou com saudade. Bjs

MENSAGEM DE SARAH MELHOR AMIGA — 11 DE JULHO — 15:25
Alice, o que aconteceu? Na verdade, não importa o que aconteceu — e não estou dizendo que o Alfie é perfeito, ou que não fez nada errado, mas algumas coisas são mais importantes quando olhamos para o todo. Só não deixe a sua teimosia falar mais alto nesse caso. O Alfie te ama. E você sabe disso. E eu também. Bjs

As lágrimas estavam dificultando a leitura da mensagem.

Mas o que ela deveria fazer? Alice respirou fundo e contraiu todos os músculos do corpo, com muita força, até começar a tremer de dor. Seu maxilar estava cerrado, assim como seus dentes e seus ossos. Precisava de toda a energia que tinha para não gritar de raiva. Em vez disso, ela encolheu bem o corpo, franziu o rosto e cravou as unhas nas palmas das mãos. Uma voz em sua cabeça urrava, impossibilitando o silêncio.

Eu não quero MAIS SENTIR ISSO.

De repente, todo o corpo dela ficou mole. A exaustão a atingiu e ela não conseguiu mais conter o fogo que ardia em seu interior.

54

Alfie

— Alfie? — A voz de Alice era baixa, e quase como se viesse de um sonho. Por um momento, Alfie não conseguiu acreditar que realmente a ouvira, até ela voltar a falar. — Alfie, está acordado?

— Ahã. Aconteceu alguma coisa? Tá tudo bem? — Ele ainda estava um pouco surpreso por ela ter tomado a iniciativa de puxar conversa.

— Por que você não me contou?

Tá, agora ele estava realmente confuso.

— O quê?

— Por que não me contou que você logo vai ter alta?

— Ah. Eu só soube há uns dois dias. E não estávamos nos falando, aí voltamos a nos falar, então paramos de novo. Eu só... não encontrei o momento certo.

Uma parte dele se sentia lisonjeada com a tristeza dela. A outra estava confusa. Se era Alice que estava brava com ele, por que ela se interessava se ele ficaria ou iria embora?

— Eu sei, mas mesmo assim é uma notícia e tanto.

Ele soltou um suspiro, esfregando o rosto com as mãos. Havia tanto que ele queria dizer, mas ao mesmo tempo o medo de voltar a se mostrar vulnerável para ela travava a sua língua. Alfie sabia que tinha que ser honesto com Alice. Sabia que, se a afastasse, as chances de se reaproximar dela seriam quase zero. Alice abrira a porta, e de jeito nenhum ele bateria aquela porta na cara dela.

Por isso, respirou fundo e tomou coragem.

— Desculpe por eu ter chateado você no outro dia. É só que... eu perdi tantas pessoas na minha vida, em tão pouco tempo, que acho que fico apavorado com a ideia de perder mais uma. Você quase morreu uma vez, e não consigo entender por que desejaria arriscar tudo de novo sem necessidade. Mas isso é o que eu penso. É a minha opinião, e eu não deveria ter despejado tudo em você. Desculpe. — Ele respirou fundo mais uma vez. — Desculpe de verdade.

Alfie cerrou os punhos com força e se esforçou para controlar a vontade de chorar.

Ele ouviu a respiração dela acelerar, e logo ficar mais lenta de novo.

— Alfie... — A voz de Alice estava rouca de emoção. — Estou absolutamente apavorada com o que vai acontecer. Sei que você acha que não preciso de uma cirurgia para me aceitar, e queria conseguir me convencer disso, mas você não vê o jeito como as pessoas olham para mim. Até as enfermeiras... Elas tentam não ficar me encarando, mas não conseguem. Eu vejo isso. Todo dia. — Ela parou para recuperar o fôlego. — Preciso fazer isso por mim. Não estou pedindo que você concorde. Não estou pedindo que me acompanhe até a sala de cirurgia elogiando a minha decisão. Só o que peço é que me apoie. É só o que eu sempre quis. Você ao meu lado, me dando força. E, quando vi que você não estava, entrei em pânico e fui agressiva.

Alfie demorou alguns instantes para assimilar as palavras dela.

A Alice queria que eu estivesse ao lado dela.

— Pode fazer um favor pra mim? Só por um segundo? — arriscou ele.

— Depende... Os seus planos sempre me preocupam!

— Só quero que feche os olhos.

— Sério?

— Sério.

— Hum... Tá certo. Pronto. Estão fechados. — A voz dela soava desconfiada, mas também carregava um toque inequívoco de curiosidade.

— Você sabe que eu poderia estar mentindo, não é? Você nunca saberia ao certo se eu estou fazendo o que você pediu.

— Eu sei, mas espero poder confiar em você. — Ele não estava com humor para pegadinhas naquela noite.

— Tá certo, e agora?

— Quero que você imagine um lugar no mundo aonde sempre quis ir. Pode ser um país, uma cidade, um prédio, qualquer lugar... só precisa ser um onde você nunca esteve.

Alfie esperou um instante.

— Consegue ver esse lugar?

— Consigo.

— Agora quero que se imagine nele. Que se imagine parada lá neste exato instante.

— Tá certo.

— Qual é a sensação?

— Oi? — Alice parecia confusa, e talvez até um pouco impaciente.

— Estou perguntando: se você está realmente se imaginando nesse lugar, como se sente? Faz calor ou frio? O que você consegue ouvir? Como é quando o sol nasce? O que muda quando a lua brilha? Alice, você ainda está aí?

Ele a ouviu respirar fundo.

Seu coração estava disparado.

— É incrível. De tirar o fôlego.

— Você nunca esteve nesse lugar em toda a sua vida, mas ainda assim consegue se imaginar nele agora, e o que imagina está provocando sensações em você, certo?

— Acho que sim. — Ela parecia hesitante, e Alfie soube que precisava terminar com aquilo logo.

— O que você imaginou está provocando sensações no seu estômago, no seu peito, no jeito como você respira e em como o seu humor melhora. Você não entende, Alice? Eu não tenho que *ver* você para saber o que você me faz sentir.

266

— Espera... O quê?

Alfie não podia parar agora.

— Estar perto de você, falando com você ou só ouvindo a sua respiração, me provoca sensações que eu nunca experimentei. Você faz o meu coração bater milhões de vezes por minuto, me faz sorrir mesmo sem dizer uma única palavra, e sinto um frio na barriga quando sei que você está acordada ao meu lado. Não preciso olhar para você para saber como me sinto a seu respeito.

— Mas esses sentimentos são baseados em uma fantasia, Alfie. Você só tem metade da informação. — A frustração na voz dela era clara.

Alfie sabia que era um risco, sabia que Alice não iria gostar daquilo, mas tinha que tentar.

— Eu sei que parece loucura. E, acredite em mim, já me questionei muito. Mas deixa eu te perguntar uma coisa. O que você sente quando pensa em mim?

Silêncio.

— Não preciso que você me diga. Só preciso que você saiba o que sente. Porque acho que quando você começar a pensar nisso vai se dar conta de que sente coisas pelas pessoas sem precisar confiar nos seus olhos para te dizerem quem são elas, ou como são. Quando fecho os olhos e imagino você, vejo alguém muito forte. Alguém corajoso. Uma pessoa cuja vida a forçou a se tornar tão agressivamente independente que se fechou para qualquer outra que queira se aproximar. Vejo alguém que, por trás de todos os muros e fachadas, é tão cheia de gentileza e de amor que é de tirar o fôlego. Sinto que você é alguém que irradia uma energia tão incrível, tão carregada de eletricidade que é capaz de iluminar este salão frio, vazio e solitário todos os dias. Então, não. Eu não vi o seu rosto. Não sei qual é a cor do seu cabelo, ou o comprimento dos seus braços ou das suas pernas. Não sei nem se você tem braços e pernas! Mas não me importo nem um pouco. Está ouvindo? Eu. Não. Me. Importo. Eu vejo você. Vejo você por quem você é, Alice, e é a coisa mais deslumbrante que eu já vi.

O silêncio era excruciante.

Alfie precisou se esforçar muito para não quebrá-lo.

Ele afastou os olhos do teto para ver se conseguia distinguir alguma parte da silhueta dela sob o luar.

Não conseguiu.

Em vez disso, encontrou a mão muito pálida, muito trêmula e muito solitária de Alice esperando pela dele.

268

55

Alice

Ela acordou com a mão ainda pendurada para fora da cama. Parecia fria e vazia sem a de Alfie ali. Alice quis estendê-la para pegar a mão de Alfie de novo, para sentir o toque daquele de quem gostava tão profundamente. Aquele que lhe dissera as palavras mais maravilhosas que já tinha ouvido. Aquele que, naquelas poucas semanas, a salvara.

Quando já estava prestes a estender de novo a mão, ouviu Alfie começar a despertar.

— Oi. Como você tá? — A voz dele ainda era sonolenta.

— Estou bem. Cansada, mas bem. — Alice queria dizer a Alfie como a noite anterior tinha sido importante para ela, mas também tinha consciência de que, à luz do dia, talvez ele estivesse se sentindo um pouco envergonhado. Ou pior, talvez estivesse arrependido do que dissera. — E você?

Ela realmente queria saber a resposta?

— Igual a você. Embora esteja ansioso para voltar a ler *A pedra filosofal*, agora que sabemos que temos um tempo limitado para terminá-lo.

Alice riu. Alfie Mack estava de volta, e ela se sentia profundamente aliviada.

— Você é implacável.

— Você não viu nada.

— É mesmo?

Meu Deus, se Sarah estivesse ali naquele momento, estaria tendo ânsias de vômito ao ouvir aquela conversa em tom de flerte. Mas Sarah não estava ali, e Alice estava adorando o tom da conversa.

— Ahã... Não sei se você conseguiria lidar com isso.

— Não, meu bem, ele te comeria viva. — Uma nova voz subitamente se juntara à conversa, e Alice quase caiu da cama de susto.

Quanto a enfermeira Angles tinha ouvido?

Uma vergonha profunda tomou conta de Alice. Era como se tivesse sido pega nua na frente de um estranho.

— Mãe Anjo, está xeretando de novo? — Ninguém melhor do que Alfie para lidar com uma situação daquela sem nem um pingo de constrangimento.

A enfermeira Angles deu aquela gargalhada gostosa dela.

— Até parece. Tenho ouvidos, Alfie, e você não fala tão baixo quanto pensa. Bobagens de amor costumam ser sussurradas, não gritadas.

Aaaaah! Alice sentia o corpo todo tremendo agora. E sabia que seu rosto estava queimando de vermelho.

— Alguém está muito engraçadinha hoje, não é?

E, assim, ele a fez mudar de assunto. Alice tinha que reconhecer que Alfie era um profissional no que dizia respeito a conversas. Mas a mudança de assunto não adiantou nada para diminuir o embaraço dela, e Alice tinha certeza de que, quando a enfermeira Angles entrou em seu cubículo para realizar os exames matinais, seu rosto ainda estava bem ruborizado.

Alfie não estava brincando quando falou sobre voltarem a ler *Harry Potter*. Na verdade, o planejamento completo que ele criara com tanto cuidado antes de Sarah partir foi retomado com vigor renovado. Durante o dia, só eram bem-vindas conversas leves — nada de questionamentos profundos, ou referências aos dois grandes eventos que se aproximavam, e absolutamente nenhuma conversa sobre sentimentos. Aquilo não impediu que Alice relembrasse sem parar as palavras que Alfie lhe dissera naquela noite.

Eu vejo você. Vejo você por quem você é, Alice, e é a coisa mais deslumbrante que eu já vi.

Ela não conseguia tirar aquilo da cabeça. A princípio, ficou só sentada ali, sorrindo de orelha a orelha. Seu coração parecia prestes a explodir. Então, as sementes já conhecidas de dúvida começavam a brotar em sua mente.

Mas ele estava mesmo falando sério?

Basta um olhar para o seu rosto e ele provavelmente vai voltar atrás em tudo o que disse.

Quando estava quase começando a ser sugada pela negatividade, Alice releu a mensagem de Sarah.

O Alfie te ama. E você sabe disso.

Será que sabia? O que Alice sabia antes daquela coisa esquisita e maravilhosa ter chegado quase inconscientemente em sua vida era que nunca se apaixonara. Sua vida amorosa antes do acidente não era exatamente o que se poderia chamar de um estouro, portanto nem valia a pena pensar em como se daria depois das queimaduras. É claro que havia transado. Saído com um cara por semanas. Com vários caras por semanas. Mas só isso. Não tinha existido um relacionamento de verdade. Nenhum compromisso. E com certeza não tinha existido amor.

O mais próximo que Alice já havia chegado daquilo tinha sido um arranjo muito conveniente com um homem que conhecera tarde da noite, no prédio onde ficava o escritório dela. Ele trabalhava para um banco de investimentos que ocupava outro andar do mesmo prédio, e os dois haviam trocado olhares de passagem várias vezes. Ambos eram escravos de seus empregos, mas também tinham necessidades. Eles se encontravam duas vezes por semana, passavam a noite juntos, então seguiam com a vida plenamente satisfeitos e sem qualquer necessidade de ter algum contato extra. Aaron tinha quarenta e três anos, já se divorciara duas vezes e não tinha tempo, energia ou espaço no coração para um relacionamento. Era extremamente atraente, gentil e muito talentoso na cama. Aquela situação se estendeu por alguns meses até que, ao que parecia, Aaron encontrou tempo, energia e espaço no coração para um relacionamento. Só não com Alice. Depois do término muito amigável entre eles, ela não tentara de verdade com mais ninguém. A falta de experiência em relacionamentos nunca a tinha incomodado. Às vezes, parecia que só fazia aquilo porque era o que deveria fazer. Apenas nos últimos tempos, quando a perspectiva de conseguir encontrar alguém facilmente — se quisesse — lhe foi tirada, foi que Alice se ressentiu da forma superficial como havia tratado o assunto antes. Ao que parecia, não havia problema em ficar sozinha, mas só quando era por escolha.

De uma coisa Alice tinha certeza: estava contando com aquela cirurgia. Seria uma nova vida. Quem sabe uma chance de tomar coragem para finalmente permitir que Alfie a visse?

Da última parte ela ainda não estava certa. A ideia de Alfie indo embora da enfermaria e nunca mais falando com ela a deixava com o estômago revirado. Mas será que conseguiria reunir coragem para encontrar aquele homem cara a cara? E se mesmo depois da cirurgia a aparência dela ainda fosse um desapontamento? E se ele fosse embora e nunca mais olhasse para trás? E se ela fosse apenas um passatempo para Alfie, enquanto ele estava naquele tempo fora do tempo?

Alice permitira que todos em sua vida a deixassem no final, e até mesmo Sarah estava do outro lado do mundo no momento. Não conseguiria suportar se Alfie também a abandonasse.

*

— Falta só um dia, Alicezona. Como está se sentindo?

— No momento, ainda desejando ardentemente que você pare de me chamar por esse apelido horroroso!

— Foi mal! É uma mania ruim, eu sei, mas pare de fugir da pergunta.

— Estou sentindo as mesmas coisas que sentia ontem quando você me perguntou. Que são as mesmas que estava sentindo anteontem. Estou cem por cento apavorada, mas... empolgada.

— A parte de estar apavorada eu entendo, a de estar empolgada, não tanto. E você tem certeza que não quer tentar passar um pouco da minha pomada para cicatrizes como uma última tentativa antes da grande cirurgia?

Um pequeno tubo branco de pomada apareceu através da cortina.

— Ah, sim, porque eu já não estou usando isso, não é? Além do mais, esse tubinho minúsculo só cobriria o meu braço.

— Estava só tentando ajudar. — Ele sacudiu o tubo uma última vez, antes de fazê-lo desaparecer atrás da cortina de novo. — E tem certeza que não quer que eu ligue pra ninguém caso alguma coisa dê errado? Nem mesmo pra Sarah?

— Não. Se alguma coisa ruim acontecer, o hospital vai ligar. Não quero que ela se preocupe. Confie em mim.

Alice não queria que Sarah fosse contatada sem necessidade. Não havia motivo para isso. Fossem quais fossem os desafios que Alice teria que enfrentar, ela lidaria com eles sem preocupar mais ninguém. Não havia esquecido tudo sobre como cuidar de si mesma.

— Não concordo de forma alguma, mas vou fazer como você está dizendo.

— Ótimo. Alfie?

— Oi.

— Preciso que você faça mais uma coisa por mim.

— Tem toda a minha atenção, srta. Gunnersley.

Se ele pelo menos soubesse que aquela não era, de forma nenhuma, hora de flertar.

— Preciso que prometa que, não importa o que aconteça durante a cirurgia, você não vai me visitar.

— Espera aí. O quê? — Alfie não conseguiu esconder o choque da voz.

— Estou falando sério. Por favor. Não me visite. Nem mesmo se...

— Alice, para! Você não pode estar falando sério. Eu...

— Alfie. — O tom dela o deteve na mesma hora. — Se as coisas não correrem como planejado... quero que você se lembre de mim como me conhece agora. Quero que se lembre de mim com todas aquelas lindas palavras que você me disse. Prometa.

Ele não deixou escapar nenhum som pelo que pareceram minutos.

— Alfie?

— Tá certo. Eu prometo, Alice.

— Não importa o que aconteça?

— Não importa o que aconteça.

274

56

Alfie

Ele segurou a mão dela até o último momento possível.

Pediram a todos, como sempre, que fechassem as cortinas enquanto Alice era levada. Como era tentadora a ideia de abrir uma frestinha que fosse para dar uma espiada antes que ela saísse.

Mas promessa era promessa. Por mais dolorosa que fosse de cumprir.

Por favor, cuidem dela.

Por favor, cuidem dela.

Por favor, cuidem dela.

Alfie sussurrou essas palavras vezes sem conta contra o travesseiro, torcendo para que, ao fazer isso com muita convicção, alguém em algum lugar ouvisse a sua prece.

Devia ser perto de dez da manhã quando Alfie ouviu o som de passos se aproximando do seu leito.

— Posso entrar? — A pequena Ruby enfiou o rosto por entre as cortinas.

— Oi, Rubes. Já de férias? Você tá bem?

— Tô. E você? — Ela o fitou com uma expressão preocupada que não era nada comum em uma menina daquela idade. — Posso? — Indicou a cama com a cabeça.

— É claro, a menos que você esteja crescida e descolada demais para isso agora...

275

— Ainda não. — Ela correu até ele, se deitou e se aconchegou. — Ainda mais quando você está tão triste.

As palavras de Ruby o desconcertaram... Não dá mesmo para esconder tudo. Alfie apertou seu corpinho quente com carinho.

Ficaram daquele jeito a manhã toda, com Ruby insistindo que vissem um sem-fim de episódios de programas horríveis na TV, só para mantê-lo distraído. Mas, assim que a enfermeira Angles entrou na enfermaria, só havia uma coisa na cabeça de Alfie.

— Alfie, meu bem, sei o que você vai me perguntar, mas ainda não tive nenhuma notícia. — Ela nem levantou os olhos dos papéis que segurava. — Assim que eu souber de alguma coisa, você vai ser o primeiro com quem vou vir falar, está bem? — Ela se debruçou e pousou a mão no rosto dele. — Agora volte para a cama e descanse. Parece que você não dorme há dias.

Alfie tentou sorrir e voltou para a cama. Não conseguiu evitar lançar um olhar para a antiga cama do sr. Peterson, agora ocupada por um grego muito cabeludo e muito mal-humorado.

Alfie passou o resto do dia se sentindo totalmente perdido.

— Você pode parar de andar de um lado para o outro, por favor? — As enfermeiras tentavam não demonstrar, mas Alfie sabia que estava deixando todas elas irritadas.

— Desculpe, só não sei o que mais posso fazer.

Andar ajudava. Andar dava a Alfie a sensação de estar ao menos fazendo *alguma coisa*.

— Nós entendemos, de verdade. Mas, por favor, você pode andar em outro lugar que não seja aqui na enfermaria? Talvez do lado de fora? Você poderia sair para tomar um pouco de ar. Está deixando todo mundo aqui nervoso, Alfie.

Quem ligava para as outras pessoas quando a pessoa mais importante ali estava em uma mesa de cirurgia?

Alfie sabia que não era culpa delas, por isso engoliu aquelas palavras e levou sua triste figura para o pátio.

O sol estava ofuscante e, se fosse qualquer outro dia, Alfie teria adorado sentir o calor e ver o céu azul. Mas naquele dia só queria solidão e tristeza.

— Está um lindo dia, não? — Uma senhora idosa e o marido andavam de braços dados ao redor do jardim. Alfie mal conseguiu dar um pequeno sorriso.

— Precisa se sentar, filho? — Um homem de meia-idade, inconveniente, com certeza reparara no andar claudicante de Alfie.

— Não, obrigado. — Se ele se sentasse, se veria forçado a conversar, e não se imaginava fazendo aquilo no momento. Sentar seria se envolver demais naquele ambiente.

E se precisasse voltar o mais rápido possível? E se estivessem procurando por ele?

Sentiu a garganta apertar.

Alfie praticamente saiu correndo do pátio em direção aos corredores. E não importava quem precisasse empurrar para fora do caminho para chegar lá. O pânico o forçava a caminhar cada vez mais rápido... Rápido demais para que seu coração disparado e a perna dolorida conseguissem acompanhar. Mas ele não ousou parar nem para recuperar o fôlego.

Quando chegou à entrada da enfermaria, seu rosto pingava de suor.

— Alfie, que diabo aconteceu com você?

Ele balançou a cabeça, se sentindo tolo. É claro que saberiam onde encontrá-lo — as próprias enfermeiras o tinham praticamente obrigado a ir para o pátio.

— Nada, só estou cansado — murmurou ele.

— Hum, tá certo. — A enfermeira o encarava com uma expressão desconfiada. — Bom, descanse um pouco, ainda não temos notícias. Vou checar para você, prometo.

Alfie sorriu, o primeiro sorriso de verdade do dia.

— Obrigado.

57

Alice

Só respire, Alice.

O nervosismo aumentava a cada porta por que passavam, a cada corredor que percorriam, e a cada curva que faziam.

Não poderiam lhe dar a anestesia logo? Nocauteá-la para que só acordasse quando toda aquela provação já tivesse acabado?

Não. Ao que parecia, precisavam dela acordada até o último segundo.

Felizmente, ela não teve que esperar muito até ser colocada na área de espera da sala cirúrgica.

Era estranho como sentia falta de ser cumprimentada pela enfermeira Angles em vez daquelas pessoas estranhas. Como a sua vida na enfermaria parecia reconfortante agora que ela fora arrancada de lá.

— Muito bem, Alice. Logo vamos aplicar a anestesia. Alguma pergunta antes de começarmos?

Alice balançou a cabeça. Se falasse, tinha certeza de que vomitaria.

— Quero que você respire fundo algumas vezes. Vai sentir uma picadinha, então uma sensação ligeiramente fria. É tudo normal... apenas a anestesia fazendo efeito. Certo?

Alice sorriu então. Assentir a deixava mais nauseada.

— Ótimo. Vou fazer uma contagem regressiva a partir de dez. Logo você vai começar a ficar com bastante sono... Não tente resistir, apenas relaxe, está bem?

De repente, tudo começou a sumir. Os sons, as formas... tudo se misturou em um único borrão.

Alice sentiu os olhos pesados.

Mal conseguia mantê-los abertos.

Em segundos, ela se perdeu na escuridão.

Em uma hora, estava deitada na mesa de cirurgia.

58

Alfie

Alfie sabia que todo mundo estava se esforçando ao máximo para conseguir informações para ele, mas não podia deixar de achar que não estavam se esforçando o bastante. Estava ficando louco com aquela falta de notícias.

Será que não podiam simplesmente ir até a sala de cirurgia e perguntar?

Em determinado momento, Alfie quase se convenceu a ir até lá e tentar descobrir ele mesmo. Por sorte, o bom senso interveio e lhe disse claramente quão estúpida era aquela ideia, e que provavelmente reduziria as chances dele de descobrir alguma coisa sobre Alice, caso fosse pego. Assim, se resignou a esperar.

Esperou até a mudança do turno da tarde, e então para o turno da noite.

Esperou até as estrelas piscarem para ele no céu.

Esperou até parecer que todos na enfermaria haviam adormecido, menos ele.

Várias vezes seus olhos começaram a fechar e ele se forçou a continuar acordado. Toda vez que ouvia passos, aprumava o corpo na cama, rezando para que viessem na direção dele. Mas, fosse quem fosse, sempre acabava mudando de direção, ou se perdendo na distância, e o coração dele voltava a afundar no peito com o peso da expectativa.

Daquela vez, os passos vieram direto nele.

Alfie não ousou fazer barulho, com medo de espantar a pessoa que estivesse ali.

— Alfie, você ainda está acordado?

Por que a enfermeira Angles estava ali? O turno dela não terminara horas atrás?

Mãe Anjo?

Oi, meu bem. — Ela enfiou a cabeça pela cortina. Na mesma hora ele soube que havia alguma coisa errada.

— Ela está viva? Por favor, me diga que ela está viva — Alfie praticamente berrou.

De repente, a enfermeira Angles estava ao lado dele, corpulenta e quente, abraçando-o com força.

— Ela está viva, meu amor, mas por pouco.

Por pouco.

Aquelas palavras o atingiram direto no peito. Ele sentiu náuseas. Precisava ver Alice. Tinha que vê-la imediatamente.

— Preciso ver ela. Preciso ver a Alice agora.

— Alfie, meu bem, pare.

— Não. Saia do meu caminho. — Alfie estava usando todas as forças que tinha para se desvencilhar do abraço dela.

— Escuta. — A enfermeira Angles se afastou, ainda segurando Alfie pelos ombros, forçando-o a parar de se agitar. — Eu sei que você quer, mas não pode. A Alice está em estado crítico. Ninguém tem permissão para vê-la no momento. Nem mesmo você. — Ele sentia os dedos dela deixando marcas na sua pele.

Alfie não conseguiu mais se conter, não conseguiu mais lutar, apenas se deixou cair de vez nos braços da enfermeira Angles e chorou.

— *O que aconteceu?* — As palavras quase se perderam em meio às lágrimas.

— Ainda não disseram muita coisa. — Ela fez uma pausa e o abraçou ainda mais forte. — Só sei que ela perdeu muito sangue e... e...

Ela não conseguiu continuar, e Alfie também não queria ouvir.

*

Ele não conseguiria dizer exatamente o momento em que adormeceu, mas tinha certeza de que havia sido nos braços da enfermeira Angles. Alfie quase ficou surpreso ao descobrir que ela não estava mais ali, com os braços ao redor dele, abraçando-o com força, quando a manhã chegou.

Em vez disso, ele a ouviu já em plena atividade, andando de um lado para o outro, ocupada com as suas rondas. Como tudo parecia normal quando o mundo tinha sido puxado de debaixo dos pés dele? Por sorte, a enfermeira Angles havia fechado as cortinas depois de sair, dando privacidade a Alfie para que ele assimilasse a notícia do seu jeito. Mas tudo o que ele queria era ver Alice.

Por que ela o obrigara a fazer aquela promessa idiota de não visitá-la?

— Alfie, posso entrar?

Ele não estava acostumado a ouvir a enfermeira Angles pedindo permissão para entrar; era tocante ver o carinho na voz dela.

— Ahã. — Quando tentou falar, Alfie descobriu que sua voz ainda estava rouca de chorar.

— Como você está, meu bem?

Ele deu de ombros. Cada vez mais, Alfie percebia que as palavras com frequência eram inúteis naquelas situações. O que ele poderia dizer? Por onde começar? Talvez por isso Alice tinha ficado em silêncio por tanto tempo.

A notícia também parecia ter abalado a enfermeira Angles — enquanto ela se espremia para se sentar ao lado dele, Alfie percebeu que ela tinha olheiras, e seus olhos estavam injetados. Ela se inclinou mais para perto e pegou a mão dele.

— Estive lá em cima esta manhã, e o estado dela não se alterou desde a noite passada.

Alfie se viu dominado por uma sensação conflitante, que misturava culpa e gratidão.

— Obrigado.

— Vou fazer o melhor possível para continuar checando, mas preciso que você tente manter o alto astral. Não vai ajudar ninguém se ficar deprimido.

Alfie se lembrou subitamente daqueles dias sombrios depois do acidente. Os dias em que as nuvens da depressão o impediam de fazer qualquer outra coisa que não dormir. A enfermeira Angles ficara ao seu lado durante todo aquele tempo.

— Posso te perguntar uma coisa?

— É claro.

— A Alice me fez prometer que, não importava o que acontecesse, eu não iria ver ela. Mesmo se o *pior* acontecesse.

A enfermeira Angles não conseguiu esconder a expressão de surpresa que passou rapidamente pelo seu rosto.

— Isso é pedir muito de você.

— Eu sei, e na hora concordei em respeitar. Mas agora... agora que as coisas não estão bem, não sei se vou conseguir manter a promessa.

A enfermeira Angles respirou fundo e se recostou na cadeira. Alfie ficou feliz por ela estar levando o assunto tão a sério — queria que outra pessoa percebesse a gravidade da situação dele.

— E você quer a minha opinião sobre o que fazer? É isso?

Ele assentiu.

— Olha, meu bem. — Alfie percebeu que ela escolhia as palavras com muito cuidado. — Se fosse eu... e definitivamente não sou, então você pode fazer o que achar melhor... *mas*, se fosse eu que tivesse feito uma promessa a alguém de quem eu gostasse muito, eu faria todo o possível para respeitar. — Ela apertou a mão dele, e Alfie teve certeza de que a enfermeira Angles sabia que aquelas não eram as palavras que ele queria ouvir.

Alfie apertou a mão dela de volta.

— Vou te deixar agora, mas você sabe onde estou se precisar de mim. Estou sempre aqui. Sempre. — Ela se levantou e se preparou para sair do cubículo. — Ah, e não se esqueça que a sua mãe vem visitar você hoje.

Ela provavelmente esperava que aquilo trouxesse um sorriso ao rosto dele, mas a notícia da alta do filho deixara Jane Mack ainda mais eufórica do que antes. Alfie se encolhia por dentro toda vez que ouvia as enfermeiras falando com ela ao telefone: "Pode deixar, Jane, vamos cuidar disso".

"Não, sra. Mack, a data não mudou... A alta dele ainda está marcada para o fim da semana que vem." "Oi, Jane, nenhuma mudança ainda!" "Jane, nós ligaremos pra você se alguma coisa acontecer, ok?"

Alfie sabia que ela praticamente se mudaria para o hospital na última semana dele lá. Na cabeça da mãe, havia coisas demais para resolver. Na realidade, Alfie provavelmente conseguiria guardar todas as suas coisas em uma caixa pequena em menos de dez minutos, mas sabia que não adiantaria nada dizer isso a ela. Em vez disso, deixaria que a mãe lhe dissesse exatamente o que precisava ser feito, para onde ir e como chegar lá.

Quando ela chegou, no fim daquela tarde, nem ele conseguiu esconder a surpresa ao ver as sacolas de produtos de limpeza que carregava.

— Boa tarde a todos. — A empolgação da mãe era palpável enquanto ela atravessava a enfermaria.

Alfie olhou para Robert, que vinha atrás com pilhas de embalagens de doces.

Antes que tivesse a chance de abrir a boca, a mãe começou a ficar toda agitada.

— Agora não falta muito, meu bem! Nossa, temos tanta coisa a fazer antes de você ir embora. Eu trouxe alguns produtos para podermos deixar este lugar limpo... É sempre educado deixar tudo limpo antes de sair, não é mesmo?

— Mãe, você sabe que o hospital tem profissionais que fazem isso, não sabe? É parte do trabalho deles.

Ela já havia tirado um spray desinfetante da sacola e estava passando nas superfícies.

— *Mãe.* — Ele não pretendia soar tão ríspido. — Para.

Ela se virou para ele, confusa.

— O que foi?

Alfie sabia que, se contasse a verdade a ela, abriria as portas do desespero. E não estava pronto para aquilo. Mas a limpeza e a agitação tinham que parar.

— Nada, só estou cansado. Pode se sentar um minutinho?

— É claro. — Ela pousou o spray e se sentou na beira da cama. — Eu trouxe umas barrinhas de cereais caseiras para as enfermeiras, como um pequeno agradecimento pela dedicação delas. Quer uma? Tenho certeza de que não vão perceber se estiver faltando só uma.

Ele balançou a cabeça — seu apetite normalmente enorme havia sumido desde que Alice fora para a sala de cirurgia.

— Meu amor, tem certeza de que está bem?

Droga. Ele deveria ter imaginado que recusar guloseimas acenderia o sinal vermelho.

— Tenho, só estou muito cansado.

— Hummm. — A mãe sempre sabia quando ele estava mentindo. — É uma grande mudança mesmo, Alf. E é normal ficar preocupado, ou sentir um pouco de medo.

Que maravilha: a desculpa perfeita, e embrulhada para presente.

— É, tem razão, é tudo um pouco perturbador.

— E não podia deixar de ser. Mas não se preocupe, já começamos a pensar nas coisas, para que você nem precise se dar ao trabalho. Na manhã em que te derem alta, viremos te pegar de carro e te levar para a nossa casa. Você pode ficar lá pelo tempo que quiser. Já checamos o seu apartamento para ver se está em condições de te receber, e tudo parece perfeito. Telefonei para a escola e disse a eles que você iria receber alta... Ah, como eles ficaram felizes! Parece que sentiram muito a sua falta.

Alfie só conseguiu sorrir e assentir, enquanto tentava não gritar diante do absurdo da situação.

Eu não me importo com nada disso. Só preciso saber se ela está bem.

Felizmente, Robert estava mais atento ao humor de Alfie, e sentiu que ele precisava de espaço para respirar.

— Venha, meu bem, por que não distribuímos essas barrinhas? Tenho certeza que estão todos loucos por uma injeção de açúcar.

— Ótima ideia. Alfie, meu amor, não vamos demorar. — Pouco antes de se afastar com Robert, a mãe deixou duas barrinhas em cima da mesa de cabeceira dele. — Para o caso de você ficar com fome mais tarde, ok?

Como aquela mulher era generosa, e como ele se sentia culpado por querer que ela fosse embora. Uma parte de Alfie torcera para que a presença dos pais fosse uma distração bem-vinda, mas em vez disso a conversa leve e a atenção excessiva da mãe o deixaram ainda mais aflito do que quando ele estava sozinho com seus pensamentos. Deitado ali, olhando para a cortina, Alfie sentiu uma vontade enorme de afastá-la e dar uma olhada no leito de Alice. Antes que se desse conta do que estava fazendo, já segurava o tecido entre os dedos, pronto para puxá-lo. Como seria finalmente ver o espaço dela? Ver onde Alice dormia, onde sonhava, chorava e ria. Quando estava prestes a abrir a cortina, sentiu um aperto no estômago. Alguma coisa o detinha.

Havia feito uma promessa, e até mesmo ver aquela parte dela parecia traição.

— Ah, vou sentir falta dessas enfermeiras quando você for embora, Alfie. Elas são realmente uma bênção de Deus.

Alfie soltou a cortina na mesma hora, e torceu para que a culpa não estivesse estampada em seu rosto. Jane Mack era uma pessoa sociável, e voltou mais de uma hora depois com as embalagens vazias e cheia de histórias para contar. Seus olhos foram direto para as duas barrinhas intocadas ao lado da cama dele.

— Meu bem, você deve estar mesmo cansado... Não deu nem uma mordida nas barrinhas. Que tal nós irmos agora para que você descanse um pouco?

— Pode ser. — Alfie não ia discutir.

— Robert e eu voltaremos logo para pegar você. A enfermeira Angles disse que a sua avaliação médica deve ser amanhã ou depois de amanhã, por isso não se preocupe em arrumar as suas coisas, podemos cuidar disso quando chegarmos aqui. Não acredito que o meu bebê vai voltar para casa! — Ela plantou um beijo no alto da cabeça dele.

Alfie mal conseguiu se forçar a dar um meio sorriso. Estava cada vez mais difícil manter a fachada.

59

Alfie

Alfie Mack nunca tinha sido muito bom com despedidas. Não gostava dessa coisa de ir embora e, mais do que isso, não conseguia suportar a ideia de as pessoas o deixarem. Todo ano era preciso fazer um enorme esforço para se separar da sua turma de alunos. Achava difícil dizer adeus para o pai e a mãe depois de cada almoço de domingo. Agora, ali estava, olhando direto para a realidade que era se despedir daquele lugar e das pessoas que tinham salvado a sua vida.

A médica aparecera durante as rondas matinais e lhe contara a novidade. Tinha sido um aviso formal e robótico, uma alta de rotina, provavelmente mais uma das milhares que ela dera ao longo da vida. Mas para Alfie era uma mudança completa de vida.

— Com base na avaliação de seus exames e das anotações a seu respeito, consideramos que você está pronto para receber alta. Pode ir assim que os documentos estiverem prontos e assinados. Precisa ligar para a sua família? — A médica mal olhou para ele.

— Não, obrigado, doutora. De qualquer forma, a minha mãe já está avisada, por isso tenho certeza que ela vai aparecer a qualquer minuto para checar como estou.

Jesus, quantos anos você tem? Três?

— Certo. — O sorriso dela era carregado de pena. — Bom, qualquer problema, você sabe onde nos encontrar.

E foi assim. Aquele era oficialmente o momento de Alfie voltar para casa e, mesmo depois de quase três longos meses, estava desesperado para continuar ali.

Pelo resto da manhã, tudo o que Alfie conseguiu fazer foi ficar deitado na cama, em silêncio. Não sentiu a pressão de sempre para bancar o animador da plateia, nem se sentiu culpado por ficar em silêncio. Tudo o que queria era tentar absorver o máximo que pudesse daquela estranha bolha, pelo máximo de tempo possível. Será que conseguiria guardar aquele cheiro asséptico da enfermaria na memória? Gravar no interior das pálpebras os tons pastel das paredes para que, sempre que quisesse estar de novo ali, só precisasse fechar os olhos? Como poderia capturar os sons da vida no hospital e guardá-los para sempre na mente? Tudo que antes parecera tão inóspito e anormal agora era como se fosse uma parte do coração dele.

— Alfie! — Ele foi arrancado do seu estupor na mesma hora pelo grito de Ruby, que atravessava correndo a enfermaria.

— Ei, você! Como estão a sua avó e o seu avô?

Alfie amava o caos que aquela criança trazia para a enfermaria cada vez que chegava de visita. Ela era uma bola de barulho e energia disparando pelo salão bege.

— A mamãe me disse que você vai embora hoje.

Ruby parou no pé da cama, as pernas afastadas, as mãos no quadril e uma expressão brava no rosto.

— É verdade. Estou indo embora. — Ele estendeu a mão para ela.

— Não. — Ruby bateu o pé com força no chão.

— Ah, vamos, Rubes, não faça assim. Você não pode ficar brava no meu último dia.

Ele viu o lábio inferior dela começar a tremer.

— Mas eu não quero que você me deixe. — Ruby correu para ele. Lágrimas escorriam em seu rosto.

— Eu sei. — Alfie a abraçou com força. — Mas ainda posso vir visitar você e a sua mãe. Somos amigos, não somos? — Ele a segurou na sua frente e fitou o rostinho desalentado.

Ruby conseguiu assentir brevemente.

— Muito bem, então. Amigos não deixam um ao outro. *Nunca*. E jamais se esqueça disso, ok?

— Ok. — Um sorrisinho se insinuou no rosto dela.

— Além do mais — Alfie sussurrou alto no ouvido da menina —, quem vai tomar conta da Sharon pra mim depois que eu for embora?

— Ei! Não preciso que tomem conta de mim, muito obrigada!

Ruby caiu na gargalhada, atravessou novamente a enfermaria correndo e se jogou sem cerimônia na cama da mãe.

Alfie olhou para a cama que pertencera ao sr. Peterson, o homem de quem ele gostava tanto e que admirava tão profundamente. Então, se deu conta da ausência da voz de Alice perto dele. O som que o acordava toda manhã e o fazia dormir toda noite. Naquele momento, Alfie percebeu por que era tão difícil para ele ir embora. Aqueles estranhos haviam se tornado parte da família dele.

Até mesmo a enfermeira Angles fizera seu intervalo mais cedo para se despedir. Por alguns minutos, os dois ficaram apenas sentados um ao lado do outro, em silêncio.

— Mãe Anjo, eu só queria...

— Xiiiu, meu amor. Ainda não.

Alfie não conseguiu se forçar a olhar para ela, e desconfiava que ela também estava evitando o seu olhar.

— Alfie, meu bem, já estamos prontos para ir. O Robert está no carro, esperando por nós — chamou a mãe dele, aparecendo de repente.

Não.

Por favor, ainda não.

Só mais alguns minutos.

— Jane, querida... — A voz da enfermeira Angles saiu ligeiramente engasgada. — Se não se incomodar, eu gostaria de levar o Alfie até a saída. Fui eu que o trouxe para cá, e quero que seja eu a sair com ele. Não vamos demorar, prometo.

— Claro. Estaremos esperando lá fora.

Antes que Alfie tivesse tempo de agradecer, a enfermeira Angles já se virara para ele com uma expressão determinada no rosto.

— Alfie Mack, quero que me escute, e me escute bem. Sinto um orgulho *enorme* de tudo o que você fez aqui. Você não apenas se dedicou com afinco à sua recuperação, como também foi uma tábua de salvação para muitas pessoas nesta enfermaria. Quero que me prometa que nunca vai apagar essa luz dentro de você, não importa o que apareça em seu caminho. E, acima de tudo, quero que me prometa aqui e agora que, por mais difícil que seja, você vai continuar lutando. A sua vida vale a pena ser vivida, e eu ainda estarei aqui, aplaudindo você a cada passo do caminho.

Os olhos da enfermeira Angles cintilavam e ela apertava com força a mão de Alfie. Ele olhou no fundo dos olhos castanho-escuros dela e sentiu o coração inundado de amor.

— Eu prometo.

— Agora venha cá e dê um último abraço nessa velha enfermeira!

E, de repente, a enfermeira Angles era toda sorrisos e simpatia de novo. Alfie se inclinou na direção dela e deixou que seu abraço o envolvesse por inteiro. Ele se aconchegou o mais que conseguiu e inspirou o ar ao redor dela. A generosidade que ela exalava. O coração aberto. O instinto maternal. Queria levar o máximo dela com ele.

— Eu é que agradeço a você, minha Mãe Anjo. Vou te levar no meu coração para sempre. — Ele a beijou no rosto antes de se afastar. — Muito bem, vamos terminar com isso!

— Vamos terminar com isso, meu bem.

Ela deu o braço a ele e soltou aquela gargalhada gostosa.

Juntos, os dois saíram da enfermaria, de braços dados, lado a lado. E, quando atravessaram as portas duplas, toda a enfermaria aplaudiu com vontade.

Pouco antes de chegarem à saída do hospital, Alfie parou. Ele tinha esperado até o último momento possível para pedir um derradeiro favor a ela, porque sabia que, depois que fizesse aquilo, seria realmente o fim.

— Mãe Anjo? Preciso de uma última ajuda sua...

60

Alice

Alice perdera totalmente a noção do tempo. Não sabia onde estava, o que acontecera, ou por quê. Só sabia que estava começando a despertar... muito, muito lentamente.

Começou com um estranho facho de luz. Ela tentou abrir os olhos, mas a luz era tão forte que ela se viu forçada a fechá-los de novo na mesma hora. Então vieram os sons... sons de pessoas ao redor dela, falando sobre ela. Lançando palavras umas para as outras com tanta rapidez que Alice mal tinha tempo de compreendê-las. A princípio, não importava; só o que importava era que não estava sozinha. Estava em algum outro lugar que não naquele incêndio, e tinha companhia.

— Alice, meu bem, consegue me ouvir?

Ela moveu a cabeça sem pensar.

— Alice? Se consegue me ouvir, pode fazer que sim de novo?

Vá embora, isso dói demais.

— Alice, se consegue me ouvir, preciso que me dê um sinal.

Meu Deus, essa mulher não para.

Alice precisou de cada gota de força para assentir.

— Excelente! — A mulher insistente estava quase cantando de empolgação. — Muito bem, querida. Vou chamar o médico agora mesmo. Fique quietinha aí pra mim.

Ah, porque é bem provável mesmo que eu saia andando por aí.

Foi uma surpresa ouvir os próprios pensamentos daquele jeito de novo. Quanto tempo se passara desde a última vez que tinha conseguido fazer aquilo? O que acontecera com ela? Alice tentou erguer a cabeça, mas parecia pesada demais. Na verdade, dava a impressão de que todo seu corpo estava coberto de chumbo.

— Alice, meu nome é Warring. Sou o seu cirurgião. Você se lembra de mim?

Estou cansada, me deixa em paz.

Por que os médicos sempre insistem em falar com a gente quando estamos quase dormindo?

— Alice, preciso te dar uma notícia muito importante, então tenho que ter certeza de que você está me ouvindo e entendendo o que eu digo.

Ela forçou os olhos a abrirem. Bastou um olhar para o rosto dele para que tudo voltasse.

A cirurgia.

O rosto dela.

Sarah.

Alfie.

— O que aconteceu? — A voz dela saiu tão rouca que, se Alice não soubesse que tinha saído da própria boca, teria jurado que pertencia a outra pessoa.

— Lamento dizer que ocorreram algumas complicações graves com a cirurgia.

Ah, Deus, não.

— Você perdeu muito sangue e teve uma parada cardíaca. Nós...

Ele fez uma pausa.

Por que havia parado de falar?

Alice podia sentir o sangue disparando por suas veias. Por que aquele homem estava olhando daquele jeito para ela?

— Não conseguimos terminar a cirurgia.

Alice levou as mãos ao rosto na mesma hora. Estava todo envolto em ataduras.

— *Como assim?* — Ela sentiu a náusea subir pela garganta, tornando difícil falar.

— Infelizmente, tivemos que abortar a cirurgia antes do fim. Achamos que conseguimos melhorar um pouco, mas só vamos ter certeza depois que você estiver totalmente recuperada.

Ele nem teve a decência de olhá-la nos olhos. Por que ele estava falando com o chão? Não conseguia olhar para o monstro que não tivera capacidade de consertar?

— Sinto muito. Volto amanhã para examinar os ferimentos. Nesse meio-tempo, tem alguém que você gostaria que chamássemos?

Alice balançou a cabeça.

Como poderia contar a eles que não tinha funcionado? Como poderia admitir que cometera um enorme erro? A cirurgia não tinha dado certo. Nada tinha mudado. Ela ainda estava deformada, e precisava se acostumar com o fato de que, agora, ficaria assim para sempre.

61

Alfie

Deixar o hospital foi uma das experiências mais surreais da vida de Alfie. Enquanto caminhava pelo estacionamento, meio que esperava que alguém batesse em seu ombro e lhe dissesse que haviam se enganado.

Hoje não, filho. De volta lá pra dentro.

Em vez disso, o que tinha era a mãe o empurrando na direção do carro, louca para o filho voltar para casa. Ela estava emocionadíssima desde que pousara os olhos nele, e Alfie sabia que Robert também estava fazendo de tudo para não chorar. Ele desejou desesperadamente poder compartilhar da alegria dos pais, mas só conseguia sentir uma ansiedade aguda e gelada lhe apertando o estômago.

O caminho para casa lhe trouxe tantas lembranças que Alfie se viu perdido em uma bruma de nostalgia. As ruas por onde passava de carro, mas a que raramente prestava atenção, os prédios por que passava a pé, mas que nunca tinha tempo para olhar direito, restaurantes onde comera e nunca voltara. Tudo tão familiar e ao mesmo tempo tão diferente. Era a mesma boa e velha Londres, o mesmo bom e velho bairro, mas alguma coisa havia mudado. Ele. Ele havia mudado. A vida continuara naturalmente sem ele, mas naquele tempo o mundo todo de Alfie tinha virado de cabeça para baixo. Ele se sentia como um estranho na própria cidade, em conflito e confuso, sem saber a que lugar pertencia. A ansiedade apertou seu peito.

Me levem de volta para a enfermaria. Preciso voltar.

— Você está bem, Alfie?

Os olhos da mãe o examinavam com preocupação pelo retrovisor.

— Tudo bem, mãe. — Ele sorriu e apoiou a cabeça na janela.

Um passo de cada vez... É só o que precisa fazer.

Mesmo quando já estava parado diante da porta da casa da mãe, Alfie não conseguiu evitar certa apreensão. Era tão surreal que, em um determinado momento, achou que estivesse sonhando.

— Venha, vamos entrar.

Alfie respirou fundo, desejando que seu coração se acalmasse depois que ele entrasse.

— Surpresa!

Alfie tomou um baita susto. Se Robert não estivesse atrás dele, certamente teria caído no chão.

— *Puta que pariu!* — Não tinha a intenção de gritar. Nem de soltar um palavrão. Mas, pelo amor de Deus, seu coração quase saiu pela boca.

Ele fechou os olhos.

Respira, Alfie. Só respira.

Voltou a abri-los lentamente. E viu uma sala cheia de pessoas que o encaravam com expressões muito preocupadas e muito constrangidas. Amigos e familiares que ele conhecia e amava tanto que, assim que os viu, não conseguiu mais parar de sorrir.

— Vocês por acaso estão tentando me mandar de volta para o hospital?

— Você nos deu um susto e tanto agora! — A mãe segurou a mão dele, nervosa, e o levou mais para dentro da sala.

Alfie havia conseguido salvar a situação. Por pouco.

Depois que o susto passou, Alfie só pôde admirar a velocidade com que a mãe havia agido. Nas poucas horas que haviam se passado desde que ele recebera alta, Jane Mack tinha conseguido organizar uma festa de verdade. Balões de gás enchiam praticamente todos os espaços entre as faixas de "Bem-vindo de volta" e "Parabéns" que se estendiam pela sala. Havia comida e bebida cobrindo cada superfície disponível, e Alfie reparou que até os móveis tinham sido mudados de lugar para dar espaço a todos os convidados. Ele sabia quanto aquilo significava para a mãe. Sabia quanto significava para todos naquela sala estar de volta. Alfie parou e puxou a mãe para um abraço.

— Obrigado. — Ele beijou o rosto dela e sentiu a pele enrubescer no mesmo instante.

— Seja bem-vindo de volta, filho.

Por mais que Alfie detestasse admitir, a festa estava realmente divertida. Por umas boas três horas, ele não pensou no hospital nem uma vez. Estava ocupado demais passando canapés, conversando com os amigos, depois com algum parente, e com os amigos de novo, todos muito felizes por ele estar de volta. Talvez aquilo não seria tão ruim assim. Talvez o retorno à antiga vida seria simplesmente como pressionar o botão "iniciar" de novo, depois de uma pausa muito longa. A vida seguira seu rumo, o tempo passara, mas ninguém o havia esquecido, e nada mudara de forma dramática.

A não ser ele.

— Está tudo bem por aí, filho? — Robert apareceu com outra bandeja de comida. Como a mãe havia conseguido que entregassem tudo aquilo com tão pouca antecedência era uma coisa que Alfie nunca saberia, mas ele pegou um punhado de rolinhos primavera e os enfiou na boca. Quanto mais comesse, menos teria que falar. — Fico feliz por ver que você não perdeu o apetite.

Alfie sorriu e assentiu.

De repente, tudo pareceu excessivo. Havia pessoas demais e espaço de menos para respirar. Os rolinhos primavera ficaram parados em sua garganta, a massa úmida presa ali, se recusando a ser engolida.

Não.

Aquilo não podia acontecer de novo.

Não acontecia havia semanas.

Por favor, aqui não. Não agora.

Alfie conseguiu abrir caminho entre as pessoas e chegar ao hall de entrada. Precisava ficar sozinho e longe de todo aquele barulho. As vozes em sua cabeça eram cada vez mais altas, e estava ficando mais difícil não se afogar nelas. Ele saiu pela porta da frente e se sentou na varanda. O ar fresco o atingiu no mesmo momento em que um flashback se acendeu na sua mente. E Alfie se viu arrastado, contra sua vontade, sem que tivesse qualquer controle, de volta para a noite do acidente. Os gritos, o choro, o cheiro de carne e asfalto queimados.

Não.

Por favor, chega.

NÃO!

— Alfie?

E assim ele voltou a si. Estava nos degraus da varanda da casa dos pais. Gelado. Tremendo. Encharcado de suor.

— Alfie, filho, você tá bem? — Robert estava agachado ao seu lado, ainda segurando uma bandeja com salgadinhos quentes.

— Estou, desculpe. Só fiquei um pouco zonzo, foi só isso. — As palavras se enrolaram uma na outra, e Alfie ficou surpreso por ter conseguido formar uma frase.

— Entendo. Muita informação lá dentro, não é mesmo? — Robert conseguiu se espremer no espaço minúsculo entre Alfie e o batente da porta. — Quer que eu comece a sugerir que as pessoas vão embora? Assim podemos te levar de volta para o seu apartamento.

— Não, tá tudo bem. Eu sei quanto isso significa para a minha mãe. Vou entrar de novo daqui a pouco. Acho que só precisava tomar um pouco de ar. — E lá estava ele de novo, o Alfie que gostava de agradar às pessoas, e que preferia ficar sentado ali, revivendo o dia em que os amigos morreram, a estragar a festa.

— Tem certeza? — Robert olhou para ele, alerta para qualquer sinal de que Alfie estivesse mentindo.

— Absoluta.

62

Alice

Ao que parecia, a recuperação de Alice tinha sido mais rápida da segunda vez. Ela estava cicatrizando bem, a pressão sanguínea estava estável, e ficava mais forte a cada dia. Embora a cirurgia não tivesse melhorado a aparência das cicatrizes, parecia que também não tinha piorado e, de acordo com o seu plano de recuperação, ela ainda estava no caminho certo. Para todos ao seu redor, aquela notícia era um milagre. Para Alice, era apenas botar mais sal na ferida.

— Você está reagindo muito bem.

— Levando em consideração o que aconteceu, você se recuperou com uma rapidez incrível.

Me recuperei para quê?

Para voltar ao mesmo chiqueiro em que estava antes de todo aquele sofrimento inútil?

A vozinha maligna em sua mente retornara e agora não havia nada que a detivesse. Pensamentos carregados de fúria a corroíam, se alimentando de qualquer esperança, de todo traço de otimismo que restasse. A amargura se cristalizou em seu estômago, se acomodando, ácida e pesada, esmagando Alice com sua solidez.

Como voltara àquele mesmo lugar?

O que Alfie diria se soubesse?

Alice conseguia ouvir o som da voz dele com tanta clareza em sua mente que por um momento chegou a esquecer que Alfie não estava mais ali. Ela abriu rapidamente os olhos.

Ah, meu Deus, quanto tempo se passou?

— Com licença, enfermeira. — Ela olhou ao redor, procurando desesperadamente por algum sinal de ajuda. — Enfermeira! — Sua voz estava tensa de pânico.

— Oi, Alice, está tudo bem? — Havia alguém ao lado dela. Alice nem reparou no seu rosto, só precisava de respostas.

— Há quanto tempo estou aqui?

— Hum...

— Me diga. Há quanto tempo? — Alice não se importou por estar praticamente gritando. Precisava saber.

— Já faz mais de uma semana, meu bem.

Não.

Ele não pode ter ido embora.

Não sem se despedir.

— Alguém... Alguém veio me visitar? — O coração dela estava disparado e seu corpo tremia em expectativa.

— Não. As enfermeiras da ala de reabilitação perguntaram muito de você. Na verdade, perguntaram tanto que tivemos que proibi-las de virem até aqui. Mas, a não ser por isso, mais ninguém.

Ele tinha mantido a promessa.

Alice não conseguiu nem esperar que a enfermeira se afastasse antes que as lágrimas começassem a escorrer.

— Alice, o que houve?

Ela enterrou o rosto no travesseiro.

— Nada. Por favor, só quero ficar sozinha!

Aquela era uma dor toda dela, e não queria que mais ninguém testemunhasse.

— Tudo bem. — A enfermeira hesitou, se demorando apenas mais um momento. — Você sabe onde estamos se precisar de nós.

*

— Bom dia, Alice — disse a enfermeira.

Não. Não quero existir hoje, obrigada. Me deixe aqui na escuridão, chafurdando no sofrimento.

— O médico já me mandou uma mensagem dizendo que vai passar mais tarde para ver você.

Por que ela parecia tão nervosa?

— Deve estar na hora de remover as ataduras...

— Tudo bem. — Aquilo foi tudo que a exaustão lhe permitiu murmurar de volta.

— Tem uma pessoa querendo te ver.

O corpo de Alice despertou na mesma hora. Seu coração parecia querer saltar pela garganta e seu estômago deu uma cambalhota.

— Alice, meu amor, sou eu...

A confusão e o reconhecimento da voz colidiram na mente de Alice. Não era ele. Era *ela*.

— Enfermeira Angles?

— Posso entrar? — O cuidado dela era enternecedor.

— Claro que pode.

A enfermeira Angles vira Alice em seu pior estado, por isso não havia motivo para se esconder dela.

— Oi, meu bem.

No momento em que o rosto da enfermeira apareceu atrás da cortina, Alice se sentiu invadida por um calor gostoso. Uma profunda sensação de amor a percorreu por um segundo, tão inesperada que a deixou sem ar.

— Oi. — Foi tudo o que ela conseguiu dizer em um sussurro muito baixo.

— Estamos sentindo saudade de você lá embaixo. — Toda cautela desapareceu enquanto a enfermeira Angles se acomodava na cadeira perto de Alice. — Você nos deu um susto e tanto, quase morrendo daquele jeito!

Alice sorriu.

— É, desculpe por isso.

— Mas você está aqui, viva, e isso é tudo o que importa.

Ela pegou a mão de Alice e apertou com força. E Alice se deu conta de que havia sentido mais falta de ser tocada do que jamais poderia ter imaginado.

— E... — A pergunta estava dançando na ponta da sua língua. — E como... está o Alfie?

O sorriso da enfermeira Angles ficou ainda mais largo.

— Bom, ele encheu meu saco, me pedindo para vir checar como você estava a cada cinco minutos. Fui praticamente proibida de pisar neste andar, de tanto que vim até aqui! — Ela deixou escapar uma gargalhada gostosa, e Alice não conseguiu resistir e riu também. — O Alfie também me fez prometer que te daria isso... — Ela tirou da bolsa uma carta e um pacote muito bem embrulhado. — Eu quis me certificar de que você estivesse acordada e bem antes de entregar. Não poderia permitir que perdessem nada, não é mesmo?

Alice pegou o presente e examinou o pacote. Era pequeno, retangular, e ela ficou surpresa por estar tão bem embalado em papel pardo. Alfie realmente tinha deixado aquilo? Para ela?

— Agora, preciso voltar lá para baixo. Você sabe como são todos naquela enfermaria... Só Deus sabe em que confusões já se meteram desde que eu saí.

Alice ainda estava com os olhos fixos no pacote e na carta que tinha nas mãos.

— Não deixe de dar uma passadinha por lá e se despedir antes de ir embora, está certo? — A enfermeira Angles apertou mais uma vez a mão dela e se levantou.

— Obrigada. — Alice também apertou com carinho a mão dela. — Muito obrigada por vir.

— Sempre que você precisar. — Ela se virou antes de sair. — Estou falando sério, entendeu? Se precisar de alguma coisa, é só pedir para me chamarem.

Alice ainda estava tão chocada que só conseguiu assentir em agradecimento.

— Está certo, Mary, estou indo. Me mantenha a par de tudo, está ouvindo? — A voz poderosa da enfermeira Angles ainda podia ser ouvida enquanto ela se afastava.

Alice virou a carta nas mãos e viu a letra miúda de Alfie na frente.

Para a Alicezona
Também conhecida como
A moça atrás da cortina

Adrenalina disparou por suas veias, e Alice não conseguiu mais aguentar a expectativa. Abriu o envelope com o maior cuidado possível e pegou a folha ali dentro. Seus olhos se moveram tão rápido na tentativa de ler tudo de uma vez que ela descobriu que nada estava fazendo sentido.

Alice fechou os olhos e respirou fundo.

Devagar.

Vai com calma.

Respira.

Ela voltou a abrir os olhos e recomeçou a ler a carta.

Querida Alice,

Espero que o apelido fofinho no envelope não tenha feito você desistir de abrir esta carta. Sei que era um grande risco, mas estava disposto a corrê-lo (principalmente porque não estarei por perto para ser alvo da sua ira quando você ler!).

Sinto muito se você teve que esperar antes de receber esta carta. A única pessoa em quem eu poderia confiar para entregá-la a você era a Mãe Anjo. Detesto pensar em você acordando e achando que fui embora sem me despedir, mas espero que valha a espera.

Alice, quero começar dizendo... QUE DIABO VOCÊ ESTÁ FAZENDO COMIGO?! Entrar em uma cirurgia e quase morrer de novo! Não vou mentir, provavelmente te xinguei tanto quanto rezei por você. Tenho certeza de que não estava exatamente se divertindo no CTI, mas também não foi muito divertido para mim aqui embaixo. Falando sério agora, consegui manter a promessa que fiz para você e não fui te ver. Posso ter pedido para a Mãe Anjo subir a fim de checar como você estava algumas vezes, para saber se você estava bem.

Em segundo lugar, espero de todo coração que essa cirurgia te dê a confiança que faltava, para que saia e comece a viver a sua vida de novo. Espero que ela te dê o que você precisa para que se sinta linda como você sempre foi para mim, e lamento não ter sido mais solidário desde o início. Tem muitas coisas que eu quero te dizer, mas em vez de escrevê-las aqui, nessa minha letra que mais parece um garrancho, deixei meu endereço no fim da página.

Alice Gunnersley, seria uma grande honra para mim se você fosse me conhecer pessoalmente, quando e se algum dia se sentir pronta. Entendo que provavelmente tem muitas coisas que você queira fazer quando sair do hospital, e procurar um estranho ligeiramente irritante que ocupava a cama ao seu lado talvez não esteja no topo da sua lista. Mas, se tiver alguma parte sua que queira fazer isso, estou esperando.

Independentemente do que você escolher fazer, Alice, preciso que saiba que aonde quer que eu vá, ou o que quer que eu faça, vou carregar um pedaço de você no meu coração para sempre.

Obrigado por ser a melhor colega de quarto (ou mais ou menos isso) do mundo.

Com todo o meu amor,

Alfie Mack

Também conhecido como o seu novo melhor amigo

PS: Divirta-se com os passatempos.

A mente de Alice estava cheia de um milhão de pensamentos diferentes, mas nem teve tempo de deixá-los assentar antes que outra voz surgisse do lado de fora das cortinas.

— Alice... o dr. Warring chegou.

— Entre. — Ela apertou o embrulho com força e guardou o precioso presente embaixo das cobertas.

— Oi, Alice. Como está se sentindo hoje?

— Bem. — Alice se sentia nauseada. Não sabia quanto mais de emoção conseguiria aguentar naquela manhã.

— Posso dar uma olhadinha nos curativos?

O dr. Warring agora estava tão perto do rosto dela que Alice não ousava respirar.

— Acho que está tudo bem. Está pronta para tirarmos essas ataduras?

Dessa vez, não haveria ninguém para segurar a mão dela. Não haveria ninguém para lhe dizer que tudo ficaria bem. Estava sozinha, e se deu conta de que não gostava nem um pouco daquilo. Alice assentiu, segurando a carta com força na mão e sentindo o peso do presente de Alfie ao seu lado. Era o único pedaço dele que lhe restara.

Você vai ter que esperar um pouco mais, Alfie.

Tem outra coisa que precisa ser desembrulhada primeiro.

O ar frio foi um alívio bem-vindo na pele, e Alice fechou os olhos enquanto a enfermeira cortava gentilmente as faixas restantes.

— Muito bem, Alice, vou só limpar essa parte aqui rapidinho, então podemos dar uma olhada, certo?

Ela assentiu e deixou escapar um som baixo de agradecimento. Estava dominada pelo nervosismo, e sua garganta estava tão apertada que até respirar doía.

— Muito bem, quando estiver pronta, pode abrir os olhos.

Lentamente, a imagem do rosto dela entrou em seu campo de visão.

O cabelo, agora mais longo, do mesmo ruivo intenso.

O lado direito exatamente como sempre fora. Banal para alguns, mas ainda perfeitamente ela.

Alice respirou fundo, tomando coragem para olhar para o lado esquerdo.

— Ah, Deus! — O grito pareceu escapar dela sem que tivesse controle sobre ele.

Ela fechou os olhos com força.

— Alice, você precisa entender que ainda está se recuperando. A pele ainda está muito inchada, mas sem dúvida houve melhoras. Por favor, me deixe mostrar a você.

Pare de tentar se sentir melhor.

Você não fez nada.

Mentiu pra mim.

A raiva ardeu dentro dela, se espalhando cada vez mais rápido.

— Alice. — A enfermeira pegou a mão dela. — Acredite em mim, é difícil e parece terrível agora, mas dê uma chance ao doutor, tudo bem? Deixe que ele te mostre.

Alice abriu novamente os olhos.

Dessa vez, ela pôde ver que o médico estava certo. Havia melhoras. Olhando com atenção, viu que a pele estava mais lisa e talvez um pouco mais firme em certos pontos. Mas ainda era óbvio que havia sofrido queimaduras graves. Também era óbvio que muito tempo e esforço haviam sido gastos tentando reconstruí-la. E sem dúvida era óbvio que não tinha funcionado. Ela ainda era uma colcha de retalhos de pele e cicatrizes.

— O inchaço vai desaparecer rapidinho, e vamos poder aplicar em você um creme tópico para ajudar a suavizar as cicatrizes. Sei que não conseguimos fazer tanto quanto desejávamos, mas mesmo assim estou satisfeito com os resultados. Sinceramente, Alice, espere algumas semanas e você vai ficar surpresa.

Alice não conseguia nem olhar para ele. Como aquele homem ousava tentar apaziguá-la com algumas pouquíssimas cicatrizes a menos e uma pele ligeiramente mais lisa?

A vergonha começou a consumi-la.

Era aquilo o que restava dela. A esperança de recuperar a autoestima e a autoconfiança estava destruída. Alice pôs a carta e o presente ainda fechado na mesinha de cabeceira. Não suportaria olhar para uma coisa tão carregada de esperança e de expectativa quando só o que lhe restava era o desapontamento. Como qualquer pessoa conseguiria amar alguém tão destruído?

63

Alfie

Alfie insistira que queria passar sua primeira noite fora do hospital já no próprio apartamento. A mãe fizera tudo o que podia para convencê-lo do contrário, mas ele sabia que precisava enfrentar logo aquilo, ou se arriscaria a passar a eternidade vivendo como um adolescente na casa da mãe.

— Aqui estamos, filho — declarou Robert, quando se aproximavam da porta da frente.

— Tem certeza que não quer mesmo voltar com a gente? Você não vai atrapalhar, Alfie, não importa quanto tempo queira ficar. Não é problema algum. — A mãe estava adotando um tom animado, mas Alfie podia ver o desespero nos olhos dela.

— Obrigado, mãe. Isso realmente significa muito pra mim, mas, como eu disse, só quero entrar e me ambientar o mais rápido possível.

Ele girou a chave na fechadura e ouviu o delicioso clique da porta se abrindo. Alfie tinha tido sorte mais uma vez. O apartamento dele ficava no térreo de uma antiga casa vitoriana, por isso não foram necessárias grandes mudanças para adaptá-lo à chegada dele. Não era nada de mais, apenas um sala e quarto comum, com pouco espaço de sobra, pelo qual pagava o preço extorsivo das moradias londrinas. Mas era todo dele.

Alfie acendeu a luz do hall de entrada e respirou fundo enquanto olhava ao redor.

Lar, doce lar.

— Vou deixar as coisas no seu quarto, guardar as compras na geladeira, então podemos ir. — Robert estava fazendo o seu papel de pacificador de sempre, e tentando ao máximo parecer otimista. Alfie sentiu o coração se encher de gratidão por ele.

— Nos certificamos de que estava tudo em ordem antes de você vir... Foi tudo limpo, e a roupa de cama, trocada. É sempre bom voltar para casa e o lençol da cama estar limpo, não? — Os olhos da mãe começavam a ficar marejados.

— Vem cá. — Alfie puxou a mãe e a abraçou com força. Sabia que ela queria que ele ficasse perto dela. A ideia de deixar o filho fora de vista de novo, de volta ao mundo, devia ser aterrorizante. Alfie beijou o topo da cabeça dela e a segurou na sua frente. — Eu vou ficar bem. Prometo. — E sorriu.

— Eu sei, eu sei. Só estou sendo boba. — A mãe balançou a cabeça e riu.

— Está tudo certo, então, filho — anunciou Robert, voltando pelo corredor. — Ligue para nós se precisar de alguma coisa, está bem? — Ele deu uma palmadinha carinhosa no braço de Alfie.

— Pode deixar. — Alfie sentiu uma onda de tristeza dominá-lo. — E... obrigado por tudo.

— Não tem de quê. Venha, meu bem, vamos. — Robert guiou a mãe de Alfie em direção à porta, antes que ela pensasse em resistir.

— Tchau — falou Alfie, mas a porta já fora fechada e ele estava, pela primeira vez em séculos, falando com o vazio.

✻

Ao longo dos dias que se seguiram, ficou muito claro para Alfie que a festa surpresa de boas-vindas tinha sido só o começo das comemorações. Ele não precisava ter se preocupado com a possibilidade de se sentir sozinho, já que todo dia o apartamento se enchia de pessoas entrando e saindo, levando uma quantidade enorme de comida, cartões de felicitação e votos para que ele ficasse bem. Tias-avós, primos, vizinhos e amigos, todos passaram pela casa dele como se estivessem em uma esteira rolante interminável e, no fim da primeira semana em casa, Alfie teve que admitir que estava exausto. Não tinha parado um minuto e, apesar de ter passado quase três meses cercado de gente na enfermaria, lidar com as pessoas em casa parecia exigir um outro nível de esforço. Não dava para fechar as cortinas e desaparecer nos próprios pensamentos. Ficar sozinho com ele mesmo. Todo dia alguém queria falar com ele, dizer como estava feliz por vê-lo e perguntar como era a sensação de estar de volta em casa.

— Deve ser um alívio imenso finalmente estar fora daquele hospital.

— Não me importa como tomaram conta de você bem lá... A verdade é que não existe lugar nenhum como a casa da gente.

— Você deve estar muito feliz por ter seu próprio espaço de novo.

Alfie assentia e concordava, tranquilizando as pessoas com sorrisos e murmúrios de concordância, mas não conseguia afastar a crescente sensação de que se sentia mais em casa no hospital.

Talvez seja porque ela estava lá.

Quando Alice tentava invadir sua mente, ele a afastava. Simplesmente não adiantava se torturar ainda mais. Já doía bastante ouvi-la em seus sonhos toda noite, não iria permitir que suas horas desperto fossem consumidas por ela. Os flashbacks que sempre o haviam atormentado agora pareciam ser o tempo todo interrompidos pelos sons de Alice, e toda manhã Alfie acordava cheio de esperança de se virar e ver a mão dela esticada, esperando por ele. Em vez disso, só encontrava desapontamento e silêncio. Então, ficava deitado na cama, olhando para o teto por horas, até se dar conta de que logo chegaria outra visita, e que precisava se levantar e tomar um banho. A cada dia ficava mais e mais difícil seguir em frente, mas Alfie sabia que era o que precisava fazer, para o bem de todos. Aquele era o momento por que todos haviam esperado e rezado, e ele não podia decepcioná-los agora.

Entre as visitas e as refeições, Alfie passava a maior parte dos dias imerso em livros de passatempos. Buscava refúgio em sudokus complicados e caças-palavras difíceis. Mas nem mesmo seu vício mais confiável lhe dava paz agora. Não era o mesmo sem os outros da enfermaria. Era a troca entre ele, Alice e o sr. Peterson que tornava os passatempos tão divertidos. *Aquele* era o motivo de seu amor pelos passatempos: porque os outros dois resolviam com ele. Agora, tinha apenas os próprios pensamentos como companhia, e eles não eram nada divertidos.

Por volta da terceira semana, Alfie teve que limitar o número de vezes que a mãe aparecia para visitá-lo. Nos primeiros dois dias, ela aparecera casualmente de manhã na porta dele, sem anunciar, e se recusara a ir embora até depois do jantar. Desde então, foi decidido que ela só visitaria uma vez por semana e, nesse meio-tempo, telefonaria. Mas até mesmo aquilo estava sendo estressante para Alfie. Toda vez que o telefone tocava, seu coração afundava no peito, e ele sentia a paciência diminuindo a cada dia.

— Oi, Alfie, sou eu.

Ele respirava fundo e dizia a si mesmo para não estourar daquela vez.

— Oi, mãe.

— Como vai?

— Do mesmo jeito que ontem.

— Ótimo, ótimo. Já falou com os seus irmãos? Estou pretendendo falar com eles por Skype mais tarde.

— Não. Vou mandar mensagem para eles daqui a pouco.

Alfie sentiu que cerrava os punhos. Por que achava aquilo tão difícil?

— Bom, tente não esquecer. Eles sentem a sua falta.

— Ahã.

— Você teve notícias de alguém da enfermaria, desde que saiu de lá?

Alfie adorava a mãe, de verdade, mas às vezes desejava que ela não sentisse a necessidade constante e implacável de fazer perguntas a ele.

— Não.

— Que pena, filho. Você fez alguns bons amigos lá, não fez?

— Fiz.

Em resposta ao interrogatório diário dela, Alfie adotara o terrível hábito de responder apenas com monossílabos. De responder de forma curta e simpática, mas sem deixar espaço para mais questionamentos.

— Por que não liga para o hospital, assim podemos ver de fazer uma visita? O que acha?

— Talvez.

— Bom, me avise. Vou ter o maior prazer de levar você de carro.

Era quando chegava a culpa.

Ela só está tentando ajudar.

Mas não preciso de ajuda.

Tem certeza disso?

— Obrigado.

— Imagina. Amo você, meu amor.

— Eu também te amo.

64

Alice

Alice recebeu alta do hospital St Francis's um mês depois de retirar as ataduras. Tinha sido um momento marcante arrumar as suas coisas e sair para o mundo completamente só.

— Alice, meu amor, espere.

Ela virou a cabeça instintivamente. E teve que rir ao ver a enfermeira Angles obrigando o corpo volumoso a dar passadas rápidas entre a aglomeração de pessoas na recepção.

— Você não pode ir embora sem se despedir de mim!

Como ela descobriu?

Alice se permitiu ser tomada nos braços por ela.

— Como a senhora soube...

— Você acha que eu deixaria que te dessem alta sem me avisar? Que tipo de mulher você acha que sou? — exclamou ela.

Alice não conseguiu conter uma risada. Como era maravilhoso ser abraçada daquele jeito de novo. Não eram exatamente os braços musculosos de Sarah, mas tinham o mesmo calor e o mesmo carinho que enchiam o coração dela de alegria.

— Obrigada por tudo — sussurrou Alice junto ao ombro macio da enfermeira Angles.

— Como eu sempre digo, meu amor, se você precisar de *qualquer coisa*, é só me chamar.

Alice assentiu e esperou que a enfermeira Angles desse as costas e fosse embora. Esperou ficar totalmente sozinha de novo. Mas ela não se mexeu.

— A senhora não precisa voltar?

— Ainda não. Vou ficar até você ir.

Alice sabia que não adiantava discutir. As lágrimas encharcavam seu rosto enquanto ela se afastava. Podia sentir os olhos da enfermeira Angles sobre ela mesmo depois de virar em um canto e desaparecer de vista.

Talvez Alfie estivesse certo. Talvez ela realmente não estivesse mais sozinha.

— Mamãe, o que aconteceu com o rosto dela?

Alice abaixou os olhos e viu um dedinho gorducho apontando direto para ela. Seus pensamentos esperançosos não haviam durado nem dois minutos.

— Samuel, é feio apontar para as pessoas. E também dizer essas coisas. — Horrorizada, a mãe do menino quase empurrou Alice em sua ânsia de sair dali o mais rápido possível.

Me leve para casa.

Por favor, só me leve para casa agora.

Depois de uma viagem tão silenciosa quanto constrangedora de Uber, Alice estava de volta em casa. Ela manteve a cabeça baixa enquanto entrava pela porta principal do prédio, ignorando o olá gentil da recepcionista, e praticamente disparou para o elevador, onde ficou apertando com força o botão que levava ao seu andar. Não conseguiria encarar mais nenhuma pergunta naquele dia, e com certeza não iria correr o risco de ser apontada de novo. Só precisava ficar em seu apartamento, sozinha. Enquanto o elevador subia lentamente, Alice não pôde evitar pensar em como era estranho estar de volta ali. Como era possível que na superfície estivesse tudo igual a antes, mas por dentro estivesse tão diferente? Porque Alice *estava* diferente. Era difícil acreditar que aquela era realmente a vida dela.

Alice abriu a porta da frente, mas depois de três segundos a fechou de novo.

Cacete, eu entrei no apartamento errado?

Checou mais uma vez a porta.

É esse mesmo — a cobertura, o único apartamento do andar.

Hesitante, ela abriu a porta de novo, milímetro a milímetro.

As mesmas paredes bege, a mesma cozinha nua, o mesmo hall de entrada estéril. É, sem dúvida aquele era o apartamento dela. O apartamento escolhido direto do catálogo de um showroom. Mas e todos aqueles cartões? De onde tinham saído todas aquelas flores?

Alice entrou devagar. Quem estivera no apartamento dela? Alice não era do tipo que deixava uma chave extra com o vizinho. Ninguém no mundo tinha acesso ao apartamento a não ser ela.

Foi então que viu. Um bilhete deixado com cuidado ao lado das flores.

> Cara srta. Gunnersley,
>
> A senhorita parece estar ausente, e precisamos tirar suas entregas do balcão da recepção. As flores estavam morrendo. Espero que não se importe por termos colocado todas no seu apartamento.
>
> Atenciosamente,
>
> Jim Broach
>
> Chefe da Manutenção

Bom, uma das perguntas estava respondida.

Alice pegou o cartão que estava perto do bilhete. Reconheceu a letra, mas não conseguia se lembrar de onde.

> Alice querida,
>
> Estamos mandando para você montanhas de boas energias para que fique bem e se recupere logo. Todos sentimos a sua falta e estamos pensando em você.
>
> Com amor,
>
> Lyla e Arnold

PS: Espero que goste de vasos com plantas. O Arnold achou que seria melhor do que um buquê, já que duram mais (mas só se você molhar!).

PPS: Fiz o Henry providenciar uma entrega de flores para você toda semana. Bem-feito para ele por ser um pão-duro.

Beijos

Alice riu. Como teria adorado ver Lyla ter aquela conversa com Henry. O pobre Henry com certeza deve ter saído baqueado dessa! Uma onda de afeição a invadiu.

Ela pegou o cartão preso a um enorme buquê de flores.

Por favor, receba essas flores de seus colegas da Coleman and Chase.

Esperamos que se recupere logo.

Lyla não estava mentindo — ela tinha mesmo feito Henry pagar pelas flores.

O último cartão quase a derrubou.

ALI!

Seja bem-vinda de volta em casa, meu bem.

Isso é só uma bobagem para fazer você sorrir/por favor não mate as coitadinhas logo de cara!

Muita saudade de você sempre.

Beijos,

Sarah e Raph

Por mais que se esforçasse para fazer o contrário, por mais que negasse, naquele momento Alice não conseguiu evitar se sentir muito amada.

Aquelas pessoas se importavam com ela. De verdade. Como dera tão pouca atenção a elas?

Alice mandou uma mensagem para Sarah, avisando que tinha chegado bem em casa, colocou roupas na máquina de lavar, então se sentou no chão, no meio das flores, e chorou até dormir.

*

Na manhã seguinte, Alice acordou um pouco desorientada e com muita dor. Suas costas doíam e ela mal conseguia mexer o corpo. Chorar no chão era uma coisa, mas passar a noite nele era outra. Parte dela se perguntava se poderia simplesmente continuar ali o dia todo. Será que alguém ia saber? O que mais estava planejando fazer com o tempo que tinha?

Decidiu matar pelo menos uma hora fazendo compras online. Por mais que detestasse admitir, precisava de comida. As únicas coisas que haviam sobrevivido na geladeira eram um vidro fechado de picles de cebola e um pouco de geleia. Mesmo uma pessoa desprovida de qualquer talento culinário como Alice sabia que aquilo definitivamente não combinava. Depois de encomendar vinte e quatro refeições prontas e todos os sabores do sorvete Ben & Jerry's, viu que ainda eram dez horas da manhã.

Isso vai ser um inferno.

Era verdade que não havia uma empolgação infinita na enfermaria, mas Alice sempre tinha Alfie para distraí-la.

Alfie.

Ela se recostou no sofá e se permitiu imaginar todas as coisas que ele poderia estar fazendo naquele exato momento. Imagens da mãe o forçando a comer prato após prato de brownies, enquanto os amigos dele continuavam sentados ao redor, se esforçando para encontrar o melhor insulto uns para os outros. Isso a distraiu por algum tempo. Então, Alice lembrou que eram dez e meia da manhã de uma quarta-feira. Ele provavelmente estava trabalhando.

Trabalhando.

Ela não falava com a empresa onde trabalhava fazia quatro meses! Não havia a menor possibilidade de voltar ainda, mas, quando olhou para as rosas coloridas em cima da mesa da cozinha, Alice se sentiu obrigada a pelo menos avisar que estava em casa, bem.

MENSAGEM PARA HENRY CHEFE — 22 DE AGOSTO — 10:34

Oi, Henry, é a Alice. Pensei em mandar uma mensagem avisando que tive alta do hospital e estou de volta em casa. Obrigada pelas flores, são lindas. Me avise se precisarmos conversar sobre uma data para a minha volta ao escritório, estou ciente de que já passei um bom tempo afastada. Obrigada

Alice se arrependeu da mensagem assim que enviou. E se Henry respondesse exigindo que ela fosse ao escritório naquela semana? Por outro lado, e se ela tivesse sido demitida? Como faria para se sustentar?

E quase morreu de susto quando sentiu o celular vibrar na mão.

Ah, Deus. Ah, Deus, ah, Deus, ah, Deus.

MENSAGEM DE HENRY CHEFE — 22 DE AGOSTO — 10:47

O que tinha de errado com ela? Desde quando tinha ficado assim com tanto medo de tudo?

Com um movimento rápido do dedo, ela abriu a mensagem.

Oi, Alice. Que bom receber notícias suas, e fico feliz por ter voltado para casa. Não precisa ter pressa para voltar. Por favor, leve o tempo que precisar. Henry

Alice fechou os olhos e soltou um longo suspiro. Uma onda de alívio a invadiu. Estava a salvo! Ao menos por mais algumas semanas, poderia continuar escondida e fingir que a vida real não estava ali, logo depois da esquina, esperando. Ela se recostou no sofá e afundou ainda mais nele. Se Henry a visse naquele momento... enfurnada no apartamento em que antes mal passava a noite, morta de medo do próprio reflexo no espelho. Será que ele ao menos a reconheceria?

Uma lágrima escorreu pelo rosto de Alice.

Por que ele a reconheceria, se nem mesmo você se reconhece?

65

Alfie

— Então, garotão, qual é o plano? — Matty se jogou no sofá ao lado de Alfie.

No fim do primeiro mês em casa, a multidão de visitas tinha aos poucos se reduzido a algumas poucas, e Alfie se pegou passando cada vez mais tempo sozinho. Mas algumas coisas não haviam mudado, e as visitas semanais de Matty continuaram a acontecer religiosamente. Toda quarta, os dois faziam o mínimo que era humanamente possível, usufruindo da companhia um do outro.

— Não sei. — Alfie deu de ombros. — Xbox? — Suas respostas monossilábicas estavam se tornando a norma agora, não mais reservadas apenas às ligações com a mãe.

— Não estou falando de agora, seu idiota. Estou falando do seu aniversário.

Merda. Como o aniversário dele tinha chegado tão rápido?

— Não tem plano nenhum no momento, camarada. — Alfie cutucou a cutícula já machucada do polegar. — Não estou muito a fim este ano.

— O quê?

Alfie olhou para o rosto chocado de Matty.

— Pelo amor de *Deus*! Não faz muito tempo você ainda estava no hospital, em um poço de desespero. Desculpa por te fazer lembrar disso, mas é verdade. Agora olhe só para você! De volta ao seu apartamento de solteiro, andando de novo... Temos que comemorar!

O tempo era uma coisa esquisita e, ao mesmo tempo, maravilhosa. Como era possível que alguns meses já tivessem se passado desde o acidente? Alfie tinha a sensação de que viera embora do hospital no dia anterior, mas parecia que fazia uma vida desde que se levantara da cama naquela manhã. A impressão era de que cada minuto passava se arrastando. Fazer qualquer outra coisa que não ficar sentado parecia um trabalho muito árduo. Será que a vida dele agora corria em câmera lenta?

— Eu não sei, Matty. — Alfie voltou a cutucar a cutícula do polegar.

A ideia de fazer alguma coisa mais social do que o que estavam fazendo deixava Alfie irritado. O tanto de gente com quem tinha conversado ao longo do último mês já valia por vários anos, e cada vez achava mais insuportável a ideia de interagir com outras pessoas. Até mesmo as visitas de Matty eram um esforço às vezes. Não. Nem pensar. Só queria ficar sentado ali, no apartamento, em paz. Por que ninguém conseguia respeitar aquilo?

— Não seja chato, Alf. Vai te fazer bem reunir todo mundo.

Matty não ia dar o braço a torcer. Alfie sabia muito bem que havia certas batalhas que não valia a pena lutar, e aquela definitivamente era uma delas. Talvez fosse melhor abdicar de qualquer suposto controle e simplesmente se deixar levar. Afinal, sempre poderia cancelar no último minuto.

— Por que você não organiza, então? Para mim, o que você decidir está bom. — Matty não conseguiria inventar muita coisa com apenas alguns poucos dias pela frente, certo?

— Deixa comigo, meu rapaz, deixa comigo.

A visão de Matty esfregando as mãos com um brilho nos olhos não deixou Alfie muito confiante.

— Bom, agora é melhor eu ir. Tenho que pegar a Mel no cabeleireiro e, se me atrasar de novo, vou estar em maus lençóis.

Alfie sabia que Mel era o tipo de mulher que não se devia irritar, por isso não ficou surpreso com a rapidez com que Matty se despediu.

— Até logo, camarada — disse ele, já fechando a porta.

Alfie nem se deu ao trabalho de responder. Só se sentou de novo e ficou olhando para a TV, deixando que os sons e as cores desfilassem livremente pelo seu cérebro.

Qual é o meu problema?

Ele sabia que seu comportamento estava piorando. Sentia que seu humor ficava cada dia pior, e aquelas nuvens escuras que conhecia tão bem estavam de volta, pairando agourentas em sua mente, sua mera presença ameaçando consumi-lo.

Se controle.

Bem na hora em que Alfie estava prestes a tentar se distrair com outra rodada de passatempos, a campainha tocou.

Obviamente Matty havia esquecido alguma coisa... Ele podia ser a criatura mais distraída do mundo às vezes.

— Espera, tô indo.

Mas, quando se aproximou da porta, soube na mesma hora que não era Matty. Engraçado como a silhueta de alguém podia ser marcante.

— Oi, Alfie. Sou eu, o Tom.

Tom? Que Tom?

Alfie estava tentando ligar o nome à voz.

— Do colégio Heartlands...

Ah, *aquele* Tom.

Por que diabo ele está aqui?

— Só me dê um segundo... Essa fechadura é meio esquisita.

Alfie ganhou tempo para pôr no rosto seu melhor sorriso de "Estou bem" antes de abrir a porta.

— Desculpa aparecer assim. Só pensei em dar uma passada para ver como você está.

Alfie olhou para o homem à sua frente — camisa, gravata e sapatos bem engraxados — e subitamente ficou superconstrangido de estar usando meias de pares diferentes, uma calça esportiva Adidas suja e uma camiseta manchada. Será que tinha tomado banho?

— Estou bem. — *O plano é ser breve e simpático.*

— Não se preocupe, não vou demorar. Só fiquei pensando se de repente você não gostaria de almoçar comigo. — Ele levantou uma sacola de sanduíches de aparência úmida.

Alfie sorriu. Depois de todo aquele tempo, a esposa de Tom ainda arrumava o almoço para ele todo dia. A princípio, Alfie achara aquilo um pouco exagerado, mas com o tempo passou a achar bonitinho. Ninguém além da mãe jamais tinha feito um sanduíche para ele.

— Claro. Entra.

Aquela era a primeira vez que alguém do trabalho entrava na casa de Alfie. Apesar de ter feito bons amigos no colégio onde trabalhava, sempre parecia um passo ousado demais convidá-los a conhecer o lugar onde ele dormia todas as noites e andava nu toda manhã.

Ver Tom sentado na ponta do sofá, hesitante, foi engraçado. Tom não ornava com o caos do apartamento de Alfie; ele era todo linhas retas e bordas elegantes. Aquele era um encontro de mundos que não se alinhavam.

— Então, como vão indo as coisas?

Tom olhou ao redor como se já soubesse a resposta. A pilha de calças sujas em um canto provavelmente já dizia o bastante.

— Bom, como eu disse, tá tudo bem. Ainda tentando me acostumar, eu acho.

Alfie não se sentou — não estava pronto para aceitar que aquela seria uma conversa com uma duração superior a cinco minutos.

— É claro. Deve ser esquisito, né?

Obviamente é esquisito, Tom.

— Hum — foi tudo o que Alfie conseguiu dizer.

Tom abriu constrangido a sacola com os sanduíches e deu uma mordida em um deles. Uau, ele ia mesmo almoçar ali. Alfie tinha desconfiado que era só uma manobra para ele conseguir entrar.

— As pessoas estão sempre me perguntando se eu tive notícias suas. O colégio não é o mesmo desde que você se foi.

Alfie sentiu uma pontada de culpa.

— Sei que alguns professores tentaram entrar em contato, mas ninguém teve notícias suas em semanas. Estamos preocupados com você, Alfie. Antes do acidente, a gente nem conseguia fazer você parar de falar, e agora esse silêncio.

Aaah. Eles mandaram o pobre Tom checar como vai indo o inválido. Simpático, pensou Alfie, *mas desnecessário.*

— Estou bem. É só que tem muita coisa acontecendo, só isso.

Alfie achou que havia soado bastante confiante, embora a expressão no rosto de Tom o levasse a crer no contrário.

— A questão é que passei por uma fase muito ruim alguns meses atrás, e meio que me perdi um pouco... Fiquei bem mal, e houve momentos em que não tive muita certeza se conseguiria continuar.

Nossa, Alfie não esperava por aquilo. O sempre tão composto e imaculado Tom tinha uma crise pessoal para chamar de sua.

Lembre de nunca julgar um livro pela capa.

— Demorei um tempo para perceber o que estava acontecendo, mas, quando finalmente me dei conta — Tom subitamente pareceu nervoso — e procurei ajuda, as coisas começaram a melhorar.

— Procurou ajuda?

— É... você sabe. — Tom mordiscou com cuidado a crosta do sanduíche. — Ajuda profissional.

A ficha de Alfie finalmente caiu.

— Você está me dizendo que acha que eu preciso procurar um psicólogo. — Alfie já passara por aquilo várias vezes, e não estava disposto a passar de novo.

— É só uma sugestão. — Tom levantou a mão, na defensiva. — Não vou fingir que consigo imaginar metade das coisas por que você está passando, mas só quero que saiba que não precisa fazer tudo sozinho. Às vezes só falar a respeito já ajuda a diminuir o fardo.

— Eu agradeço, camarada, mas estou ótimo. Na verdade, marquei de encontrar com alguém daqui a pouco... Se você não se importa, vai ter que terminar de almoçar em casa.

Alfie já estava na porta antes que Tom pudesse protestar.

— É claro. Sem problema. Como eu disse, só pensei em ver como você estava.

— Obrigado, camarada. A gente se vê logo, logo.

Alfie praticamente empurrou Tom e seu sanduíche pela metade para fora do apartamento. Então, olhou ao redor. E daí se não havia arrumado as coisas por algum tempo? Não era culpa dele ter sofrido um acidente quase fatal e perdido a perna. Levava tempo para se reajustar à realidade. Alfie chutou uma pilha de roupa suja, frustrado.

Você não precisa fazer isso sozinho.

Quem diabo ele pensa que é?

Estou muito bem sozinho.

Talvez aquela fosse a forma mais fácil de viver. Sozinho. Talvez Alice estivesse certa o tempo todo.

66

Alice

Haviam se passado oito dias.

Oito dias sem que Alice deixasse o apartamento.

A princípio, ela justificou aquilo como "um período de adaptação", uma oportunidade de se acostumar a não estar mais no hospital e de volta ao ambiente por onde circulava antes. Era preciso um grande ajuste, e não dava para apressar aquilo. Além do mais, com a ajuda das compras online e dos aplicativos de entrega, Alice realmente não precisava se aventurar no lado de fora. Estava segura, aquecida e satisfeita no apartamento. Aquele era o máximo de tempo que passava ali desde que comprara o imóvel — ao menos estava finalmente fazendo valer o dinheiro.

No nono dia de isolamento, sua rotina de autopiedade foi interrompida.

MENSAGEM DE SARAH MELHOR AMIGA — 30 DE AGOSTO — 09:35
Oi, Ali. Tenho uma noite de folga (já era hora!) Podemos nos falar pelo FaceTime? Amo você. Bjs

Alice ficou encarando a mensagem por longos quinze minutos.

MENSAGEM PARA SARAH MELHOR AMIGA — 30 DE AGOSTO — 09:50
Não podemos só nos falar por telefone? O wi-fi aqui não está lá grande coisa. Bjs

MENSAGEM DE SARAH MELHOR AMIGA — 30 DE AGOSTO — 09:52

Alice, não seja ridícula. Vou ligar para você às dez. Esteja pronta. Bjs

No fundo Alice sabia que aquilo não era nada de mais. Sarah já a vira em seu pior momento. Então qual era o problema? A culpa começou a corroer as suas entranhas. Não que tivesse mentido antes. Talvez tivesse sido apenas um pouco vaga em relação aos detalhes sempre que Sarah perguntava sobre a cirurgia. Tivera a intenção de contar à amiga, mas acabara parecendo mais fácil simplesmente evitar o assunto. A ideia de explicar tudo e ter que reviver a vergonha e o desapontamento era demais para suportar. Parecia melhor guardar segredo... Na mente de Sarah, estava tudo muito bem, e Alice, quando falava com a amiga, gostava da ideia de fingir que, sim, estava tudo bem. Por sorte, as duas apenas trocavam mensagens, e faziam uma ligação aqui e ali para variar. Mas uma chamada de vídeo... Aquilo era totalmente novo. Não poderia mais se esconder.

Sentada, tentando encontrar desculpas para não atender à chamada de vídeo, Alice se deu conta de que não apenas teria que encarar Sarah e lhe contar a verdade, como teria que encarar a si mesma de novo. Na manhã após sair do hospital, Alice guardara todos os espelhos que havia em sua casa. Odiava a mera ideia de passar por um e ver sua imagem de relance. Agora, estava prestes a ver o próprio rosto a encarando da tela do celular.

SARAH MANSFIELD

FaceTime de vídeo

Alice segurou o celular com força.

Pelo amor de Deus, Alice. Se controle.

Ela fechou os olhos e apertou "aceitar".

— Arrá, quem é vivo sempre aparece!

— Mais ou menos... — Alice de repente se deu conta de como estava desarrumada. Será que Sarah conseguiria perceber que Alice não deixava o apartamento fazia mais de uma semana?

— Como está tudo? Por favor, me diga que você saiu desse apartamento ao menos uma vez!

Merda.

— Hum. — Alice deu um sorriso envergonhado.

— Alice Gunnersley!

— Desculpa, desculpa.

Por mais que tentasse, Alice não conseguia parar de olhar para a imagenzinha de si mesma no canto superior direito da tela. Em miniatura ela não parecia tão mal assim, ainda mais se segurasse o celular o mais distante possível do rosto.

— Então, vamos lá, me mostra essa sua nova versão melhorada. Não consigo ver nada nessa luz. — O rosto de Sarah estava radiante de empolgação.

— A questão é... — Alice sentia as palavras como cola na boca.

— Pare de dar desculpas e me mostre! Sei como você é, Alice, só está sendo rígida demais com você mesma.

Conte a ela.

Só diz e pronto.

— Não funcionou! — Alice praticamente gritou.

— O quê? — Sarah franziu o cenho, confusa. — O que não funcionou? Alice mal conseguia ver a tela através das lágrimas.

— A cirurgia. Tiveram que interromper a cirurgia. Não funcionou, Sarah. Estou com praticamente o mesmo rosto todo deformado com que você me deixou. As cicatrizes estão um pouco menos gritantes e menos vermelhas em alguns lugares, mas... ainda sou uma aberração.

— Não *ouse* dizer isso, Alice. — Sarah agora estava furiosa. Alice nem precisava olhar para ela para saber. — Você não é uma aberração. Está me ouvindo? Você é mais do que a sua aparência... Sempre foi e sempre vai ser.

— Para você, é fácil falar.

E, com isso, Alice desligou.

Mal se passaram dois segundos antes que a tela do celular voltasse a se iluminar.

SARAH MANSFIELD
FaceTime de áudio

Alice precisou de cada gota de energia que lhe restava para atender.

— Ah, por favor, Ali. Você não precisa nem me olhar... Só faça o favor de falar comigo.

— Eu não sei. Simplesmente não sei o que fazer comigo. Tenho a sensação de que tudo continua do mesmo jeito, mas não estou conseguindo me encaixar, faz sentido? Uma parte de mim quer voltar para o trabalho e me distrair, mas a outra está aterrorizada em mostrar o meu rosto na rua. Estou me sentindo presa. Tinha aquelas fantasias idiotas de que a cirurgia me consertaria. Que eu voltaria ao normal depois de uma porra de transformação milagrosa. Mas não. Em vez disso, estou presa a esse rosto, e isso me deixa arrasada.

Assim que as palavras saíram de sua boca, Alice sentiu um pouco de peso a menos nos seus ombros.

— Sinto muito por ouvir isso, Alice. Muito, *muito* mesmo. — A voz de Sarah falhou. — Mas imagino que isso tudo seja parte do processo, não é? Você está se adaptando. Leva tempo. Se vai voltar ou não ao trabalho é irrelevante agora. O mais importante é você aceitar que não pode se esconder dentro desse apartamento para sempre. Se você conseguir sair e ficar parada do lado de fora do seu prédio por cinco minutos todo dia, já vai ser alguma coisa! Você precisa dar um passo de cada vez, meu bem.

Um muro subitamente se ergueu dentro de Alice. Por que ela não podia se esconder o tempo todo?

Uma lembrança se insinuou em sua mente.

Alfie.

Quais foram as palavras que ela tinha dito a ele?

Você está dizendo que prefere que eu passe o resto da vida me escondendo? Me escondendo das pessoas, de novos lugares, de novas experiências? Me escondendo atrás dessas malditas cortinas? Eu quero mais, Alfie. Nunca imaginei que diria isso, mas quero.

— Você ainda está aí, ou desligou na minha cara de novo?

— Não, desculpa, ainda estou aqui. Estava só pensando em uma coisa.

— Me deixa adivinhar... no Alfie?

Alice quase conseguia ver o sorriso presunçoso no rosto da amiga.

— Já falou com o Alfie depois que ele deixou o hospital?

— Não. — Alice queria mudar de assunto o mais rápido possível. — E não quero falar.

— Bom, você sabe o que eu acho, não sabe?

— Fala... — Alice ficou grata por Sarah não insistir, mas podia sentir o toque travesso na voz dela.

— Acho que você deveria processar a empresa que faz a manutenção do prédio do seu escritório, conseguir uma indenização gigantesca e vir morar comigo aqui na Austrália! Chega de ficar nesse fim de mundo que as pessoas chamam de Londres!

Alice riu.

— Aí você construiria um puxadinho para mim e eu seria uma agregada permanente na sua vida?

— Estou falando sério! Tudo bem, talvez não a respeito do puxadinho, mas andei pensando. Cheguei a perguntar ao Raph, e ele disse "quem sabe?".

Ah, merda, Sarah estava falando sério.

— Obrigada, mas não tenho condições de pensar nisso agora. Talvez seja melhor eu priorizar a ideia de deixar este apartamento primeiro. Um passo de cada vez e tudo mais.

— Ótimo. Mas, se precisar de algum conselho, o Raph terá o maior prazer em ajudar.

Alice sabia que não estava ótimo, e que Sarah não desistiria da ideia tão cedo.

— Ah, obrigada. Enfim... Me conte, quais são as novidades?

Sarah se lançou em uma descrição completa dos seus dias e Alice deixou a mente divagar.

Estava achando difícil se encaixar tranquilamente na vida que levava antes do acidente — talvez, apenas talvez, aquela não fosse a resposta.

Talvez precisasse criar uma outra vida.

Uma vida cercada por pessoas que a amavam.

Alfie.

As palavras de Sarah pareceram surgir diante de seus olhos.

O Alfie te ama. E você sabe disso.

Alice odiava que, toda vez que pensava nele, via qualquer esperança que guardava de algum dia encontrá-lo ser extinta pelo ceticismo. Como era possível que ele a amasse sem nunca tê-la visto? Aquilo era coisa para os filmes, para a ficção. Além do mais, mesmo *se* fosse verdade, Alice tinha certeza de que o amor desapareceria no momento em que ele pusesse os olhos nela. Precisava esquecer Alfie. E, se quisesse seguir adiante com a própria vida e se mudar para o outro lado do mundo, precisava esquecê-lo rápido.

67

Alfie

— Querido, tem certeza que está bem? Faz semanas que não aparece, e mal consigo falar direito com você ao telefone.

Era exatamente por aquele motivo que Alfie andara evitando a mãe — era sofrido demais ouvir como ela se preocupava tanto com ele. E também tornava a culpa que Alfie sentia cem vezes pior.

— Desculpe. É que estou tão envolvido com o planejamento da minha volta ao trabalho que ando perdendo a noção do tempo.

Não. Ele estava evitando a mãe para não mentir para ela. Odiava mentir para a mãe.

Ela fez uma pausa. E Alfie percebeu que hesitava.

— É que... recebemos um telefonema do diretor do colégio... o sr. Wilson.

Alfie tentou freneticamente arranjar alguma desculpa, mas não conseguiu.

— Você sabe que não tem problema se tiver acontecido alguma coisa. Pode me contar. Não precisa fingir que está bem se não estiver.

Agora, a mente de Alfie voltou para Alice. Quantas vezes dissera a mesma coisa para ela? Quantas vezes tentara convencê-la de que se permitir ficar chateada não a tornava fraca, inferior ou impotente? Ainda assim, ali estava ele, fazendo exatamente o oposto.

— Alfie, diga alguma coisa, por favor. Está me assustando.

Ele sabia que havia sido desmascarado. Não queria fazer a mãe sofrer ainda mais — a vida dela já tivera sofrimento demais —, só que não tinha como evitar.

— Mãe, acho que preciso de ajuda.

Por mais que ouvir essas palavras em voz alta o fizesse ficar com vontade de se enfiar em um buraco e chorar, no momento em que elas saíram de sua boca, ele não pôde ignorar a sensação de alívio que o dominou.

— Ah, Alfie, posso ir até aí?

— Por favor. — Havia uma urgência em sua voz que surpreendeu até a ele.

— Me dê vinte minutos.

E lá estava ela, vinte minutos depois, armada com biscoitos de chocolate e café quente. Alfie tinha que reconhecer que aquela mulher sabia como lidar com uma crise.

— Entra. Aqui está tudo meio, hum... bagunçado.

Não havia necessidade de alertá-la — bastava olhar para o estado de Alfie. O motivo para Alfie não ter pedido ajuda antes era que, àquela altura, as coisas já tinham ido longe demais. A pilha de pratos estava alta demais, as roupas sujas demais, o mundo dele bagunçado demais. Como aguentaria deixar que alguém visse aquilo?

A vergonha aumentava a cada passo que Alfie dava com a mãe para dentro do apartamento, mas em nenhum momento ela fez um comentário. Nem quando pousou os olhos nele, sujo e desarrumado. Nem quando teve que abrir caminho entre pilhas de caixas de delivery de comida e cuecas sujas. Jane Mack manteve os olhos erguidos e um sorriso no rosto.

— Muito bem. — Ela ficou parada no meio da sala, onde finalmente conseguiu ter uma noção plena do caos. — Pra ser sincera, Alfie, você está com uma aparência terrível. Que tal tomar um banho e ir para a cama, enquanto eu arrumo as coisas aqui?

— Imagina, não posso deixar você fazer isso.

— Você não tem escolha. Não tem como você ajudar ninguém cheirando assim. — Ela sorriu e o puxou para um abraço.

— Obrigado, mãe.

— Vá descansar. Estarei esperando aqui quando estiver pronto.

Alfie se arrastou até o banheiro. Vinha usando a mesma roupa há tanto tempo que quase teve que descolar o tecido da pele. Quando estava prestes a entrar no chuveiro, olhou de relance para o seu reflexo no espelho. Quando fora a última vez que havia se olhado, olhado mesmo, no espelho? Foi um momento revelador, para dizer o mínimo. Parado diante dele estava um homem que não reconhecia. Seu cabelo estava comprido e oleoso. A pele, seca e quase cinza. Para onde tinha ido a vida? Para onde tinha ido o brilho dele? Alfie teve a impressão de estar olhando para um rascunho de si mesmo, familiar, mas sem expressão. E, de algum modo, ligeiramente errado.

Imagine se a Alice aparecesse agora! O que ela pensaria de mim?

Alfie afastou aqueles pensamentos e entrou embaixo da água quente e acolhedora.

Uma longa chuveirada e um cochilo de duas horas mais tarde, tanto Alfie quanto o apartamento estavam transformados.

— Alfie, meu bem, acorde. A comida está na mesa.

Só podia estar. A mãe tinha não só limpado todo o apartamento dele e colocado duas cargas de roupa na máquina, como preparado uma lasanha a partir de uma geladeira onde não havia nada.

— Mãe, como…?

— Um obrigado já basta. Agora sente-se, cale-se e coma um pouco de comida de verdade para variar. Se eu sentir o cheiro de outra embalagem de chow mein, acho que vomito. — Ela bagunçou o cabelo agora limpo de Alfie e serviu uma quantidade generosa da divina lasanha no prato dele.

No momento em que a comida chegou ao seu estômago, Alfie sentiu uma sensação de conforto se espalhar por todo o seu corpo.

— Você imaginou que ainda estaria cuidando de mim depois de todo esse tempo?

— Eu sabia que era um contrato vitalício no momento em que tive você.

Não havia ressentimento na voz dela, apenas um amor puro e eterno. Alfie não conseguiu fitá-la por muito tempo, sabia que a culpa estava espreitando.

— Obrigado, de coração. — Ele sabia que essas palavras não eram o bastante, mas eram a única coisa que tinha a oferecer à mãe. — Vou compensar você, prometo.

— Um bom primeiro passo é me contar o que está acontecendo. Assim que acabar de comer, você vai se sentar comigo e me explicar tim-tim por tim-tim. Sem mais desculpas. Preciso que me ajude a entender, tudo bem?

— Tudo bem.

Finalmente era hora de começar a encarar seus problemas.

— Ótimo. Agora, pegue mais um pouco, você parece faminto.

68

Alice

No décimo dia, ela saiu do apartamento.

Na calada da noite, mas ainda assim saiu.

Uma das desvantagens de ficar enfiada dentro de um apartamento por dias a fio era que dormir tinha ficado complicado. O relógio biológico de Alice estava desregulado, e ela se acostumara tanto à inação que, quando o sol terminava seu turno e era hora de dormir, Alice permanecia desperta, alerta. Ela contava carneirinhos por horas, vendo os minutos se arrastarem no relógio. Não importava quanto torcesse para que o sono chegasse e a levasse, ele sempre permanecia escondido e fora de alcance.

Em sua antiga vida, Alice praticamente se nutria da falta de sono. Ela precisava de quatro horas de sono, no máximo, para conseguir funcionar em sua capacidade máxima de atenção e, às vezes, com a ajuda de um espresso extra, era capaz de se sair bem com menos de três horas. Mas a verdade era que a antiga Alice era cheia de vida. Havia tanto a fazer, tantas coisas a conquistar, que, quando finalmente encostava a cabeça no travesseiro no fim do dia, ela apagava na mesma hora. Agora, Alice era apenas uma concha vazia. Presa em uma névoa constante de letargia por causa das noites maldormidas, parecia que a única atividade a que se dedicava era ouvir os pensamentos martelando na cabeça.

Saia de casa.

Não.

Sim.

Está escuro como breu lá fora.

Exatamente! Por isso é perfeito.

Agora não posso.

Por que não?

É perigoso.

E apodrecer lentamente, sozinha neste apartamento, é menos perigoso?

Por que não dava para silenciar os próprios pensamentos? Com certeza, àquela altura, alguém já tinha inventado um interruptor para ligar e desligar o cérebro, não?

Vai. Só cinco minutos.

Tente.

Isso não é viver, Alice. É uma morte lenta.

Talvez fosse a insônia, talvez insanidade, fosse o que fosse, antes que se desse conta, Alice estava parada na porta da frente de casa, com um casaco por cima do pijama.

Se vai fazer isso, faça logo.

Ela pousou a mão na maçaneta. Estava tonta de tanta adrenalina, e sua boca, muito seca.

— Foda-se.

E, pela primeira vez em dez dias, Alice saiu do apartamento. As luzes no saguão do elevador acenderam e sua intensidade pareceu queimar os olhos dela.

Santo Deus, o que ela estava fazendo?

Você já está aqui, agora... só vá!

Alice correu até o elevador, em pânico, e ficou apertando sem parar o botão para chamá-lo. No momento em que as portas se abriram, ela praticamente se jogou dentro dele, como se estivesse possuída. Quando o elevador começou a descer, Alice fechou os olhos com força.

Respire.

Só o que você precisa fazer é respirar.

O elevador era sempre lento daquele jeito? Ela começou a se sentir claustrofóbica e cerrou os punhos com força, cravando as unhas na palma das mãos.

Assim que o elevador abriu de novo, Alice saiu apressada e atravessou correndo as portas do prédio.

O ar frio a atingiu na mesma hora, apertando seu peito e roubando o ar de seus pulmões. Alice arquejou, querendo mais. Levantou os olhos para o céu e viu as estrelas espalhadas aleatoriamente pelo fundo aveludado, lançando seus pontinhos de luz na direção dela. Alice fechou os olhos e só ficou parada ali, os braços bem abertos, a cabeça voltada para cima, implorando para que a brisa a levasse embora.

— Você está bem, moça?

O coração de Alice afundou no peito. Ela abriu os olhos e tentou freneticamente encontrar quem havia falado.

— Desculpe, não quis te assustar.

Quando seus olhos se ajustaram à escuridão, Alice viu a silhueta de uma pessoa que caminhava na direção dela.

— Só queria ter certeza de que estava bem.

Alice cambaleou para trás, afundando mais nas sombras.

— Estou bem — grasnou ela, parecendo estar tudo, menos bem. — Só precisava tomar um pouco de ar.

— Digo o mesmo. Por sorte tenho o Bruno aqui, que é uma boa desculpa para sair de casa.

O focinho frio do cão encostou nos pés dela, farejando.

— Cacete!

— Você não tem medo de cachorro, tem? Desculpe, é difícil ver aonde ele vai à noite. Bruno, volte aqui, seu idiota.

Se não estivesse tão apavorada com o fato de ser vista, Alice teria rido do absurdo da situação. Seus sentidos aguçados da época da enfermaria voltaram à ação, enquanto ela tentava montar uma imagem daquele homem a partir da voz dele. Era idoso, sem dúvida. Frágil, mas com uma profunda resistência em admitir aquilo. Havia uma energia nele, quente, que Alice conseguia sentir na noite fria.

— A propósito, sou o Fred. Moro logo ali, no prédio novo. O Bruno está ficando velho agora, mas sempre que não consigo dormir gosto de dar uma caminhadinha com ele. É bom para desanuviar, sabe. E por que você está aqui fora tão tarde?

Por que ela sempre atraía conversadores?

— Não estava conseguindo dormir — murmurou.

— Desde que a minha esposa faleceu, eu mal consigo dormir uma hora inteira de noite. Que Deus a guarde. Fomos casados por mais de cinquenta anos, então, de repente, ela se foi.

A mente de Alice voltou na mesma hora para o sr. Peterson e Agnes. Seu coração ficou apertado.

— Sinto muito pela sua perda. — E sentia mesmo.

— Obrigado. De um modo geral está tudo bem... O Bruno e eu formamos uma boa dupla... Mas acho que me sinto um pouco solitário, sabe?

Ela sabia. Mais do que gostaria de admitir.

— Então, por que motivo uma moça como você está parada na rua no meio da noite?

Alice não sabia muito bem o que a fez falar. Será que o ar fresco a fizera delirar? Talvez o fluxo de oxigênio em seu cérebro estivesse causando aquela desinibição temerária, ou talvez a noite a tivesse entorpecido temporariamente.

— Eu sofri um acidente alguns meses atrás, e esta é a primeira vez que estou saindo de casa. Acho que estava correndo o risco de enlouquecer ficando só enfiada no meu apartamento.

— Posso perguntar o que aconteceu?

Ele não se adiantara, permanecera onde estava, e Alice se sentia grata pela distância que havia entre eles.

— Teve um incêndio no prédio onde eu trabalho, e acabei me queimando. Bem grave.

— Entendo.

— Desculpe. O senhor não precisa ouvir nada disso, nem me conhece! — Alice olhou ao redor, buscando a forma mais rápida de voltar ao prédio.

— Eu que te perguntei! Você está só me dando a honra de responder.

Alice sorriu.

— É, acho que sim.

— Posso te fazer outra pergunta? — Havia tanta fragilidade na voz dele que Alice teve vontade de pegá-lo e levá-lo para casa, para mantê-lo em segurança.

— Pode...

— O que você vê quando olha para aquela árvore ali?

Alice viu a silhueta dele apontar na direção de um carvalho gigante, retorcido, se erguendo no centro do gramado da frente.

Talvez eu não seja a única louca por aqui.

— Não sei bem... Só vejo uma árvore.

Alice estava começando a entrar em pânico. Talvez ele fosse louco. Ela estaria correndo algum perigo? Deveria fugir dali?

— Entendi. Bom, como você *descreveria* essa árvore?

Alice olhou melhor para os galhos retorcidos, o tronco marcado e as raízes gigantes se projetando da terra.

— Sábia. Majestosa. Poderosa. Linda. — Enquanto ela falava, seu corpo começou a relaxar. A Mãe Natureza realmente era uma artista.

— Exatamente. Você não olha para aquela árvore castigada pelo tempo como se fosse defeituosa, não é? Nossas cicatrizes são apenas marcas da nossa história. Elas mostram que vivemos a nossa vida e, mais do que tudo, que sobrevivemos. Não esconda a sua história nas sombras.

As palavras dele acertaram Alice como projéteis. Ela sentiu o chão se mover sob os seus pés, enquanto ondas de emoção a atingiam uma após a outra, implacáveis e inexoráveis. A crueza e a vulnerabilidade das palavras daquele senhor a pegaram de surpresa. Alice não estava preparada para aquilo, e se pegou se deslindando ali mesmo.

Sem pensar, saiu ousadamente das sombras. A névoa alaranjada das luzes da rua a banhou, e ela viu o senhor à sua frente caminhar hesitante em sua direção.

— Ah, como eu pensei. Você tem uma história maravilhosa para contar.

Ele se inclinou muito ligeiramente, então se virou para ir embora. Alice ficou observando a figura minúscula desaparecer na escuridão sem fim. Ficou parada onde estava até seus dedos ficarem entorpecidos e o sol começar a surgir no horizonte.

Parecia que a bondade de estranhos a salvaria mais uma vez. Talvez estivesse na hora de fechar o livro da sua antiga vida e começar um novo capítulo.

69

Alfie

— Oi, Alfie. Obrigada por vir me ver hoje.

— Sem problema. Estou pagando por isso, então é melhor aparecer, não é mesmo?

Idiota.

Regra número um: não faça piadinhas com terapeutas.

Ela pelo menos deu um sorrisinho constrangido.

— Então, nas suas anotações diz que você vem sofrendo de depressão desde o seu acidente. É isso mesmo?

— Hum... É isso o que os médicos dizem.

Aquele sorriso constrangido já estava se tornando insuportável.

— E você concorda?

— Olha, alguns dias são mais difíceis do que outros. A princípio, achei que era só uma questão de tempo, até eu me reajustar à realidade. As pessoas no hospital se tornaram uma pequena família para mim, eu acho. Ficar sem eles é mais difícil do que eu imaginei.

— Sem eles?

— Como?

— Você disse *eles*. Eu estava me perguntando se você se referia a alguém em especial.

— Ah, estava falando dos outros pacientes na enfermaria. Das enfermeiras. De todo mundo, na verdade.

— Você já falou com algum deles desde que voltou para casa? Tenho certeza de que ainda pode visitá-los, entrar em contato com eles de vez em quando, não?

— Não visitei eles, não. Alguns ligaram, mas... mas outros eu não posso ver.

— É mesmo? Por quê?

Alfie desejou que a terapeuta não olhasse para ele daquele jeito. Com uma expressão tão inocente e ao mesmo tempo tão obviamente ciente de que havia alguma coisa a ser desencavada ali, bastava que ela insistisse um pouco mais.

— Bom, um deles morreu.

— Sinto muito por saber disso. E os outros?

— Na verdade essa é uma situação um pouco estranha.

Será que ele conseguiria mudar de assunto sem que ela percebesse?

Ela é psicóloga, e provavelmente já sabe que você está pensando em fazer isso neste exato segundo.

— Continue...

Alfie respirou fundo. Talvez finalmente estivesse na hora de falar sobre ela. Talvez a estranha na frente dele, com o bloco na mão e os óculos severos, pudesse ser a única pessoa capaz de ajudá-lo a esquecer Alice. Ele tinha tentado afastá-la da mente por muito tempo, guardar qualquer pensamento sobre Alice em uma caixa no fundo da mente. Mas, por mais que tentasse, ela sempre parecia arrumar uma forma de escapar. Alfie não falara sobre ela com ninguém desde a alta. Tinha medo demais e, para ser bem sincero, se sentia um pouco envergonhado. Como alguém conseguiria compreender o que eles haviam tido? As experiências que haviam compartilhado e a intensidade dos sentimentos dele? A única pessoa em que Alfie confiara tinha sido o sr. Peterson, e mesmo aquilo o deixara inseguro e se sentindo exposto.

Alfie havia prometido à mãe que se abriria nas sessões de terapia. Que usaria aquele tempo para deixar fluir qualquer coisa que estivesse reprimindo. Aquela era a chance dele de seguir em frente, e no fundo

Alfie sabia que, se quisesse mesmo fazer isso, Alice precisava ser a primeira coisa a ir.

Ele fixou o olhar com firmeza no chão diante dos pés da terapeuta.

— Conheci uma garota... Ela ficava na cama ao lado da minha na enfermaria... O nome dela era Alice... e acho... que me apaixonei por ela...

70

Alice

Aquele era um grande dia. Havia tanta coisa na agenda que Alice se sentiu exausta só de olhar.

Comece do topo e vá descendo.

Simples assim.

As listas de tarefas eram para ser apenas uma ajuda temporária, mas agora Alice parecia incapaz de viver sem elas. Sua conversa à meia-noite com o estranho que passeava com o cachorro pusera as engrenagens em movimento. As palavras dele ficaram girando na mente dela, impelindo-a a encontrar uma forma de viver. Assim, inspirada na programação de Alfie, ela começou uma lista de tarefas bem pequena para garantir que se levantaria da cama, com disposição e ativa de novo. Os primeiros itens eram risíveis.

A FAZER:
- Tomar café da manhã
- Almoçar
- Ir até a portaria do prédio
- Jantar
- Mandar mensagem para uma pessoa

Tinha como ser mais básico? Mas mesmo aquelas tarefas tão simples, tão pequenas, pareciam incrivelmente difíceis. A ansiedade que a consumia apenas ao andar até o elevador já era o bastante para deixá-la assustadíssima. Em certos dias, aqueles três metros pareciam três quilômetros.

A primeira vez que ela saíra de casa à luz do dia tinha sido um feito enorme. Lembrar daquele momento ainda provocava arrepios de ansiedade por todo o seu corpo.

Você é capaz, Alice.

Basta sair pela porta, entrar no elevador, sair do prédio e voltar.

Simples assim.

Se era assim tão simples, cacete, então por que aquela sensação de que estava prestes a correr uma maratona, vendada, com um revólver apontado para a cabeça?

Foram necessárias quatro tentativas para abrir a porta, cinco para sair do apartamento e três para realmente entrar no elevador e descer, mas no fim Alice conseguiu chegar até o balcão da portaria e olhar para o rosto de Rita, a nova recepcionista.

— Como posso ajudá-la, senhorita?

Rita deteve por alguns segundos o olhar no rosto dela, mas não havia repulsa em sua expressão.

Talvez ela seja uma ótima atriz.

Ou talvez não se importe?

— Como posso ajudá-la? — voltou a falar Rita.

Alice se deu conta de que, na verdade, era ela que estava encarando Rita.

— Alguma correspondência para o apartamento vinte?

— Vou checar. Só um instante.

No momento em que Rita deu as costas, Alice sentiu vontade de sair correndo. Ela poderia justificar dizendo que tinha recebido uma ligação urgente, ou esquecido alguma coisa importante no apartamento. Talvez pudesse dizer que deixara o gás ligado?

Você é louca, Alice. Espere!

Então, de repente, Rita estava de volta — sem nenhuma correspondência e ainda sem nenhuma expressão crítica no rosto.

— Nada hoje, srta. Gunnersley.

O alívio invadiu Alice. Imagine se ela tivesse que pegar um pacote da mão de Rita? Meu Deus, não, nem pensar. Ainda não conseguia suportar a ideia de uma estranha a tocando.

Você deixou Alfie te tocar.

Aquilo foi diferente.

Foi?

Foi. Agora pare de pensar nele.

— Obrigada. — Alice se afastou antes que a palavra acabasse de sair de sua boca.

De volta à segurança do apartamento, ela mal conseguia acreditar na rapidez com que seu coração estava batendo. O medo ainda borbulhava na superfície da sua pele e era como se todos os seus nervos tivessem sido cortados e deixados expostos. Mas em meio ao caos Alice percebeu que, quase escondida em um recôndito do seu peito, havia uma fagulhinha cintilante de orgulho. Tinha conseguido. O primeiro passo no seu caminho para a recuperação fora dado, e Alice se sentia como uma criança que conseguira escrever o nome pela primeira vez.

Embora as listas de tarefas tivessem ficado maiores, e a distância que ela se sentia confortável para atravessar tivesse aumentado, a ansiedade ainda se fazia presente. Alice chegou à conclusão de que realmente não se importava quando as pessoas a encaravam. Achava que, se fosse o contrário, ela provavelmente faria a mesma coisa — afinal, curiosidade era parte da natureza humana. Mas o que ela não conseguia suportar eram as pessoas que apontavam e sussurravam. Aquilo doía. A princípio, Alice procurava essas pessoas por toda parte, buscando grupos que estivessem cochichando sobre ela, mas depois de um tempo se resignou ao fato de que aquilo só servia para deixá-la ainda mais magoada. Que apontassem. Que sussurrassem. Não era agradável, e provavelmente nunca seria, mas Alice sabia que tinha forças para ver aquilo, reconhecer o que estava acontecendo e seguir em frente. Na verdade, ela agora se dava conta de que aquelas experiências, que eram a fonte do seu medo, estavam se tornando a sua principal motivação para fazer alguma coisa. Provar que, apesar de tudo, continuava de pé e vivendo a vida dela era uma vitória deliciosa que experimentava praticamente todo dia.

Alice tinha esperado por aquela próxima tarefa a semana toda. Precisava ser no momento certo, porque havia muito em jogo e várias coisas a serem organizadas, mas agora tudo estava se alinhando.

MENSAGEM PARA SARAH MELHOR AMIGA — 29 DE SETEMBRO — 07:23
Oi, o que você vai fazer no sábado daqui a duas semanas? Amo você. Bjs

MENSAGEM DE SARAH MELHOR AMIGA — 29 DE SETEMBRO — 08:15
Você sabe muito bem que é o meu aniversário! E, por mais embaraçoso que seja, no momento não temos nada planejado. Quem ia imaginar que fazer 33 anos seria tão deprimente?! Por quê? Quer falar comigo pelo Skype? Amo você. Bjs

MENSAGEM PARA SARAH MELHOR AMIGA — 29 DE SETEMBRO — 09:17
Que tal você me pegar no aeroporto e, assim, podemos ter um encontro de verdade? Surpresa! Recebi a indenização. Estou indo aí para passar duas semanas! Feliz aniversário, meu bem! Bjs

MENSAGEM DE SARAH MELHOR AMIGA — 29 DE SETEMBRO — 09:18
Ai, meu Deus. Sim, sim, um milhão de vezes sim. A menos que seja uma piada. Nesse caso, terei que pegar imediatamente um avião e matar você. Te amo e mal posso ESPERAR para te ver! Bjs

O orgulho que Alice sentia de si mesma durou cerca de cinco minutos antes que ela se desse conta: o que ia usar? O único pedaço de pele que Alice havia exposto fora de seu próprio banheiro eram os pés e, no máximo, a parte de trás da panturrilha. Se tivesse sorte, provavelmente encontraria uma roupa de banho enfiada no fundo do guarda-roupa, uma lembrança patética de uma tentativa meia-boca de participar de um triátlon, cerca de três anos antes.

Tudo tinha acontecido tão rápido que ela passara os últimos dias meio desorientada. O pedido de indenização à empresa de manutenção tinha sido aceito surpreendentemente rápido. Alice não se importava se eles só queriam lavar as mãos em relação ao que acontecera, ou se no fundo sabiam que não tinham defesa. Ela conseguira a indenização e agora tinha liberdade financeira para fazer o que quisesse. A primeira parada tinha que ser férias na Austrália.

Meio em pânico, Alice correu até o quarto e abriu as portas do guarda-roupa.

Terninhos, terninhos e mais terninhos. Basicamente pretos, com algumas poucas peças azul-marinho e um cardigã bege. Merda, a situação era pior que imaginara. Começou a revirar as roupas, torcendo para encontrar pelo menos uma que servisse enfiada em algum lugar no fundo, até sentir uma coisa grande e macia.

Ela esticou um pouco mais a mão e pegou uma sacola plástica.

Que diabo é isso?

Alice virou a sacola e leu o que estava escrito em letras pretas elegantes.

PROPRIEDADE DA PACIENTE.

É claro! A sacola que haviam lhe dado no hospital. Ela provavelmente jogou dentro do armário assim que chegou em casa. Era um símbolo doloroso do acidente e um lembrete embaraçoso de que, sem amigos e família por perto, Alice se vira forçada a guardar seus pertences em uma bolsa doada pelo hospital.

Ela checou o que havia ali dentro, intrigada.

Pasta de dente.

Escova de dente.

Folhetos de orientação do hospital.

Chinelos do hospital.

Foi então que viu. Um pacotinho retangular, embrulhado em papel pardo. Confusa, Alice o virou nas mãos, procurando pistas do que se tratava. Ela se sentou no chão e começou a desembrulhar. Quando o último pedaço de papel foi arrancado, Alice arquejou. Estava segurando um livro nas mãos. Um livro de passatempos. Na capa estava escrito em uma letra conhecida:

O livro muito especial de passatempos muito difíceis
de Alice Gunnersley

Alice sentiu o coração disparar. Tentou evitar voltar na mesma hora à enfermaria, a ele, à voz dele. Precisava se concentrar.

Por que não vira aquilo antes?

Então alguma coisa voltou. Uma lembrança. Qual?

É claro!

Alice enfiou a mão na sacola de novo, procurando freneticamente até enfim encontrar. A carta de Alfie. O que ele havia dito bem no final?

Ela deu uma passada de olhos pela carta, ansiosa para encontrar aquela única frase que sabia que tinha visto antes. SIM! Ali estava.

PS: Divirta-se com os passatempos!

O presente que ela havia deixado de lado e acabara esquecendo! Alice respirou fundo algumas vezes, fechou os olhos e segurou o livro de passatempos nas mãos por um momento.

Ele fez isso pra mim.

Isso é uma parte do Alfie nas minhas mãos, bem aqui, agora.

Ela pegou uma caneta largada em uma das gavetas e abriu a primeira página. Um jogo de ligue os pontos... é claro! Alice rapidamente se pôs ao trabalho, deixando a caneta revelar os segredos do passatempo.

Uma pessoa apontando para si mesma.

Vamos, Alfie, você pode fazer melhor do que isso.

Ela virou a página. Outro ligue os pontos.

Um desenho muito bem-feito de um coração humano.

Muito bem, aquilo era realmente aleatório. Mas o que ela estava esperando? Uma mensagem cifrada? Alice riu consigo mesma e passou para a próxima página.

Mais um ligue os pontos. Zero em imaginação pra você, pensou ela.

A mesma pessoa apontando para a frente.

Quando estava prestes a desistir, Alice percebeu uma coisa no fim da página.

Junte tudo isso e o que você tem, Alice?

Lá estava, claro como o dia.

EU. AMO. VOCÊ.

Alice tinha a impressão de que não respirava havia uma eternidade. Passou para o próximo passatempo.

EU. AINDA. AMO. VOCÊ.

Ela não conseguia acreditar no que estava vendo. Todas as páginas seguiam um padrão semelhante. Quinze páginas de "Eu amo você", até ela chegar à última.

O coração de Alice deve ter parado quando ela leu:

> Alice, não sei se me fiz claro o bastante, mas estou completa e absolutamente apaixonado por você. Caso sinta mesmo que só um lampejo de alguma coisa por mim, por favor me procure. Vamos nos encontrar, conversar, ler Harry Potter juntos! Terei esperança para sempre. Beijos
> Seu, Alfie

Alice se levantou de um pulo sem nem parar para pensar. Todo o seu corpo tremia, a adrenalina disparando por suas veias. Havia tanta energia se agitando dentro dela que ela mal conseguia pensar, quanto mais ficar sentada quieta. Precisava ir a algum lugar.

Mas aonde?

Ela sorriu quando viu o endereço anotado em letras bem pequenas no pé da página.

71

Alfie

Alfie sabia o que era exaustão física. Praticara esportes a vida toda — tinha reaprendido a andar, pelo amor de Deus! Mas terapia era todo um novo nível de exaustão.

Cinco sessões e ele ainda não entendia. Como era possível que a parte mais difícil de todo o processo de recuperação dele envolvesse ficar sentado em uma sala, falando, por quarenta e cinco minutos? Alfie saía de cada sessão esgotado, como se alguém tivesse tirado a tampa do ralo de uma banheira e deixado a vida se esvair dela. Já era preciso fazer um enorme esforço apenas para manter os olhos abertos, quanto mais caminhar da estação do metrô até em casa. Mas ele ia. Porque prometera que iria e porque no fim sabia que estava ajudando.

A sessão daquele dia tinha sido especialmente difícil. Eles haviam abordado mais uma vez a necessidade incessante que Alfie tinha de agradar às pessoas. Ser o herói e fazer as pessoas rirem. Padrões muito arraigados estavam sendo arrancados e expostos, um após o outro, inspecionados e analisados em minúcias. Quando chegou em casa, Alfie só conseguia pensar em se sentar no apartamento maravilhosamente arrumado e ficar assistindo à TV, entorpecido, até Matty aparecer. No fim, voltar para uma casa onde não havia pilhas de roupa suja e embalagens de delivery de comida mofadas fazia muita diferença. Alfie estava finalmente acomodado em seu apartamento, saboreando o prazer de chamar aquele lugar de lar de novo.

Ele ouviu a campainha tocar assim que se sentou no sofá. Pela primeira vez em toda a sua existência, Matty decidira aparecer mais cedo. Ele tinha dito que daria uma passadinha para falar sobre o fim de semana que estava planejando para a despedida de solteiro de um dos amigos deles — e o fato de chegar cedo fez Alfie pensar se deveria ficar preocupado.

Durante toda a amizade deles, Alfie nunca vira aquele lado de Matty. Como era possível que um homem ficasse tão empolgado organizando eventos? Ele se comportara da mesma forma em relação ao aniversário de Alfie, embora soubesse que tinha sido um pouco diferente. A festa dele era uma comemoração não apenas do aniversário, mas o marco de um novo começo na vida de Alfie. Homenageando tudo o que acontecera até ali e tudo o que estava por vir. Alfie vinha se dedicando a reunir suas partes perdidas. Não era um processo rápido, fácil, nem mesmo agradável, mas mudara o mundo dele.

— Tô indo, Matty.

Uma parte de Alfie não queria saber que planos estavam sendo feitos, mas, quanto mais rápido tomasse conhecimento das ideias de Matty, mais fácil seria ajustar o curso do amigo.

— Posso ser meio robô, mas ainda me movo devagar.

Silêncio.

Estranho, pensou Alfie. Matty jamais perdia a oportunidade de retrucar com algum desaforo divertido.

— Matty, você tá bem?

Conforme se aproximava, Alfie se deu conta de que não era Matty na porta — a silhueta era delgada e feminina demais.

— Desculpe, eu estava esperando outra pessoa — disse ele, se sentindo embaraçado por ter gritado com seja lá quem fosse aquela pessoa.

Alfie destrancou a porta e a abriu.

A primeira coisa que ele viu foi o cabelo ruivo dela.

A segunda, a mão.

72

Alice

Antes que ela tivesse tempo de pensar, a porta foi aberta.

E, do nada, lá estava ele. Cabelos cheios, escuros e encaracolados, ombros largos e maçãs do rosto perigosamente bem definidas.

Aquele era Alfie Mack.

Em carne e osso.

Alice imaginara o rosto dele milhares de vezes, mas vê-lo ali, à sua frente, ia além de tudo que ela pudesse ter fantasiado. Uma sensação de profundo afeto a dominou e uma energia que ela nunca experimentara antes pareceu percorrer sua pele. Todo o seu corpo irradiava calor. Os sentimentos borbulhavam de algum lugar profundo, e uma mistura de saudade, medo, desejo e ansiedade enchia seu coração. Era sobre isso que ela havia lido nos livros, mas descartara, como se fosse mera ficção. Era isso que via nos filmes e ria dizendo que era pura fantasia. Era isso. Aquela sensação. Toda uma vida de emoções a atingindo em um único momento.

Alice tentou sorrir, mas seu rosto parecia congelado — só conseguiu ficar olhando para ele, atordoada.

Alfie estreitou ligeiramente os olhos. Aqueles olhos raros, de cores diferentes, de que ele falava tanto. Os olhos que Alice tentara imaginar tantas vezes, em tantos rostos.

Era reconhecimento que ela sentia vindo dele? Confusão? Ou apenas aversão?

Os pensamentos se aglomeravam na mente dela, fazendo ruído. Quando Alice conseguia se concentrar em um, outro já pulava na frente. Ela se sentia fisicamente mal. O ar parecia preso em algum lugar no meio do peito. Estava meio zonza, o corpo subitamente dominado por uma onda de náusea.

Alice deu um passo curto para trás.

Por que tinha ido até ali? Sinceramente, o que esperara? Havia repetido para si mesma, vezes sem conta, que não era uma boa ideia. Entrara e saíra quatro vezes do ônibus, dera meia-volta duas vezes quando já estava na rua de Alfie, e estivera muito perto de chamar um Uber de volta para casa. Mas, agora que estava parada ali, a realidade parecia muito pior.

Precisava ir embora.

Por que as suas pernas não estavam se movendo?

Tudo aquilo era demais... O silêncio era sufocante.

Ela se forçou a dar outro passo para trás, mas não conseguiu desviar os olhos de Alfie. Queria absorvê-lo o máximo possível. Aquela seria a primeira e última vez que o veria, e queria guardar a imagem dele na mente.

Ele inclinou alguns milímetros o corpo para a frente.

Dê meia-volta e vá embora.

Nem olhe para trás, Alice.

Só vá embora!

Quando Alice finalmente se virou para fugir dali, sentiu alguma coisa segurá-la.

A mão de Alfie encontrara a dela. A mão que ela havia segurado tantas vezes.

Meu Deus, como tinha sentido falta daquele toque.

Alice sentiu seu corpo se voltar instintivamente para encará-lo de novo.

— Espere.

Meu Deus, como tinha sentido falta daquela voz.

A voz de Alfie.

Ela tentou soltar a mão, mas aquilo só serviu para que ele a segurasse com mais força. Era a mais pura sensação de lar.

— Alice? — Alfie ergueu uma sobrancelha e abriu um sorriso travesso. — Por que diabo você demorou tanto?

Epílogo

Alfie

Cinco anos mais tarde

- Sr. Mack! Mas o que acontece...

— Kaleb. Lembre que não falamos uns com os outros aos berros. Se queremos dizer alguma coisa, levantamos a mão — lembrou Alfie com gentileza.

— Desculpe, senhor. — Os olhos de Kaleb se encheram de pânico quando ele se deu conta de que falara mais uma vez sem levantar a mão, o que o fez jogar o braço para cima na mesma hora, esticado como uma flecha.

Parecia que o menino ia explodir a qualquer momento se não fizesse a pergunta que estava segurando entre as bochechas infladas. Alfie conseguiu disfarçar uma risada.

— Sim, Kaleb. O que gostaria de perguntar?

— O que acontece se as pessoas dizem coisas cruéis para o senhor? Não fica chateado? — A voz de Kaleb falhou e ele abaixou os olhos para o colo.

Embora Alfie já estivesse à frente daquelas reuniões extracurriculares havia quase um ano, elas nunca ficavam mais fáceis. Falar sobre as experiências *dele* já não o incomodava tanto. Tivera muita prática em reviver cada momento triste e desesperador da sua vida nas sessões de terapia com Linda. Então, falar sobre a própria saúde mental para alunos do colégio onde trabalhava era um sonho se comparado àquilo. Não. O que mais o afligia, o que o mantinha acordado à noite, era saber quantas crianças estavam sofrendo em silêncio. Alfie conseguia reconhecer os sinais logo de cara. O jeito como faziam certas perguntas, os olhares ao redor da sala para checar se alguém estava rindo deles, ou se não seriam arrastados para os fundos da escola mais tarde, onde levariam uma surra por terem ousado verbalizar uma opinião. Às vezes, Alfie só precisava olhar nos olhos deles para ver o sofrimento — a humilhação visível por trás de olhares vidrados. Por mais difícil e desconfortável que fosse para ele conduzir aqueles grupos de discussão, nunca se sentira mais orgulhoso na vida.

— Bom. — Alfie endireitou o corpo e olhou diretamente para o rosto ansioso de Kaleb. — Quando as pessoas me dizem coisas cruéis, minha primeira atitude é respirar fundo. Às vezes, fecho os olhos e aguardo um momento para ver como aquelas palavras vão me fazer sentir. Então, dou nome a esses sentimentos: talvez seja raiva, ou tristeza, ou vergonha. Às vezes, só isso já é o bastante para fazê-los desaparecer. Outras vezes, se esses sentimentos forem muito fortes, eu me afasto da situação e escrevo sobre o que aconteceu. Escrevo tudo. Meus pensamentos, o que eu estava vestindo, o que a outra pessoa estava vestindo, como me senti, o que tive vontade de dizer. Tiro tudo da minha cabeça e coloco no papel. Então, conto o que aconteceu a alguém que eu amo e conversamos a respeito. Você tem alguém com quem possa conversar, Kaleb?

O rosto do garotinho se iluminou na mesma hora.

— O meu irmão mais velho. Posso contar tudo pra ele. É o meu melhor amigo.

Alfie se sentiu derreter por dentro, e seu coração se encheu de gratidão.

— Ótimo. Então lembre-se, se algum dia se encontrar em uma situação assim, você pode conversar a qualquer hora com o seu irmão. Você nunca está sozinho, está bem? — Ele desviou os olhos de Kaleb e os dirigiu a todos na sala. — E... mesmo que vocês não tenham um irmão mais velho, uma irmã ou alguém com quem conversar na sua família, eu estou sempre aqui. Sempre. — O mar de rostinhos preocupados assentiu em uníssono, e Alfie rezou para que acreditassem nele.

Uma mão pálida se ergueu no ar.

— Sim, Mandy? — perguntou Alfie.

— Com quem o senhor fala?

O rosto de Alfie se abriu em um sorriso largo. Mesmo depois de três anos, apenas pensar naquilo já fazia com que uma descarga elétrica percorresse seu corpo.

— Na maior parte das vezes, converso com a minha esposa, Alice.

Uma onda de sussurros empolgados se espalhou pelas crianças.

— A gente pode conhecer sua esposa, senhor? — perguntou Mandy com uma vozinha animada.

— Um dia, quem sabe. Ela é muito ocupada, mas tenho certeza que vai adorar conhecer vocês.

— O que ela faz, senhor? — perguntou outra voz empolgada.

— Atualmente ela cuida do próprio negócio. A Alice é a mais inteligente de nós dois. — Ele sorriu. — Mas não contem a ela que eu disse isso! Bem, mais alguma pergunta, ou podemos terminar por hoje?

Outra mãozinha se ergueu.

— Sim, Annie?

— Ela é bonita, senhor?

Dessa vez, Alfie não conseguiu conter uma risada.

— Alguma pergunta que *não seja* sobre a minha esposa?

*

No momento em que o último par de pés saiu da sala de aula, Alfie pegou o celular. Prometera a si mesmo que terminaria na hora certa naquele dia. Não conseguia suportar a ideia de passar um minuto além do necessário com o celular no silencioso.

— Merda — xingou ele ao ver a hora.

Como já eram 16h45? A reunião se estendera além do previsto, como sempre acontecia. Ele estava tentando não se preocupar, nem deixar que sua ansiedade constante viesse à tona e se revelasse a Alice, mas era um enorme esforço. Quanto mais a data se aproximava, mais nervoso ele se sentia, e mais irritada com ele Alice ficava. Ela praticamente teve que empurrá-lo para fora naquela manhã, com medo de que Alfie alegasse estar doente para faltar ao trabalho e ficar com ela. Se havia uma coisa que ele sabia sobre a esposa era que ela era perfeitamente capaz de lidar com quase tudo sozinha. Mas aquilo não o impedia de se preocupar.

O coração de Alfie saltou no peito quando ele viu a tela do celular se acender.

MENSAGEM DE MÃE — 30 DE MAIO — 15:45
Alfie, me ligue quando puder. Não entre em pânico, mas você precisa ir para o hospital o mais rápido possível. Amo você. Bjs

O coração de Alfie já estava tentando saltar para fora do peito. Ele sabia que deveria ter ficado em casa. Tinha reparado que Alice não estava se sentindo bem, mesmo com todos os sorrisos insistentes e as palavras tranquilizadoras. Tremendo, ele ligou para a mãe e saiu apressado da sala.

— O que está acontecendo, mãe? — gritou Alfie, no instante em que ela atendeu.

Ele disparou pelo corredor, cumprimentando os professores e alunos por quem passava com acenos de cabeça frenéticos.

— Jesus! Finalmente! Graças a Deus eu levei o meu celular comigo para o café hoje, caso contrário quem sabe o que teria acontecido — disse a mãe.

Alfie tentou manter a calma, mas podia sentir a pressão crescendo.

— Ela está bem? Me diga, ela está bem?

— Ah, ela está ótima. Não há nada com que se preocupar. Só tiveram que interná-la mais cedo do que o esperado. — Alfie ficou grato por a mãe se mostrar tão calma, mas até mesmo ele podia notar a apreensão na voz dela. — Você consegue chegar em quanto tempo aqui?

— Estou a caminho. Não vou demorar.

Ele não esperou nem que ela se despedisse — desligou o celular e correu para a porta.

Ela vai ficar bem.

Está nas melhores mãos.

Respire, Alfie. Apenas respire.

Os pensamentos disparavam pela mente dele e Alfie sabia que, se queria dirigir, precisava se acalmar. Ele entrou apressado no carro, pousou as mãos no volante e fechou os olhos. O que Linda tinha dito que fizesse em momentos como aquele? Inspirar contando até quatro. Contar até quatro com o ar preso. Expirar contando até quatro. Prender novamente o ar contando até quatro. Alfie conseguiu fazer duas rodadas daquilo antes que a adrenalina disparasse novamente por suas veias e ele se desse conta de que não havia mais tempo a perder. Precisava chegar até Alice.

✳

Infelizmente, o engarrafamento do início da noite tinha outros planos. O trajeto que costumava levar vinte minutos acabou levando mais de uma hora. Durante todo aquele tempo, Alfie teve que se forçar a permanecer no carro, a não abandonar toda a razão e tentar correr até lá. Felizmente, no momento em que ele chegou, soube exatamente aonde ir. Às vezes, ele se perguntava se algum dia seria capaz de esquecer os corredores e as salas daquele hospital que já fora a sua casa. Eles haviam escolhido o St Francis's não apenas porque era o mais perto da casa deles, mas também porque ambos sabiam que, no fundo, não conseguiriam ir a nenhum outro lugar.

Atravessando o saguão de entrada, suor escorria por todo o corpo de Alfie e a perna da prótese começava a doer. Mas Alfie não parou. Nem se desculpou com as pessoas em quem esbarrou sem cerimônia enquanto abria caminho entre a aglomeração da recepção e ao longo dos corredores. O celular continuava a vibrar em seu bolso, mas não havia tempo para responder. Precisava ver Alice. Precisava ter certeza de que ela estava bem.

— Com licença, senhor, está tudo bem? — perguntou uma enfermeira ao vê-lo passar apressado.

— Estou, só preciso encontrar a minha esposa — gritou ele em resposta, sem nem se dar ao trabalho de virar a cabeça e olhar para ela.

Foi então que Alfie viu. A placa na porta no fim do corredor. Tinha conseguido. Mas o que encontraria do outro lado?

Não pense assim, Alfie.

Isso não vai ajudar ninguém.

Ele diminuiu o passo para uma caminhada rápida, tentando desesperadamente recuperar o fôlego. Forçando grandes quantidades de oxigênio a descerem pela garganta até os pulmões. Precisava pelo menos *parecer* que estava controlado. Alfie pousou a mão gentilmente na porta dupla e empurrou.

— Alfie! — A mãe correu até ele, puxando-o para um abraço apertado que fez com que todo o ar escapasse de novo do corpo dele. — Você conseguiu! Ela está na sala de parto três.

Alfie sentiu o corpo mole de alívio, e mal teve tempo de articular qualquer palavra antes que a mãe começasse a puxá-lo na direção do quarto no fim daquela ala.

— Alice, meu bem. — Ela bateu ligeiramente na porta. — O Alfie está aqui!

— Já era hora, cacete — gritou uma voz familiar. — Alfie Mack, entre aqui AGORA!

— Essa é a minha Alice. — Ele deu um sorriso ansioso para a mãe e entrou.

✳

No instante em que Alfie pousou os olhos no minúsculo ser humano nos braços de Alice, o eixo do seu mundo se alterou. Era como se cada pensamento, cada preocupação que tivera antes daquele exato momento no tempo tivessem se dissolvido. Como se tivessem se derretido e sido reduzidos a nada. A única coisa que importava, a única coisa em que ele precisava pensar, era naquele minúsculo pacotinho de vida, e na mulher que o segurava no colo.

— É bem a sua cara quase perder a coisa toda — murmurou Alice, pousando a cabeça no ombro de Alfie.

Ele beijou os cabelos ruivos, ainda um pouco úmidos do esforço, e inspirou o cheiro dela.

— E é bem a sua cara ter o nosso bebê antes da hora programada! Sempre superando as expectativas, não é mesmo, Alice? — Ela deu um cutucão forte nas costelas dele. — Ai!

— Você acha que isso dói? Tente passar por um parto, então vai saber o que é sentir dor. — Alice levantou os olhos para ele e sorriu.

— Ah. — Alfie se aconchegou mais ao corpo quente dela. — Isso não dá para discutir. Mas valeu a pena, não valeu? Para termos esse rapazinho. — Alfie se inclinou para a frente e beijou com delicadeza a testa do filho. — Olá, pequeno Euan. Você sabe que foi batizado em homenagem a alguns dos homens mais incríveis que já existiram? — sussurrou ele. — Euan Arthur Stephen Mack. Você vai deixar todos eles muito orgulhosos. — Alfie sentiu uma onda de saudade apertar seu coração. — E tem os lindos olhos do seu pai. Você vai arrasar corações, não é mesmo?

— Tomara que você não tenha o terrível senso de humor do seu pai — sussurrou Alice junto à cabecinha macia do filho.

— Ei. No fim das contas, foi esse senso de humor que me garantiu a garota que eu amava. Não é mesmo? Desde que ele não herde a língua afiada da mãe, acho que estaremos bem!

Os olhos castanhos de Alice se arregalaram em uma expressão divertida.

— Ah, para com isso. Você não iria querer que eu fosse de outro jeito.

Alfie fitou Alice embalando o bebê dele nos braços. Sua esposa e seu filho. Todo o mundo dele bem ali na sua frente. Tudo o que ele perdeu o levou a tudo o que ele sempre tinha desejado. Seu coração cresceu tanto no peito que, por um segundo, Alfie se esqueceu de respirar.

— Alice Mack. Eu não mudaria isso por nada no mundo.

Agradecimentos

Receio que isso acabe ficando mais longo do que alguns discursos do Oscar, mas é verdade o que sempre dizem neles: que não é trabalho de uma pessoa só, e sim o resultado do esforço de várias. E todas elas merecem agradecimentos especiais!

Primeiro, às minhas três âncoras: mamãe, papai e Katie. Muito do que sou é por causa de vocês, e muito do que sou está nestas páginas, portanto muito obrigada. E para Rod e Cathy — obrigada por me mostrarem o verdadeiro significado de família.

À incrível equipe com a qual tive a sorte de trabalhar — nada disso teria sido possível sem vocês! Um agradecimento especial a Claire, Molly, Amelia, Victoria, Viv, Joal, Sara e a todo o pessoal da Transworld e da Gallery. Vocês me receberam de braços abertos, e trabalharmos juntos foi a realização de um sonho.

A Jenny Bent nos EUA, Bastian Schlueck e Kathrin Nehm na Alemanha, e a todos envolvidos nas vendas internacionais do meu trabalho — obrigada por permitirem que a história de Alice e Alfie se espalhasse ao redor do mundo.

Também quero agradecer muito à minha editora britânica, Sally Williamson. Sua paciência, sua calma e seu apoio constantes ao longo dessa jornada foram incríveis. Você me deu a confiança e a orientação de que eu precisava para elevar a minha escrita e essa história a um outro nível. Foi uma honra, e, do fundo do meu coração, obrigada por tudo!

Agradeço ainda a Kate Dresser, por cuidar da história de Alice e Alfie com tanto carinho. Suas opiniões e perspectivas foram fundamentais, e para mim foi um imenso prazer trabalhar com você.

A Sarah Hornsley, um presente do universo, um encontro feliz e inesperado, uma surpresa do passado! Obrigada por ser a agente mais incrível e o ser humano mais organizado que eu já conheci. Seu apoio e sua dedicação são incomparáveis — obrigada por não largar a minha mão enquanto eu navegava por esse novo mundo. Foi realmente uma bênção ter você ao meu lado.

Aos doutores Nagla Elfaki, Tom Stonier e Naomi Cairns, que, mesmo tendo que salvar vidas e trabalhar por longas, longas horas, estavam sempre disponíveis para que eu checasse informações médicas e para me aconselhar! Devo admitir que, mesmo assim, tomei algumas licenças poéticas no livro, mas, sem o conhecimento e o incentivo de vocês, a autenticidade e a clareza da jornada dos personagens não teriam sido as mesmas.

E, finalmente (mas certamente não menos importante), à minha família e aos meus amigos incríveis. Vocês sabem quem são. Seu amor e seu entusiasmo em relação a esse novo capítulo da minha vida foram extraordinários, e serei eternamente grata. Alfie e Alice são um reflexo de muitas partes de mim e, sem vocês, eles nunca existiriam. Amo vocês mais do que sou capaz de expressar em palavras.

Impresso no Brasil pelo Sistema Cameron da Divisão Gráfica da
DISTRIBUIDORA RECORD DE SERVIÇOS DE IMPRENSA S.A.